Valentina Berger

Der Augenschneider

PIPER

Zu diesem Buch

Geht in Wien ein Serienmörder um? Heinz Martin, Gerichtsmediziner, ist fest davon überzeugt. Bereits zwei Frauen hat er obduziert: Beide wurden auf grausamste Weise gefoltert und dann erdrosselt. Emilia Martin, die Schwester des Pathologen, kannte die Opfer und ist plötzlich verschwunden – ist auch sie in ernsthafter Gefahr? Und tatsächlich erhält Martin bald eine Botschaft des Mörders: »Ich habe deine Schwester. Sie wird sterben. Und du kannst nichts dagegen tun.« Martin setzt alles daran, seine Schwester zu finden. Aber er hat nicht mehr viel Zeit …

Valentina Berger, geboren 1969, lebt mit ihrer Familie in der Nähe von Wien. Krimis und Thriller waren immer schon ihre Leidenschaft. Bereits als Kind konnte sie von Miss Marple und Hercule Poirot nicht genug bekommen. Um sich nicht ständig mit Mord und Totschlag zu beschäftigen, verfasst sie auch Märchen und Kindergeschichten, die sie unter ihrem realen Namen, Berta Berger, veröffentlicht. »Der Augenschneider« ist ihr Romandebüt. Weiteres zur Autorin: www.schriftsteller.co.at

Valentina Berger

Der Augenschneider

Thriller

Piper München Zürich

Mehr über unsere Autoren und Bücher:
www.piper.de

Dem besten Ehemann der Welt
und meinen zwei wunderbaren Kindern

Mix
Produktgruppe aus vorbildlich bewirtschafteten Wäldern und anderen kontrollierten Herkünften
www.fsc.org Zert.-Nr. GFA-COC-001223
© 1996 Forest Stewardship Council
FSC

Originalausgabe
August 2010

Umschlagkonzeption: semper smile, München
Umschlaggestaltung: PEPPERZAK BRAND
unter Verwendung von Bildmotiven von Thomas Kruesselmann / Corbis (Auge) und Michael Haegele / Corbis (Träne)
Satz: Kösel, Krugzell
Papier: Munken Print von Arctic Paper Munkedals AB, Schweden
Druck und Bindung: CPI – Clausen & Bosse, Leck
Printed in Germany ISBN 978-3-492-25812-8

Prolog

Luisa starrte gebannt auf die Spinne an der Zimmerdecke. Früher hatte sie sich vor diesen Tieren geekelt. Doch diese war ihr eine willkommene Gesellschafterin, eine stumme Freundin, die einzige Gefährtin in diesem fensterlosen Raum.

Luisa hatte jegliches Zeitgefühl verloren. Wie lange brauchte eine Spinne, um ihr Netz zu weben?

Beharrlich saß die Spinne da und wartete auf Beute. Voller Zuversicht hockte sie in ihrem Netz.

Luisa hatte sich geschworen, ebenso lange durchzuhalten wie das Tier.

Er musste ihr irgendetwas verabreicht haben. Sie hatte sich anfangs kaum bewegen können. Alles, was nach der Modenschau passiert war, lag am Rande ihres Bewusstseins. Zu weit entfernt, um es zu fassen.

Sie betrachtete ihre wunden Knöchel. Sie hatte sich die Fäuste an der Stahltür blutig geschlagen, geschrien, bis sie heiser war, und geweint, bis ihre Augen so geschwollen waren, dass sie kaum noch etwas sehen konnte.

Luisa blickte erneut zu der Spinne hinauf. Sie konnte nicht untätig herumsitzen und warten. Sie musste etwas tun. Vielleicht hatte er etwas übersehen, eine Ritze, einen Spalt, irgendetwas, das sie für sich nutzen konnte, und sei es nur, um in Bewegung zu bleiben, um sich zu beweisen, dass sie noch lebte, atmete, dachte.

Ihre Augen wanderten über die kahlen Wände zu dem schmalen Bett. Sie hob die Matratze an. Das war gar nicht einfach. Sie wog viel schwerer als die in ihrer Wohnung.

Außerdem war sie alt, fleckig und so durchgelegen, dass sie nicht stehen blieb, als Luisa sie an die Wand lehnte. Nach zwei Versuchen ließ sie das verdammte Ding einfach auf dem Boden liegen.

Ihre Hilflosigkeit brachte sie erneut zum Weinen. Sie setzte sich auf das Bettgestell, die Arme fest um ihre Knie geschlungen, und wippte leise summend vor und zurück.

Als ihr Schluchzen verebbt war, straffte sie die Schultern und wischte sich mit dem Handrücken die Tränen und den Rotz aus dem Gesicht. Entschlossen bückte sie sich, um die schwere Matratze wieder auf den Bettrahmen zu hieven. Da fiel ihr auf, dass an einer Ecke die Naht aufgegangen war. Sie schob Zeige- und Mittelfinger in das Loch. Die Füllung war aus Rosshaar. Das erklärte auch das immense Gewicht. Wurden solche Matratzen heutzutage überhaupt noch hergestellt?

Auf einmal ertasteten ihre Finger etwas Metallisches. Sie klemmte das Ding zwischen ihre Finger und zog vorsichtig daran. Diese Aufgabe verlangte all ihr Feingefühl. Das Rosshaar schien sich um den Gegenstand gewickelt zu haben, wollte ihn nicht ohne Weiteres freigeben.

Endlich hielt sie ihn in der Hand. Es war ein goldenes Kettchen mit einem kleinen runden Schutzengelanhänger.

Luisas Hände zitterten, als sie ihren Fund genauer betrachtete. Das Beben erfasste ihren ganzen Leib, und sie ließ sich kraftlos die Wand hinabgleiten.

Wahrscheinlich gab es von diesen Anhängern Zigtausende. Es war einer, wie ihn Kinder zur Taufe oder zum Geburtstag geschenkt bekamen. Aber auf diesem war auf der Rückseite der Name Vivian eingraviert.

In diesem Moment begann Luisa zu dämmern, dass er es nicht auf Lösegeld abgesehen hatte. Sie wünschte, sie hätte diese Kette nie gefunden. Ihr Blick flog durch ihr Gefängnis, auf der Suche nach einem geeigneten Versteck für das

Schmuckstück. Aber es gab keins. Sie stellte sich vor, wie Vivian gesucht haben musste. Und ihren Triumph, als sie den Platz in der Matratzenfüllung ersonnen hatte. Ein Akt der Rebellion gegen ihren Widersacher, eine kleine Genugtuung, aber auch gleichzeitig ein Zeichen, dass sie keine Hoffnung gehabt hatte, jemals freizukommen.

Luisa kannte die Fotos von Vivis Leichnam aus der Zeitung, wusste, wie er zugerichtet gewesen war. Und sie wusste, dass sie die Nächste sein würde.

Sie stopfte die Kette in die schäbige Matratze zurück und schloss die Augen. Sie zwang sich, ruhig zu atmen. Auch sie musste sich mit dem Unvermeidlichen abfinden, so wie Vivian vor ihr.

Er stieg die steile Treppe zum Keller hinunter und schloss die Stahltür auf.

In dem Raum saß Luisa auf dem Bett und hatte die Arme eng um die angezogenen Beine geschlungen. Mit riesigen Augen starrte sie ihn an und begann zu schreien, als er die Tür hinter sich schloss.

Leise sagte er: »Scht! Es wird alles gut.«

Sie rückte näher an die Wand, als böte sie ihr Schutz. »Nein! Rühr mich nicht an!«, kreischte sie. Er hasste es, wenn sie hysterisch wurden. Dabei hatte er sein Messer hinter dem Rücken versteckt, um sie nicht zu beunruhigen.

»In der Bibel steht geschrieben: Teile mit deinem Nächsten. Sieh es so: Ich verhelfe dir zu einem besseren Leben. Deine gute Tat bringt dich geradewegs ins Paradies.«

So hatte er sich noch nie betrachtet. Er als Seelenretter. Das gefiel ihm.

»Was willst du? Sex? Geld? Kannst du alles haben, nur lass mich gehen«, bettelte sie. Er verstand sie kaum, weil ihre Worte von Schluchzern zerrissen wurden, trotzdem erschloss sich ihm der Sinn dessen, was sie sagte. Wie vermessen von ihr zu denken, er wäre hinter Geld oder Liebe her. Aber es war ein nettes Spiel. Warum sollte er ein Spielverderber sein?

»Gut! Zieh dich aus.«

Sie starrte ihn an, als könne sie es nicht glauben, dass er auf ihren Vorschlag einging. Als sie die Hoffnung zuließ, sie würde womöglich tatsächlich lebend hier herauskommen, hakte sie mit fliehenden Fingern die zierlichen Verschlüsse ihres Kleides auf und ließ es zu Boden fallen. Wäre es nicht so absurd gewesen, hätte er sich einreden können, sie sei eine ungeduldige Geliebte, die es vor Lust nicht erwarten konnte. Auffordernd nickte er ihr zu. Luisa war so begierig, sich seinen Wünschen zu fügen, dass sie hastig den Verschluss ihres BHs löste und danach sogar unaufgefordert aus dem Slip schlüpfte. Ihre Unterwürfigkeit, ihr Anbiedern und vor allem ihre Einschätzung seiner Person, nur an Sex oder Geld interessiert zu sein, waren ihm unerträglich. Er unterdrückte den aufkeimenden Groll. Betont ruhig, als spräche er mit einem Kind, sagte er: »Ich will das alles nicht. Schon gar nicht das, was du mir so freizügig anbietest. Ich brauche nur deine Augen.« Er trat einen Schritt näher und lächelte über ihren Versuch, den Abstand zwischen ihnen zu vergrößern. Dummes, dummes Mädchen!

Er holte seine neueste Errungenschaft hinter dem Rücken hervor. Ein besonderes Messer, erst einmal verwendet, ein Liebhaberstück. Zärtlich drehte er es in der Hand, berührte sacht die Klingenspitze.

Luisa schien das Messer nicht zu gefallen. Sie begann, schrille Schreie auszustoßen. Sie taten ihm in den Ohren weh. »Hör auf damit!«, aber sie schrie weiter. »Hör auf!«, brüllte er. Für einen kurzen Augenblick zeigte sein Befehl Wirkung. Doch als er weiter auf sie zuging, begann sie erneut zu kreischen. Verfluchtes Weibsstück! Wie gut, dass kein

Laut nach außen dringen konnte. Niemand würde sie hören, genauso wenig, wie irgendwer Vivian gehört hatte.

Mit einem letzten Schritt war er bei ihr und zog sie mit einem Ruck zu sich heran. Mit dem Messer ganz nah an ihrem Gesicht wurde sie schlagartig still. Welch eine Wohltat für sein gepeinigtes Gehör. Er brauchte keine Kraft anzuwenden, um sie auf den Boden zu zwingen. Sie folgte jeder Bewegung der Klinge.

Sie lag. Er saß auf ihrem Becken, nun doch fast wie ein Liebhaber. Aber anstatt ihren nackten Körper mit seinen Händen zu liebkosen, fuhr er mit dem Messer über ihren Leib. Sie bäumte sich auf und hätte wieder geschrien, wenn er ihr den Mund nicht zugehalten hätte. Ihre Augen waren riesig. Ausdrucksstark. So, wie er sie haben wollte. Rinnsale ihres Blutes bildeten einen schönen Kontrast zu der weißen Haut. Er schnitt noch einmal. Ein bisschen tiefer. Sie versuchte sich unter ihm hervorzuwinden. Warf sich hin und her. Erstaunlich, welche Kräfte sie trotz der Drogen, die er ihr eingeflößt hatte, entwickelte. Ein unachtsamer Moment, und nun war er es, der aufschrie. Weniger aus Schmerz, eher aus Überraschung. Das Biest hatte ihn gebissen! Reflexartig riss er seine Hand von ihrem Mund, und sie nutzte die Gelegenheit, um lauthals loszuheulen. Er holte aus und ließ seine Faust auf ihren Wangenknochen sausen. Da war sie ruhig. Endlich.

Er betrachtete die Bisswunde, die sie ihm zugefügt hatte. Sie tat weh, aber es hätte schlimmer sein können. Na warte! Das wirst du büßen, kleine Schlampe. Normalerweise hob er sich die Augen auf, bis sie bewusstlos waren. Ein kleiner Akt der Gnade. Aber die hier hatte sich das nicht verdient. Er nahm sein Messer fester in die Hand, genoss den Moment, als der Griff mit seiner Hand verschmolz, als wäre er mit ihr zusammengewachsen. Dann senkte er die Klinge und schnitt. Blut troff aus der Wunde und hinterließ eine rote Tränenspur auf Luisas Wange. Sie rührte sich nicht mehr. Er hoffte, sie lebte, denn er war noch nicht fertig mit ihr. Er schälte das zweite Auge heraus, bewunderte das rote Muster auf ihrem Gesicht. Vorsichtig hielt er seine Beutestücke in der freien Hand. Ihr Blut vermischte sich mit seinem. Dort, wo sie ihn gebissen hatte, brannte die Wunde. Das, was er brauchte, hielt er nun in Händen. Doch der Schmerz erinnerte ihn an ihre Verfehlung. Nein, so einfach würde er sie nicht davonkommen lassen. Er legte ihre Augen zwischen ihre Brüste, rückte weiter nach unten, sodass er nun auf ihren Unterschenkeln saß. Er war bereit, ein neues Kunstwerk zu schaffen. Der Körper unter ihm war die Leinwand, sein Messer der Pinsel, ihr Blut die Farbe.

Als er fertig war, blickte er auf sein Bild hinab. Er war zufrieden.

Schwer atmend kniete er sich neben die Gestalt am Boden, umfasste ihren schlanken Hals und drückte zu.

I

Heinz Martin hatte als Gerichtsmediziner schon viel gesehen. Doch das, was er in den letzten Wochen auf dem Seziertisch gehabt hatte, schlug alles bisher Erlebte. Bei diesem Opfer waren beide Augen herausgetrennt worden. Das Gesicht war kaum mehr als solches zu erkennen. An manchen Stellen blitzten weiße Knochen hervor. Dort, wo normalerweise die Augen sein sollten, waren nur zwei dunkle, blutverkrustete Höhlen.

Erst vor drei Wochen hatte Heinz eine ähnlich zugerichtete Leiche obduziert: Vivian Steiner. Er brauchte nicht in seinen Unterlagen nachzuschauen, sie war ihm im Gedächtnis geblieben.

Er und sein Assistent Kramer hatten den Körper der Unbekannten bereits nach Fasern und Fingerabdrücken untersucht. Nichts. Auch kein Sperma, lediglich etwas Laub, kleine Zweige und Halme vom Fundort. Nun fotografierte Kramer die Tote. Jedes winzige Detail wurde festgehalten, jeder Zentimeter Haut vergrößert und auf einer Datenkarte gespeichert.

Menschen, die einem Verbrechen zum Opfer fallen, haben keine Intimsphäre mehr. Alles wird zutage gezerrt, bei den Ermittlungen und dann später vor Gericht. Keine Heimlichkeiten!

Tote konnten nicht mehr reden, ihre Geheimnisse nicht selbst preisgeben. Dafür war Heinz zuständig. Er war es, der versuchte, Antworten auf Fragen zu finden, die ihm niemand mehr beantworten konnte. Er schaffte eine Verbindung zwischen den Toten und den Lebenden, den Beamten, die den Täter überführen und vor Gericht bringen sollten. Heinz fragte sich manchmal, ob sein Beruf nicht voyeuristisch war, und jedes Mal kam er zu dem Schluss, dass es so sein musste. Er tat es im Namen der Gerechtigkeit. Immerhin, ein guter Grund. Der beste, der ihm einfiel.

Nachdem Kramer mit den Aufnahmen fertig war, wurde die Leiche mit einem Schlauch gereinigt, das Blut abgewaschen, das mit dem Wasser vermischt eine rosa Färbung angenommen hatte und laut gurgelnd durch den Abfluss verschwand.

Dann griff Heinz mit seiner behandschuhten Rechten zum Skalpell und öffnete mit einem großen Y-Schnitt den Oberkörper der jungen Frau. Seine Gedanken richteten sich nun ganz auf die Aufgabe, die vor ihm lag. Konzentration, Routine. Organe heraustrennen, begutachten, vermessen, wiegen. Mit monotoner Stimme kommentierte er sein Tun, damit alles auf Band festgehalten wurde und damit der anwesende Ermittlungsbeamte mithören konnte, wenn er schon nicht hinsah. Die wenigsten waren mehr als körperlich bei einer Autopsie anwesend. Man sollte meinen, das seien alles hartgesottene Burschen, die nichts so leicht aus der Bahn warf, aber wenn es um Leichenöffnungen ging, sträubten sie sich. Nur die Ergebnisse interessierten sie möglichst rasch.

Die Frau war, soweit er das auf den ersten Blick sagen konnte, gesund gewesen. Ein bisschen untergewichtig für ihre Größe, immerhin 1 Meter 80. Vivian Steiner war ebenfalls überdurchschnittlich groß und schlank gewesen, fiel Heinz ein. Auch sie war, wie diese Unbekannte, zuerst verstümmelt und dann erdrosselt worden. Was veranlasste jemanden dazu, Frauen derartige Schmerzen zuzufügen? Bei Vivian Steiner hatte er Reste von Betäubungsmitteln gefunden. Heinz nahm der Toten Blut ab und schickte Kramer damit in das Labor. Doch er wusste schon jetzt, dass es in ihrem Fall nicht anders sein würde. Er hatte eine vage Vorstellung davon, was sich abgespielt hatte. Die Frauen wurden mit Medikamenten willenlos gemacht und dann an irgendeinen Ort gebracht, an dem der Täter sie foltern und töten konnte, ohne dass es jemand mitbekam.

Nachdem Heinz alles erledigt hatte, blieb ihm noch ein Letztes: Er nähte den Brustkorb zu.

Kramer würde etwas später die Schädeldecke öffnen, damit Heinz sich das Gehirn ansehen konnte. Er hoffte, dass es jemanden gab, der diese Frau vermisste. Jemanden, der wusste, wer sie gewesen war. Jemanden, der helfen konnte, ihr einen Namen zu geben, der ihre Vorlieben und Gewohnheiten kannte – und vielleicht sogar ihren Mörder.

Er drehte sich zu dem Ermittlungsbeamten um, der während der Autopsie stumm möglichst weit vom Tisch entfernt gestanden hatte, und sagte: »Kommen Sie, Moser! Ich habe eine Theorie.«

Er führte den Kripomann in sein Büro, wo sich medizinische Zeitschriften auf dem Schreibtisch stapelten. Das war ein Zeichen dafür, dass Heinz Martin überarbeitet war, denn normalerweise herrschte in seinem Reich Ordnung. Er nahm einen Stoß Akten von einem Stuhl und bedeutete Moser, sich zu setzen. Er selbst nahm hinter dem überladenen Schreibtisch Platz, rollte ein Stück mit seinem Chefsessel nach hinten, legte seine Füße auf den massiven, aber bereits reichlich schäbigen Eichentisch und fixierte sein Gegenüber. »Es ist die gleiche Vorgehensweise wie bei Vivian Steiner. Zuerst schneiden und die Augen entfernen, dann erdrosseln. Ich schätze, wir haben hier ein Serienproblem.«

Der Kriminalpolizist starrte ihn einen kurzen Moment wortlos an. »Und das können Sie jetzt schon sagen?«

Heinz winkte ab. »Ich weiß, ich weiß. Aber ich sehe die Zeichen und folge meinem Gefühl.«

»Finden Sie nicht, dass bei einer solchen Untersuchung

Gefühle fehl am Platz sind?« Moser verzog das Gesicht, als hätte er in eine Zitrone gebissen.

»Meine Intuition hat mich schon oft in die richtige Richtung geleitet. Solange man darüber nicht die Fakten vergisst«, beharrte Heinz.

»Schön und gut, allerdings bin ich ein methodischer Mensch und habe auch meine Erfolge. Für mich zählt die Realität und das, was wissenschaftlich belegbar ist. Wenn Sie mir nicht mehr geben als Intuition und Gefühle, kann ich nichts damit anfangen.«

»Also gut, Fakt ist, dass ich zwei Leichen innerhalb von drei Wochen obduziert habe, die ähnliche Verletzungen davongetragen haben. Die bei lebendigem Leib gefoltert und zerschnitten worden sind, als wären sie ein Stück Stoff. Bei beiden fehlen die Augäpfel, und beide wurden anschließend erdrosselt, ein Gnadenakt, wenn Sie mich fragen. Beide Frauen waren groß und schlank. Was sagt Ihnen das, Moser? Ich bin überzeugt, dass wir hier einen Täter haben, der den gleichen Typus vorzieht und der nach dem gleichen Schema vorgeht.« Trotz Mosers verkniffenem Gesichtsausdruck fuhr Heinz fort: »Beim ersten Opfer haben wir ein Betäubungsmittel nachweisen können, nur die Konzentration hat nicht gereicht, um herauszufinden, um welche Substanz es sich handelt. Bei dem zweiten haben wir vielleicht mehr Glück.«

»Dann verlassen Sie sich auf Ihr Glück, vielleicht eilt ja auch noch der Zufall zu Hilfe, während ich mich darum kümmere, das Opfer zu identifizieren.« Moser stand auf und ging.

Heinz Martin schlug mit der Faust auf den Tisch, sodass einer der Zeitschriftenstapel ins Wanken geriet.

»Verbohrter Ignorant! Idiot!«

Mit Helmut Wagner hatte er nie solche Probleme gehabt. Der hatte ihm zugehört, Wert auf seine Meinung gelegt, ihn oft um Rat gefragt. Wie viele knifflige Fälle hatten sie gemeinsam gelöst? Sie waren Freunde, aber Wagner hatte sich verlieben müssen. Tja, und nun hatte Wagner Urlaub genommen, bevor seine Versetzung in ein paar Wochen wirksam werden würde, und richtete sich in Innsbruck ein, wo er sich während der kommenden Jahre mit Provinzbagatellen die Zeit vertreiben und seiner Verlobten beim Arztspielen zuschauen würde. Und Heinz musste sich deshalb in der Zwischenzeit in Wien mit diesem schwer zu ertragenden Moser herumschlagen. Heinz' Hand tastete nach dem Telefonhörer. Wenigstens würde er Wagner ein schlechtes Gewissen bereiten, weil sie hier in Wien einen Serientäter jagten, während er nichts anderes zu tun hatte, als Umzugskartons auszupacken.

Da schrillte das Telefon, und Heinz zuckte zusammen. Ein, zwei Sekunden ließ er verstreichen, bis er sich gefangen hatte. Er hob den Hörer ab und meldete sich.

Zuerst war außer heftigem Atmen nichts zu hören.

»Bitte, wer ist denn da?«

Dann eine leise Stimme, die er nicht gleich erkannte: »Heinz? Ich bin's, Emilia.«

Schweigen.

»Heinz?«

»Ja, ich bin dran. Was kann ich diesmal für dich tun?«

Emilia Martin schluchzte ins Telefon: »Du musst mir helfen. Ich hab Angst. Diesmal ist es richtig ernst.«

»Das hast du das letzte Mal auch gesagt. Dann stellte sich heraus, dass du schlicht übertrieben reagiert und ein paar Dinge fehlinterpretiert hast.«

»Ja, ich weiß, und es tut mir auch leid, dass du umsonst herkommen musstest. Aber hör zu: Vivi war eine Kollegin von mir, und jetzt ist sie tot. Im Fernsehen und in den Zeitungen haben sie Bilder gezeigt. Und nun ist Luisa auch verschwunden, und ...«, Emilia putzte sich geräuschvoll die Nase, »... ich glaube, dass ich die Nächste sein könnte.«

Heinz brauchte ein paar Sekunden, um zu begreifen. »Vivi? Vivian Steiner etwa?«

»Ja, und jetzt Luisa. Was, wenn mit ihr etwas Furchtbares geschehen ist? Was, wenn sie auch tot ist?«

Heinz kratzte sich am Nasenrücken, dort wo seine neue Brille einen Abdruck hinterlassen hatte. »Okay, Emma, das klingt tatsächlich nach Schwierigkeiten. Ich hol dich ab.«

Heinz legte auf, nahm seine Jacke und verließ das Büro.

»Für heute bin ich nicht mehr erreichbar«, sagte er zu seiner Sekretärin, die ihn verwundert anstarrte, aber zu perplex war, um etwas zu sagen. Es war noch nicht einmal Mittag. So früh war er in all seinen Dienstjahren noch nie gegangen.

Ob Jakob oder Theodor – er hatte schon viele Namen gehabt. Letztlich war es egal, einer war so gut wie der andere.

Für seine Schwester war er Christian. Sie hatte ihn, seit sie reden konnte, so genannt, ein Stück Zuhause an jedem beliebigen Ort.

Sie, Jana. Sein Ein und Alles, um die er sich kümmern musste, für die er seine Seele gab. Seine Bürde, seine Last.

Christian trank den letzten Schluck seines Frühstückskaffees und wischte sich die Lippen mit einer Serviette ab. Zu jedem Essen gehört ein Mundtuch, es ist ein Zeichen von Kultur, pflegte seine Mutter zu sagen. Das war eines von vielen Dingen, die er von ihr übernommen hatte. Auch, dass man das benutzte Geschirr nicht stehen lässt, weil sonst alles eintrocknet und man danach viel mehr Zeit, Spülmittel und Wasser braucht, um es zu säubern. Ja, seine Mutter war eine kluge Frau. Ihr Tod hatte eine große Lücke hinterlassen. Wäre sie noch hier, hätte sie gewusst, wie man Janas schrille Stimme ausschaltete, die ihn immerzu rief: »Chris! Christiaaan!«

»Ja, ich komme!« Er stellte seufzend das heiße Wasser ab,

das noch nicht einmal die Hälfte des Abwaschbeckens füllte, trocknete sich seine Hände an einem Geschirrtuch ab und eilte in den oberen Stock. Er durfte sie nicht warten lassen. »Und der Abwasch?«, fragte die Stimme seiner Mutter in seinem Kopf. Er hielt sich die Ohren zu. Er wollte weder sie noch das fordernde »Christiaaaan« hören, das immer dringlicher wurde.

Er schüttelte die dicken Kissen auf Janas Bett auf und zog die Decke zurecht. Dann setzte er sich auf den Stuhl daneben und schloss die Augen. Jeden Tag betete er aufs Neue, die Zeit zurückdrehen zu können, den Morgen des Unfalls anders zu beginnen, die Nacht zuvor nicht bis zur Bewusstlosigkeit zu trinken, Jana mit dem Taxi fahren zu lassen und nicht mit ihm, weit unter der Fahrtauglichkeitsgrenze, alkoholisiert und übermüdet. Eine andere Route zu nehmen, auch wenn Jana sich dann verspätet. Was sind schon zehn Minuten im Vergleich zum Rest des Lebens? Weniger als eine Sekunde entscheidet über Sieg oder Niederlage, über Abhängigkeit oder Freiheit, über Leben oder Tod. Weniger als eine Sekunde hatte ausgereicht, um ihm Fesseln anzulegen, die gedacht waren für die Ewigkeit. Weil seine Gebete unerhört blieben, musste er handeln. Hilf dir selbst, dann hilft dir Gott, pflegte seine Mutter zu sagen. Und sie hatte recht, wie immer. Christian erhob sich und verließ das Zimmer. Er bereitete Janas Frühstück und brachte es ihr hoch, schenkte den Tee ein, gab einen Löffel Zucker dazu und rührte um. Pfefferminze. Ihr Lieblingstee. Er kostete vorsichtig. Heiß und süß, genau, wie sie ihn mochte. Noch einmal blickte er auf das Tablett, um sich zu vergewissern, dass er nichts vergessen hatte. Er musste los.

»Ich bin bald wieder da«, sagte er.

Emilia Martin seufzte erleichtert auf. Heinz würde kommen, er hatte es versprochen. Sie wickelte sich das feuchte

Taschentuch um den Zeigefinger und tupfte sich die Tränen aus den Augenwinkeln. Der Mascara hinterließ schwarze Spuren auf dem weißen, weichen Material. Aber noch mehr Mascara klebte auf ihren Wangen, und an den Stellen, an denen sie versucht hatte, ihn wegzuwischen, entstanden graue Schlieren.

Heinz war ein guter Mensch, ein guter großer Bruder, auch wenn sie kaum mehr Gemeinsamkeiten hatten als ihren Erzeuger.

Sie wusste, er handelte ihr gegenüber nur aus Pflichtbewusstsein, nicht aus Zuneigung. Er war der, den sie anrief, und er kam. Er hatte sich noch nie gefreut, von ihr zu hören, schon früher nicht. Aber an wen sollte sie sich sonst wenden?

Emilias Partner wechselten im wöchentlichen Rhythmus, von ihren Freundinnen – viele hatte sie ohnehin nicht – war eine tot, die andere spurlos verschwunden. Der Gedanke an sie bewirkte, dass Emilias Hals sich anfühlte, als hätte sie eine Gräte verschluckt. Sie bekam kaum noch Luft, und ihre Augen füllten sich erneut mit Tränen.

Ich hätte die wasserfeste Wimperntusche nehmen sollen, dachte sie, als es an ihrer Wohnungstür läutete. Sie streckte ihre nackten Beine, stand von der Couch auf, wickelte sich den Gürtel des seidenen Kimonos enger um ihre schmale Mitte und ging, um zu öffnen.

Christian war zufrieden. Bald war es vollbracht. Eine noch, dann wäre es vorbei, stellte er mit Bedauern fest. Er hatte die Gesellschaft einer jeden genossen. Und sie die seine ebenfalls. Insgeheim hatten ihn alle diese Frauen geliebt. Ja, sie hatten ihn angefleht, aufzuhören. »Sag, wie sehr du mich liebst«, forderte er, bevor er sich ihren Augen widmete, den wunderbaren, faszinierenden Augen. Keine hatte sich ihm widersetzt, bloß Luisa, dieses Biest. Ihre Zahnabdrücke waren immer noch auf seiner Hand zu sehen.

Wahrscheinlich hatten alle gedacht, er würde sie verschonen, wenn sie ihm ihre Liebe gestanden. Aber er hatte ihnen nicht geglaubt, hatte sich nicht für dumm verkaufen lassen. Erst zum Schluss. Erst, wenn er seine Hände um ihre Hälse gelegt und zugedrückt hatte. Da liebten sie ihn. Dafür, dass er sie erlöste. Ihnen die Schmerzen nahm. Dafür, dass nun alle Qual ein Ende hatte.

Gleichgültig putzte er den Keller. Blut hatte ihm noch nie etwas ausgemacht. Es gehörte dazu. Aber weg musste es von hier. Schließlich sollte es die Nächste sauber und ordentlich haben. Er wusste, er ging ein Wagnis ein. Er hatte noch nie mehr als zwei Frauen an denselben Ort gebracht. Aber jetzt war er so kurz vor der Vollendung. Nur noch einmal, schwor er sich. Das musste reichen. Er hatte sich alles viel einfacher ausgemalt. Aber wie er es auch anstellte, er war mit dem Ergebnis nicht zufrieden. Die Augen hatten nicht den Glanz, den er sich vorstellte. Ihnen fehlte die Lebendigkeit. Nun, er hatte aus den Fehlern gelernt, wusste, was er beim nächsten Mal anders machen würde. Schade, die Frauen waren alle umsonst gestorben. Das heißt, nicht ganz. Sie hatten der Erfahrung gedient. Ihr Tod hatte einen guten Zweck gehabt. Mehr, als sie von ihrem Leben behaupten konnten.

Nur einmal noch, und dann hatte er es geschafft. Jana würde wieder sehen können. Seine Fesseln würde er abstreifen können. Der Gedanke daran beflügelte ihn, und er tauchte den Mopp enthusiastisch in den Putzeimer.

»Du solltest endlich das Wasser wechseln«, hörte er seine Mutter sagen.

»Ja!«, antwortete er. Er erschrak, als seine Stimme von den Betonwänden widerhallte. Bisher hatte er mit seiner Mutter nur still kommuniziert.

»Und tu reichlich von der Bleiche rein, sonst kriegst du die Flecken nie weg. Du hättest sie nicht eintrocknen lassen sollen.«

»Ich weiß, Mutter!« Diesmal war kein Laut zu hören. Vielleicht hatte er es nur im Kopf gesagt, vielleicht hatte er auch nur so leise gesprochen, dass die Wände es nicht hören konnten.

Er leerte den Kübel aus, füllte ihn frisch, kippte großzügig von der Chlorbleiche hinein und wischte den Boden. Noch zweimal wechselte er das Wasser, dann hatte er das Gefühl, dass alles sauber war. Er ließ seinen kritischen Blick durch den Raum wandern. Als er bei der Zimmerdecke angelangt war, bemerkte er in einer Ecke ein Netz mit einer Spinne.

Die waren aber auch überall. Er hob den Mopp und stieß ihn kräftig gegen die Decke. Das kleine Tier blieb mit angezogenen Beinen leblos auf dem Aufwischlappen kleben. Angewidert tauchte er ihn in den Kübel und wusch ihn aus. Das Wasser samt dem Ungeziefer spülte er im Klo hinunter.

2

Heinz trat von einem Fuß auf den anderen, während er wartete, dass die Eingangstür aufging. Richtig wohl fühlte er sich eigentlich nie, wenn er Emilia aufsuchte. Und immer ertappte er sich dabei, heimlich auf die Uhr zu sehen, als verschwendeten sie nur Zeit miteinander. Heute hatte er immerhin einen Grund, hier zu sein.

Auf der Innenseite der Tür spähte jemand durch den Spion, dann hörte er, wie Emilia am Schloss hantierte. Gleich darauf wurde die Tür aufgerissen. Sie stand einen Augenblick unschlüssig da, mit diesem Morgenmantel, der ihr nicht einmal bis zu den Knien reichte, mit nackten Beinen und Füßen. Aber er würde nicht sagen, dass es ihm unangenehm war, dass sie in seiner Gegenwart fast unbekleidet durch die Gegend lief. Oder dass sie zu dünn war, weil ihre Knie spitz herausstachen und ihre Beine Stelzen ähnelten. Und auch nicht, dass ihn der kalte Zigarettenrauch, der schon im Eingangsbereich zu riechen war, störte. Das alles hatte er schon kritisiert, nichts davon war zu ihr durchgedrungen. Er solle aufhören, sie zu bevormunden. Sie sei erwachsen und ihm keine Rechenschaft schuldig.

Wenn sie sich bloß auch wie eine Erwachsene benehmen würde.

Sie ging einen Schritt zur Seite, um ihm Platz zu machen. Er trat ein, und sie warf die Wohnungstür mit Schwung zu.

»Danke«, sagte sie. Erst jetzt blickte sie auf.

Emilia war ebenso groß wie er, sodass sich ihre Augen auf gleicher Höhe trafen. Das irritierte ihn jedes Mal aufs Neue – und dass ihr Äußeres so wenig mit ihrem Inneren übereinstimmte. Emma, wie er sie nannte, war sechzehn Jahre jünger als er. Manchmal kam sie ihm vor wie ein großes Kind. Heinz folgte ihr ins Wohnzimmer und bemerkte missbilligend den unordentlichen Kleiderhaufen, die leere Rotweinflasche auf dem Tisch und die zerknüllten Taschentücher mit den schwarzen Flecken.

Emilia setzte sich auf einen Berg aus Polstern, schlug ihre Beine unter und nahm ein Kissen, das sie an ihren Oberkörper gepresst umschlungen hielt.

Heinz überlegte, ob er den Kleiderhügel auf dem Sessel auf den Fußboden legen sollte. Dann schob er ihn aber nur ein Stück nach hinten und setzte sich.

Beide Ellbogen auf seine Oberschenkel gestützt, begann er: »Also, was ist passiert?«

Emilia fischte eine Zigarette aus der Packung neben der Rotweinflasche, ließ das Feuerzeug aufschnappen, sog tief den Rauch ein, bevor sie zu reden begann: »Vor vier Wochen hatten wir einen Fototermin. Werbung für Make-up. Da hab ich Vivian das letzte Mal gesehen. Wir wurden nicht fertig und wollten am nächsten Tag weitermachen, doch

Vivi glänzte durch Abwesenheit. Wir riefen sie alle zehn Minuten an. Sie meldete sich einfach nicht. Der Fotograf war stinksauer, der Produzent tobte. Sie mussten einen Ersatz für sie finden und noch einmal von vorn beginnen. Eine Woche darauf fand man ihre Leiche.« Emilia schluckte, und der Rauch aus ihrer Zigarette stieg in einer schmalen Säule empor, während sie den Rest Wein aus dem Glas trank.

Heinz presste die Lippen aufeinander, weil er nichts dazu sagen wollte. Immerhin war es erst Mittag.

»Ich hab' in den Nachrichten davon gehört und ihre Bilder in den Zeitungen gesehen. Ich hätte sie fast nicht mehr erkannt«, flüsterte Emilia.

»Wart ihr befreundet?«

Emilia nickte. »Wir sind uns öfter über den Weg gelaufen, haben uns bei Events getroffen. Es war nicht so eine Freundschaft, wie man es während der Schulzeit hat, wenn man sich täglich trifft, alle Geheimnisse miteinander teilt – so etwas gibt es unter uns Mädels nicht, dafür ist der Konkurrenzkampf zu groß –, aber doch, unter anderen Umständen wären wir wohl Freunde gewesen.«

Heinz spürte das erste Mal, wie einsam Emma sich fühlen musste, und betrachtete den überquellenden Aschenbecher und die leere Weinflasche mit milderem Blick. Auch sein Ton war etwas weicher, als er fragte: »Und was ist mit der anderen?«

Emilia drückte die Zigarette aus, griff erneut zur Packung und wiederholte ihr Ritual. »Luisa ist verschwunden. Letzte Woche waren wir auf einer Modenschau. Nach dem Laufsteg war Partytime. Sie war bloß eine halbe Stunde dort. Keiner hat sie danach gesehen. Wir hätten gestern ein gemeinsames Shooting für einen Unterwäschekatalog gehabt. Sie hätte so ein Angebot niemals ohne triftigen Grund ausgeschlagen. Ich spüre, dass ihr etwas passiert ist.«

Heinz schwieg und dachte nach. »Hast du ein Foto von ihr?«

»Von Luisa? Klar, irgendwo.«

»Dann such es.«

Emilia schaute ihn ängstlich an, erhob sich wortlos und ging in das angrenzende Schlafzimmer, um Heinz' Aufforderung nachzukommen.

Heinz hatte nun Zeit, den Raum auf sich wirken zu lassen. Er war schon ein paarmal hier gewesen. Trotzdem betrachtete er alles in einem anderen Licht, fast so, als sähe er das Zimmer zum ersten Mal. Widerwillig musste er feststellen, dass die Abwesenheit seiner Schwester es plötzlich leer wirken ließ.

Seine Augen wanderten die Wände entlang, wo bunte, abstrakte Gemälde hingen. Fröhliche, kräftige Farben. Keine Drucke sondern Originale von noch unbekannten Künstlern. Emilia bewegte sich in diesen Kreisen, kannte Maler, Musiker, Schriftsteller. Nicht gerade ein solider Umgang, aber das tat nichts zur Sache. Sie hatte ohnehin noch nie auf ihn gehört, gab vor, ihn zu brauchen, auf seinen Rat angewiesen zu sein, und doch war es nur sein Geld, das sie tatsächlich benötigte. Seine Schecks nahm sie ohne Widerspruch, ja ohne besondere Dankbarkeit entgegen, als wäre es eine Selbstverständlichkeit, vom älteren Bruder unterstützt zu werden. In allen anderen Dingen tat sie das Gegenteil von dem, was er sagte, und das mit einer Konsequenz, die geradezu bewundernswert war.

Heinz musste sich eingestehen, dass ihm die Gemälde gefielen. Besser als die Schwarz-Weiß-Fotografien, die seine Wohnzimmerwände zierten.

Er musterte die Bücher in dem Regal. Viele sahen aus, als wären sie tatsächlich gelesen worden. Dabei handelte es sich um richtige Bücher und nicht um Hochglanzmagazine, in denen es um Mode, Schmuck und Lifestyle ging.

Bis heute hatte er sich nie die Zeit genommen, sich alles bewusst einzuprägen. Er hatte sich geweigert, seine Schwester tatsächlich kennenzulernen, sich Gedanken über ihre Vorlieben und Abneigungen zu machen, mit ihr allzu vertraut zu werden. Das erste Mal seit ihrer Geburt spürte er einen Anflug des Bedauerns darüber aufsteigen.

Emma trat mit einigen Fotografien in der Hand ins Zimmer. In ihren Augen schimmerte es feucht, als sie ihm die Bilder reichte. Heinz betrachtete eines nach dem anderen. Er starrte lange auf jedes einzelne, versuchte Details zu erkennen, blätterte sie immer wieder durch.

Schließlich räusperte er sich, bevor er fragte: »Kann ich die mitnehmen?«

Emilias Augen wurden noch eine Spur feuchter. »Sie ist tot, nicht wahr?«

Heinz räusperte sich noch einmal. Trotzdem konnte er nur mit den Schultern zucken, weil seine Stimme versagte.

Er wollte sie beschwichtigen, sie mit einer banalen Antwort abspeisen, sie mit der Wahrheit nicht belasten. Was wusste sie schon vom realen Leben, vom Sterben und vom Tod?

Emilia presste sich eine Hand auf ihren Mund. Nach einer Weile flüsterte sie: »Was geht hier vor, Heinz?«

Er vermied es, sie anzusehen. »Ich weiß nicht. Vielleicht ist sie es gar nicht.«

»Ihr habt sie also gefunden?«

Ihre Stimme klang weder hysterisch noch verrückt. Im Gegenteil. Heinz hatte sie noch nie so gefasst erlebt, und seltsamerweise beunruhigte ihn das mehr, als er zugeben wollte.

»Du packst ein paar Sachen und kommst mit zu mir«, bestimmte er. Der Anflug eines Lächelns zeigte sich auf Emilias Gesicht, doch es war ein trauriges Lächeln, das ihre Augen nicht erreichte.

»Das wird nicht gut gehen. Es nervt dich schon, dass es

mich gibt. Wie willst du dann Tag für Tag meine Anwesenheit ertragen?«

Schlechtes Gewissen wallte in Heinz auf. Sie hatte mit ihrer Bemerkung ins Schwarze getroffen. Trotzdem sagte er: »Ich werde mein Angebot bestimmt nicht wiederholen. Keine Extrawürste mehr. Du sagst alle Termine ab, verkriechst dich in meiner Wohnung und wartest, bis wir den Täter haben.«

»Und was glaubst du, wie lange das dauert? Wochen? Monate? Ich kann nicht alles aufgeben. In den nächsten Wochen habe ich zwei Modenschauen. Das ist mein Job, damit verdiene ich mein Geld.«

Um es für Wein und Extravaganzen auszugeben, dachte Heinz bitter. Kein Wunder, dass sie mit ihrem Verdienst nicht über die Runden kam, bei dem, was sie für Kleidung, Make-up und Schuhe ausgab. Dennoch war es jetzt der falsche Zeitpunkt, mit ihr deswegen einen Streit anzufangen.

»Geld ist nicht das Problem.«

»Für mich schon. Ich will auf eigenen Füßen stehen und weder auf dich noch auf Vater angewiesen sein. Jetzt bin ich drauf und dran, bekannt zu werden. Ich hab es fast geschafft. Ich kann nicht einfach für ein paar Monate in der Versenkung verschwinden. Nie wieder hätte ich eine Chance, dorthin zu gelangen, wo ich jetzt bin.«

Verdammt, wo war die schluchzende Emma, die ihn vor zwei Stunden angerufen hatte, die er zu treffen erwartet hatte? Die vor lauter Angst auf ihn gehört hätte, wenigstens einmal in ihrem Leben.

Warum klang sie so vernünftig? So plausibel? Gar nicht kindlich. Konnte es sein, dass er sie in all den Jahren falsch eingeschätzt hatte? Er nickte. Ob zu ihren Ausführungen oder zu seinen Gedanken, war ihm selbst nicht ganz klar. Dennoch wollte er nicht einfach klein beigeben.

»Warum hast du mich dann überhaupt herbestellt? Wenn du eh nicht tust, was ich dir sage?«, wollte er wissen.

»Damit jemand Bescheid weiß, falls mir auch etwas passiert. Und vielleicht, um meine Angst mit jemandem zu teilen.«

»Willst du nicht doch ...?«

»Nein, das hatten wir schon. Danke, dass du gekommen bist.«

Sie vereinbarten, dass Emilia täglich morgens und abends bei ihm anrufen würde.

»Versprich mir, dass du den Kerl kriegst«, forderte sie ihn beim Abschied auf.

»Dafür bin ich nicht zuständig.« Doch als er die Enttäuschung in ihrem Gesicht sah, fügte er hinzu: »Ich werde alles daransetzen, dass sich der beste Ermittler mit diesen Fällen beschäftigt.«

Als er in sein Auto stieg, überlegte er, wie er Helmut Wagner dazu bewegen konnte, seinen Urlaub zu unterbrechen und nach Wien zurückzukehren. Er sah auf seine Uhr. Gerade Mittag vorbei. Wenn er Wagner jetzt anrief, würde er ihn beim Essen stören. Heinz musste unwillkürlich lächeln. Wie in alten Zeiten. Wie oft hatte Wagner schon sein halb fertiges Essen auf dem Herd stehen lassen müssen? Wie oft hatte er sein Mittagessen unterbrochen, weil er zu einem Tatort gerufen worden war? Aber Heinz hatte Emilia sein Wort gegeben, und er wollte es halten. Auch wenn Wagner dafür auf sein Schnitzel verzichten musste.

»Schatz, gehst du ans Telefon?«

Wagner hörte, wie Sonja barfuß aus dem Badezimmer in die Diele lief und sich meldete: »Kellermann.« Dann einige Sekunden Stille. Wieder Sonja: »Heinz, wie schön! Sicher!« Und eine Spur höher: »Für dich!«

Wagner drehte die Herdplatte ab und schob zur Sicherheit die noch brutzelnde Pfanne nach hinten.

»Ich mach hier weiter, geh nur«, sagte Sonja, die in die Küche gekommen war.

»Du solltest dir wenigstens eine Schürze umbinden«, beschied Wagner, bevor er sich nach einem langen, genüsslichen Blick auf Sonjas nackten Po umdrehte.

In der Diele nahm er den Telefonhörer und stellte sich in die Ecke zwischen Wand und Sicherungskasten. Die Telefonschnur war zum Zerreißen gespannt, aber von dort aus hatte er einen guten Blick in die Küche.

»Servus! Du störst wieder einmal beim Essen. Na ja, fast.«

Heinz' vertraute Stimme sagte: »Das tut mir ehrlich leid, aber du musst wieder nach Wien kommen. Ich habe hier ein gröberes Problem, um es milde auszudrücken ...«

Das Kotelett wollte Wagner nicht so recht schmecken.

»Was ist mit dir?«, fragte Sonja, die in der Zwischenzeit immerhin einen Slip und ein T-Shirt angezogen hatte.

»Ich muss nach Wien«, gab Helmut nachdenklich zurück.

Sonja schnitt ein Stück Fleisch ab und spießte es auf ihre Gabel. »Warum? Mit Heinz ist doch alles in Ordnung, oder?«

»Ja, ja«, beeilte er sich zu versichern. Heinz war nicht nur sein, sondern inzwischen auch Sonjas Freund, »aber er braucht mich, hat er gesagt.«

Sonja legte die Gabel auf ihren Teller, schob ihren Sessel nach hinten, stand auf und ging um den Tisch herum, um sich auf Wagners Schoß zu setzen. Sie legte ihre Arme um seinen Nacken und schmiegte sich eng an ihn. »Nun, ich brauch dich auch«, sagte sie, während sie jedes einzelne ihrer Worte mit einem Kuss auf seine Lippen betonte.

Sanft löste er sich aus ihrer Umarmung. »Er sagt, es geht um einen Serienmord.«

»Na und? Du hast Urlaub. Und außerdem ist da noch – wie heißt er gleich?«

»Moser.«

»Ja, der. Soll er das machen.«

Wagner seufzte. »Du weißt doch, wie Heinz ist: Wenn er zugibt, dass er Hilfe braucht, dann brennt's wirklich. Und Moser ist mit so einer Sache überfordert. Er ist neu.«

»Wann willst du fahren?« Sonjas Stimme war merklich kühler geworden.

»Gleich morgen.«

Sonja stand auf und ging zu ihrem Platz zurück. Sie steckte sich das mittlerweile kalt gewordene Stück Fleisch in den Mund. Wagner hatte das Gefühl, sie kaute besonders lang, um nichts sagen zu müssen. Er hasste es, wenn sie schwieg. Schließlich hatte sie den Bissen hinuntergeschluckt, trank und musterte ihn länger, als ihm lieb war.

»Was ist mit dem Chaos hier? Die Kisten, die ausgepackt werden müssen? Das bleibt alles an mir hängen?«

Gefährliche Frage, die im Grunde keine war, sondern eine Feststellung.

»Ich brauch' nicht lang. Ein paar Tage bloß, bis sich Moser in den Fall eingearbeitet hat.«

Sonja kniff die Lippen zusammen. Dann beugte sie sich vor und fixierte ihn: »Du wirst doch wieder zurückkommen?«

»Natürlich, was für eine Frage.«

»Ich dachte bloß. Ich weiß, dass dir die Entscheidung, nach Innsbruck zu ziehen, nicht leichtfällt.«

»Niemand zwingt mich dazu. Wir wollen zusammen sein, eine Fernbeziehung würde auf Dauer nicht klappen.«

»Und wenn das mit der Nahbeziehung nicht klappt, hast du immer noch deine Wohnung.«

»Fang jetzt nicht wieder damit an, Sonja. Du weißt, warum ich sie nicht verkaufen will.«

Sie seufzte, lehnte sich zurück, und Wagner wusste, dass er gewonnen hatte.

»Ich meine nur, es ist gut, dass du sie noch hast. Da brauchst du Heinz nicht mit deiner Schnarcherei zu belästigen.«

»Ich schnarche nicht.«

»Doch, und wie. Darum achte ich auch so darauf, dass du nicht zu viel schläfst.«

»Ich schnarche nur, wenn ich permanent übermüdet bin.«

Sonja stand wieder von ihrem Sessel auf und kam zu ihm. Sie nahm ihn an der Hand und zog ihn hoch. »Vielleicht sollten wir dann ganz zeitig zu Bett gehen.«

Helmut ließ sich widerstandslos abführen. Wenigstens gab es beim Sex keine Meinungsverschiedenheiten zwischen ihnen.

Christian Salzbrunner war ein Jäger. Er lauerte seiner Beute auf, beobachtete sie, und wenn der richtige Zeitpunkt gekommen war, schlug er zu. Alles kam auf den richtigen Zeitpunkt an – und auf eine umfassende Vorbereitung.

Nachdem er den halben Nachmittag damit verbracht hatte, den Keller zu säubern, durfte er sich etwas gönnen. Emilia Martin zählte zu den angenehmen Dingen seines Lebens. Er war ihr schon seit Tagen auf den Fersen, wollte wissen, was sie tat, wohin sie ging, mit wem sie sich traf. Er bewunderte ihren Gang. Sie ging nicht, sie schritt wie eine Königin. Er liebte ihr Lachen, das sie leider viel zu selten erklingen ließ, er hasste ihre Zigaretten, die sie sich nacheinander anzündete, als wären sie der einzige Halt, den sie hatte. Bald würde sie mit dem Rauchen aufhören. Er würde dafür sorgen.

Nun hielt er sich hinter Bäumen versteckt. Schade, es war noch nicht finster genug, sie hatte noch kein Licht angemacht. Sie zog ihre Vorhänge nie zu, als wolle sie sich aller Welt präsentieren.

Auf seinem Posten konnte er sehen, wie sie umherging,

mit etwas bekleidet, das mehr von ihrem Körper zeigte, als es verbarg. Er war zu weit weg, um ihr Gesicht genau zu erkennen. Vielleicht sollte er näher zum Fenster gehen. Nein, sie könnte ihn entdecken. Er würde warten müssen, nur noch ein paar Stunden. Dann konnte er sie ansehen, so lange er wollte. Sie wäre sein.

Emilia war ans Fenster getreten und blickte genau in seine Richtung. Ahnte sie, dass er hier draußen war? Christian rückte tiefer in den Schatten des Baumes. Da griff sie nach den Gardinen und zog sie mit einem Ruck zu.

Er kam zu dem Schluss, dass sie einfach vorsichtig wurde. Seine Taten sprachen sich herum. Eigentlich ein Grund, um stolz auf sich zu sein, aber Stolz war eine Sünde, hatte ihm seine Mutter beigebracht.

Emilia tat gut daran, wachsamer zu sein, ohne Zweifel. Doch das würde ihr nichts nützen. Er hatte noch nie eine Beute aus seinen Fängen gelassen, nachdem er sie aufgespürt hatte. Und diese war perfekt. Sie war wie geschaffen für die Aufgabe, die er ihr zugedacht hatte. Er hätte sich viel Zeit, Ärger und vor allem jede Menge Putzmittel erspart, das er benötigt hatte, um die Sauerei, die jedes Mal entstanden war, zu beseitigen, wenn er sie gleich gefunden hätte. Aber auf Emilia war er erst durch Luisa aufmerksam geworden, nachdem er ein Foto in ihrer Tasche gefunden hatte. Die beiden Frauen auf einem Werbefoto für Lidschatten, wie passend. Auf der Rückseite standen in einer runden, fast kindlichen Handschrift die Namen der beiden Freundinnen. Und er hatte sofort gewusst, dass er sie haben musste. Emilia. Er sprach den Namen leise aus, schmeckte ihren Klang.

Sie war Jana so ähnlich. Ihre Augen hatten ihn in den Bann gezogen. Seine Gebete waren endlich erhört worden. Mit einem zufriedenen Lächeln auf den Lippen verließ er sein Versteck. Ja, Emilia war genau die Richtige.

3

Inspektor Rainer Moser trat auf der Stelle. Er hatte zwei ungelöste Mordfälle zu bearbeiten und war keinen Schritt weitergekommen. Das wurmte ihn. Dieser Heinz Martin, der glaubte doch tatsächlich, er hätte alle Weisheit für sich gepachtet. Was verstand der schon von fundierter polizeilicher Ermittlungsarbeit?

Moser ging zum fünften Mal die Tatortfotos durch. Es musste etwas geben, das ihm weiterhelfen konnte. Irgendetwas.

Der Gerichtsmediziner hatte ihn darauf hingewiesen, dass die zwei toten Frauen eine ähnliche Statur hatten. Beide groß und schlank. Und beide hatten eine sehr helle Hautfarbe gehabt, bestimmt waren sie darauf bedacht gewesen, sich vor der Sonne zu schützen. Sehr vernünftig, aber ihre Lebenserwartung hatten sie dadurch auch nicht erhöhen können. Und dann natürlich die fehlenden Augen bei beiden. Der Täter hatte sie herausgetrennt.

Nun, die deutlichen Parallelen sah er selbst, dafür brauchte er Heinz Martin nicht. Er tippte auf einen Sammler. Einen, der Freude daran hatte, seine Opfer zu quälen.

Kaum zu glauben, dass sie das überlebt hatten, um danach noch erdrosselt zu werden.

Aber zu diesem Zeitpunkt sollte man sich auf keinen Fall zu der Annahme verleiten lassen, es mit einem Serientäter zu tun zu haben. Die Unterschiede, die es durchaus gab, hatte Martin nicht erwähnt: Vivian Steiner hatte schwarzes Haar. Kinnlang. Die andere langes blondes Haar.

Die Leiche von Vivian Steiner hatte Schnittwunden am Gesäß, entlang des ganzen Rückens und an beiden Oberschenkeln.

Bei der zweiten Toten war fast das ganze Gesicht zerschnitten worden. Ihre Brüste gänzlich abgetrennt. Beide Oberschenkel, der Bauch und der Rücken wiesen zahlreiche Schnitte auf. Außerdem hatte sie eine Prellung am Jochbein, zugefügt vor ihrem Tod, wie Martin festgestellt hatte. Das hieß, der Mörder hatte sie geschlagen. Das war ein gravierender Unterschied zwischen ihr und Vivian Steiner.

Natürlich konnte es ein und derselbe Täter gewesen sein, wie Martin meinte. Oder ein Nachahmungstäter. Das konnte Moser keinesfalls ausschließen. Die Presse hatte den ersten Mordfall ausgeschlachtet. Woher die Zeitungen all die Informationen hatten, war ihm schleierhaft, und er würde sich wohl oder übel auch noch mit diesem Problem herumschlagen müssen. Als hätte er nicht schon genug am Hals. Irgendein Irrer konnte erst durch die Medien auf die Idee gebracht worden sein. So sah er das. Auf jeden Fall würde er nicht den Fehler begehen, die Ermittlungen schon zum jetzigen Entwicklungsstand in eine eingefahrene Richtung zu lenken und alles andere außer Acht zu lassen. Das hatte er bereits einmal getan. Bis heute verzieh er sich das nicht, denn es hatte zwei Menschen das Leben gekostet.

Damals hatte er sich geschworen, keine voreiligen Schlüsse mehr zu ziehen. Vielleicht gab es so etwas wie Intuition. Vielleicht gab es auch Glück und Zufall, aber nicht für ihn.

Moser stieß seufzend die Luft aus und widmete sich wieder den Bildern.

Heinz Martin entdeckte Wagner sofort. Sein Freund überragte die anderen Fluggäste um gut einen Kopf. Über seiner rechten Schulter hing eine Laptoptasche, links zog er eine Reisetasche auf Rollen hinter sich her.

Heinz atmete erleichtert auf. Wie es aussah, hatte sein Kollege sich auf einen längeren Aufenthalt eingerichtet.

Helmut Wagner trat durch die Absperrung und steuerte auf Heinz Martin zu.

»Guten Flug gehabt?«

Die beiden schüttelten sich die Hände, dann ein freundschaftliches Schulterklopfen.

»Komm, wir gehen essen, und dabei erzähl' ich dir von Emilia.«

Sie liefen zu Heinz' Wagen. Wagner wuchtete sein Gepäck in den Kofferraum und stieg auf der Beifahrerseite ein. Unzählige Stunden hatten sie in diesem Auto verbracht, waren von einem Tatort zum anderen, von einem Zeugen zum nächsten gefahren.

»Und wie gefällt dir Innsbruck?«, fragte Heinz seinen Freund, während er sich Richtung Stadtzentrum einfädelte.

»Es ist anders, als ich erwartet hatte.«

Heinz streifte Helmut mit einem kurzen Seitenblick und schaltete in den vierten Gang.

»Ich glaub', wir haben uns viel zu erzählen«, meinte er.

Er fragte nicht, wohin er fahren sollte. Es gab nur ein Lokal, ihren Lieblingsitaliener, das für diesen Anlass infrage kam. Das »Traviata« lag bloß dreihundert Meter von Heinz' Wohnung entfernt, und wenn er das Fenster öffnete, roch es nach Knoblauch und Pizza und ließ einem das Wasser im Mund zusammenlaufen.

Die Bedienung begrüßte beide mit Namen. »Herr Wagner, wir haben Sie hier schon lange nicht mehr gesehen.«

»Ja, ich war in Innsbruck.«

Sie suchten sich einen Tisch im hinteren Bereich des Restaurants, wo es etwas ruhiger war und sie ungestört miteinander reden konnten.

Nachdem sie ihre Bestellung aufgegeben hatten, drängte Wagner: »Jetzt sag schon. Was hat es mit dieser Schwester auf sich? Ich wusste gar nicht, dass du eine hast.«

»Ich hab nur diese eine, und meistens nicht einmal die. Sie ist sechzehn Jahre jünger als ich und genau genommen meine Halbschwester. Mein Vater hat uns wegen ihrer Mutter verlassen. Ich brauche sie nicht, und sie braucht mich nicht, außer wenn sie knapp bei Kasse ist. Oder wenn sie sich von ihrem Exlover verfolgt fühlt, der sich zufällig in denselben Kreisen bewegt wie sie, sodass es also nur eine Frage der Zeit ist, dass sie sich über den Weg rennen.«

»Und jetzt? Du hast doch Kontakt zu ihr.«

»Ja, und ich wünschte, das wäre nicht nötig.« Heinz' Stimme klang ernst.

Heinz Martin und Helmut Wagner hatten vor langer Zeit eine Abmachung getroffen. Beide führten ein Leben, in dem es oft um Grausamkeiten wie Mord und Totschlag ging. Da vergaß man allzu leicht die ganz alltäglichen Dinge, die normalen Gespräche, die sich um Belanglosigkeiten drehen, Dinge, die man sich erzählt, um etwas voneinander zu erfahren, um sich näher kennenzulernen, um Freundschaften zu pflegen und zu festigen. Deshalb sprachen sie während des Essens nie über ihre Fälle. Das war ein ungeschriebenes Gesetz. Eines, das Heinz trotz aller Ungeduld nicht zu brechen gedachte. So erzählte er über seine schwierige Beziehung zu Emilia. Darüber, dass er ihr nie verziehen hatte, dass sie einen Vater hatte. Seinen Vater, der nicht einmal während der vierzehn Jahre, in denen er mit ihnen gelebt hatte, für ihn da gewesen war.

»Nicht, dass er mich nicht eingeladen hätte. Er versuchte mich an seinem Leben teilhaben zu lassen. Aber gerade dafür hasste ich ihn. Es hätte umgekehrt sein müssen. Er hätte sich für meine Belange interessieren müssen.«

Heinz legte sein Besteck auf den Teller und nahm einen Schluck aus seinem Bierglas. Dann wischte er sich den Mund mit der Serviette ab und fuhr fort: »Die neue Frau und er waren so glücklich, als Emma auf die Welt kam. Aber für mich war es eine Katastrophe. Da wurde mir vor Augen gehalten, was ich nicht hatte: eine glückliche, komplette Familie. Ich denke, mit sechzehn sollte man bereits klüger sein und über diesen Dingen stehen, aber ich schaffte es einfach nicht. Ich verzichtete auf weitere Besuche. Erst später, ich glaube es war Emilias Erstkommunion, schlug ich seine Einladung nicht aus. Danach sah ich seine Familie ein- bis zweimal im Jahr, und bis heute ist dieses Gefühl nicht gewichen, diese Bitterkeit, dieser Zorn.«

Wagner nickte und schob seinen Teller beiseite. »Aber du hast mich sicher nicht herbestellt, um dich über deine Familie zu beschweren, auch wenn ich dich verstehe. Meine Eltern haben sich erst getrennt, als ich zwanzig war. Ich weiß heute noch nicht, wie ich reagieren soll, wenn ich meine Mutter mit ihrem neuen Ehemann treffe. Und ich frage mich, was der hat, was meinem Vater fehlt. Aber nun zu Emilia. Was ist denn mit ihr?«

Heinz erzählte Wagner alles, was er bisher in Erfahrung gebracht hatte. »Die zweite Leiche ist noch nicht zweifelsfrei identifiziert. Aber ich glaube, es ist Emilias Freundin Luisa. Umso mehr Sorgen mache ich mir nun um Emma.«

Helmut Wagner sagte vorerst nichts. Er dachte nach.

»Und meine Rolle in dem ganzen Gefüge?«, fragte er dann.

»Ich habe ihr versprochen, dafür zu sorgen, dass der fähigste Ermittlungsbeamte sich um diese Fälle kümmert. Und das bist zufällig du.«

»Danke für die Blumen, aber du weißt, dass ich hier nichts tun kann. Sonja spinnt jetzt schon, weil sie sich mit dem Umzug alleingelassen fühlt. Warum überlässt du die Sache nicht Moser? Er hat beachtliche Erfolge vorzuweisen.«

»Er ist mit Erfolg ein Arsch. Auch sonst kann er bei mir nicht punkten. Moser ist unbelehrbar, egoistisch, von sich eingenommen …«

»Na, das behauptet Sonja von mir auch.«

»Offenbar läuft es zwischen euch beiden nicht so gut.«

»Na ja, meistens schon. Aber wir sind es nicht gewohnt,

Tag und Nacht zusammen zu verbringen. Ich bin froh, wenn wir beide wieder arbeiten.«

Heinz nickte. Wagner hatte ihm einmal gesagt, die Beziehung zu einer Ärztin wäre für ihn als Kriminalbeamten die Ideallösung. Beide hätten unregelmäßige Arbeitszeiten. So könnten sie sich nicht auf die Nerven gehen. Verständlich, dass sie mit so viel Nähe schwer umgehen konnten.

»Und dein neuer Job?«

Wagner seufzte. »Das wird sich zeigen. Ich fürchte jetzt schon, in Innsbruck zu versauern, dabei leb' ich noch nicht einmal richtig dort.«

Helmut Wagner drehte sich zur Kellnerin um und bestellte noch zwei große Bier. Heinz ahnte, dass der Abend länger dauern würde.

Heinz Martin setzte Wagner vor dessen Wohnung ab. »Ich würde dich ja gern noch auf ein Bier hereinbitten, aber ich fürchte, es ist keines da. Es ist gar nichts da, wenn ich es mir genau überlege.«

»Ich muss eh noch fahren. Wir sehen uns morgen!«

Wagner nickte und schwankte ein wenig, als er die paar Stufen zum Hauseingang hinaufging. Sei's drum. Die paar Bier und das Gespräch mit Heinz hatten ihm gutgetan.

Den Wohnungsschlüssel fand er auf Anhieb. Als er die Tür öffnete, kam es ihm vor, als wäre er nie fort gewesen. Alles stand auf seinem Platz und hieß ihn willkommen. Nur die dicke Staubschicht auf dem Fernseher schien ihm Vorwürfe zu machen, wo er denn so lange gewesen sei.

Helmut Wagner ignorierte die stumme Mahnung, ging in sein Schlafzimmer und öffnete weit das Fenster. Der Straßenlärm würde ihn zwar in der Früh aufwecken, aber besser, als jetzt noch das Bett frisch zu beziehen.

Er legte sich, so wie er war, aufs Bett, in der Hoffnung,

schnell Schlaf zu finden. Doch vielleicht war er die Geräuschkulisse nicht mehr gewöhnt, vielleicht hatte die viele körperliche Arbeit während der letzten zwei Wochen für die nötige Müdigkeit gesorgt: Umzugskisten in den dritten Stock schleppen, ausräumen, Möbel aufstellen. Und immer noch war nicht alles fertig. Möglicherweise fehlte ihm auch Sonjas Gegenwart, wie er sich nun eingestand. Nicht die physische. Er hatte schon viele Nächte allein verbracht, wenn sie als Ärztin Dienst hatte. Es waren mehr die kleinen alltäglichen Dinge, die er jetzt vermisste: Ihr übergroßes T-Shirt, das sie als Nachthemd benutzte. Ihr aufgeschlagenes Buch auf dem Nachttisch. Ihre Kleidung, die sie auf dem Stuhl zwar abends sorgfältig zusammenlegte, aber immer vergaß, zur Schmutzwäsche zu schmeißen.

Als sich Wagner von der einen Seite auf die andere drehte, ächzte das Bett. Das Geräusch vermittelte ihm ein unerwartetes Glücksgefühl. Er war wieder daheim.

Straßenlärm weckte ihn um 5 Uhr 30. Ziemlich früh, besonders angesichts der kurzen Nacht. Er schlurfte ins Bad, kramte im Schrank und zog etwas, das wie ein Handtuch aussah, heraus. Als er es gegen das Licht hielt, wusste er auch, warum er diesen Fetzen nicht nach Innsbruck mitgenommen hatte.

Er seufzte und ging ins Vorzimmer, um seine Tasche zu holen. Er wühlte zwischen seiner Wäsche nach einem Badetuch und nahm seinen Rasierapparat, seine Zahnbürste und die Zahnpasta auch gleich mit.

So ausstaffiert begab er sich ein zweites Mal ins Badezimmer und trat unter die Dusche. Wagner fluchte, als ein Schwall kalten Wassers auf ihn niederprasselte. Er hatte vergessen, den Durchlauferhitzer anzuzünden. Bibbernd wusch er sich, so schnell es ging, und trocknete sich mit dem mitgebrachten Handtuch ab, während er das alte zum Draufsteigen benutzte. Wenigstens war nun der letzte Rest des Nebels in seinem Kopf verschwunden.

Er hätte sich gerne einen Kaffee gemacht, war sich aber nicht sicher, ob das Pulver noch schmecken würde, zumal er die letzten Monate, auch schon vor dem Umzug, mehr in Sonjas Wohnung verbracht hatte als in seiner eigenen. Also beschloss er, in seinem Stammcafé zu frühstücken, das schon um sechs Uhr geöffnet hatte.

Schmunzelnd dachte er an die Kellnerin und an deren Jubelschrei, wenn sie ihn so plötzlich wiederauftauchen sehen würde. Nur gut, dass um diese Zeit fast keine anderen Gäste anwesend waren.

Um halb acht betrat er das Gebäude, das ihm fünfzehn Jahre eine Heimat gewesen war. Der Wachbeamte am Eingang freute sich, ihn wiederzusehen.

»Na, wie steht's in Innsbruck? Schon Heimweh gehabt?«

»Lässt sich mit Wien nicht vergleichen. Ist viel ruhiger dort.«

»Es werden alle aus dem Häuschen sein, dass Sie wieder da sind.«

Wagner hob grüßend die Hand und ging weiter, in den ersten Stock, wo sein Büro war – das jetzt von Moser benutzt wurde.

Er beschloss, zuerst doch lieber im Labor vorbeizuschauen. Als er durch die Glastür trat, blieb er stehen und beobachtete die typische hektische Betriebsamkeit, die in dem Raum herrschte. Er war gespannt, wie lange es dauern würde, bis ihn jemand bemerkte.

Es war Laura, die um eine Ecke geschlittert kam, in ihrem weißen Laborkittel, der ihr um mindestens zwei Nummern zu groß war, und die so plötzlich stehen blieb, als sie Wagner entdeckte, dass ein anderer Mitarbeiter fast in sie hineingerannt wäre.

Sie waren einmal ein Paar gewesen, das heißt, er hatte es so empfunden. Sie hatte sich nicht binden wollen. Wie hatte sie es ausgedrückt? »Nur ein bisschen Spaß.«

Das lag zwar schon lange zurück, aber er wusste immer noch nicht, wie er ihr begegnen sollte. Wäre ein Händedruck nicht zu förmlich? Ein Küsschen auf die Wange zu intim?

Laura nahm ihm die Entscheidung ab, indem sie sich auf die Zehenspitzen stellte und mit ihren Lippen flüchtig seine Wange streifte.

»Helmut! Was um alles in der Welt verschlägt dich von der Idylle in die hektische Großstadt?«

»Zu viel Idylle wahrscheinlich.«

»Komm, ich wollt' gerade einen Kaffee trinken. Dabei können wir uns ungestört unterhalten.«

Er folgte ihr in das kleine Nebenzimmer, das vollgestopft war mit Aufzeichnungen und Fachliteratur.

Auf einer Arbeitsplatte standen hier gleich zwei Kaffeemaschinen, beide in Betrieb. Oberhalb in einem Regal befanden sich die Tassen. Keine passte hier zur anderen, keine zwei waren gleich.

Wagner sah dieses Sammelsurium immer als Parabel für die Mitarbeiter dieser Abteilung: ein bunt zusammengewürfelter Haufen. Aber ein Haufen, der es draufhatte. Wie oft hatte einer der Mitarbeiter hier die entscheidende Spur gefunden, um einen verzwickten Fall zu lösen. Es waren alles hochkarätige Spitzentechniker und Laboranten, die hier arbeiteten – und Laura Campelli, die die ganze Abteilung leitete, war die beste von allen.

Laura fischte zwei Becher aus dem Regal, wofür sie sich erneut auf die Zehenspitzen stellen musste, sodass der große Laborkittel ein Stück hochrutschte. Geübt schenkte sie in beide Tassen heißen Kaffee ein, ohne dabei auch nur einen Tropfen zu verschütten. Er hatte sich schon oft überlegt, wie sie das anstellte. Er hatte das nie geschafft, ohne einen braunen See auf der Arbeitsplatte zu hinterlassen.

Sie fragte nicht, wie er seinen Kaffee wollte. Schwarz, mit wenig Zucker. Manche Dinge würden sich nie ändern.

Dazu gehörte auch, dass sie im Stehen trinken mussten, weil es hier keine Sitzmöglichkeiten gab, die nicht mit irgendetwas vollgeräumt waren.

Laura lehnte sich mit dem Rücken an einen Aktenschrank. »Also, was hat dich wirklich hergeführt?«

»Heinz hat mich angerufen.«

»Die zwei Frauenleichen?«

Wagner nickte. »Wobei ich ihm gesagt hab, dass eigentlich Moser jetzt dafür zuständig ist.«

»Warum bist du dann gekommen?«

Wagner seufzte und verfluchte Lauras Intuition im Speziellen und die der Frauen im Allgemeinen. Woher kam es, dass sie immer zu ahnen schienen, dass mehr dahintersteckte, als man sagte?

»Heinz ist privat involviert, das heißt seine Schwester. Oder noch genauer: Sie hat die erste Leiche gekannt und die zweite wahrscheinlich auch. Heinz glaubt, seine Schwester könnte die Nächste sein, und nachdem meine Versetzung erst in drei Wochen wirksam ist …«

Laura sah ihn durchdringend an. Das war der Blick, der ihm das Gefühl gab, sie sähe bis an den Grund seiner Seele. Als ob sie sichergehen wollte, dass er sie nicht belog. Als hätte er das jemals getan.

Dann drückte sie sich von dem Schrank ab und sagte: »Gut, dann hol ich mal unsere Ergebnisse. Aber mach dir keine großen Hoffnungen, viel ist es nicht.«

4

Christian ging in sein Zimmer, um sich für die Vernissage herzurichten. Er wollte genau den richtigen Eindruck erwecken: vertrauenswürdig und seriös, aber gleichzeitig unscheinbar. Niemand sollte sich an den Mann erinnern, mit dem Emilia gesprochen, der ihr ein paar Drinks geholt hatte und mit dem sie dann gegangen war.

Er entschied sich für einen dunkelgrauen Anzug, schlichtes Hemd, unauffällige Krawatte. Er blickte in den Spiegel. Sein Haar hatte er sich erst letzte Woche nachgefärbt. Ein mittlerer Braunton, der seine weißblonde Naturfarbe übertönte und ihn in die Anonymität der breiten Masse eintreten ließ.

Er hätte ein Banker sein können oder ein Agent, ein Fotograf, ein Immobilienmakler oder ein einfacher Kunstliebhaber. Hier, in diesem Zimmer, in dieser Stadt, in diesem Leben, fernab von Jana, war er Jakob Prandtauer, Architekt. Den hatte es tatsächlich gegeben. Ein einfacher Bauernsohn aus dem 17. Jahrhundert, der es geschafft hatte, zu einem führenden Klosterarchitekten seiner Zeit aufzusteigen. Oh ja, damit nahm er es genau. Er hatte sich immer große Namen als Vorbilder ausgesucht, auch wenn sie den meisten Leuten nichts sagten. Gegen Dummheit und Ignoranz ist kein Kraut gewachsen, predigte seine Mutter immer. Und da hatte sie recht. Erst einem, den er bisher getroffen hatte, war Jakob Prandtauer ein Begriff gewesen. Als der gefragt hatte: »Wie der berühmte Architekt?«, hatte er gezwinkert und geantwortet: »Leider nicht berühmt.«

Er hatte sich auch schon als Augenarzt ausgegeben: Theodor Watt, passend zu seiner Berufung. Aber da hatten die Menschen rundum plötzlich alle irgendwelche Krankheiten oder Wehwehchen gehabt und seinen ärztlichen Rat gefordert. Ehe er sich's versah, stand er im Mittelpunkt. Der nette

Herr Doktor meint dies, der nette Herr Doktor sagt das. Das Bild vom Halbgott in Weiß war in den Köpfen der Leute immer noch fest verankert. Deshalb schlüpfte er nur noch dann in die Rolle des Arztes, wenn er für seine medizinischen Eingriffe Instrumente, Klammern und chirurgisches Besteck nachbestellen musste.

Aus diesem Grund hatte er sich dazu entschlossen, als Architekt aufzutreten. Er kannte sich gut genug aus, um ein paar belanglose Gespräche über diesen Beruf zu führen. Er informierte sich immer sehr ausgiebig über die Personen, in deren Rolle er schlüpfte. Schließlich sollte alles perfekt sein. Glaubwürdig. Wenn man schon im Vorfeld schlampig arbeitete, schlichen sich Fehler ein – und die durfte er sich nicht erlauben.

Erzählte er den penetranten neugierigen Mäulern, er arbeite in einem großen Büro und sei nur einer von vielen Mitarbeitern, flaute das Interesse an ihm im Allgemeinen schnell ab.

Seine Gesprächspartner wandten sich spannenderen Mitmenschen zu, den Schauspielern, Künstlern oder anderen Prominenten. Und ihn vergaßen sie, noch bevor sie ihm den Rücken zukehrten, ganz so, wie er es beabsichtigte.

Das gehörte für ihn zum Spiel, dessen Regeln nur er kannte und aus dem er bisher immer als Sieger hervorgegangen war.

Seine Mutter hatte ihm oft gesagt, er sei etwas ganz Besonderes. Aber sie hatte ihn auch Bescheidenheit gelehrt. Andere Leute würden nur neidisch werden, ihn zum Außenseiter stempeln, hätten kein Verständnis für seine Einzigartigkeit.

Er brauchte keine Bestätigung von fremden Personen. Das Wissen um die alles umfassende Liebe seiner Mutter zu ihm, einer besonderen Liebe, deren Geheimnis sich nur ihm und ihr erschloss und die er in seinem Herzen für ewig bewahren würde, reichte ihm.

Auf die Gästeliste für diese Vernissage gesetzt zu werden, war einfacher gewesen, als er gedacht hatte. Es hatte ihn bloß einen Telefonanruf gekostet. In allen Medien wurde von der Firma Deco-Art-Studios berichtet, welche die Inneneinrichtung des Museums für neue Kunst übernommen hatte. Die Sekretärin hatte sich in ihrem Eifer überschlagen, Herrn Jakob Prandtauer auf die Gästeliste zu schreiben, nachdem Christian sich als Mitarbeiter von Deco-Art-Studios ausgegeben und gebeten hatte, einem ihrer besonders wichtigen Kunden eine Einladung zu verschaffen. Er sei ein wahrer Kunstliebhaber, und die Vernissage wäre die Krönung des Geschäftstreffens.

»Natürlich, gar kein Problem«, sagte die Frau mit der jungen, samtigen Stimme. Unter anderen Umständen hätte er sie gerne kennengelernt, um zu sehen, ob seine Vorstellung mit ihrem tatsächlichen Aussehen übereinstimmte.

Nachdem die Verwandlung in Jakob vollständig war, nahm er ein kleines braunes Fläschchen von seinem Tisch und hielt es gegen das Licht. Halb voll. Mehr als genug!

Rainer Moser erhob sich schwerfällig von seinem Sessel. Der Rücken tat ihm weh. Er streckte sich, um das steife Gefühl in seiner Wirbelsäule loszuwerden.

Er hatte Stunden an seinem Schreibtisch verbracht, ohne zu einem nennenswerten Ergebnis zu kommen. Jetzt blieb ihm nichts anderes übrig, als in das verhasste Labor zu gehen. Sie hatten dort genug Zeit gehabt, um etwas Vorweisbares zu finden.

Der Geruch nach Chemikalien stieg ihm in die Nase, als er die Glastür öffnete. Moser spürte eine leichte Übelkeit und wusste, spätestens in fünfundvierzig Minuten würden sich auch die Kopfschmerzen einstellen. Wenn er Glück hatte. Manchmal ging es auch schneller, das hing von seiner Tagesverfassung ab. Heute würde es wohl keine halbe Stunde dauern. Er spürte den Druck in seinem Nacken. Von dort breitete der Schmerz sich gewöhnlich strahlenförmig aus, umklammerte die linke Seite seines Schädels und hielt ihn wie in einem Schraubstock gefangen.

Die Angestellten nickten ihm zu. Ein Zeichen, dass sie ihn zur Kenntnis genommen hatten, nicht mehr. Er fragte sich, ob diese Weißkittel immer so wortkarg und unnahbar waren oder ob es mit ihm zusammenhing. Seit er die Vertretung Wagners übernommen hatte, wurde er nur geduldet. Auf die Loyalität oder gar Freundlichkeit seiner Mitarbeiter konnte er nicht zählen – allerhöchstens auf eine gewissenhafte Arbeit. Und das lag an Helmut Wagner, dem Übermenschen. Wagner, jedermanns Freund, der für alle ein offenes Ohr gehabt hatte, der sich gerne mit Anfängern umgab, weil sie angeblich frischen Wind brachten und mit neuen, unverbrauchten Ideen aufwarten konnten. Jeden noch so abwegigen Gedanken hatte der aufgegriffen. Eine sehr unprofessionelle Arbeitshaltung, wie Moser fand.

Nun ja, er war nicht hierhergekommen, um Freunde zu finden. Er war auch nicht gekommen, um geliebt zu werden. Seine Beweggründe waren viel einfacher: Er wollte Verbrecher hinter Gitter bringen. Mörder, Totschläger, Kinderschänder.

»Laura Campelli?«, fragte er einen vorübereilenden jungen Mann, den er bisher noch nie gesehen hatte. Wahrscheinlich ein Praktikant oder ein Student. Sie vergaben pro Jahr immer mehrere dieser heiß begehrten Stellen.

Der pickelige Junge deutete auf einen der hinteren Räume und hastete weiter.

Gerade als Moser die Tür erreichte, ging diese auf. Die ungekrönte Königin der Spurensicherung trat heraus, gefolgt von einem Mann, den er auf Anhieb erkannte.

»Danke Laura«, sprach der große Blonde. Als Moser die Stimme hörte, krampfte sich sein Magen zusammen.

»Helmut Wagner! Was führt Sie denn zurück nach Wien?«, fragte er und reichte seinem Rivalen die Hand.

Der ergriff sie und schüttelte sie kurz und kräftig. »Ich hab beschlossen, meinen Urlaub zu unterbrechen, um Ihnen bei den aktuellen Ermittlungen unter die Arme zu greifen«, antwortete Wagner und lächelte unverbindlich.

Moser nickte. »Das wäre nicht notwendig gewesen. Ich komme ganz gut allein zurecht.«

»Keine Angst. Wenn alles vorbei ist, fahr ich wieder.«

Moser wollte Wagner glauben, doch er wurde das Gefühl nicht los, dass mehr dahintersteckte. Warum traute der Mann ihm nicht zu, diese Mordfälle zu lösen? Vielleicht wollte Wagner den Erfolg für sich beanspruchen, und er selbst würde in die Röhre schauen. Nein, das konnte er nicht zulassen. Welche Beweggründe Wagner auch hatte, diese Fälle gehörten Moser. Und niemand würde sie ihm wegnehmen.

Heinz Martin wartete auf den Anruf seiner Schwester. Jetzt war es neun Uhr, und er hatte sein Handy in den letzten zwei Stunden zigmal aus seiner Hosentasche geholt und auf entgangene Anrufe überprüft. Immer wieder blickte er auf die Ladeanzeige, aber der Akku war noch halb voll. Allerdings hatte er in dem Kellergewölbe, in dem sich sein Reich befand, nicht überall einen guten Empfang. Der Autopsiesaal war einer der Räume, in dem sein Mobiltelefon nutzlos war. Gut, das störte ihn nicht weiter. Bei der Aufgabe, die er dort zu erledigen hatte, konnte er keine Unterbrechungen brauchen. Wenn jemand etwas von ihm wollte, musste der sich schon persönlich zu ihm begeben, was aber außer in Notfällen niemand tat. Der Autopsieraum verfügte auch über ein Telefon mit Freisprecheinrichtung, es wurde jedoch so gut wie nie benutzt. Er hasste Störungen jeder Art, wenn er sezierte. Sie vergrößerten die Verletzungsgefahr und lenkten seine Aufmerksamkeit von der eigentlichen Arbeit ab, sodass er leicht etwas übersehen konnte.

Doch hier, in seinem Büro, sollte es mit dem Empfang keine Probleme geben. Verdammt, sie hätte schon längst anrufen sollen. Er hatte zweimal ihre Nummer gewählt, beide Male hatte es geläutet, aber sie hatte nicht abgehoben. Sollte er es noch ein drittes Mal versuchen? Auch auf die Gefahr hin, dass er sich dann von ihr anhören musste, er sei eine Glucke, sie wolle nicht, dass er sich in ihre Angelegenheiten mischte? Einerseits der Ruf »Hilf mir! Ich brauche dich« und andererseits ihre Empörung, dass er tatsächlich da war, dass er sich um sie kümmerte, sich um sie sorgte. Was war in ihrem Leben bloß schiefgelaufen, dass sie so viel Angst davor hatte, ihre Unabhängigkeit zu verlieren? Immer hatte sie das Gefühl, sich verteidigen zu müssen. Wenn er es nicht riskieren wollte, dass sie sich ganz von ihm zurückzog, dann durfte er sie nicht bedrängen. Schließlich war Emilia nicht nur seine Schwester, sondern auch so etwas wie eine Zeugin. Sie hatte ihm klargemacht, dass sie alleine zurechtkommen wollte. Auch jetzt. Er war bloß der Joker, den sie erst auszuspielen gedachte, wenn alle Stricke rissen. Sie hatte wieder einmal ihren Willen durchgesetzt. Alle sollten nach ihrer Pfeife tanzen. Nichts hatte sich verändert. Alles wie gehabt, alles wie immer. Blöd, wie er war, hatte er sich auf ihr Spielchen eingelassen, und jetzt blieb ihm gar nichts anderes übrig, als sich nach ihren Regeln zu richten. Nun, er würde sich nicht wahnsinnig machen lassen. Emilia stand vor elf gar nicht erst auf. Wenn sie also in der Früh sagte, konnte das unter Umständen Mittag bedeuten.

Er beschloss, ihr noch bis zwölf Zeit zu geben. Wenn sie sich bis dahin nicht gerührt hatte, würde er bei ihr vorbeifahren, egal, ob sie sich kontrolliert vorkäme oder nicht. Immerhin hatten sie das so ausgemacht. Darauf konnte er sich berufen, wenn sie sich über sein Erscheinen beschweren sollte.

Er steckte sein Telefon ein und versuchte sich auf seinen Bericht zu konzentrieren. Aber seine Gedanken schweiften immer wieder ab.

Erleichterung durchströmte ihn, als das Handy läutete. Endlich! Doch es war nicht Emma, sondern Wagner.

»Du wirst nicht erraten, wen ich getroffen habe«, dröhnte die Stimme gut gelaunt an sein Ohr.

»Du wirst es mir gleich sagen«, grummelte Heinz.

»Zunächst einmal Laura. Sie hat mir die Laborergebnisse von beiden Opfern gezeigt. Und dann kam auch noch Moser hinzu. Ich glaube, der hat sich nicht sonderlich gefreut, mich zu sehen.«

»Wieso? Hat er so ausgeschaut, als hätte er in eine Zitrone gebissen?«

Wagner lachte. »Das hast du treffend beschrieben.«

»Ich kenne ihn gar nicht anders. Nichts gegen Zitronen. Auf einem Wiener Schnitzel gehören sie dazu, ich trinke gern Limonade und liebe Zitronenkuchen. Aber zu viel davon kann Magenbeschwerden verursachen, und die Säure ist ätzend.«

»Was ist denn mit dir los? Katerstimmung heute Morgen?«

»Emilia hat nicht angerufen.«

»Ja und? Warum rufst du sie nicht an?«

»Hab ich doch. Sie geht nicht an das verdammte Telefon.«

»Vielleicht schläft sie noch. Probier's halt weiter.«

»Den Teufel werd' ich tun.« Er hörte den Trotz in seiner eigenen Stimme. Sosehr er es sich auch einzureden versuchte, Emma war ihm nicht egal.

»Ich komme rüber«, unterbrach Wagner seine Gedanken und legte auf.

Heinz starrte das Telefon böse an und legte es griffbereit

auf einen Zeitschriftenstapel auf seinem Tisch. Mit purer Willenskraft versuchte er es zum Läuten zu bringen. Doch das Gerät blieb stumm.

»Was wollte der hier?«, fragte Moser, nachdem Helmut Wagner sich verabschiedet hatte.

Laura Campelli starrte ihn an. »Wagner?«

»Wer sonst?«

»Er will helfen. Und Sie?«

Moser überlegte kurz. Er hatte das unbestimmte Gefühl, etwas sei ihm entgangen, aber er wusste nicht, was. Die Kopfschmerzen hielten mittlerweile seinen gesamten Hinterkopf in einer Zwinge. Kein Wunder, dass er nicht denken konnte.

Er folgte Laura, die sich wortlos umgedreht hatte und auf ebendiesen Raum zuhielt, aus dem sie zuvor mit Wagner gekommen war und in dem sie Gott weiß was getrieben hatten.

Laura war eine überaus attraktive Frau. Zierlich und klein, aber mit Rundungen an den richtigen Stellen, soweit er das unter diesen weiten Laborkitteln erahnen konnte, hinter denen sie sich versteckte. Moser hätte gern gewusst, was sich unter ihrem Arbeitsmantel verbarg. Ihm fiel auf, dass er Laura Campelli noch nie in Privatkleidung gesehen hatte. Ein großes Manko, wenn er es sich überlegte. Helmut Wagner wusste bestimmt, was sie bevorzugt trug, wie sie in Unterwäsche, und vielleicht auch ohne, aussah. Eine Welle der Abneigung gegen diesen Mann drohte über ihm zusammenzuschlagen, aber sofort rief er sich zur Ordnung.

Gefühle, negative wie positive, hatten hier keinen Platz. Er musste sich nun auf Lauras Worte konzentrieren, die ihm gerade vorlas, was sie herausgefunden hatten: »Scopolamin.«

»Ich hab das schon einmal gehört, weiß aber gerade nicht …«

»Scopolamin ist eine Naturdroge. Es kommt in manchen Nachtschattengewächsen vor, etwa Bilsenkraut, Stechapfel, besonders aber in der Engelstrompete.«

»Was? Aus Engelstrompeten kann man Drogen herstellen? Ich wusste ja, dass die giftig sind, aber…«

Laura blickte von ihren Unterlagen auf. »Die Wirkung ist sogar recht heftig. Schon bei geringer Dosierung kommt es zu Euphorie, Benommenheit und Ermüdung. Scopolamin trübt das Bewusstsein und führt zu Gedächtnisverlust.«

Moser nickte, etwas, das er besser nicht hätte tun sollen. Der Schmerz stach ihm erbarmungslos in den Nacken, und er musste einen Moment die Augen schließen, bis er abgeebbt war. »Die berühmten K.-o.-Tropfen.«

»Genau. Die sind nicht einmal schwer herzustellen.«

Moser fühlte die Kopfschmerzen bis in jede Haarspitze. Er biss die Zähne zusammen. »Wir sollten uns bald zu einer Besprechung zusammensetzen«, presste er hervor.

Laura zuckte ihre Schultern. »Wann immer Sie wollen!«

Rainer Moser verließ fluchtartig den Raum, rannte durch das Labor und erntete ungehaltenen Protest, als er auf dem Weg zum Ausgang einige von Lauras Mitarbeitern anrempelte.

Erst vor der Herrentoilette machte er halt. Bevor er die Tür aufriss, kam ihm der Gedanke, dass jemand drinnen sein könnte. Sein Zustand würde die Mannschaft ein halbes Jahr lang mit Gesprächsstoff versorgen. Egal, sein Ruf war ohnehin schon schlecht, da kam es darauf auch nicht mehr an.

Er hatte Glück. Die Toilette war leer. Dankbar lehnte er sich mit den Händen gegen den Waschtisch und atmete ein paarmal durch. Die Luft war dermaßen abgestanden, dass sie einen eigenartigen Geschmack in der Kehle hinterließ. Trotzdem kam sie ihm wie eine Wohltat nach dem Geruch im Labor vor.

Er drehte den Wasserhahn auf, wartete, bis das herausströmende Wasser richtig kalt war, und klatschte sich mehrere Handvoll ins Gesicht, ohne darauf zu achten, dass sein Hemd, seine Krawatte, der Kragen von seinem Sakko nass wurden.

Schließlich steckte er seinen ganzen Kopf unter den Wasserstrahl. Vielleicht ließen sich die Schmerzen auf diese Weise fortspülen. Fort in den Abguss, weiter das Abwasserrohr entlang, bis in den Kanal, wo sie sich mit anderem unnötigen Unrat vereinigen würden. Verdünnt zu einer homöopathischen Dosis, sodass sie keinen Schaden mehr anrichten konnten.

Wegen seiner Kopfschmerzen würde er zum Arzt gehen müssen – aber erst, wenn dieser Fall geklärt war.

Als Helmut Wagner die Räume des gerichtsmedizinischen Institutes betrat, beschlich ihn das übliche mulmige Gefühl in der Magengegend. In all seinen Dienstjahren bei der Mordkommission hatte er sich nicht an den Anblick von Toten gewöhnt. Jeder Leichenfund war gleichzeitig ein Kampf mit dem Brechreiz, und jede Autopsie stellte ihn vor eine persönliche Herausforderung. Oft genug war er während einer Obduktion gezwungen gewesen hinauszugehen. Heinz quittierte seine Animosität stets mit einem amüsierten Lächeln.

Heute würde ihm der Anblick einer Leiche erspart bleiben. Eine Gnadenfrist, wenngleich er wusste, dass es nur aufgeschoben war.

Er fand seinen Freund in dessen Büro. Die Tür stand offen, wie meistens. Heinz gehörte zu den Menschen, die sich in geschlossenen Räumen nicht wohlfühlten.

»Bei dir schaut es furchtbar aus. Erinnert mich an mein Zimmer. Aber ich war ja schon immer chaotisch. Zu dir passt das hier nicht!« Wagner sah sich in all der Unordnung um. Es musste ziemlich schlimm um Heinz stehen, wenn er sein Reich so verkommen ließ.

»Die Arbeit nimmt zurzeit überhand. Und dann noch Emilia …«

Heinz gab sich oft abgebrüht, aber Wagner merkte, wie sein Freund litt, wie er versuchte, den Schein der Normalität und der Professionalität aufrechtzuerhalten. Doch ihm konnte er nichts vormachen.

»Und? Hast du sie in der Zwischenzeit erreicht?«

Heinz Martin schüttelte den Kopf. »Da macht man einen Notfallplan, und dann funktioniert er nicht. Weil sie sich nicht daran hält!« Den letzten Satz brüllte er. Auch etwas, das Wagner selten bei Heinz erlebt hatte. Heinz war ein ruhiger Mensch, der nur selten Emotionen zeigte und sich zurückzog, wenn ihm etwas naheging.

»Ich …« Wagner wurde vom Klingelton des Handys unterbrochen. Heinz griff blitzschnell nach dem Apparat. Während er den Hörer ans Ohr führte, bedeutete er Helmut, still zu sein. Sein Nicken zeigte Wagner, dass es Emilia war.

Ein paar Sekunden lang sagte Heinz nichts. Dann sprach er in beherrschtem, leisem Ton. Wagner kannte seinen Freund gut genug, um zu wissen, dass er dem Explodieren nahe war.

Entnervt beendete Heinz das Telefonat.

»Sie war unter der Dusche, ist doch nicht zu fassen!«

»Leute duschen nun mal«, versuchte Wagner zu beruhigen.

»Aber nicht, wenn sie wissen, dass sie vorher anrufen sollen«, polterte Heinz nun los, um seinem Ärger über Emilia Luft zu machen.

»Jetzt sei doch froh, dass ihr nichts passiert ist.«

»Bin ich auch. Aber das ist so typisch für sie. Andere sind ihr egal. Nicht eine Sekunde hat sie sich Gedanken darüber gemacht, dass ich vor Sorge umkomme.« Er gestikulierte so heftig, dass Wagner Angst um die Schreibtischlampe hatte, die er nur um Haaresbreite verfehlte. Heinz atmete tief durch. Etwas ruhiger setzte er hinzu: »Genau das prägt meine Beziehung zu Emilia. Ich reiß' mir den Hintern auf, um ihr zu helfen. Zu jeder Tages- und Nachtzeit. Ich eile hin, wenn sie mich braucht, um herauszufinden, dass es wegen nichts ist. Ich lass' alles stehen und liegen, weil sie Angst hat oder sich einsam fühlt oder einfach weil ihr sonst niemand Besseres einfällt, der ihr die Langeweile vertreiben kann. Und sie? Sie kommt zu spät oder gar nicht. Sie sagt, sie habe überreagiert. Sie kann nicht einmal zu dem verdammten Hörer greifen und mich anrufen, um mir zu sagen, dass es ihr gut geht!«

Wagner ließ ihn reden. Als Heinz geendet hatte, meinte er, es sei der richtige Zeitpunkt, um ihm von dem Scopolamin zu erzählen.

»Irgendwo hab ich den Bericht. Laura hat ihn schon herübergeschickt, nur zum Lesen bin ich noch nicht gekommen. Und das haben sie im Blut der zweiten Toten gefunden?«

Wagner nickte. Und da Arbeit immer noch das beste Mittel war, um Heinz von seinen privaten Sorgen abzulenken, sagte er: »Komm, es wird Zeit, dass wir herausfinden, ob das zweite Opfer tatsächlich Luisa war.«

5

Emilia Martin zerrte den engen Rock über ihre schmalen Hüften und zog den Reißverschluss hoch. Mit flinken Fingern durchforstete sie den Kleiderschrank nach einem passenden Oberteil. Sie entschied sich für eine grün schillernde Bluse mit extravagantem Schnitt, die sie hundertfünfzig Euro gekostet hatte. Vivi hatte damals gewitzelt: »Der Preis ist indirekt proportional zum Stoff. Würde sie noch mehr kosten, wärst du nackt.«

Diese Vernissage hatte sie schon seit Monaten in ihrem Terminkalender. Nach allem, was passiert war, hatte sie schon überlegt abzusagen. Aber in ihrem Job lief alles darauf hinaus, gesehen zu werden. Viele Prominente hatten ihr Kommen angekündigt. Und die zogen wiederum die Kameras an. Presse, Fernsehen, bekannte Namen und ein paar unbekannte, die darauf hofften, irgendwann zur ersten Kategorie zu gehören. So lief dieses Spiel. Im Grunde musste man gar nicht viel können, man musste nur präsent sein. Immer und überall.

Emilia schloss die Riemen an ihren hochhackigen Sandalen, die in ihrem Farbton genau zu ihrer Bluse passten und sie noch um zehn Zentimeter größer erscheinen ließen, als ihr einfiel, dass ihr Handy noch ausgeschaltet war. Sie machte es vor dem Schlafengehen gewöhnlich aus. Kaum hatte sie ihren Code eingetippt, als es auch schon zu vibrieren begann. Emilia blickte auf die angezeigte Nummer, und ein Hitzeschwall durchströmte ihren Körper. Sie hatte Heinz vergessen! Bevor sie die Telefonnummer ihres Bruders wählte, wappnete sie sich vor dem Donnerwetter, das ihr unweigerlich bevorstand.

Als sie auflegte, hatte sie Tränen in den Augen. Nur gut, dass sie noch nicht geschminkt war. Sie hätte sonst alles verschmiert und mit der langwierigen Prozedur von vorn anfangen müssen. Sie verfluchte sich und ihren Bruder, der immer so pedantisch war, so genau und so ... verlässlich.

Das hatte sie echt toll hinbekommen. Heinz war sauer auf sie, wieder einmal. Dabei hatte sie beim letzten Treffen das Gefühl gehabt, der komplizierte Knoten in ihrer Beziehung hätte sich gelockert, sodass die Hoffnung bestand, irgendwann, und sei es in ferner Zukunft, wäre ein normales Geschwisterverhältnis möglich. Nun hatte sie alles kaputt gemacht.

Heinz war in diesen Belangen nachtragend. Nein, in allen

Dingen. Sein Gedächtnis konnte es mit dem eines Elefanten aufnehmen. Er erinnerte sich an Kleinigkeiten, an die sie schon Minuten später nicht mehr dachte, wusste den Wortlaut eines jeden Streits. Jede Nuance ihrer Aussagen konnte er wiedergeben. Er war wirklich ein Phänomen. Schade nur, dass es kaum angenehme Situationen gab, die ihm im Gedächtnis haften bleiben konnten.

Entschlossen wischte sich Emilia Martin die Tränen aus dem Gesicht. Sie schalt sich, weil sie in letzter Zeit häufig weinen musste und schon Tropfen brauchte, um die Rötung ihrer Augen verschwinden zu lassen.

Sie setzte sich vor ihren Schminktisch, ein kitschiges Ding mit Lichtern rund um den Spiegel, das einem alten Hollywoodschinken alle Ehre gemacht hätte. Er war ihr ganzer Stolz. Sie hatte genau nach solch einem Tisch gesucht und ihn selbst restauriert. Emilia begann mit einer Feuchtigkeit spendenden Creme, die sie mit ihren Fingerspitzen leicht einmassierte. Als sie zu dem Tiegel mit dem Make-up griff, war sie hoch konzentriert. Das war das, was sie am besten konnte, hierin war sie perfekt. Sie verschwendete keinen Gedanken mehr an Heinz, an den Ärger mit ihm oder daran, dass sie eigentlich Angst hätte haben müssen.

»Wo steckt Heinz Martin? Ich habe ihm doch bereits vor dem Mittagessen eine Mail geschrieben und ihm den Termin für unser Treffen genannt«, grollte Moser.

Laura Campelli zuckte die Schultern. Sie hatte, sehr zu Mosers Missfallen, immer noch den viel zu weiten Laborkittel an.

»Kommt sonst noch wer?«, wollte sie wissen.

»Wen hätten Sie denn gern? Wagner vielleicht?«

Lauras Blick ließ ihn sogleich verstummen. Sie hatte italienisches Blut in den Adern, und in ihren Augen glomm plötzlich ein Feuer auf, das Stahl zum Schmelzen gebracht hätte.

Er merkte, dass er mit seiner Bemerkung zu weit gegangen war, aber eine Entschuldigung kam nicht infrage. Sie war ein Zeichen von Schwäche – und in seiner jetzigen Position konnte er sich das nicht erlauben.

»Immerhin hat er jahrelange Erfahrung mit Mordermittlungen. Und für die nächsten drei Wochen ist er noch der Chef dieser Abteilung.«

Mehr denn je fühlte sich Moser zurückgesetzt. Er räusperte sich. »Gut, dann hat es wenig Sinn, darauf zu warten, bis Martin kommt. Wir verschieben unser Treffen auf morgen früh. Sie haben mir ja bereits die Untersuchungsergebnisse mitgeteilt, also…«

»Sie sollten Heinz Martin den Termin persönlich mitteilen. Oder zumindest rechtzeitig ankündigen. Er hat etliche andere Kleinigkeiten zu erledigen und wartet nicht darauf, dass Sie sich mit ihm treffen wollen. Und Wagner können Sie nicht ausblenden, damit tun Sie sich selbst keinen Gefallen.«

Moser nickte kaum wahrnehmbar. Niemand sollte ihm nachsagen, er wäre uneinsichtig. So ein Monster, als das ihn alle hier hinstellten, war er ja gar nicht.

Jetzt blieb allerdings die Frage, was er bis Dienstschluss tun sollte, wie er sich die Zeit vertreiben konnte. Schon wieder die Mordakten durchgehen? Zum wievielten Male eigentlich? Oder sich die Tatortfotos wieder und wieder ansehen? Es würde ja doch nichts dabei herauskommen.

Er beschloss, sich im Internet über das Scopolamin schlauzumachen. Damit wäre er eine Weile beschäftigt. Außerdem schadete es nicht, vorbereitet zu sein, wenn Wagner hinzukam. Wenigstens wäre er für alle Fragen gerüstet. Vielleicht konnte er mit seinem Wissen punkten.

Und danach würde ihm nichts anderes übrig bleiben, als heimzugehen, in eine Wohnung, in der niemand auf ihn wartete. Weder Manuela, seine Frau, noch Kerstin. Die liebe, kleine Kerstin. Sein Sonnenschein. Seine Tochter.

Wagner und Heinz Martin standen vor einem dreistöckigen Mietshaus in der Gudrunstraße, im 10. Wiener Gemeindebezirk. Emilia hatte Heinz die Adresse gegeben. In der Wohnung würden sie ausreichend DNA finden.

»Emma hatte nicht zufällig einen Schlüssel?«

Heinz schüttelte den Kopf. »Du kommst ja sonst auch überall rein.«

Helmut zog die Brauen hoch, seufzte und drückte auf mehrere Klingelknöpfe der Gegensprechanlage. Der Türöffner summte, und er schob mit der Schulter das schwere Holztor auf.

»Die Leute sind viel zu gutgläubig. Unvorsichtig, wenn du mich fragst«, sagte er zu Heinz, während er ihm die Tür aufhielt und grinste.

Breite Steinstufen führten rechts und links hinauf. An der Wand hingen zwei Tafeln mit den Namen der Mieter. Die beiden Männer betrachteten die Namensschilder. »Links, zweiter Stock, Tür dreiundzwanzig«, murmelte Heinz.

Sie begannen mit dem Aufstieg. Wagner zählte zehn Stufen bis zum Zwischenstock und noch einmal zehn bis in den ersten. Gleich neben dem Aufgang wohnte die Hausmeisterin, wie er zufrieden feststellte. Viele Gebäude wurden ja nur noch von irgendwelchen Firmen verwaltet. Für Ermittlungsbeamte waren Hauswarte, die ihre Mieter kannten und meistens allerhand zu erzählen wussten, weitaus hilfreicher.

Tür dreiundzwanzig war weiß gestrichen. Eine Türmatte aus Kokosfasern mit einem Katzenmotiv hieß Besucher willkommen. Wagner überprüfte das Schloss und kam zu dem Ergebnis, dass es kein Hindernis für ihn darstellte. Er hatte seine Erfahrungen im Aufbrechen von Schlössern. Eine Tür mit den Füßen einzutreten, funktionierte in Filmen, nicht aber in der Realität. Im Normalfall riefen die Beamten einen Schlosser oder einen Schlüsseldienst. Wagner überlegte. Er könnte tatsächlich jemand holen, der ihm aufsperrte. Aber wenn er Pech hatte, musste er eine Wartezeit von einer Stunde oder mehr in Kauf nehmen, und das war entschieden zu lange.

»Wir läuten erst einmal und warten, was passiert«, schlug Heinz vor. »Vielleicht hat sie ja nicht allein gelebt.«

Helmut nickte. Beide Männer zogen sich Handschuhe über, um keine irreführenden Fingerabdrücke zu hinterlassen.

Heinz Martin drückte mit dem Daumen auf die Türklingel. Nichts geschah. Er klingelte noch einmal. Und noch ein drittes Mal.

Na, dann die zweite Möglichkeit. Wagner holte aus der Hosentasche einen Satz Dietriche heraus und suchte einen, der ihm am passendsten erschien. Binnen einer Minute hatte er das Schloss geknackt, und die Tür schwang auf. Nicht einmal ein leichter Kratzer wies auf ihr Eindringen hin.

Emilia Martin fühlte sich so wohl wie schon lange nicht mehr. Sie war mindestens zweimal von einer der Fernsehkameras aufgenommen worden, und die Bilder von Sergej Kolinsky waren besser, als sie erwartet hatte. Das Büfett war grandios, auch wenn sie nur zwei, drei Häppchen zu sich genommen hatte. Dafür leerte sie gerade ihr drittes Glas Rotwein. Das Gemurmel der Menschen rundum war leiser geworden, je mehr sie getrunken hatte. Eine angenehme Gelassenheit breitete sich in ihr aus. Sie stand vor dem Gemälde, das ihr am meisten imponierte. Düstere, aber kräftige Farben. Es zeigte eine Mutter mit ihrem Kind. Sie war in mehrere Mäntel gehüllt, die Kleine hatte eine löchrige Wollmütze auf, und Decken lagen um ihre schmalen Schultern. Trotzdem schien sie zu frieren, denn die Frau drückte das Mädchen an sich, als wolle sie es wärmen. Der Künstler hatte das Bild »Russischer Winter« getauft, und es sagte mehr über Kälte aus, als es Schnee und Eis getan hätten.

»Soll ich Ihnen das abnehmen?«

Der Mann deutete auf ihr leeres Weinglas, das sie immer noch in ihrer Hand hielt. Sie zögerte, reichte es ihm dann aber wortlos. Er blickte sich suchend nach einer Abstellmöglichkeit um, drängte sich dann an einigen Gästen vorbei zu einem der Tische und stellte ihr Glas dort ab.

Emilia betrachtete immer noch das Kunstwerk, als er von hinten an sie herantrat. »Ein großartiges Gemälde, nicht wahr? Dieses hier gefällt mir besonders gut«, sagte er. Sie konnte seine Nähe spüren, und sein Atem kitzelte ihren Nacken. Es war nicht unangenehm, trotzdem machte sie einen kleinen Schritt zur Seite.

»Es ist auch mein Lieblingsbild«, gab sie zu. »Es wirkt so melancholisch und ist doch gleichzeitig voller Hingebung.« Ein Blitz ließ Emilia den Kopf in die Richtung des Fotografen drehen. Schön, noch ein Foto für die Presse. Sie lächelte und wandte sich erneut dem Gemälde zu.

Der Fremde beugte sich zu ihr, um sie besser zu verstehen. Diesmal rückte sie nicht ab, als er ihr zuflüsterte: »Es ist die Liebe der Mutter zu ihrem Kind. Ich bin überzeugt, sie würde lieber selber erfrieren, als dass der Kleinen etwas zustößt.«

Emilia blickte dem Unbekannten überrascht ins Gesicht. Mit so viel Einfühlungsvermögen hatte sie nicht gerechnet. »Emilia Martin«, stellte sie sich vor und reichte ihm die Hand.

Er lächelte. »Jakob Prandtauer, sehr erfreut.«

Emilia nahm sich nun die Zeit, ihren neuen Bekannten zu mustern. Er war ein wenig kleiner als sie, aber das war nichts Ungewöhnliches bei ihrer Größe. Braunes Haar, muskulös und ein gewinnendes Lächeln. Schade, dass er auf den ersten Blick so unscheinbar wirkte. Er hätte mehr aus sich machen können. Seine Stimme klang weich, fast hypnotisch – und diese Augen! Ein helles Grau mit dunklen Sprenkeln. Wie Granit! Sie hatte noch nie zuvor solche Augen gesehen.

»Oh, jetzt sagen Sie bloß, Sie sind auch noch Architekt.«

Er lächelte sie geheimnisvoll an. »In der Tat. Aber bei Weitem kein so ein bedeutender wie mein Namensvetter. Vielleicht hatte meine Berufswahl etwas mit meinem Namen zu tun.«

Emilia schenkte ihm ein kokettes Lachen. »Ja, nomen est omen, nicht wahr? Ich sag Ihnen was: Ich gehe kurz vor die Tür rauchen. Sie holen mir in der Zwischenzeit ein Glas von dem wundervollen Rotwein, und dann können wir noch einmal gemeinsam durch die Ausstellung gehen. Ich glaube, ich finde Ihre Betrachtungsweise spannend.«

»Ganz zu Ihren Diensten, schöne Frau!«

Emilia schlängelte sich durch die Menschenmenge ins Foyer. Dort standen ein paar Leute um Aschenbecher herum. Über ihren Köpfen schwebte der Rauch wie leichter Nebel und wurde von der Lüftungsanlage ins Freie befördert. Emilia kramte in ihrer Handtasche nach den Zigaretten und ihrem Feuerzeug. Den ersten Zug inhalierte sie tief. Leichter Schwindel erfasste sie. Sie brauchte dringend noch etwas zu essen.

Was tust du da überhaupt?, meldete sich ihr Gewissen.

Was soll ich schon tun? Ich sehe mir nur die Bilder an und das macht zu zweit mehr Spaß, antwortete sie sich selbst.

Sie drückte ihren Glimmstängel aus und flüchtete in den menschenüberfüllten Saal, dorthin wo sie die leise Stimme nicht hören konnte. Sie mochte ihren Klang nicht, er war langweilig und vernünftig. Er erinnerte sie an Heinz, den Letzten, an den sie jetzt, wo sie sich endlich wieder zu amüsieren begann, denken wollte.

»Ich gehe ins Badezimmer und hole ihre Zahnbürste. Das reicht für eine DNA-Probe«, sagte Heinz.

Wagner nickte. Mehr brauchten sie nicht. Heinz kam mit einem Säckchen zurück und hielt es in die Höhe.

»Schön, die bringen wir gleich ins Labor!« Wagner ging zur Tür.

»Warte!«, rief Heinz. Er deutete auf das kleine Notizbuch neben dem Telefon. »Das wäre vielleicht hilfreich. Ich meine, wenn wir schon da sind.«

»Du willst das aber nicht ernsthaft mitnehmen«, sagte Wagner, »wir dürfen hier nichts verändern, bevor die Spurensicherung nicht alles dokumentiert hat.«

»Weiß ich doch«, beruhigte ihn sein Freund. »Ich mach mir bloß ein paar Notizen.«

Dagegen hatte Wagner nichts einzuwenden. »Hat dein Handy keine Fotofunktion?«

»Jetzt, wo du es sagst«, grinste Heinz und begann, Seite für Seite abzulichten.

Dieser Moser ist schon ein komischer Kauz, dachte Laura Campelli, als sie dessen Büro verließ. Irgendetwas stimmte mit ihm definitiv nicht. Zuerst hatte er sie in seine heiligen Räume beordert, eigentlich immer noch Wagners Büro, wo er sich schon ausgebreitet hatte, als gehöre alles ihm. Wenigstens hatte er das Namensschild noch nicht ausgetauscht.

Sie ließ sich nicht gern herumkommandieren, aber sie musste zugeben, sie war neugierig gewesen. Vielleicht gab es Neuigkeiten. Nun, er hatte sie enttäuscht. Stattdessen hatte er sich bei ihr über Heinz Martin beschwert. Dabei gab es keinen verlässlicheren Menschen. Etwas verschroben vielleicht, wahrscheinlich auch eigenwillig, um nicht zu sagen, sogar stur – aber ein netter Kerl.

Moser war bleich gewesen und hatte geschwitzt. Sie hatte seine Körperausdünstung gerochen, und sofort war ihr ihr schwer kranker Vater eingefallen. Sie besuchte ihn fast jedes Wochenende, weil sie nicht wusste, wie viel Zeit ihr noch mit ihm blieb. Ihre Mutter hätte es lieber gesehen, wenn sie ihre Freizeit mit einem netten Mann geteilt hätte – einem potenziellen Schwiegersohn. Jedes Mal musste sie sich anhören, dass andere Frauen in ihrem Alter schon längst verheiratet waren und mindestens ein, zwei Kinder hatten. Enkelkinder, die sich ihre Mutter sehnlichst wünschte.

Laura hingegen hatte nicht vor, sich zu binden. Das war auch der Grund gewesen, warum sie die Beziehung zu Helmut Wagner beendet hatte. Er wollte eine Frau fürs Leben, sie wollte hin und wieder neben einem Mann einschlafen.

Helmut hätte uneingeschränkt die Zustimmung ihrer Mutter gefunden, was nicht weiter aufsehenerregend war. Sie wäre mit jedem einverstanden gewesen, Hauptsache, er war kinderlieb.

Aber Laura wusste, dass Wagner ihrem Vater ebenfalls gefallen hätte – und seine Messlatte hing wesentlich höher als die ihrer Mutter.

Laura seufzte. Sie wollte nicht nostalgisch werden. Schließlich war sie diejenige mit den Bindungsängsten gewesen. Warum also kreisten ihre Gedanken nun ständig um Wagner, seit er zurück war?

Weil er immer noch gut aussah, weil er keine echte Gefahr für sie darstellte, denn er war mit dieser Sonja verlobt. Weil er so breite Schultern hatte und so wunderbar braune Augen und einen verdammt sinnlichen Mund. Und weil er für seinen Freund alles stehen und liegen gelassen hatte und aus Innsbruck gekommen war, um bei den Ermittlungen zu helfen. Das erste Mal tat es ihr leid, dass sie es mit ihm nicht wenigstens versucht hatte. Wenn jemals eine Beziehung funktioniert hätte, dann mit Helmut Wagner.

Jakob Prandtauer lächelte zufrieden. Aus der Nähe übertraf Emilia noch seine Erwartungen. Für einen Moment hatte er das Gefühl gehabt, Janas Augen sähen ihn an, und er hatte weiche Knie bekommen, hatte sich aber sofort am Riemen gerissen. Schließlich war er nicht zu seinem Vergnügen hier.

Das hieß, genau genommen würde er auch auf seine Kosten kommen. Es würde ihm Spaß machen, ihren Körper zu erforschen, mit dem Messer in seiner Hand. Ihr seine Zeichen einzuritzen, aus ihr ein Kunstwerk zu machen, das es mit den Bildern hier allemal aufnehmen konnte. Eines, das mehr als jedes andere ein Glanzstück wäre, auch wenn niemand erkannte, was für ein Künstler sich in ihm verbarg. Aber das spielte keine Rolle. Er wollte sich nicht in den Vordergrund drängen.

Er schlängelte sich durch die umherstehenden Leute. Nur zu gern würde er Emilias Wunsch nach Wein entsprechen. Es ging alles leichter als erwartet. Das war bestimmt ein gutes Omen.

Er suchte sich eine ruhige Nische an einem der hohen Fenster, holte das kleine braune Fläschchen hervor und zählte die Tropfen ab, die er in den Rotwein träufelte. Schon die Hälfte hätte gereicht, um Emilia in einen rauschähnlichen Zustand zu versetzen. Diese Menge würde bewirken, dass ihr Bewusstsein getrübt wäre und sie sich willenlos seinen Anordnungen fügte.

Später würde sie tief und traumlos schlafen, und nach dem Erwachen würde sie sich an nichts mehr erinnern. Es hatte einiger Frauen bedurft, um auf das Scopolamin zu kommen. Die ersten hatte er mit Chloroform betäubt. Aber das hatte sich als umständlich erwiesen. Die Betäubung hatte nicht lange gehalten, und er hatte ständig Erbrochenes wegwischen müssen. Also hatte er nach einem Mittel gesucht, das seinen Zwecken dienlicher war – und nach tagelangen Recherchen und einigen Versuchen war er auf das Scopolamin gestoßen.

Bei Luisa war die Dosis zu gering gewesen. Die Wirkung hatte schnell nachgelassen, er hatte sich einen unnötigen Kampf mit ihr geliefert, sie unterschätzt, wie er schmerzlich hatte erfahren müssen. Bei Emilia würde das nicht passieren.

Erfahrungen. Die hatte er zur Genüge gemacht. Sie hatten ihn vorangebracht, zu dem gemacht, was er heute war. All die Dinge, die ihm seine Mutter gezeigt hatte, die er als Junge nicht einordnen konnte – sie alle waren Erfahrungen, die notwendig gewesen waren, um das tun zu können, was nötig war, um Jana zu helfen. Sie hatten ihn stark gemacht.

Jakob ließ das Fläschchen unauffällig in seiner Tasche verschwinden und bahnte sich seinen Weg zurück zu dem Gemälde, wo die große schlanke Gestalt bereits auf ihn wartete. Er lächelte, während er auf sie zutrat und ihr das Glas in die Hand drückte.

Sie nippte an dem Wein. »Kommen Sie, wir sehen uns die anderen Kunstwerke an«, sagte sie und hakte sich bei ihm unter.

Er wandte sich dem nächsten Gemälde zu, drehte sich aber noch einmal zum »Russischen Winter« um. Ja, das Bild gefiel ihm wirklich.

6

Heinz Martin hatte Wagner unterwegs abgesetzt, er selbst wollte schnell im Labor vorbeifahren und Laura die DNA-Probe bringen.

»Moser will dich morgen früh sprechen«, sagte sie.

»Ist gut! Wir werden da sein.«

Laura hob den Kopf, um ihm ins Gesicht zu sehen. »Ich glaub, auf Wagner legt er nicht unbedingt wert.«

»Und wenn schon.«

Laura grinste. »Gut, mein erster Ansprechpartner ist ebenfalls Wagner, solange er da ist.«

Heinz drückte dankbar Lauras Arm. Warum kam es ihm so vor, als hätte er eine Verbündete in einem Krieg gefunden?

Sollten sie nicht alle auf einer Seite stehen? Das Verbrechen als Gegner?

Eine gute Frage, die ihn den ganzen Weg bis zur Pathologie beschäftigte, ohne dass er eine Antwort fand.

Wagner schleppte zwei volle Papiertaschen in seine Wohnung. Sonja würde wahrscheinlich missbilligend den Kopf schütteln, wenn sie sehen könnte, was er eingekauft hatte. Dabei war sie keine Gesundheitsfanatikerin. Sie trank gelegentlich ein Bier, manchmal auch zwei. Sie ernährte sich nicht besonders gesund, was angesichts ihres Berufes ziemlich widersprüchlich klang, aber oft blieb ihr nicht einmal die Zeit, ein warmes Mittagessen zu sich zu nehmen.

Wenn sie beide zu Hause waren, genossen sie ihre gemeinsamen Mahlzeiten. Meist kochte er, aus praktischen Gründen, denn Sonjas Nudeln zerkochten zu Brei, ihr Fleisch brannte an, und das Gemüse schmeckte undefinierbar. Dafür war ihr Kaffee besser. Er musste lächeln, als er an ihre erste Begegnung dachte. Heinz und er versuchten damals die Identität eines männlichen Leichnams herauszufinden. Sonja war diejenige, die auf relevante Unterlagen gestoßen war und Heinz benachrichtigte.

Sie fuhren zu ihr, und sie bot ihnen etwas zu trinken an. Heinz nahm Bier, er gab sich mit Kaffee zufrieden, weil er noch fahren musste. Es war der beste, den er je getrunken hatte.

Als sie Sonja verließen, kannten sie den Namen des Toten, und er wusste, dass er diese Frau unbedingt wiedersehen wollte.

Und jetzt? Sonja war nicht oft zu Hause. Gut, das störte ihn nicht. Schließlich war das bei ihm nicht anders. In Innsbruck würden die Uhren wahrscheinlich ein bisschen langsamer gehen – für sie beide.

Aber woran lag seine Unzufriedenheit? Nicht an Sonja.

Sie hatte sich nicht verändert. Sie war witzig und charmant, verständnisvoll und großzügig. Eine Frau, mit der man durch dick und dünn gehen konnte, eine einfallsreiche Geliebte. Sie feierte in zwei Monaten ihren achtundzwanzigsten Geburtstag und war somit fast fünfzehn Jahre jünger als er, doch schien sie durch ihren verantwortungsvollen Job wesentlich reifer zu sein. Und es gab Augenblicke, da meinte er, ein junges Mädchen vor sich zu sehen, so naiv, so voller kindlicher Freude über Kleinigkeiten: ein Schmetterling, der sich auf ihre Hose setzte, während sie gemeinsam im Gras lagen, oder ein Vogel, der auf dem Fensterbrett zwitscherte. Das machte Sonja aus.

Jäh überfiel ihn das Gefühl der Liebe zu ihr, und er ließ den Einkauf stehen, um sie anzurufen.

Es läutete. Und läutete. Sonja hob nicht ab. Er sprach ihr auf die Mailbox. »Ich wollt mich nur melden. Es geht mir gut, Heinz auch. Ich probier's später noch einmal.«

Er legte auf und knallte das Handy enttäuscht auf den Tisch. Ich hätte ihr wenigstens sagen können, dass ich sie liebe, dachte er, als er dazu überging, den Rest der Lebensmittel auszuräumen. Und warum hast du es dann nicht getan, Hornochse?, flüsterte ihm ein Stimmchen ins Ohr.

Der Raum begann sich um Emilia Martin zu drehen. Die Farben der Gemälde verschwammen. Ich hätte nicht so viel trinken sollen, schoss es ihr schuldbewusst durch den Kopf, während sie versuchte, auf ihren hohen Absätzen die Balance zu halten. Es gelang ihr nicht. Mit einem Fuß knickte sie um. Ein Stechen durchfuhr ihren Knöchel. Scheiße!

Halt suchend klammerte sie sich an ihren Begleiter. Der legte fürsorglich einen Arm um ihre Taille und stützte sie.

»Komm, ich bring dich nach draußen. Du brauchst frische Luft!« Seine Stimme klang weich, schmeichelte ihr. Sie lehnte sich an ihn. Wärme durchströmte sie, hüllte sie ein.

Jakob bugsierte sie durch die Menschenmenge ins Foyer. »Deine Garderobenmarke«, murmelte er in ihr Haar. Widerwillig löste sie sich von ihm, stützte sich an einem der Tische ab und kramte in ihrer Handtasche nach der Marke.

»Die Dame hat wohl etwas zu viel erwischt«, hörte sie einen der Männer sagen, die für die Mäntel und Jacken der Gäste zuständig waren.

Sein Ton gefiel Emilia nicht. Sie suchte nach den passenden Worten, um ihn zurechtzuweisen, doch ihr Gehirn streikte. Jakob nahm ihr die Tasche aus der Hand und hatte innerhalb kürzester Zeit den gelben Zettel mit der Nummer 120 gefunden. Er reichte sie dem Mann, der gleich darauf mit ihrer Lederjacke zurückkam.

»Viel Spaß noch!« Emilia hätte am liebsten das anzügliche Lächeln des Garderobiers mit einem Schlag ins Gesicht weggewischt. Sie holte aus, aber Jakob fing ihre Hand auf und führte sie weg.

»Lass ihn«, sagte Jakob und hängte ihr die Jacke um. Sie kuschelte sich wieder an ihn und ließ sich hinaus auf die Straße führen. Leichter Wind strich über ihr erhitztes Gesicht. Das tat gut. Sie hätte stundenlang so stehen können. Aber ihr Begleiter drängte sie weiter. Emilia hatte nicht die Kraft, um aufzubegehren, um zu widersprechen. Sie hatte nicht einmal die Kraft, um allein stehen zu können. Ihre Knie fühlten sich weich an, als hätte sie keine Knochen mehr. Ihr Knöchel pochte im Takt ihres Herzens, zu schnell, viel zu schnell. Kam das vom Alkohol oder von dem Mann an ihrer Seite? Konnte es sein, dass sie im Begriff war, sich in ihn zu verlieben? In einen Mann, den sie eben erst kennengelernt hatte. War das tatsächlich erst gerade vorhin gewesen? Es kam ihr vor, als kenne sie ihn schon seit immer. Diesen Mann, dessen Name ihr partout nicht einfallen wollte. Egal, der Name war nicht wichtig. Sie kannte schließlich nicht einmal mehr ihren eigenen.

Er führte sie zu seinem Auto. Während er mit einer Hand in seinem Sakko nach dem Schlüssel kramte, hielt sein anderer Arm sie immer noch umklammert, damit sie nicht fiel.

Ihr Kopf wurde immer schwerer, während ihr Körper sich mehr und mehr wie Gummi anfühlte. Sie wollte ihm sagen, wo sie wohnte, wohin er sie bringen sollte. Doch sie konnte sich nicht mehr an ihre Adresse erinnern. Er half ihr auf den Rücksitz und schnallte sie an. Sie griff nach ihm, wollte, dass er bei ihr blieb, sie festhielt. Seine Arme waren so angenehm gewesen, so angenehm.

»Lass mich nicht allein«, bettelte sie schmollend.

»Mach dir keine Sorgen, du wirst mich für den Rest deines Lebens nicht mehr los.«

Sie glaubte ihm. Alles war gut. Sie lehnte sich zurück und schloss die Augen. Bunte Bildfetzen zogen an ihr vorüber. Eine Frau, ein Kind. Es war Winter und kalt. Sie hörte seine Stimme: »Entspann dich. Denk an etwas Schönes. Oder denk einfach an nichts. Schlaf ein bisschen.« Das kam ihr vernünftig vor. Sie rutschte in ihrem Sitz ein wenig tiefer und zog die Beine an. Sie hätte sich gerne hingelegt, aber der Gurt war ihr im Weg. So lehnte sie ihren Kopf gegen die Autoscheibe und kühlte ihre heiße Stirn. Wie schaltete man das Denken ab? »Denk an nichts!«, hatte die Stimme – seine Stimme – gesagt. Gar nicht so einfach. Dazu musste sie ihr Bewusstsein abstellen, sich ausliefern, vertrauen. Aber das tust du doch. Jetzt fiel ihr auch ihr Name wieder ein. Emilia. Sie ließ sich fallen und schwebte. Ins Bodenlose, doch sie verspürte keine Angst. Sie flog, fühlte sich frei, schwerelos. Das Nichts ist schwarz, stellte sie erstaunt fest. Sie tauchte weiter ins Dunkel ein, es umhüllte sie, beschützte sie. Gab es schwärzer als schwarz, weniger als nichts? Was kam davor, was danach?

Heinz Martin machte sich seufzend daran, seine Unterlagen zu ordnen. Er hatte alles schon viel zu lange schleifen lassen.

Außerdem wäre es gut, irgendetwas zu tun. Diese Unordnung sah ihm nicht ähnlich. Daran waren nur diese Fälle schuld – und Emilia. Ob er sie anrufen sollte? Er holte sein Handy aus seiner Hosentasche. Nein, wohl besser nicht. Es war noch gar nicht Zeit. Und das Argument, er wolle bloß ihre Stimme hören, würde bei einer neuen Flamme ziehen, nicht aber bei seiner Halbschwester. Schon gar nicht, wo nie er sie, sondern immer sie ihn anrief. Sie würde ihm nur wieder vorwerfen, er sei kontrollsüchtig, und er würde ihr auf den Kopf zusagen, besser Kontrolle als zu viel Alkohol und Nikotin. Sie würde eingeschnappt auflegen und wäre die nächsten zwei Wochen für ihn nicht erreichbar. Das würde weder ihr noch ihm etwas nützen. Heinz legte das Telefon auf den Ordner, in dem er gewöhnlich Untersuchungsergebnisse abheftete. Vielleicht hatte er sich von ihrer Angst anstecken lassen, und die Tote war gar nicht Luisa. Die Fotos, die ihm Emma gegeben hatte, zeigten eine hübsche Frau. Eine, die in die Kamera lächelte, deren Augen vor Leben sprühten. Unmöglich zu sagen, ob es dieselbe war, die er obduziert hatte. Seinem Gefühl nach ja, aber wie meinte Moser immer? Gefühle sind hier fehl am Platz.

Heinz nahm eine Zeitschrift nach der anderen von dem Stapel auf seinem Schreibtisch und blätterte sie durch. Zweifelsohne hatte er gute Gründe gehabt, sie aufzuheben, doch er konnte sich beim besten Willen nicht mehr erinnern, welche.

Frustriert ließ er den Zeitschriftenstoß erneut auf den Schreibtisch fallen. Sie rutschten auseinander, und einige lose Formulare wehten vom Tisch. Er bückte sich, um sie aufzuheben. Unwillig warf er die Papiere wieder dorthin, wo sie hergekommen waren. Grüne und rosa Vordrucke breiteten sich wie eine Decke über alles, was auf dem Tisch lag. Sehr gut! Er hatte mehr Chaos angerichtet als bereinigt. Es würde mindestens eine halbe Stunde dauern, um alle Formblätter zu sortieren und einzuordnen. Er sollte für heute Schluss machen. Morgen war schließlich auch noch ein Tag. Heinz stapfte zur Tür, nahm seine Jacke vom Garderobenständer und verließ sein Zimmer, ohne sich noch einmal umzusehen. Er hatte genug von der Unordnung in seinem Büro, in seinem Leben. Er würde jetzt ins »Traviata« fahren und eine riesige Portion Muscheln in Knoblauchsoße essen. Dazu würde er ein, zwei Bier trinken. Oder noch besser, er würde sich vollaufen lassen. Mit dieser festen Absicht fuhr er nach Hause, stellte sein Auto ab und ging dann zu Fuß die wenigen Meter zur Pizzeria, um seinen Plan in die Tat umzusetzen. Nach etwas mehr als zwei Stunden war sein Vorhaben geglückt.

Rainer Moser sperrte seine Wohnungstür auf und trat ein. Die Stille traf ihn wie ein Schlag ins Gesicht. Das war jeden Abend so. Nicht zum ersten Mal dachte er darüber nach, sich eine andere Bleibe zu suchen. Eine, die ihn nicht Tag für Tag daran erinnerte, was passiert war. Eine, die für ihn allein nicht zu groß wäre. Gleichzeitig wusste er: Keine Wohnung der Welt würde klein genug sein, um ihn die Leere, die ihn umgab, nicht spüren zu lassen.

Er hängte seinen Mantel im Vorzimmer an einen Haken und ging langsam ins Wohnzimmer. Die Fenster waren geschlossen – und würden es bis in alle Ewigkeit bleiben. Seit damals hatte er sie nicht mehr geöffnet, seit dem Tag, als er vom Dienst nach Hause gekommen war und das Fenster zum Hof weit offen stand. Die Vorhänge bauschten sich im Wind, die Vögel zwitscherten, und die Sonne schien herein. Gut, hatte er damals gedacht, Manuela lässt frische Luft in die Wohnung, es geht doch bergauf mit ihr, langsam zwar, fast unmerklich, aber es ist ein gutes Zeichen, dass sie aufgestanden ist und das Fenster geöffnet hat, um zu lüften, um die Sonnenstrahlen hereinzubitten, zuerst in ihr Wohnzimmer, dann in ihr Herz. Er hatte sich über die Fortschritte seiner Frau gefreut, die nach dem Tod ihrer Tochter Kerstin kaum noch ansprechbar war. Die Temperaturen kühlten abends, Ende März, schnell ab. Deshalb beugte er sich über das Fensterbrett, um den Riegel zu erreichen. Und da hatte er sie gesehen. Sie lag unten im Hof. Und er? Er hatte das Fenster geschlossen, hatte die Fassungslosigkeit, die Wut, die Trauer und das eigene Verlangen hinterherzuspringen einfach ausgeschlossen. Dort würden sie bleiben, all diese Gefühle – draußen vor der Scheibe. Nichts auf der Welt konnte ihn dazu veranlassen, das Fenster auch nur einen Spaltbreit zu öffnen, denn er wusste, dann würden sie hereinkommen und über ihn herfallen wie ein Schwarm Fliegen über verwesendes Fleisch.

Moser ging in die Küche und öffnete den Kühlschrank. Viel war nicht drin. Für sich allein lohnte sich das Einkaufen kaum, Kochen schon gar nicht. Er hatte die Wahl zwischen zwei matschigen Tomaten, Mozzarella, der zwar abgelaufen, aber sicher noch genießbar war, einem Stück eingetrocknetem Käse, den man noch essen konnte, wenn man die Ränder wegschnitt, oder Salami, die bereits eine verdächtig graue Farbe angenommen hatte. Lieber nicht. Die Kopfschmerzen hatten gereicht, er brauchte nicht noch eine Lebensmittelvergiftung. Moser warf erst die Wurst in den Mülleimer, dann die Tomaten und den Mozzarella hinterher. Frustriert nahm er sich eine Flasche Bier. Er sollte wirklich einmal einkaufen gehen, am besten gleich. Noch hatte der Supermarkt am Ende der Straße geöffnet.

Moser malte sich aus, wie er den Einkaufswagen durch die Gänge schob, wahllos irgendwelche Lebensmittel hineinwarf, lauter Dinge, die er weder brauchte noch jemals essen würde. Der Laden war voller Menschen, die alle schnell vor Geschäftsschluss einkaufen wollten, deren Wägen ebenso beladen waren mit Sachen, die sie nicht brauchten und die in den Kühlschränken vor sich hingammeln würden. Eine endlose Schlange vor der Kasse, Kunden, die sich über die Wartezeit aufregten, die müde Kassiererin, die ihr Bestes tat und es dabei kaum erwarten konnte, endlich zu Mann und Kind heimzukommen.

Nein, Einkaufen war wahrlich kein Vergnügen für ihn. Vorerst würde das Bier reichen, davon hatte er noch reichlich. Und irgendwann, morgen vielleicht oder an einem Tag, an dem es ihm besser ging, würde er sich überwinden.

Er setzte sich ins Wohnzimmer in seinen Ledersessel, schaltete mit der Fernbedienung den Fernseher ein. Es lief eine Familienserie, deren Namen er nicht kannte. Aber der tat auch nichts zur Sache. Mit geschlossenen Augen konnte er sich vorstellen, die Stimmen wären die seines Kindes und seiner Frau, die sich gerade um irgendeine Belanglosigkeit stritten. Er wagte es nicht, die Lider zu heben, selbst als er einen weiteren Schluck aus der Flasche trank, selbst als die Sendung zu Ende war. Er wünschte sich, bis in alle Ewigkeit hier liegen zu können und die Augen nie mehr öffnen zu müssen.

Jakob Prandtauer stellte sein Auto ab, holte die bewusstlose Emilia aus seinem Fahrzeug und trug sie in den Keller. Wie gut, dass er alles sauber gemacht hatte. Er legte sie auf die Matratze, breitete eine Decke über ihre Füße, strich ihr über beide Wangen und fuhr dann zärtlich über ihre geschlossenen Lider. Sie war der Schlüssel zu seiner Freiheit. Jakob küsste seine Fingerspitzen und drückte sie ihr auf den Mund. Er war sich durchaus bewusst, was er ihr verdanken würde.

Vor der massiven Stahltür drehte er sich noch einmal zu Emilia um. Das Mittel würde noch ein paar Stunden wirken. Wenn er Glück hatte – oder sie, je nach Betrachtungsweise –, würde er bei ihr sein, wenn sie die Augen aufschlug. Er wagte kaum daran zu denken, was danach käme, wenn alles erledigt war. Wenn er nicht mehr Jakob sein musste. Welch ein Zwang, die meiste Zeit seines Daseins ein anderer sein zu müssen. Nicht, dass er die Personen, in die er sich verwandelte, nicht leiden mochte. Er hatte sich immer solche ausgesucht, die er in einem anderen Leben gerne sein wollte. Aber in diesem Leben wollte er niemand anderer als Christian sein. Und mit Emilia war er diesem Ziel schon sehr nahe gekommen.

Er schloss die schwere Tür hinter sich, verriegelte sie und stapfte die Stufen hinauf. Als Erstes musste Jakob wieder zu Christian werden. Er sammelte sich vor dem Spiegel, atmete tief ein und aus. Mit jedem Ausatmen ließ er Jakob aus sich herausströmen, und beim Luftholen sog er Christian in sich ein, bis er das Gefühl hatte, sein Körper gehöre wieder ihm. Schauspieler arbeiteten mit einer ähnlichen Technik, um sich in ihre Rollen einzufinden. Und nichts anderes tat er auch. Er wäre bestimmt ein guter Bühnenkünstler geworden, womöglich hätte er es sogar bis ins Burgtheater geschafft. Doch bevor er sich in seinen Träumen verlieren konnte, rügte ihn die Stimme seiner Mutter: »Schauspieler ist doch kein anständiger Beruf. Schlag dir solche Blödheiten schnell wieder aus dem Kopf.« Er nickte.

Christian ging den Flur entlang und öffnete sachte die Tür zu Janas Zimmer. Sehr gut, sie rührte sich nicht! Das verschaffte ihm die Zeit, in Ruhe zu kochen. Leise zog er die Tür wieder zu und ging hinunter in die Küche. Heute würde es Hühnerfilets in Zwiebelrahmsoße geben. Eine seiner Spezialitäten. Kochen konnte er, lobte er sich selbst. Das, wie so vieles andere, hatte er nur seiner Mutter zu verdanken, und tiefe Liebe durchströmte ihn. Er holte drei Zwiebeln aus dem Schrank, schälte und teilte sie. So, wie es ihm seine Mutter beigebracht hatte, schnitt er sie anschließend in hauchdünne Halbringe. Seine Augen fingen an zu brennen. »Du hättest einen Schluck kaltes Wasser in den

Mund nehmen sollen«, sprach sie. Ja, klar! Wie hatte er das vergessen können. Jetzt, da sie nicht mehr da war, wünschte er sich, sie würde nicht nur in seinem Kopf mit ihm reden. Wie er sie vermisste! Ein dicker Kloß in seiner Brust erschwerte ihm das Atmen, und er begann zu schluchzen. Das waren bestimmt bloß die Zwiebeln. Er ließ sich doch sonst nicht so leicht aus der Fassung bringen. Mit einem Tränenschleier vor den Augen tastete er nach einem Küchenstuhl, setzte sich und barg sein Gesicht in seinen Armen. So lehnte er auf dem Tisch und ließ seinen Tränen freien Lauf. »Verzeih mir, Mutter«, murmelte er immer wieder.

Nach einer Weile wurde er ruhiger. Es schien ihm, als würde eine Hand – ihre Hand – seinen Rücken liebkosen. Er fühlte sich seltsam getröstet und wusste, auch ohne ihre Stimme zu hören, dass sie ihm längst verziehen hatte.

So gestärkt stand er auf, ging zur Spüle hinüber und ließ kaltes Wasser über seine Augen laufen, bis das Brennen nachließ und er das Gefühl hatte, wieder klar zu sehen. Dann nahm er einen Schluck eisigen Wassers in den Mund und fuhr fort, die Zwiebeln fein zu schneiden. Er konnte das zustimmende Lächeln seiner Mutter fühlen.

7

Heinz erinnerte sich nicht mehr, wie er in seine Wohnung gekommen war. Ein Blick auf seine Armbanduhr ließ ihn aus dem Bett schnellen. Der stechende Schmerz in seinen Schläfen war so schlimm, dass er den Kopf allerdings sofort wieder in das Kissen vergrub. Verdammt! Fünf Minuten würde er sich noch gönnen. Doch sein Pflichtbewusstsein siegte, und er setzte sich auf. Um den heutigen Tag zu überstehen, würde er eine Schmerztablette brauchen. Ich bin ein Idiot, dachte er, während er ins Badezimmer wankte und im Medikamentenschrank nach einem Aspirin suchte. Er warf sich zwei der weißen Tabletten in den Mund und trank aus der Wasserleitung nach. Dann stellte er sich unter die Dusche und regelte die Temperatur langsam kälter, bis er das Gefühl hatte, kleine Eissplitter würden in seine Haut dringen. Als er glaubte, es nicht mehr länger auszuhalten, zählte er bis zehn. Erst dann drehte er den Wasserhahn ab und schlüpfte, ohne sich abzutrocknen, in seinen Bademantel. Ein anderer hätte das alte, zerschlissene Ding schon lange in die Altkleidersammlung gesteckt, aber er hing an ihm. Er hatte ihn sich zu Studienzeiten gekauft. Zu seinem letzten Geburtstag hatte Emilia ihm einen kuscheligen Frotteemantel geschenkt. Der lag immer noch originalverpackt in einer Schublade.

Eine Spur aus nassen Fußabdrücken markierte seinen Weg, als er zurück ins Schlafzimmer ging. Er widerstand der Versuchung, sich noch einmal ins Bett zu legen, und kleidete sich an. Das schüttere schwarze Haar war schon fast trocken, also konnte er sich das Föhnen sparen. Frühstück würde es heute keines geben. Er kam ohnehin schon zu spät zu Mosers Besprechung.

Seine Kopfschmerzen hatten sich in einen dumpfen Druck verwandelt. Der war unangenehm, aber auszuhalten. Trotzdem kehrte er noch einmal an der Wohnungstür um und holte das Aspirin. Sicher war sicher! Eine Sitzung mit Moser konnte einem mehr Kopfschmerzen bereiten als jede durchzechte Nacht.

Laura Campelli war früh auf den Beinen. Irgendjemand hatte das Gerücht in die Welt gesetzt, sie würde erst gar nicht heimfahren, sondern schliefe im Labor, was natürlich Unsinn war, aber nur, weil es gar kein Bett gab, in dem sie hätte schlafen können. Sie hatte tatsächlich schon die eine oder andere

Nacht durchgearbeitet. Nun ja, in letzter Zeit nicht. Genau genommen nicht mehr, seit Wagner das erste Mal erwähnt hatte, er würde nach Innsbruck ziehen. Ärgerlich, dass sie schon wieder an ihn denken musste. Sie hatte sogar von ihm geträumt. Zu gut erinnerte sich ihr Unterbewusstsein an das, was sie zu verdrängen versuchte. Daran, wie seine Küsse schmeckten, an seine weichen Lippen, an das Gefühl seiner Hände auf ihrem Körper.

Es war bloß Sex, rief sie sich zur Ordnung. Doch das kleine Teufelchen in ihrem Kopf gab keine Ruhe: »Es war weit mehr, und du weißt das. Nur zu schätzen gewusst hast du es damals nicht.«

Sie schüttelte alle Gedanken an Wagner ab und setzte sich an ihr Mikroskop, das mit dem Computer verbunden war. Nach fünfundzwanzig Minuten griff sie zum Telefon und tippte Heinz Martins Handynummer ein. Sie ließ es läuten, bis sich die Mailbox einschaltete. Dann legte sie auf und probierte es erneut. Als zum zweiten Mal die Aufforderung kam, eine Nachricht zu hinterlassen, wollte sie schon auflegen, besann sich aber anders. »Heinz, hier Laura! Ich hab' ein Ergebnis, und das wird dir nicht gefallen. Ruf mich an!«

Kopfschüttelnd wandte sie sich anderen Aufgaben zu. Wie konnte es sein, dass Heinz nicht ans Telefon ging? Es war noch zeitig am Morgen. Zu früh für eine Obduktion, bei der er aus Prinzip keine Anrufe entgegennahm. Spätestens um acht würde sie Heinz bei der Besprechung mit Moser treffen. Sie hätte ihm das Testergebnis gerne schon vorher mitgeteilt. Sie warf einen Blick auf ihre Uhr. Erst sieben. Gut möglich, dass er gerade unterwegs war und nicht telefonieren konnte. Oder er hatte es nicht läuten gehört. Sie hatte ja noch ein wenig Zeit und würde es später noch einmal versuchen. Stattdessen tippte sie Wagners Nummer ein. Ihre Finger flogen über die Zahlentasten, ohne einen Funken zu zögern. Wie oft hatte sie diese Nummer schon gewählt? Die Ziffernfolge hatte sich in ihr Gedächtnis eingebrannt, unauslöschlich, wie eine Tätowierung.

Wagner erwachte gut gelaunt. Sonja hatte am Vorabend zurückgerufen, und sie hatten stundenlang miteinander telefoniert, so viel hatten sie sich schon lange nicht zu erzählen gehabt, und er dachte an die Zeit zurück, als sie sich kennengelernt hatten. Die Sehnsucht nach dem anderen, die endlosen Gespräche, Interesse, das ehrlich und ungeheuchelt war. Warum war Reden über diese Distanz so viel leichter?

»Wann kommst du wieder zurück?«

»Das weiß ich noch nicht«, und eigenartigerweise hatte es ihm aufrichtig leidgetan, ihr keine andere Antwort geben zu können.

Er hatte ihr von Heinz und dessen Schwester erzählt.

»Aber lass dir nicht allzu viel Zeit, hörst du?«

Er hatte es versprochen. Diesmal war ihm das »Ich liebe dich« ganz leicht über die Lippen gekommen.

Er war froh, eingekauft zu haben. Nun saß er bei Speck und Rührei am Frühstückstisch. Der Kaffee war wieder einmal kaum zu trinken. Wie immer viel zu stark und viel zu bitter.

Mit nacktem Oberkörper und in Shorts lugte er auf den Gang hinaus, und als er niemanden entdeckte, klaute er die Tageszeitung von der Türmatte seiner Nachbarin. Na ja, er borgte sie sich aus. Später würde er sie Frau Huber wieder vor die Tür legen. Sie stand ohnehin kaum je vor neun auf. Beneidenswert, so ein Rentnerdasein!

Nun blätterte er die Zeitung durch und las den einen oder anderen Bericht. Allein schon die Meldungen unterschieden sich von denen in Innsbruck. Dort wurde aus jeder kleinen Streitigkeit zwischen Eheleuten ein Beziehungsdrama. Jeder Polizeieinsatz wurde hochgespielt, damit es etwas gab, um die Spalten zu füllen. Hier hingegen bekam sogar eine Messerstecherei nicht mehr als eine kurze Notiz.

Im Kulturteil fand er einen Artikel mit Fotos einer Vernissage eines ihm unbekannten russischen Malers. Ihm kamen die Gemälde etwas schwermütig vor, fast depressiv. Genauso stellte er sich die russische Mentalität vor, wusste aber, dass seine Vorstellungen auf Klischees beruhten.

Vor einem der Bilder, »Russischer Winter«, wie er dem Untertitel entnehmen konnte, stand ein Paar. Eine groß gewachsene, sehr hübsche junge Frau und ein etwas kleinerer Mann, der ihr etwas ins Ohr zu flüstern schien.

Wagner blätterte weiter zum Sportteil, den er nur kurz überflog, und zum Fernsehprogramm. Dann schlug er die Zeitung zu und brachte sie wieder dorthin, wo er sie herhatte.

Gesättigt, mit leichtem Sodbrennen von dem starken Kaffee, aber hoch motiviert, machte sich Wagner daran, das Frühstücksgeschirr abzuwaschen. Er pfiff eine beschwingte Melodie bei der Arbeit. Fast hätte er das Handyläuten überhört. Die Hände nass und voller Schaum, hinterließ er Wassertropfen auf dem Küchenboden, bevor er ein Geschirrtuch fand und sich daran abwischen konnte.

»Wagner!«, bellte er knapp in den Hörer, ungehalten über die Unterbrechung.

»Ich bin's, Laura.« Ihre Stimme ließ in ihm etwas vibrieren. So klang sie nur, wenn es dringend war. »Du musst auf der Stelle herkommen.«

»Hast du schon auf die Uhr gesehen? Es ist erst sieben!«

Laura schnaufte. »Viertel nach. Moser hat um acht eine Besprechung angesetzt. Ich dachte, du wärst gerne dabei.«

»Komisch, Heinz hat das mit keinem Wort erwähnt.«

»Helmut, ich hab die DNA-Analyse.«

»Und?« Wagner hasste es, wenn er Leuten alles aus der Nase ziehen musste.

Laura sagte sekundenlang nichts. Dann: »Die Ergebnisse sind positiv. Helmut?«

»Ja?«

»Heinz sollte es erfahren. Am besten von dir.«

»Ich bin unterwegs.«

Positiv war nicht zwangsläufig positiv. Es kam alles bloß auf die Betrachtungsweise an.

Seine gute Laune von vorhin war verflogen.

Heinz Martin saß, seinen Kopf in den Händen geborgen, im Büro. Es klopfte am Türstock, und Heinz drehte sich nach dem Ankömmling um.

»Gut, dass du hier bist. Moser hat uns eingeladen.«

»Ich weiß.«

»Wir sollten bereits drüben sein.« Heinz stand auf. Er hatte sich schon beweglicher gefühlt als heute. Wagner legte ihm die Hand auf den Arm. »Dann kommen wir eben zu spät. Da gibt es noch etwas, das du vorher wissen solltest.«

Heinz lauschte wie versteinert Wagners Ausführungen. Dann sprang er ohne ein Wort auf und fegte in einem Anfall von Verzweiflung alle Zeitschriften und Papiere von seinem Schreibtisch. Das Zimmer sah aus wie nach einem Orkan, aber das war ihm egal. Mit zitternder Hand griff er nach seinem Handy.

Er starrte es an, hörte seine Mailbox ab, hackte auf die Tastatur, wie ein Klaviervirtuose. Mindestens zwanzigmal versuchte er, Emilia zu erreichen, obwohl er wusste, dass sie so früh niemals ans Telefon ging. Aber sie hatte sich gestern Abend nicht gemeldet. Ihre Nummer erschien nicht in der Rufliste, und sie hatte auch keine Nachricht hinterlassen. Schließlich musste er einsehen, dass seine Bemühungen sinnlos waren. Er versuchte, sich einzureden, dass Emilia nun einmal so war. Dass sie einfach vergessen hatte, ihn anzurufen. War ja nichts Neues.

Wagner hatte begonnen, die verstreuten Zeitschriften und Papiere einzusammeln, während Heinz Emilia eine Nachricht auf ihrer Mailbox hinterließ. »Die zweite Tote ist Luisa. Wenn du dich nicht spätestens bis Mittag bei mir gemeldet hast, versohl' ich dir den Hintern. Das mein' ich ernst!«

Dann sagte er zu Wagner: »Lass den Mist liegen. Das meiste gehört sowieso in den Papierkorb. Ich kümmere mich nach unserem Treffen mit Moser darum.«

Das war ja wohl der Gipfel der Frechheit. Meinten hier alle, sie könnten ihm auf der Nase herumtanzen? Konnte hier jeder machen, was er wollte? Moser saß, die Unterlagen vor ihm auf dem Tisch, mit klopfenden Fingern im Konferenzzimmer und sah auf seine Uhr. Bloß eine Minute vergangen, seitdem er das letzte Mal die Uhrzeit überprüft hatte.

Laura Campelli hatte Platz genommen und schwieg ihn an. Sie spielte mit einem Knopf an ihrem zerknitterten Laborkittel und sah ebenfalls hin und wieder auf ihre Uhr. Möglicherweise konnte man den Stimmen Glauben schenken, die meinten, sie würde im Labor übernachten. Der Arbeitsmantel sah jedenfalls danach aus.

»Sie sind zu spät!«, war das Erste, was ihm einfiel, als Wagner mit Heinz Martin erschien.

»Wir waren beschäftigt«, antwortete Wagner.

Moser wunderte sich, wie Wagner mit dieser fragwürdigen Arbeitshaltung eine so hohe Aufklärungsrate erzielen konnte. Den Gedanken behielt er allerdings für sich. »Gut, dann können wir ja jetzt endlich anfangen.«

Wagner nickte. »Wir waren gestern Nachmittag in der Wohnung der Toten und haben ihre Zahnbürste mitgenommen. Laura hat sie mit der DNA des zweiten Opfers verglichen, und nun wissen wir, dass es sich um Luisa Peer handelt.«

Moser erstarrte. Sie waren in der Wohnung gewesen?

Ohne ihn? Er schluckte, um die bittere Galle, die sich seine Kehle hinaufschlich, loszuwerden. Es wäre seine Angelegenheit gewesen, in diese Wohnung zu gehen.

Wagner musste seine Gedanken erraten haben, denn er sagte: »Natürlich wäre das in Ihre Zuständigkeit gefallen, aber wir hatten die Adresse von einer anonymen Quelle und wollten zuerst sicher sein, dass es sich tatsächlich um die Wohnung der Toten handelt, bevor wir die ganze Truppe hinschicken.«

Ein schwacher Trost.

Genau so hatte er es sich vorgestellt. Wagner agierte, und er blieb auf der Strecke.

Umso mehr überraschte es ihn, dass Wagner sagte: »Jetzt liegt es an Ihnen, Moser. Schnappen Sie sich Laura und stellen Sie eine Mannschaft zusammen. Zerlegen Sie die Wohnung, sichten Sie alles, was Ihnen relevant erscheint, nehmen Sie mit, was Ihnen bedeutend vorkommt, und auch das, was unbedeutend wirkt. Ich will alles. Fingerabdrücke, Computerdaten, Fotos. Die ganze Palette.«

Moser starrte seinen Widersacher an. Er wusste nicht, ob er verärgert sein sollte, weil er herumkommandiert wurde, oder dankbar, weil er endlich etwas tun konnte.

Heinz starrte Wagner an. War er von allen guten Geistern verlassen worden? Wie konnte er Moser mit diesen wichtigen Dingen betrauen? Hatte er ihn nicht hergeholt, damit er sich um den Fall kümmern sollte?

Laura würde brillante Arbeit leisten, daran zweifelte er keinen Augenblick. Aber Moser?

»Und was tu ich in der Zwischenzeit?«, fragte er Wagner.

»Ich brauch dich in einer anderen Angelegenheit«, war Wagners kryptische Antwort.

Moser und Laura verließen hintereinander das Besprechungszimmer, um Wagners Anweisungen zu folgen.

Als sie außer Hörweite waren, legte Heinz los: »Spinnst du? Ich dachte, du würdest das übernehmen. Was sollte das denn gerade?«

Wagner seufzte. »Du solltest mir vertrauen. Du kennst mich schon lange genug.«

Da hatte Wagner recht. Aber im Moment fiel es Heinz schwer, Wagners Entscheidung hinzunehmen, auch wenn er sich dabei bestimmt etwas gedacht hatte.

»Erstens braucht Moser etwas zu tun. Mit Laura im Schlepptau wird er nichts übersehen. Und wenn sie in Hochform ist, dann wird es bestimmt kein Vergnügen für ihn.«

Heinz musste wider Willen grinsen. Ja, das konnte er sich lebhaft vorstellen: Nichts anfassen, gehen Sie aus dem Weg, treten Sie nicht dahin und nicht dorthin... Er konnte Lauras Anweisungen förmlich hören.

»Und zweitens?«, fragte er schon ein wenig beruhigter.

»Solange er beschäftigt ist, statten wir der Wohnung deiner Schwester einen Besuch ab.«

Für einen kurzen Moment hatte Heinz das Gefühl gehabt, von seinem Freund im Stich gelassen zu werden. Jetzt schämte er sich wegen seiner Gedanken.

»Sag, warum hast du Moser nicht von ihr erzählt? Eine anonyme Quelle, hm?«

Wagner starrte ihn an, als käme er vom Mond. »Die Sorge um Emilia hat dir anscheinend den Kopf vernebelt. Oder vielleicht war's auch der Alkohol, den du in dich hineinschütten musstest, nachdem du mich nach Hause gebracht hast. Ja, ich brauch dich nur anzusehen, um Bescheid zu wissen. Wenn sich herumspricht, dass deine Schwester, auf welche Weise auch immer, in diese Fälle involviert ist, bist du weg vom Fenster. Du kannst dann nur noch von Weitem zusehen.«

Heinz sah Wagner mit müden, blutunterlaufenen Augen

an. Das hatte er nicht bedacht. Wagner war ein besserer Freund, als er geahnt hatte.

»Danke!«, war das Einzige, was er mit gesenktem Kopf rausbrachte.

»Schon gut! Sauf, so viel du willst, wenn das hier überstanden ist. Ich bin dann gern mit von der Partie. Aber bis dahin reißt du dich gefälligst zusammen. In deinem jetzigen Zustand nützt du dir nicht, mir nicht und schon gar nicht Emilia.«

War sein Freund eigentlich immer schon so ein Arsch gewesen? Heinz konnte sich nicht erinnern, dass Wagner jemals zuvor so mit ihm geredet hätte. Seine Worte wirkten wie ein kalter Regenguss und schwemmten den Restalkohol und die Müdigkeit fort. Schlagartig fühlte er sich nüchtern, und auch seine Kopfschmerzen waren kaum noch der Rede wert. Vielleicht wirkte auch nur das Aspirin endlich.

Christian räumte das Essen von Janas Nachttisch. Er hatte sich selbst übertroffen und ein vorzügliches Mahl gezaubert. Besser hätte es Mutter auch nicht hinbekommen.

Der gestrige Ausbruch in der Küche hatte ihm gutgetan. Jeder konnte einmal Schwäche zeigen, auch er.

Christian trug das Tablett die Treppe hinunter in die Küche, beförderte die eingetrocknete Mahlzeit in den Mülleimer und stellte den Teller zum Einweichen in die Spüle. Dann blickte er auf die Uhr. Er sollte dringend nach Emilia sehen. Die Tropfen würden nicht mehr lange wirken.

Gerade als er die Tür zum Keller erreichte und seine Hand nach der Klinke ausstreckte, ließ ihn eine Melodie zusammenfahren. Es dauerte einige Sekunden, bis er begriff, dass es sich um ein Mobiltelefon handeln musste. Und da es nicht seines war, konnte es nur aus Emilias Tasche kommen, die er unachtsamerweise auf dem Küchentisch liegen gelassen hatte.

Das durfte nicht wieder passieren! Die Melodie war verstummt, doch sofort ertönte sie erneut. Christian versuchte, den Klingelton zu ignorieren. Er hatte einen Fehler gemacht, einen kleinen, der nicht ins Gewicht fiel. Es war nichts passiert, dennoch durfte er nicht zulassen, dass ihm noch einmal einer unterlief.

Schon wieder läutete Emilias Handy. Christian kramte in der Tasche danach und klappte es auf, während es in seiner Hand vibrierte und Mozarts »Kleine Nachtmusik« spielte, aufhörte, um gleich darauf wieder zu beginnen. Wer war hier so hartnäckig? Oder verzweifelt? Er blickte auf den Namen des Anrufers. Heinz. In seinem Kopf wirbelte alles durcheinander. Heinz. Emilia. Martin. Emilia Martin. Heinz Martin. Heinz Martin. Heinz Martin.

Schon als er Emilias Nachnamen erfuhr, hätte er ihn erkennen müssen. So häufig war der Name nicht. Wieder ein Fehler. Aber kein unbedeutender, sondern ein gravierender.

Wie stand Emilia mit Heinz in Verbindung? Waren sie verheiratet? Wohl kaum. Er hatte sie beobachtet. Ein Mann wäre ihm aufgefallen. Besonders dieser Mann. Den würde er unter hundert wiedererkennen, auch wenn es schon viele Jahre her war. Vielleicht geschieden? Egal, das würde er herausfinden. Auf jeden Fall veränderte seine Entdeckung einiges. Jetzt galt es besonnen vorzugehen und nichts zu überstürzen. Jana würde noch ein wenig länger auf ihr Augenlicht warten müssen.

Er hatte zu tun, aber vorher musste er nach Emilia sehen, ihr noch mehr von den Tropfen einflößen, um sie ruhigzustellen. Er wusste noch nicht, wohin ihn diese neue Entwicklung führte, aber sie bot einen interessanten Aspekt. Rache üben, Vergeltung suchen, er hatte lange Zeit an nichts anderes denken können. Dann waren diese Gefühle von seinen Sorgen um Jana und ihrer zeitintensiven Pflege überlagert worden. Und nun bot sich ihm die Gelegenheit, gleich zwei

Fliegen mit einer Klappe zu schlagen. Er musste es nur geschickt anstellen. Keine Fehler mehr!

Zufriedenheit durchströmte ihn, wie er es sonst nicht kannte. Emilia würde großen Durst haben. Er füllte Wasser in einen Schnabelbecher, gab zwanzig Tropfen aus dem braunen Fläschchen dazu und machte sich auf den Weg in den Keller.

Moser war voller Enthusiasmus gewesen. Nun stand er in der Wohnung der verstorbenen Luisa Peer, und alles lief anders, als er gehofft hatte.

Laura war mit ihrem Team ausgeschwärmt. Sie sicherten überall Spuren. Egal, wo er sich hinwandte, hieß es: »Platz da!« und »Finger weg! Da müssen wir zuerst ran.«

Er verfluchte Wagner, der ihn in diese Situation hineinmanövriert hatte. Und das mit voller Absicht, davon war Moser überzeugt. Laura Campelli sah in ihrem weißen Schutzanzug wie eine Außerirdische aus. Da waren ihm noch ihre überweiten Labormäntel lieber. Sie verstand etwas von ihrer Arbeit, das musste er ihr lassen. Unter anderen Umständen hätte er es genossen, ihr zuzusehen. Sie hatte ihre Mitarbeiter im Griff, schien überall gleichzeitig zu sein und gab knappe Anordnungen, ohne unfreundlich zu sein. Außer ihm gegenüber.

»Müssen Sie uns im Weg stehen?«, fragte sie ihn, als sie sich an ihm vorbeidrängte, um in die Küche zu gelangen.

»Na, entschuldigen Sie! Ich sollte doch mitkommen.«

»Dann machen Sie sich nützlich und fragen die Nachbarn, ob die was gesehen oder bemerkt haben.«

Moser war das gar nicht recht. Er wollte dabei sein, wenn sie etwas Relevantes fanden. Außerdem gab es für diese undankbare Arbeit uniformierte Beamte. Seine Aufgabe bestand darin, die gesammelten Informationen auszuwerten und seine Schlüsse daraus zu ziehen. Möglichst die richtigen.

Laura stand mit verschränkten Armen vor ihm und wartete. Zum Teufel auch mit dieser Frau. Die war schlimmer als Wagner und Martin zusammen. Vor ihr würde er sich noch in Acht nehmen müssen. Er tat besser daran, es sich mit ihr nicht zu verscherzen. Bei diesem Fall war er auf sie angewiesen, und er würde es auch in Zukunft noch öfter sein. Seufzend drehte er sich zur Wohnungstür um. Dann ging er eben Klinken putzen. Und wer wusste schon, was er dabei herausfand. Vielleicht würden ausgerechnet seine Befragungen den Durchbruch bedeuten. Ja, ja! Träum weiter, schalt er sich. Er läutete an der Nachbartür. Wenigstens kam er sich jetzt nicht mehr ganz so überflüssig vor.

Emilia stöhnte. Ein Geräusch drang in ihre Träume. Jemand rief ihren Namen. Sie musste genau hinhören, um ihn zu verstehen.

»Emilia, Kleine, bist du wach?«

Sie hätte gerne geantwortet, aber ihr Hals war ausgedörrt. Sie hatte schrecklichen Durst. Sie brauchte etwas zu trinken. Vielleicht hatte sie es laut ausgesprochen, denn in diesem Moment schob sich eine Hand unter ihren Nacken und hob ihren Kopf an. Etwas Hartes wurde ihr zwischen die Lippen geschoben, und gleich darauf benetzte kühles Wasser ihre Zunge. Das Schlucken fiel ihr schwer. Ihr Mund fühlte sich an, als hätte sie einen Wattebausch darin. Sie wollte reden, fragen, was passiert war, wo sie sich befand. Ihr Gehirn gab ihr die Worte vor, doch ihre Lippen weigerten sich, die Befehle umzusetzen. Ihre Zunge war ihr im Weg, ein riesiger Fremdkörper in ihrem Mund.

»Trink! Dann geht es dir besser«, hörte sie eine Stimme sagen. Sie klang dumpf, als wäre sie von Wasser umgeben. Eine angenehme Stimme, die ihr vertraut vorkam. Sie tat, was ihr gesagt wurde. Sie trank. Die Flüssigkeit schmeckte nach Metall und rann ihr die Kehle hinunter. Sie kam kaum mit dem Schlucken nach. Sie wollte nach dem Plastikding greifen, es wegschieben, aber ihre Arme und Hände gehorchten nicht. Also blieb ihr nichts übrig, als das Wasser hinunterzuwürgen. Sie musste husten und spürte, wie es nass über ihr Kinn den Hals hinunterrann. Die Hand hob ihren Kopf ein wenig höher, der Husten hörte auf, und wieder zwängte sich das Kunststoffteil zwischen ihre Lippen.

Das Trinken strengte sie an. Vielleicht war sie krank. Ja, das musste es sein. Sie fühlte sich schwach und fiebrig.

»So ist's brav!«

Sie bemühte sich, die Augen zu öffnen, um zu sehen, wem die Stimme gehörte, doch die Anstrengung war zu groß, also ließ sie es bleiben. Es war auch nicht so wichtig. Nichts war wichtig. Ihr Herz begann zu rasen, ihr wurde warm und dann heiß. Plötzlich war das Gefühl, unter Wasser zu sein, real. Sie bekam nicht genug Luft, konnte nicht reden, konnte nicht einmal schreien.

»Emilia, wer ist Heinz?«

Heinz? Wer war Heinz? Tief in einer Gehirnwindung versteckt tauchte ein Bild auf. Ein Gesicht, von einem Mann, den sie kannte, der zwiespältige Gefühle in ihr weckte. Zuneigung, Bewunderung, Geborgenheit, aber auch Schuld und Unzulänglichkeit. Ach ja, Heinz war ihr Bruder. Alles würde gut, wenn Heinz kam. Und er würde kommen, bestimmt. Er kam immer, wenn sie ihn brauchte.

Die Stimme fragte wieder nach Heinz. Sie klang eindringlich, hypnotisch. Sie zwang sie zu antworten.

»Bruder«, war alles, was sie herausbrachte, und dafür brauchte sie all ihre Kraft.

Die Hand, die zuvor ihren Kopf gestützt hatte, zog sich zurück. Emilia fühlte sich alleingelassen, verloren. »Bleib hier! Ich habe Angst!«, schrie ihr Herz. Doch kein Laut kam über ihre Lippen. Sie merkte, wie sie langsam wieder in die Traumwelt abdriftete. Sie fühlte, wie jemand über ihr

Haar strich. Die Stimme sagte: »Danke für die Auskunft. Sie hat mir sehr geholfen.« Warum klang sie dann nicht dankbar oder erleichtert? Sie hörte sich kalt an, sodass sie trotz der Hitze in ihrem Körper plötzlich fror. Da war ein Ort, an dem sie schon gewesen war, an dem sie sich sicher fühlte. Ihr Geist machte sich auf die Suche, aber er fand den Weg dorthin nicht mehr. Sie hatte sich verirrt. Verirrt in dem Schwarz, aus dem es kein Entkommen gab.

8

Moser hatte mit der Hausmeisterin gesprochen. Es war frustrierend. Für nichts und wieder nichts hatte er eine Stunde lang ihre kaum verhehlten Annäherungsversuche ertragen und fünf Tassen Kaffee getrunken, in der Hoffnung, er würde etwas Brauchbares aus ihr herausbekommen. Jetzt brauchte er unbedingt ein Klo. Ob er wohl das von Luisa Peer benutzen konnte? Das war vielleicht keine gute Idee. Laura Campelli würde ihm den Hals umdrehen, wenn er Beweismittel einfach runterspülte.

Er beschloss, es bei dem Wohnungsnachbarn zu versuchen, der vorhin nicht zu Hause gewesen war. Diesmal hörte er nach dem Klingeln ein Schlurfen. Jemand da drinnen brauchte endlos, bis er die Tür erreichte. Moser hätte am liebsten Sturm geläutet, so unangenehm wurde mittlerweile der Druck auf seine Blase. Endlich ging die Tür langsam auf, und ein alter Mann in Hauspantoffeln lugte durch den Spalt.

Moser zeigte ihm seine Dienstmarke. »Darf ich reinkommen?«

Der Alte musterte misstrauisch die Metallplakette und meinte: »Haben Sie denn keinen Ausweis mit einem Foto drauf?«

Moser seufzte und unterdrückte den Impuls, von einem Bein auf das andere zu steigen. Stattdessen holte er seinen Ausweis hervor und hielt ihn dem Mann unter die Nase. »Moment!«, sagte der und knallte die Tür zu, um sie gleich darauf wieder aufzumachen. Diesmal hatte er eine dicke Hornbrille auf. Er nahm das Papier aus Mosers Hand und blickte einige Male von dem Foto zu Moser und wieder zurück.

Moser fluchte innerlich. Warum musste er ausgerechnet an jemanden geraten, der es mit der Ausweispflicht so genau nahm? Löblich unter anderen Umständen, aber jetzt und hier wünschte er sich, er könnte einfach in diese Wohnung marschieren und nach Luisa Peer und nach einem Klosett fragen, wenn auch nicht in dieser Reihenfolge.

Endlich gab der Mann Moser seinen Ausweis zurück und hielt ihm die Tür einladend auf.

»Was kann ich denn für Sie tun, junger Mann?«, fragte er schließlich.

»Zuallererst können Sie mir bitte den Weg zur Toilette zeigen«, drängte Moser. Peinlich so was, aber gegen die Natur kam schließlich niemand an, auch ein pflichtbewusster Polizist nicht. Schon gar nicht, wenn er in Ausübung seiner Pflicht fünf Tassen Kaffee mit einer Frau getrunken hatte, bei der er Angst haben musste, dass ihre gewaltigen Brüste jeden Augenblick aus dem Ausschnitt fielen. Morbide Faszination nannte er das, denn schön war weder der Busen noch die dazugehörige Hausmeisterin gewesen.

Der Alte deutete auf eine schmale Tür neben dem Eingang, die Moser aufriss. Dann gab er sich der Erleichterung hin, die er empfand, als er endlich seine Blase leeren konnte.

»Danke«, sagte er, als er wieder in den Flur trat. »Sie wissen gar nicht, wie sehr Sie mir geholfen haben.«

»Deswegen sind Sie aber nicht gekommen, oder?«, meinte Luisa Peers Nachbar.

Moser schüttelte den Kopf. »Nein, eigentlich wollte ich Sie über Ihre Wohnungsnachbarin befragen.«

Der alte Mann winkte ihn ins Wohnzimmer. »Kommen Sie. Im Sitzen redet es sich leichter, zumindest, wenn man deutlich jenseits der siebzig ist.«

Er nahm auf einer altmodisch geblümten Sitzbank Platz und forderte Moser mit einer Handbewegung auf, es sich ebenfalls bequem zu machen.

Der entschied sich für den Polstersessel und lehnte sich zurück. Ja, diese alten Möbel waren echte Qualitätsarbeit. Nicht so filigran wie die neumodischen Stühle, die schon vom Hinsehen zusammenbrachen.

»Fräulein Peer. Was ist denn mit ihr?«, nahm Mosers Gegenüber den Faden wieder auf.

»Ich fürchte, sie ist einem Verbrechen zum Opfer gefallen.« Moser blieb absichtlich vage. Man wusste nie. Auch alte Männer waren schon zu Mördern geworden. Und wenn sein Gegenüber schockiert war, ließ er sich nichts anmerken. Pokerspielen mit ihm wäre bestimmt ein Fiasko geworden.

»Ja, da gibt es nicht viel zu erzählen.«

»Die Hausmeisterin, Frau Gribnic, meinte, sie sei ein Luder gewesen. Eine, die ständig Herrenbesuche empfing. Stimmt das denn? Ich meine, Sie als Nachbar müssten das doch mitbekommen haben.«

»Frau Peer war eine lebenslustige junge Frau. Das kann man ihr nicht verübeln. Sie hatte ab und an Herren zu Besuch, die dann auch über Nacht blieben, aber heutzutage ist das nichts Anstößiges. Die Gribnic ist bloß eifersüchtig, weil sie schon so lange keinen mehr abbekommen hat.«

Moser musste grinsen. Den Eindruck hatte er allerdings auch gewonnen.

»Also was war denn nun mit der Peer?«

»Ein hübsches Ding. Und freundlich. Zu mir jedenfalls.

Die hat noch gegrüßt, wenn sie mich gesehen hat. Auf jeden Fall hat sie gewusst, was sich gehört.«

»Ist Ihnen in letzter Zeit was Ungewöhnliches aufgefallen?«

Der Nachbar überlegte. Dann schüttelte er bedächtig seinen Kopf. »Nein, ehrlich gesagt nicht. Außer, dass ich sie in der letzten Zeit nicht gesehen habe.«

»Und das ist ungewöhnlich?«

Diesmal ein Nicken.

»Ja. Ich gehe fast nie außer Haus, die Beine tun's nicht mehr so gut, und dann die vielen Stufen. Grad zum Arzt und wenn ich dringend was einkaufen muss. Aber ich allein brauch ja nicht mehr so viel, also geh ich selten runter. In der Regel merk ich, wann sie da ist.«

»Aber vorhin haben Sie nicht aufgemacht, als ich geläutet habe.«

»Ich bin gerade erst vom Arzt gekommen. Können Sie sich vorstellen, wie lange ich brauche? Sie wollen einen Lift einbauen, aber bis die mal anfangen… Wer weiß, vielleicht erlebe ich das nicht einmal mehr.«

Moser nickte. Klar würde er das noch erleben. Der Alte wirkte recht zäh auf ihn. »Wie lange haben Sie Luisa nicht gesehen?«, hakte er nach.

»Sehen Sie, sie läutete fast täglich bei mir, um zu fragen, ob ich was brauche oder um sich zu erkundigen, wie es mir geht.«

»Und da sind Sie nicht stutzig geworden, als sie sich nicht gerührt hat?« Moser hörte die Schärfe in seiner eigenen Stimme.

»Sie hat mir was von Aufnahmen erzählt. Sie war öfter mal für ein paar Tage weg. Nein, ich habe mir nichts Schlimmes dabei gedacht, wenngleich ich ihre Besuche vermisst habe. Zu mir kommt ja kaum wer. Mein Neffe höchstens. Der macht mir auch einmal alle zwei Wochen den Großeinkauf.«

Der Alte konnte sich offenbar nicht entscheiden. War es denn nun ungewöhnlich, dass Luisa tagelang nicht da war, oder nicht? Dann eben anders. »Gehört haben Sie aus ihrer Wohnung nichts? Vielleicht hatte sie mit jemandem Streit.«

»Junger Mann, meine Ohren sind nicht mehr wie die eines Luchses. Früher mal, ja. Aber durch die dicken Wände hört man sowieso nichts.«

Frustriert erhob sich Moser von dem Sessel und reichte dem Alten die Hand. »Danke. Bleiben Sie ruhig sitzen. Ich finde allein hinaus.«

Trotzdem ließ es sich der Mann nicht nehmen, ihn bis zur Tür zu begleiten.

Nachdem sich die Wohnungstür hinter ihm geschlossen hatte, seufzte er laut. Eine aufdringliche Hausmeisterin und ein verkalkter Nachbar, dessen Aussage widersprüchlich war. Prima! Genau das, was er gebraucht hatte, um sich seinen Tag zu versüßen. Er blickte sich um. Wohin jetzt? Es hatte wohl wenig Sinn, die Mitbewohner auf den anderen Stockwerken zu befragen. Nicht, dass das nicht wichtig gewesen wäre, aber das konnte nun wirklich einer der Uniformierten erledigen. Noch ein paar solcher Zeugen würde er nicht ertragen.

Moser glaubte ohnehin nicht, dass dabei viel herauskommen würde, aber es gehörte zum Standard. Es zu unterlassen wäre fahrlässig gewesen. Dennoch sah er seine Aufgabe in wichtigeren Dingen. Darum wandte er sich Luisa Peers Tür zu. Mal sehen, was Campelli und ihr Team in der Zwischenzeit getrieben hatten.

Emilias Zweitschlüssel war leicht zu finden. Er lag hinter einem Blumenkasten vor ihrem Küchenfenster. Wagner schnalzte mit der Zunge, als Heinz ihn hervorholte, und schüttelte missbilligend den Kopf. »Kaum zu glauben, dass sie Angst hatte. Da sucht man doch als Erstes.«

»Ich dachte immer, unter der Türmatte wäre das fantasieloseste Versteck«, antwortete Heinz.

»Das ist schon wieder überholt. Im Moment liegen Schlüsselverstecke vor allem hinter Blumenkästen. Aber gut, dann müssen wir wenigstens nicht wieder einbrechen.«

»Und selbst wenn, wir wollen ja nur nach dem Rechten sehen. Schließlich bin ich ihr Bruder.«

Heinz steckte den Schlüssel ins Schloss. Es war nicht einmal abgesperrt. Emilia hatte einfach die Tür zugezogen. Das war typisch für sie: War in Gefahr und trotzdem so leichtsinnig, dass es Heinz schon fast wehtat.

In der Wohnung roch es nach kaltem Rauch und Emilias Parfum. Die Kombination der Gerüche rief in Heinz Übelkeit hervor. Er versuchte, Emilias Gegenwart zu fühlen, doch da war nur Leere.

Das Wohnzimmer sah genauso unordentlich aus wie beim letzten Mal, als er hier gewesen war, nur die Rotweinflasche und das Glas standen nicht mehr auf dem Tisch. Heinz wanderte mit Wagner durch die Räume, um sich einen Überblick zu verschaffen. Vor der Schlafzimmertür hielt er inne. »Mach du auf!«

Wagner hob eine Braue, als wolle er sagen: »Keine Sorge, sie liegt nicht da drin.«

Aber darum ging es Heinz gar nicht. Er wusste, dass die beiden anderen Frauen nicht in ihren Wohnungen gefunden worden waren. Außerdem war noch nicht gesagt, dass Emma tatsächlich etwas zugestoßen war. Viel wahrscheinlicher lag sie mit irgendeinem Typen, den sie kennengelernt hatte, in dessen Bett. Was sie dort trieb, wollte er sich gar nicht ausmalen.

Nein, der wahre Grund für sein Zögern war, dass er Emilias Schlafzimmer als etwas sehr Persönliches, Intimes empfand. Er hatte kein Recht, dort einzudringen, herumzuwühlen und Details aus ihrem Leben zu erfahren, die ein großer

Bruder über seine Schwester nicht wissen sollte. Zum Beispiel, welche Unterwäsche sie trug oder welche Sexspielzeuge sie verwendete.

Wagner stieß die Tür auf und trat ins Zimmer. Langsam folgte ihm Heinz. Auch hier wütete das Chaos. Das Bett war ungemacht, die Decke zerknüllt, und überall lag Emilias Kleidung verstreut am Boden.

Dennoch war dieses Zimmer für Emilia ein Ort der Ruhe und der Entspannung. Das merkte man an der Farbwahl. Blau, gelb und grün dominierten den Raum, und alles war aufeinander abgestimmt.

Eine Wand wurde von einem Schminktisch eingenommen, einem kitschigen Ding mit einem riesigen Spiegel und Lichtern rundherum. Auf dem Tisch standen Tuben, Schminkstifte, Make-up und Cremedosen. Er fragte sich, wozu man all dieses Zeug brauchte. So viel konnte sich keine Frau auf einmal ins Gesicht schmieren, nicht einmal, wenn sie Model war.

Wagner war schon dazu übergegangen, die Schubladen aufzuziehen und ihren Inhalt zu untersuchen, während Heinz immer noch in der Nähe der Tür stand und den Raum auf sich wirken ließ.

»Was ist jetzt? Willst du Wurzeln schlagen, oder hast du vor mitzuhelfen?«

Heinz seufzte und gab sich einen Ruck. Er rief sich in Erinnerung, warum er da war. Er musste herausfinden, ob es Emilia gut ging oder ob sich seine schlimmsten Befürchtungen als wahr herausstellen würden.

Laura Campelli war mit ihrer Arbeit fertig, und ihre Leute hatten gerade damit begonnen, ihre Utensilien zusammenzupacken, als Moser eintrat.

»Und? Haben Sie etwas Brauchbares herausfinden können?«, fragte sie ihn.

»Ganz, wie man es nimmt. Und Sie?«

»Na ja, ein paar Sachen haben wir sicherstellen können. Da sind zum Beispiel jede Menge Fingerabdrücke, die wir auswerten müssen, ihr Terminkalender, ein Adressbuch … Wobei ich mich schon wundere, dass man heutzutage so ein Ding überhaupt noch verwendet, wo es doch Handys gibt, in die man Adressen, Telefonnummern und sogar Termine eintragen kann.«

Moser schien sich darüber nicht zu mokieren. Wahrscheinlich gehörte er auch zu der Sorte Mensch, die alles noch handschriftlich festhielt.

Schon bestätigte Moser ihre Annahme. »Na hören Sie, es gibt viele Menschen, die sich ihre Termine lieber in einem Kalender notieren. Ich mache das genauso.«

Laura nahm es mit einem Schulterzucken zur Kenntnis. »Egal, ist eh besser für uns. Damit können wir wenigstens was anfangen. Ihr Handy ist nicht hier. Aber das wundert mich nicht. Sie hatte es wohl bei sich, als sie entführt wurde.«

»Vielleicht hatte sie gar keins«, warf Moser ein.

Lebte er auf dem Mond? Wer hatte heute, bitte schön, kein Handy? Selbst unter Grundschülern gehörte es zum guten Ton.

»Ich kenne niemanden, der kein Handy hat«, gab sie ihm zurück, »aber da fällt mir ein: Wir könnten versuchen, das Gerät orten zu lassen. Vielleicht führt uns das zum Mörder.«

Sie hatte das Gefühl, er würde sie für ihren Einfall am liebsten umarmen, und sie hoffte, dass er seine Gefühle im Zaum halten würde.

»Sehr gute Idee, Frau Campelli«, sagte er statt der Umarmung, und Laura atmete erleichtert auf.

Dann hörte sie die Frage, die sie am meisten hasste: »Wie lange wird es dauern, bis Sie Ergebnisse vorweisen können?«

Sie funkelte ihn an. »Das braucht alles seine Zeit, nur keine Ungeduld. Wir arbeiten, so schnell wir können.«

Einen Teufel würde sie tun und ihm Versprechungen machen, die sie dann vielleicht nicht einhalten konnte. Immer das Gleiche mit diesen Ermittlern. Kaum gab es erste Spuren, wollten sie die Resultate am liebsten vorgestern. Das war mit Wagner schon so gewesen. Jetzt, wo sie die Möglichkeit hatte, sich Moser zurechtzubiegen, würde sie sich nicht unter Druck setzen lassen. Sie brauchten so lange, wie sie brauchten. Punkt. Wenn es Moser zu langsam ging, konnte er seine Untersuchungen selbst vornehmen.

Zu ihrer Überraschung nickte er bloß. »So eilig ist es auch wieder nicht. Wichtiger ist diese Ortung.«

Sie verließen die Wohnung, versiegelten sie und fuhren zurück zur Dienststelle. Moser erklärte ihr, er wolle sich ans Telefon klemmen und den Staatsanwalt von der Notwendigkeit einer Handyortung überzeugen. Als ob sie sich dafür interessierte, was er den ganzen Tag lang tat! Er sollte einfach seine Arbeit tun, und sie tat ihre.

Laura Campelli wandte sich der großen Glastür zu, die ihren Arbeitsbereich, das Labor, vom Rest trennte. Diese Tür war mehr für sie als ein simpler Eingang zu ihrem Arbeitsplatz. Es gab nichts, das sie mehr erfüllte als ihre Arbeit. Die und die häufigen Wochenendbesuche bei ihren Eltern – ein vertrautes Ritual, an dem sie gerne festhielt: Ihre Mutter begrüßte sie immer auf die gleiche Weise, kochte in regelmäßiger Folge die gleichen Speisen, stellte die gleichen Fragen, während Laura immer die gleichen Antworten gab. Sie betonte immer aufs Neue, wie gut ihre Mutter gekocht hatte, und nach dem Essen stand sie jedes Mal in der elterlichen Küche, half zuerst beim Abwaschen – eine Spülmaschine kam Mama nicht ins Haus – und rührte danach den Kuchenteig für das nachmittägliche Kaffeetrinken. Mama guckte ihr dabei über die Schulter und gab ihr hilfreiche Tipps und gute Ratschläge, die Laura schon alle kannte. Trotzdem nickte sie folgsam und tat so, als würde sie alles zum ersten Mal hören.

Die Ratschläge hatten sich im Laufe der Zeit gewandelt. Als sie neun war, erklärte Mama ihr, was sie tun solle, wenn die anderen Kinder sie wegen ihres Namens und ihrer italienischen Abstammung hänselten. Ein paar Jahre später erfuhr Laura von ihr, dass Jungs immer nur das »eine« wollten und sie solle sich bloß nicht auf leere Versprechungen einlassen. Hätten die jungen Männer bekommen, was sie beabsichtigt hatten, ließen sie ein Mädchen fallen wie eine heiße Kartoffel. Laura konnte sich des Gefühls nicht erwehren, dass ihre Mutter aus Erfahrung sprach. Obwohl sie es nie gewagt hätte zu widersprechen, hatte sie zu dem Zeitpunkt, als ihre Mutter damit anfing, sie vor Sex und Jungs zu warnen, bereits ihre eigenen, durchaus angenehmen Erfahrungen mit dem anderen Geschlecht gemacht.

Heute galten die Ratschläge ihrer Mutter Lauras Singledasein. Sie solle doch ein wenig kürzertreten. Wenn sie all ihre Zeit mit Arbeit verbringe, sei es kein Wunder, dass sie nie jemanden kennenlerne – und überhaupt, langsam sei es an der Zeit, sich zu binden. Sonst wäre es zu spät für Enkelkinder, wo doch Vater so schwer krank sei …

Hinter dieser Glastür aber war sie diejenige, die ihre Leute antrieb, sie lobte oder tadelte. Sie war die mit den Tipps und Ratschlägen. Die übliche Hektik und die Spannung, die in der forensischen Abteilung herrschten, machten es ihr leicht, sich auf andere, wichtigere Dinge zu konzentrieren. Zwei ihrer Mitarbeiter grüßten sie im Vorübergehen. Ja, das war ihre Welt. Stolz blickte sie sich um und dachte an ihre Mutter, die sie unbedingt unter der Haube sehen wollte. Welche Frau brauchte aber schon einen Mann, wenn sie das haben konnte?

9

Christian Salzbrunner lehnte sich in seinem Sessel zurück und verschränkte zufrieden die Arme hinter dem Kopf. Er hatte einen perfekten Plan ausgeklügelt. Allzu einfach sollte es Heinz Martin nicht haben. Schließlich wollte er den ganzen Spaß auskosten, und wenn Martin diese Aufgabe vorschnell löste, wäre es vorbei. Wäre das Rätsel hingegen zu schwierig, würde sein Widersacher niemals auf ihn kommen. Emilia hatte ihm eine Menge Arbeit erspart, indem sie verraten hatte, dass Heinz Martin ihr Bruder war. Er hatte es verdient zu leiden, Schmerz und Schuldgefühle zu empfinden, das Gleiche durchzumachen wie er selbst. Na ja, nicht ganz. Schließlich müsste sich Heinz Martin wenigstens nachher nicht um eine blinde Schwester kümmern, so wie er es tat. Dafür wäre Emilia tot. Christian kicherte. Wie passend: Auge um Auge, Schwester um Schwester.

Hoffentlich würde es mit Emilia keine Probleme geben. Er hatte noch nie eine Frau so lange festgehalten. Sie hatte schon eine zweite Dosis Scopolamin erhalten. Damit war sie vorerst ruhiggestellt, aber er konnte sie nicht ständig unter Drogen setzen.

Egal, wenn alles so lief, wie er es sich vorstellte, benötigte er bloß ein paar Tage länger als sonst, bis er sich Emilia gebührend widmen konnte.

Seine Mutter mischte sich ein: »Die Rache gehört dem Herrn!« Aber Christian ignorierte sie. Schließlich hatte er sich auch mal ein wenig Spaß verdient. Er stand von seinem Sessel auf, streckte sich und seufzte. Freudig rieb er sich die Hände. Jetzt musste er über Theodors Aussehen nachdenken. Heinz Martin würde etwas zu Kauen bekommen. Ein bisschen kam er sich vor wie das Rumpelstilzchen.

»Du weißt aber doch, was mit Rumpelstilzchen passiert

ist?«, wandte seine Mutter ein. Sie hatte sich noch nie gern den Mund verbieten lassen, und nun klang sie etwas beleidigt. Klar kannte er Rumpelstilzchen. Aber ganz ohne Risiko ging es nicht. Außerdem war diese Sache, diese einzige Sache, allein seine Angelegenheit. Solange sie nicht geklärt war, würde er nicht zur Ruhe kommen. Ein gutes Argument. Selbst seine Mutter wusste darauf nichts mehr zu sagen.

Emilia floh. Sie rannte. Sie hatte sich im Dunkeln noch nie gefürchtet. Die Dunkelheit war ihr Freund gewesen. Bis jetzt.

Grausame Kreaturen jagten sie. Wollten sie mit ihren Klauen greifen, packen. Schatten flogen an ihr vorüber.

Gehetzt sah sie sich um. Wohin? Es gab für sie keinen Ausweg. Kein Entkommen aus der Finsternis, wo die Monster sie verfolgten wie ein Wolfsrudel die Beute.

Luft. Sie brauchte Luft. Doch die Schwärze war dick und zäh. Wie sollte sie da atmen? Ihre Brust drohte zu zerspringen. Ihr Herz pochte so heftig, dass es wehtat. Und dann, mitten in dem Schmerz, sah sie einen Lichtpunkt. Winzig und kaum wahrnehmbar. Ein Funken Hoffnung. Dort wäre sie in Sicherheit. Dort würde ihr nichts geschehen. All die finsteren Gestalten würden ihr nichts anhaben können.

Sie musste laufen. Schneller. Noch schneller. Schatten rasten neben ihr her. Der Brustkorb hob und senkte sich im Rhythmus ihrer Schritte. Jeder war eine Qual. Beim Einatmen musste sie gegen einen zentnerschweren Stein ankommen, der ihre Brust niederdrückte. Dennoch lief und lief sie. Die Gestalten waren hinter ihr, berührten sie fast. In ihrem Inneren formte sich ein Schrei. Wieso kam sie dem Licht nicht näher? Warum wurde es nicht heller, größer? Keine Zeit, darüber nachzudenken. Weiter!

Da hatte eines der Monster sie erreicht, streifte mit eisigen Klauen ihren Rücken entlang. Emilia erzitterte. Wo die Krallen an ihrem Körper angekommen waren, brannte es wie

Feuer. Ihre Haut juckte. Schlimmer als Nesseln, schlimmer als giftige Quallen. Das Beißen breitete sich aus, erfasste ihren ganzen Körper. Sie wollte sich kratzen, doch die Hände gehorchten ihr nicht. Emilia schaute unwillig an sich hinunter. Dafür musste sie für einen kurzen Moment den Lichtpunkt aus ihrem Blick lassen. Ihren einzigen Halt aufgeben. Ihr Schrei verließ als dumpfes Grummeln ihre Kehle, nicht aber ihren Mund. Sie hatte keinen. Sie hatte auch keine Hände, mit denen sie sich kratzen, und keine Beine, mit denen sie laufen konnte. Die dunklen Gestalten blieben hinter ihr stehen, als warteten sie. Da wurde ihr klar, dass die Monster auf ihre Bewegung reagierten. Sie harrten und lauerten auf ihre nächste Regung. Sehnsuchtsvoll schaute sie zu dem hellen Licht. Wie sollte sie es jemals erreichen? Jeder noch so kleine Schritt würde ihre Verfolger auf sie aufmerksam machen. Wenn sie genau da blieb, wo sie jetzt war, dann würden sie sich ebenfalls nicht von der Stelle rühren. Wenigstens würden sie ihr solange nichts tun. Vielleicht verschwanden sie ja auch, wenn sie lange genug warten würde, wenn sie ganz leise wäre, wenn sie aufhörte zu atmen, wenn sie sich einfach auflöste in dem Schwarz.

Sie war gefangen. Nicht vor und nicht zurück, nicht leben und nicht sterben. Sehnsüchtig blickte sie auf den Lichtpunkt, der kleiner und kleiner wurde und schließlich ganz verschwand. Der Tod war hell. Von dort kam das Licht. Der Weg in eine andere Welt war ihr genommen worden. Jetzt musste sie sich mit dem Leben abfinden – und mit den Monstern, die ihr auf den Fersen waren.

Heinz wurde immer wunderlicher. Wagner musste sich zusammenreißen, um ihn nicht zu schütteln. Sie arbeiteten schon lange zusammen und hatten unzählige Mordfälle miteinander gelöst. Verdammt, Heinz wusste doch, wie der Hase lief. Warum war er dann so zögerlich, so mimosenhaft?

Und wenn es Sonja wäre? Was, wenn ein Killer Sonja in seiner Gewalt hätte? Wärest du dann fähig, klar zu denken? Würdest du nicht ebenso hoffen und bangen zugleich, würdest drohen verrückt werden? Irrational?

Von dieser Warte aus betrachtet, war Heinz sogar äußerst gefasst.

In den Nachttischschubladen war nichts Nennenswertes. Ein paar Kondome, eine Packung Taschentücher, einige gebraucht, zusammengeknüllt und achtlos hineingeworfen. Emilia hatte wohl häufiger Magenbeschwerden gehabt. Eine angebrochene Medikamentenverpackung mit Tabletten gegen Sodbrennen lag ebenfalls in der Schublade. Mehr als die Hälfte war schon verbraucht.

»Sag mal, hat Emilia Magentabletten genommen?«

Heinz zuckte mit den Schultern. »Ich habe keine Ahnung.« Er ließ sich auf das Bett plumpsen. Dort wo er saß, entstand eine Mulde in der Matratze.

Heinz fuhr sich mit beiden Händen durchs schüttere Haar. Er murmelte noch einmal: »Ich habe keine Ahnung. Ich weiß es nicht. Ich weiß einfach nichts von ihr.«

Was sollte Wagner darauf antworten? Dass es vielleicht sogar besser war, sonst wäre die ganze Situation noch unerträglicher? Doch diese Gedanken äußerte er nicht. Stattdessen meinte er: »Noch ist ja nicht aller Tage Abend.« Was hätte er sonst sagen sollen?

Heinz war aufgestanden und nahm das Buch von Emilias Nachttisch. »Schuld und Sühne«, Fjodor Dostojewski.

Er schlug es dort auf, wo Emilia die Seite umgeknickt hatte. »Ich hielt sie immer für oberflächlich. Und dann liest sie das hier.«

Er schlug das Buch wieder zu und legte es an seinen Platz, nahm den Bilderrahmen in die Hand. Wortlos musterte er das Foto, das darin zu sehen war. Wagner stellte sich neben Heinz, um das Bild ebenfalls betrachten zu können.

»Das ist Emilia?«

Heinz schaute ihn irritiert an und nickte. »Warum?«

»Weil ich sie schon mal gesehen habe.«

»Das kann sein. Schließlich macht sie Werbung.«

Wagner schüttelte den Kopf. Nein, er kannte dieses Gesicht weder vom Fernsehen noch von Plakaten. Oder etwa doch? Woher bloß war es ihm bekannt? Es konnte noch nicht lange her sein. Er schloss die Augen, damit er das Bild aus seinem Gedächtnis mit dem Foto vergleichen konnte. Die Lösung lag ganz nah. Fast in Reichweite, doch jedes Mal, wenn er meinte, sie fassen zu können, entschwand sie ihm.

»Das nehmen wir mit«, beschied er.

Heinz starrte ihn an.

»Herrgott, jetzt schau doch nicht so! Noch ist diese Wohnung kein Tatort.«

Widerwillig überließ Heinz ihm das Foto. Wagner steckte es samt Rahmen in seine Gesäßtasche. Hoffentlich vergaß er es nicht. Es gab bestimmt Lustigeres, als sich tausend Scherben aus dem Hintern klauben zu lassen, weil beim Hinsetzen das Glas kaputtgegangen war.

Zwei Stunden später, auf dem Weg zurück ins Revier, hatten sie neben dem Foto auch noch Emilias Terminplaner mitgenommen.

Mittlerweile war Helmut Wagner der festen Überzeugung, dass er Emilia nicht von Werbeplakaten kannte. Nur woher dann?

Moser hatte sich am Telefon den Mund fusselig geredet und den Staatsanwalt überzeugen können, einen entsprechenden Antrag zur Ortung von Luisa Peers Handy dem Richter vorzulegen. Na bitte, es ging doch. Und das zur Mittagszeit! Jetzt hieß es allerdings Warten und noch einmal Warten. Nicht gerade seine Lieblingsbeschäftigung. Er nahm die

Fotos vom Tatort zur Hand, die er schon so oft betrachtet hatte, dass sie ihn nicht einmal mehr schockierten. Moser schaltete seinen Computer ein, ging ins Internet und suchte nach Peer. Es musste Verwandte geben. Komisch, dass niemand Luisa als vermisst gemeldet hatte. Entweder hatte sie keinen Kontakt zu ihrer Familie gepflegt, oder die war es gewohnt, längere Zeit nichts von ihr zu hören. Beides fand er traurig. Wie wäre es wohl, wenn Kerstin, seine Tochter, erwachsen hätte werden dürfen? Wenn sie nicht viel zu früh gestorben wäre, gewaltsam herausgerissen aus ihrem jungen Leben. Sie war erst acht gewesen. Eltern sollten ihre Kinder nicht begraben müssen. Das widersprach dem Gesetz der Natur. Aber Mörder hielten sich nicht an Gesetze. Kerstins Mörder hatte ihr nach der Schule aufgelauert, war ihr auf dem Heimweg gefolgt und hatte sie, kurz bevor sie die schützende elterliche Wohnung erreicht hatte, entführt.

Manuela rief ihn aufgeregt an, als Kerstin nicht zu der üblichen Zeit nach Hause gekommen war. Natürlich machte sie sich Sorgen, aber noch stand die Empörung über Kerstins gedankenloses Verhalten im Vordergrund. Bestimmt war sie mit zu Freundinnen gegangen, ohne zu fragen, oder sie hatte einen Abstecher zum Spielplatz gemacht. Kinder taten solche Dinge. Sie bedachten nicht, was für Ängste sie damit bei ihren Eltern auslösten.

Er riet seiner Frau, Kerstins Freunde zu kontaktieren. Er selbst steckte mitten in einer schwierigen Mordermittlung, trotzdem fuhr er extra einen Umweg, um am Spielplatz vorbeizusehen. Dort war sie nicht. Außer zwei Jugendlichen, die mit Zigaretten auf den Schaukeln saßen und keinerlei Anstalten machten, sie auszudrücken, hielt sich niemand auf dem Platz auf.

Sein erster Impuls war, die Teenies zurechtzuweisen. Aber dann entschied er sich dagegen. Schließlich brauchte er eine Auskunft.

Ob sie ein kleines Mädchen gesehen hätten, fragte er die Jugendlichen. Die beiden Kids sahen ihn an, als hätte er nach dem Weg zum Mond gefragt. Dann, als sie die Dringlichkeit in seiner Stimme erkannten, schüttelte einer von den beiden den Kopf.

Moser kehrte zu seinem Auto zurück und überlegte, ob sie Kerstin in Zukunft unbeaufsichtigt auf den Spielplatz lassen konnten. Die Gesellschaft hier schien ihm nicht besonders vertrauenerweckend. Was, wenn es mehr von diesen Jugendlichen gab, die den Kleineren allerhand Blödsinn zeigten? Oder noch schlimmere Typen?

Er hatte sich tatsächlich Sorgen gemacht, dass seine Tochter das Rauchen probieren könnte. Wie lächerlich ihm das jetzt vorkam.

Sie war bei keiner ihrer Freundinnen, keine wusste etwas. Sie sei nach der Schule nach Hause gegangen, wie immer. Manuela war nun nicht mehr empört, sie war hysterisch. Er ging an diesem Tag nicht zum Dienst, und auch am nächsten und übernächsten Tag nicht. Er mobilisierte alle Kollegen. Sie halfen bei der Suche. Freiwillig, außerhalb ihrer Dienstzeiten. Zwei Nächte schliefen er und seine Frau nicht. In dieser Zeit gingen sie durch die Hölle und meinten, es könne in ihrem Leben nichts Schlimmeres geschehen. Sie täuschten sich. Das Schlimmste stand ihnen noch bevor: der Anruf, dass sie Kerstin gefunden hätten. Zuerst ein Hoffnungsschimmer, dann die Wucht der Realität. Sie hatten nicht Kerstin, sondern ihre Leiche gefunden, in einem Waldstück bei Pressbaum. Verscharrt und der Verwesung preisgegeben. Sein Sonnenschein, vergewaltigt und ermordet. Das war das letzte Mal, dass seine Frau sprach.

Moser fühlte, wie eine Träne auf seine Hand tropfte. Schnell wischte er sie sich an seiner Hose ab. Keine Zeit für die Vergangenheit, keine Zeit, um zu trauern. Keine Zeit und nicht der richtige Ort. Außerdem stahl sich ein langsamer

Schmerz seinen Nacken hinauf. Das fehlte ihm gerade noch. Er riss seine Schreibtischlade auf und wühlte zwischen Büroklammern, Reißnägeln, Radiergummis und Bleistiften nach den Schmerztabletten. In der Apotheke hatten sie gesagt, er solle sparsam mit dem Medikament umgehen. Es sei das stärkste Mittel, das er ohne Rezept bekomme.

Er drückte eine der weißen Pillen durch die Folie, überlegte, zögerte. Dann griff er noch einmal zu der Packung und holte zwei weitere Tabletten heraus, warf sich alle drei in den Mund und schluckte sie ohne Wasser hinunter. Er lehnte sich in seinem Sessel zurück und schloss die Augen. Ein bitterer Geschmack lag auf seiner Zunge, erfüllte seine gesamte Mundhöhle. Er versuchte sich einzureden, dass die Bitterkeit bloß auf die Pillen zurückzuführen war, wusste aber, dass das nicht stimmte.

Es war einfach alles: Die Mordfälle, dieser Job, seine Kollegen, Wagner, Martin – und diese verdammten Kopfschmerzen. Vielleicht sollte er sich einfach krankmelden, sich in seiner Wohnung verkriechen und warten. Irgendwann würde Wagner wieder nach Innsbruck zurückkehren, die Morde würden entweder gelöst werden oder zu den ungelösten Fällen wandern, und er hätte wenigstens zwei Sorgen weniger.

Gleichzeitig wusste er, dass er sich nirgendwo verkriechen konnte. Denn vor den Dingen, vor denen er davonlief, war er an keinem Ort der Welt sicher. Nicht vor der Leere, nicht vor der Einsamkeit und auch nicht vor sich selbst.

10

Heinz hatte die Fotos, die er von dem Terminkalender gemacht hatte, auf seinen Computer überspielt und ausgedruckt. So brauchten sie nicht zu warten, bis Lauras Team mit den Fingerabdrücken fertig war. Emilias Kalender lag aufgeschlagen vor Wagner, und sie gingen die Eintragungen der beiden Frauen nach Gemeinsamkeiten durch. Sie hatten ein Büro gefunden, das neu gestrichen werden sollte und darum leer stand. Wie für alles war auch für die Renovierungsarbeiten kein Geld vorhanden. Das Zimmer war ausgeräumt worden, die Kollegen, die sonst darin arbeiteten, waren in das Gemeinschaftsbüro ausquartiert worden und warteten bereits seit drei Monaten auf die Handwerker.

Das war zwar schlimm für die beiden anderen, aber gut für ihn und seinen Freund. Er war froh, dass sie einen Platz gefunden hatten, an dem sie ungestört arbeiten konnten. Wagners Büro hatte sich ja Moser unter den Nagel gerissen. In Heinz' konnten sie auch nicht, so wie er es hinterlassen hatte. Er musste sich demnächst ernsthaft daranmachen, Ordnung zu schaffen. Doch jetzt hatte er Wichtigeres zu tun. Er beugte sich über die Unterlagen. Hin und wieder hörte er Wagner schnaufen.

»Das hat nicht viel Sinn«, sagte Wagner schon zum zweiten Mal.

Heinz blickte von seinen Ausdrucken auf, um gleich wieder damit fortzufahren, die Termine zu prüfen, obwohl ihm die Buchstaben und Ziffern schon vor den Augen verschwammen. Entnervt nahm er seine Brille ab, legte sie auf den Papierstapel und massierte die Nasenwurzel mit zwei Fingern. »Wir müssen uns auf die Zeit ihres Verschwindens konzentrieren«, sagte er.

»Was du nicht sagst. Wann war noch einmal diese Modenschau?«

Heinz tippte mit seinem Brillenbügel auf den fraglichen Tag.

»Laut Emilia war Luisa dort. Danach hat sie niemand mehr gesehen.«

Verflixt, er kannte sich zu wenig in dem Milieu aus. Er

wünschte, er hätte Emilia besser zugehört, wenn sie von ihrem Beruf erzählte. Aber Model war in seinen Augen kein anständiger, normaler Beruf. Sicherlich war so ein Leben, wie sie es führte, aufregend, spannend und auf jeden Fall lustvoller als das einer Verkäuferin oder Telefonistin.

Emilia hatte schon als Kind gerne im Mittelpunkt gestanden. Natürlich. Welches Kind wollte nicht gern das Zentrum des Elternuniversums sein? Aber Emilia hatte sich von anderen Kindern unterschieden. Sie war diejenige, die Trends schuf, die es immer schaffte, andere nach ihrer Pfeife tanzen zu lassen, ihn mit eingeschlossen.

Er fragte sich, ob eine genbedingte Verbindung um so viel stärker sein konnte als eine, die auf Freundschaft beruhte. Seine Beziehung zu Emilia war wohl das Paradebeispiel dafür, dass Blut tatsächlich dicker als Wasser war.

Wagner riss ihn aus seinen Gedanken. »He, träumst du?«

Heinz schüttelte den Kopf. Er setzte die Brille auf und widmete sich wieder Luisas Terminen, las sie laut vor, während Wagner den Kopf schüttelte oder einen Vermerk schrieb, wo es Überschneidungen gab.

Heinz wurde zunehmend nervöser, je weiter sie die Liste abarbeiteten. Bis jetzt hatten sie nichts gefunden, das sie weitergebracht hätte. Außerdem hatte sich Emma immer noch nicht gerührt, und nun war Mittag vorbei, wie er mit einem Blick auf seine Uhr bemerkte.

Wagner grummelte, er habe Hunger, und verschwand, um etwas Essbares aufzutreiben. Laura hatte kurz vorbeigeschaut, um ihnen zu sagen, dass sie wieder da sei und dass sie die Wohnungsdurchsuchung beendet habe. Und nein, er dürfe nicht fragen, wie lange es dauerte, bis sie etwas sagen könne.

Moser hockte in Wagners Büro wie eine Schlange, die auf Beute lauert. Keine Ahnung, was er dort tat.

Heinz wünschte sich, er wäre bis über beide Ohren mit Arbeit zugedeckt. Mit richtiger Arbeit, bei der er sich konzentrieren musste, die ihm keinen Platz für düstere Hirngespinste ließ, für all die hässlichen Gedanken, die sich ihm aufdrängten.

Er sah Emilia vor sich, auf seinem Obduktionstisch. Ihr schmaler Rücken, zerschnitten, wie bei den beiden anderen Opfern. Ihre Augenhöhlen, leer und vorwurfsvoll.

Er schluckte. Sein Mund war trocken. Eine typische Katererscheinung. Er holte sich ein Glas Wasser, das er zur Hälfte hinunterkippte. Mach dich nicht verrückt. Sie liegt im Bett und schläft, oder sie amüsiert sich. Und du? Du rotierst hier. Es ist ihr nichts passiert. Doch sosehr er sich auch einreden wollte, dass mit Emma alles in Ordnung war, so wenig hatte er damit Erfolg. Tief in seinem Inneren wusste er, dass nichts in Ordnung war. Es ging auch nicht bloß um Emilia. Es ging darum, Menschenleben zu retten. Der Täter würde nicht einfach aufhören. Heinz war kein Profiler. Es gab Spezialisten, die sich der Aufklärung von Serienmorden verschrieben hatten. Aber auch er hatte seine Erfahrungen gesammelt. Und die sagten ihm, dass der Mörder so lange weiter töten würde, bis sie ihn aufhielten.

Als Wagner mit vier Leberkäsesemmeln zurückkehrte, saß Heinz schon wieder vor dem Rechner und machte sich Notizen. Er blickte kaum auf, als sein Freund ihm sein Mittagessen unter die Nase hielt. »Hier, mit Peperoni und Senf, wie du sie magst.«

»Danke!«, sagte Heinz, ohne Notiz von dem Essensduft zu nehmen, der sich im ganzen Raum ausbreitete. »Sie werden kalt«, versuchte Wagner es noch einmal. Doch auch diesen Hinweis quittierte Heinz nur mit einem Schulterzucken. Sollten sie doch.

Christian Salzbrunner alias Jakob Prandtauer alias Theodor Watt lächelte zufrieden in den Spiegel. Theo sah ganz passabel aus. Schade, dass er keine Fotografie von seinem Vorbild im Internet gefunden hatte. Egal, er gefiel sich so. Er hatte etwas Verwegenes getan und sich die Haare schwarz gefärbt, obwohl ihm seine Mutter einreden wollte, dass Schwarz ihm nicht stünde. Weit gefehlt. Er freute sich diebisch, dass sie sich wenigstens einmal in seinem Leben geirrt hatte. Mit dem dezenten Schnurrbart, den er sich aufgeklebt hatte, wirkte er um fünf Jahre älter. Wie ein gesetzter Herr. Ein Augenarzt eben.

Die Ähnlichkeit mit Heinz Martin war unbeabsichtigt – oder nicht? Hatte er sich deshalb für die schwarzen Haare entschieden? Nein. Martins Haar war nicht so dicht wie seins, und einen Schnauzer hatte der auch nicht, zumindest was die letzten Einträge im Internet anging. Die Bilder, die er von ihm entdeckt hatte, waren nicht die neuesten. Außerdem hatte er herausgefunden, dass sein Widersacher von der Behandlung lebender Menschen zu den Toten gewechselt war. Wie praktisch. Da konnte er wenigstens keine Fehler machen, die arglosen Patienten ihr Augenlicht, wenn schon nicht ihr Leben kosteten.

In einer Zeitung hatte er gelesen, dass Martin seine Kunstwerke nicht zu würdigen wusste. Was hatte er dem Reporter gegenüber gesagt, der ihn an Vivians Fundort interviewt hatte? »Ich bin erschüttert über die Gewalt und die Brutalität des Täters.«

Als ob er jemals gewalttätig gewesen wäre. Er, der sich um nichts mehr sorgte als um Jana. Er, der seine brüderliche Liebe und sein Pflichtbewusstsein über alles andere stellte. Na ja, er wollte nicht lügen. Ein bisschen gewaltbereit war er schon. Seine Mutter lachte. »Ja, das stimmt.«

»Da warst du selber schuld, Mutter«, versuchte er sich ihr gegenüber zu rechtfertigen. »Ich wollte dich nicht gleich umbringen«, sagte er. Diesmal war es ihm egal, ob er laut sprach oder nicht.

»Genau das wolltest du. Kannst es ruhig zugeben. Jetzt, wo es ohnehin schon geschehen ist.«

»Du hättest nicht sagen dürfen, was du gesagt hast, hättest nicht tun dürfen, was du getan hast. Eine Mutter tut ihrem Kind kein solches Leid an.«

So, endlich war es ausgesprochen. Wenn auch nur in Gedanken. Halb erwartete er, dass sie verschwinden würde. Für immer fort. Weg aus seinem Kopf, weg aus seinem Leben. Was sollte er dann tun? Wie sollte er ohne ihren Zuspruch, ohne ihren Rat existieren?

Gerade wollte er ihren Namen rufen, sich entschuldigen. Für alles, was er ihr an den Kopf geworfen hatte – und das im wahrsten Sinne des Wortes. Da erklang ihre vertraute Stimme. Erleichtert atmete er auf. Er hätte diese Leere nicht ertragen.

»Andere Kinder bringen ihre Mütter nicht um.« Sie klang empört.

Auf Christians Lippen stahl sich ein Lächeln. »Du irrst. Das war kein Mord. In meinen Augen war es Notwehr. Obwohl, für dich macht es keinen Unterschied mehr, nicht wahr?«

Wagner machte sich Sorgen um Heinz. Er erkannte ihn kaum wieder. Heinz, der Ordnungsfanatiker, war zum Chaoten verkommen. Heinz, der nur selten über die Stränge schlug und nie mehr als ein, höchstens zwei Bier trank, besoff sich. Er war unbeherrscht, jähzornig und fahrig. Alles Eigenschaften, die ihm Wagner nie zugeschrieben hätte. Die Leberkäsemmeln, die Heinz nicht angerührt hatte, waren da nur das Tüpfelchen auf dem i. Leberkäsemmeln! Mit Peperoni und Senf. Wie konnte Heinz die abschlagen? Er musste doch was essen. Wagner schüttelte verständnislos den Kopf, wickelte eine seiner Semmeln aus der Papierverpackung und biss herzhaft hinein. Schließlich würde es niemandem nützen, wenn er verhungerte.

Kauend stellte er sich hinter Heinz, der sich verärgert umdrehte: »Musst du so laut schmatzen?«

Während Wagner noch über eine passende Antwort nachdachte, irgendetwas mit übersensibler Idiot, sprang ihm das gestrige Datum in die Augen. »Wart mal!«, rief er und verschluckte sich.

»Kindern bringt man bei, nur mit leerem Mund zu sprechen. Das scheint an dir vorübergegangen zu sein.«

Wagner brachte noch immer kein Wort heraus, sondern tippte nur mit dem Zeigefinger auf den Bildschirm.

»Wenn du nicht bald damit aufhörst, bohrst du dich durch«, meinte Heinz, hatte dann aber doch ein Einsehen und hielt Wagner das Wasserglas hin. Der trank es aus und stellte es auf den Schreibtisch.

»Ja, ja. Die Gier. Du sollst doch nicht so schlingen, das ist ungesund, wie man sieht.«

Wagner hatte endlich runtergeschluckt. Er räusperte sich, um den Hustenreiz zu unterdrücken, der ihn immer noch quälte, und meinte: »Diese Vernissage. Da wollte sie hin.«

Heinz blickte ihn verständnislos an. »Und? In zwei Monaten hätte sie einen Zahnarzttermin gehabt. Den wird sie wohl auch nicht mehr wahrnehmen.«

»Emilia hat diesen Termin ebenfalls notiert – und jetzt weiß ich auch, wo ich sie gesehen habe.«

»Ja?«

»Da war ein Bericht über die Vernissage in der heutigen Zeitung. Sie war dort. Und sie hat mit einem Mann geturtelt.«

Heinz war von dem Sessel aufgesprungen. »Wo ist die Zeitung? Hast du sie noch?«

Er schüttelte den Kopf. »Die war geborgt, aber…« Und wollte noch hinzufügen, dass sie sich vom Kiosk ums Eck eine besorgen konnten oder dass Laura bestimmt eine hatte. Doch da war Heinz schon aus der Tür.

11

Christian war auf der Suche. Er brauchte eine Frau. Irgendeine. Diesmal musste sie nicht seinen hohen Ansprüchen gerecht werden. Sie sollte nur ein Spielstein sein. Planlos fuhr er mit dem Auto durch die Straßen.

Er war wieder Jäger. Der böse Wolf aus dem Rotkäppchen-Märchen. »Dem bösen Wolf wurde der Bauch aufgeschnitten«, wandte seine Mutter ein. Er wusste, dass sie ihn von seinem Vorhaben abhalten wollte, doch das würde ihr nicht gelingen.

»Der Wolf hat einen Fehler gemacht. Er ist eingeschlafen, nachdem er das Rotkäppchen verschlungen hat. Das wird mir nicht passieren. Ich mache keine Fehler.«

Er spürte die Missbilligung seiner Mutter, aber sie sagte wenigstens nichts mehr. Das war auch besser so. Gerade eben hatte er das entdeckt, was er gesucht hatte. Das Spiel konnte beginnen.

Heinz Martin hatte sich eine Zeitung besorgt. Das hieß, er hatte sie im Pausenraum einem jungen Streifenpolizisten aus der Hand gerissen und dafür verständnisloses Kopfschütteln geerntet, bis er kurz und bündig erklärt hatte, er brauche sie für eine laufende Ermittlung. Jetzt starrte er auf den Bericht über die Vernissage, immer wieder las er sich die wenigen Zeilen durch, als würde seine Willenskraft den Namen des Mannes erscheinen lassen können, der neben Emilia stand.

War er der Täter? Oder doch nur ein unbescholtener Besucher, der sich mit ihr über das Bild unterhielt? »Russischer Winter« hieß das Gemälde. Der Titel passte zu dem Sturm in seinem Inneren, der sein Herz langsam in einen Eisklumpen verwandelte. Er riss das Foto aus der Zeitung heraus und warf den Rest in den Papierkorb. Wagner hatte recht gehabt. Er musste auf der Stelle zu seinem Freund zurück. Emma, was hast du getan?

Es war schon drei Uhr, und sie hatte sich immer noch nicht bei ihm gemeldet. Ja, sie war nicht gerade ein Ausbund an Pünktlichkeit, und ja, sie war unzuverlässig und scherte sich keinen Deut darum, wie es anderen, speziell wie es ihm, ging. Aber nun glaubte er nicht mehr, dass sie vergessen hatte, ihn anzurufen. Nicht seit gestern Abend. Warum wurden immer die schlimmsten Befürchtungen wahr? Selbsterfüllende Prophezeiungen? Oder war es einfach eine Portion Realismus und Voraussicht? Der letzte Funke Hoffnung war in seinem Herzen verglommen. Emma war etwas passiert.

Und jetzt? Ruhe bewahren, so schwer es ihm auch fiel. Die meisten Mordfälle lösten er und Wagner mit Hirn, Kombinationsgabe und Intuition. Das mochte für manche vielleicht lächerlich klingen. Emilias einzige Chance bestand darin, dass er diese drei Dinge nicht aufs Spiel setzte, indem er verzweifelte. Er atmete tief durch und straffte seine Schultern. Dieser Killer hatte sich mit den falschen Personen angelegt.

Wagner hatte drei Leberkäsesemmeln verdrückt. Die vierte schaffte er nicht mehr. Heinz war seit seinem abrupten Aufbruch noch nicht zurückgekehrt. Es war nur eine Frage der Zeit gewesen, bis er durchdrehte. Wagner kannte seinen Freund. Dessen durchstrukturiertes, wohlgeordnetes Weltbild war ins Wanken geraten.

Emilia schien ganz das Gegenteil von Heinz zu sein.

Darum kamen die beiden auch nur schwer miteinander zurecht.

Heinz war am Tiefpunkt einer emotionalen Achterbahnfahrt angelangt, und Wagner hoffte für seinen Freund, dass es ab jetzt bergauf für ihn ging. Doch falls Emilia bereits tot war, würde es kein Bergauf geben. Wie sollte er ihn dann auffangen?

Sei nicht so negativ, schalt er sich. Solange ihre Leiche nicht gefunden ist, besteht Hoffnung.

Just in diesem Moment kam Heinz durch die Tür. Ein Blick genügte Wagner, um die Veränderung an ihm zu erkennen. Genau das war Heinz, der Gerichtsmediziner. Heinz, der zu seiner Hochform auflief, wenn es besonders knifflig wurde. Der ein »unmöglich« nicht gelten ließ und sich mit halben Sachen nicht zufriedengab.

Das war Heinz, mit dem er durch dick und dünn gehen würde, und wenn der Weg noch so holprig wäre.

»Du kommst zu spät, es ist nur noch eine Semmel da, und die ist schon kalt«, quittierte er das Erscheinen seines Freundes.

Grimmig schnappte der sich die Leberkäsesemmel, biss ein großes Stück ab und meinte, nachdem er runtergeschluckt hatte: »Hast du die anderen alle gegessen?«

Wagner nickte. »Du wolltest sie ja nicht.«

Heinz lächelte, und dieses Lächeln gefiel Wagner ganz und gar nicht.

»Hättest du nicht tun sollen. Wir fahren ins Institut hinüber und schauen uns Luisa und Vivian noch mal an.«

Wagner schluckte. Schon eine der Semmeln hätte gereicht, um ihm bei einer Autopsie übel werden zu lassen. Er hatte sich an den Anblick von Leichen immer noch nicht gewöhnt. Am schlimmsten war es, wenn Heinz sie obduzierte. All die Organe. Der Geruch. Schon der Gedanke daran bereitete ihm Magengrummeln.

»Muss das sein? Ich mein', so kurz nach dem Essen?«

Doch sein Freund kannte kein Erbarmen.

»Was glaubst du zu finden, das du nicht schon entdeckt hast?«, versuchte er es noch einmal.

»Jetzt komm schon, du Hasenfuß! Ich habe nichts übersehen. Aber es wird Zeit, dass du mit allen Fakten vertraut wirst – und dazu gehört, dass du dir die beiden anschaust. Solange du keine Beziehung zu den Opfern herstellst, so lange läufst du nur auf halben Touren. Und ich brauche dich, mit allem, was du zu bieten hast.«

Darauf konnte Wagner nichts erwidern. Halbe Touren waren schon recht beachtlich bei ihm. Er setzte sich immer für seine Fälle ein – mehr, als andere Ermittler es taten. Deshalb war er erfolgreich in seinem Job. Aber immer, wenn er diese »Beziehung«, wie Heinz es nannte, zu dem Opfer fand, wurde er zum Bluthund. Dann bekam er den richtigen Biss und ruhte so lange nicht, bis er den Täter fand, koste es, was es wolle.

Nicht nur er kannte Heinz. Heinz kannte ihn ebenfalls.

Seufzend erhob er sich. Die drei Leberkäsesemmeln lagen wie Steine in seinem Magen.

»Du weißt, was du mir da abverlangst?«

»He, dafür bist du schließlich hergekommen, oder? Davon hättest du in Innsbruck nur träumen können.«

Heinz hatte seine flapsige Art zurückgewonnen. Wagner hätte ihn dafür am liebsten umarmt. Er musste grinsen, als er sich vorstellte, wie Heinz wohl auf solch eine körperliche Zuwendung reagieren würde.

»Dann komm, bringen wir's hinter uns.« Wagner ging zur Tür. »Was ist jetzt? Kommst du?«, drehte er sich nach Heinz um.

Zögernd setzte der sich in Bewegung. »Danke!«, sagte Heinz.

»Schon gut. Und jetzt gehen wir. Ich kann es kaum erwarten, diese Leberkäsesemmeln wieder loszuwerden.«

»So ein verdammter Mist!« Sonja Kellermann stand in ihrem Badezimmer, inmitten eines Chaos aus uneingeräumten Handtüchern, Teilen des Badezimmerschrankes, der noch immer darauf wartete, zusammengebaut zu werden, Verpackungskartons und Schrauben, die nirgendwo hinzugehören schienen.

So hatte sie sich das nicht vorgestellt. Helmut hätte hier sein sollen. Er hätte diesen verdammten Schrank zusammenschrauben sollen. Eine einzelne Träne rollte ihre Wange hinunter, die sie sogleich wütend fortwischte.

Sie betrachtete ihr Gesicht im Spiegel, musterte ihre Augen. Du schaffst es schon, sprach sie sich Mut zu. Sie hob ihr T-Shirt, betrachtete ihre Brüste und fand, dass sie aussahen wie immer.

Schön blöd von dir. Du bist Ärztin. Du hättest die Anzeichen erkennen müssen.

Ihr Blick fiel auf den Schwangerschaftstest auf dem Waschbecken.

Jetzt, wo sie es blau auf weiß vor sich hatte, konnte sie es nicht länger ignorieren. Perfekt hatte sie ihre Übelkeit und Geruchsempfindlichkeit verdrängt. Sie hatte die überfällige Periode auf den Umzugsstress geschoben, aber nun gab es keine Ausreden mehr. Wie konnte das passieren? Blöde Kuh! Wie das nun mal passiert.

Sie hatte nur ein Mal die Pille vergessen. Ein einziges Mal. Verdammt! Verdammt! Verdammt!

Im Grunde war es gut, dass Helmut nicht da war. Wie hätte sie ihm ins Gesicht sehen sollen? Er hätte sofort gemerkt, dass etwas nicht stimmte. Sie hätte es ihm sagen müssen, weil sie nicht gut lügen konnte und weil er sich Sorgen gemacht hätte, es könnte etwas Schlimmes sein.

Wie hätte er die Nachricht aufgenommen? Was, wenn er sich nach dem ersten Schock gefreut hätte?

Sie hatten nie über Kinder gesprochen. Es schien für

beide klar zu sein, dass sie zunächst einmal für sich sein wollten. Die Zweisamkeit genießen, sich in ihren Jobs etablieren.

Sie hatte ein wunderbar romantisches Bild ihrer Zukunft vor Augen. Schreiende Babys und volle Windeln waren nicht vorgesehen. Sollte sie etwa all die Jahre studiert haben, um jetzt zu Hause zu hocken? Helmut bedeutete sein Job alles. Sie wusste, dass nicht einmal sie es geschafft hatte, den ersten Platz auf seiner Favoritenliste einzunehmen. Würde sie eine Entscheidung herausfordern, würde sie unweigerlich den Kürzeren ziehen. Das war ihr schon bewusst gewesen, als sie Helmut kennengelernt hatte. Aber das nahm sie in Kauf. Ihr ging es ähnlich. Deshalb passten sie so gut zueinander. Vielleicht war es dieses Wissen der eigenen Entbehrlichkeit im Leben des anderen, das ihre Liebe noch kostbarer machte. Nein, niemals konnte sie von ihm verlangen, für ein Kind aufzugeben, was ihm das Wichtigste im Leben war. Genauso wenig, wie er es von ihr verlangen konnte – wie sie es von sich selbst nie verlangen würde.

Sie sah noch einmal in den Spiegel, fragte ihr Bild, ob sie sich noch selbst in die Augen würde sehen können, wenn sie dieses Kind nicht bekäme. Ihr Bild warf ihr die Frage zurück. »Kannst du dir in die Augen sehen, wenn du es bekommst, dann aber nicht mehr du selbst sein kannst?«

Sie schmiss den Teststreifen in den Mülleimer. Es war nie geschehen, war einfach nicht real. Aus den Augen, aus dem Sinn. Ein, zwei Lidschläge zögerte sie noch. Dann klappte sie den Deckel entschlossen hinunter.

Morgen würde sie ins Krankenhaus gehen. Eine kleine Untersuchung, ein kurzes Gespräch, Narkose, nach dem Aufwachen ein dumpfer Schmerz im Unterleib, aber nichts, was sie nicht aushalten konnte. Es wäre nicht viel schlimmer als Regelschmerzen. Wenn sie sagte, sie sei zurzeit allein, würde sie über Nacht im Krankenhaus bleiben können, unter Aufsicht, um mögliche Komplikationen auszuschließen.

Keine große Sache. Im Grunde eigentlich nichts.

Christian wurde langsam nervös. Zuerst hatte er gedacht, er hätte die Richtige entdeckt. Er war schon auf sie zugesteuert, als ein hochgewachsener Mann auf die Frau zutrat, die beiden sich innig umarmten und Hand in Hand in einem Einkaufszentrum verschwanden. Und mit ihnen das Hochgefühl, das er bei ihrem Auftauchen empfunden hatte.

Emilia musste das Bewusstsein schon wiedererlangt haben, und der Gedanke an sie machte es auch nicht leichter, sich auf das zu konzentrieren, was vor ihm lag.

Um zehn nach fünf schienen alle mit ihren Autos nach Hause fahren zu wollen, er kam nur im Schritttempo voran. Eine Lücke tat sich auf. Obwohl die Ampel schon auf Rot schaltete, gab er Gas, um noch rasch über die Kreuzung zu setzen. Plötzlich nahm Christian aus dem Augenwinkel eine Bewegung wahr. Reflexartig trat er auf die Bremse und konnte gerade noch anhalten, um die Frau nicht ernsthaft zu verletzen. Sie war zu früh losgegangen, wohl in der Annahme, die Autos würden ohnehin nicht weiterfahren. Eine Sekunde lang sah er nur ungläubige Überraschung in ihrem Gesicht, als sie zu Boden gestoßen wurde. Er stieg aus, um ihr aufzuhelfen.

»Mein Gott! Ist Ihnen etwas passiert?«

Hinter ihnen startete ein Hupkonzert, als die Ampel auf Grün umsprang, Christians Wagen jedoch die Fahrspur blockierte.

Sie reichte ihm ihre Hand, und er zog sie hoch. »Ich habe nicht aufgepasst. Es geht mir gut.«

Doch kaum hatte sie ihr Gewicht auf ihren rechten Fuß verlagert, zuckte sie zusammen und griff sich ans Knie.

»Autsch! Das tut weh.«

»Kommen Sie, setzen Sie sich in meinen Wagen. Ich bin Arzt.« Wie leicht ihm das über die Lippen kam. Er konnte stolz auf sich sein. Sie zögerte.

»Wir müssen die Straße frei machen. Also tun Sie mir den Gefallen und lassen Sie sich Ihr Knie anschauen«, setzte er hinzu, um sie zu überzeugen. Einen besorgten Blick und ein gewinnendes Lächeln setzte er noch obendrauf. Wie es aussah, hatte er damit Erfolg, denn sie nickte.

Er half ihr auf den Beifahrersitz, wartete auf das grüne Signal und fädelte sich in den Verkehr ein. Sie zog den Sicherheitsgurt über ihre Schulter und ließ den Verschluss einschnappen.

»Ich bin Theo. Theodor Watt. Und Sie?«

»Judith. Da hatte ich aber Glück, dass ich einem Arzt ins Auto gerannt bin.«

Glück? Sie? Das war eher unwahrscheinlich. Aber dafür war *ihm* die Glücksfee hold gewesen. Jetzt musste er sie nur noch dazu bringen, mit ihm etwas trinken zu gehen. Aber er war ein charmanter Kerl. Er würde das schaffen.

»Judith, wohin hatten Sie es denn so eilig? Sie sind doch kein Selbstmordkandidat?« Er hatte genau die richtige Mischung von Humor und Entsetzen an den Tag gelegt. Sie lachte.

»Nein, bestimmt nicht. Ich hatte einen stressigen Tag und war in Gedanken schon zu Hause.«

»Stress ist ungesund. Wie wäre es, wenn ich uns ein Café suche? Kaffeetrinken fördert die Gemütlichkeit. Stress ade. Und ganz nebenbei kann ich mir Ihr Knie ansehen. Ich lade Sie auch ein.«

Kaffeetrinken mit ihm wäre ebenfalls ungesund. Aber das wusste sie ja nicht.

Judith taxierte ihn von der Seite. Prüfte ihn. Nun mach schon. Ich bin Arzt. Ich rette Leben. Vertrauenswürdiger geht es doch wohl nicht.

Genau zu diesem Schluss schien sie auch zu kommen.

»Okay.«

In ihrer Antwort schwang ein kleines bisschen Unsicherheit mit. Doch die würde er zerstreuen.

Eine Woge des Triumphes machte sich in ihm breit. Unbeschreibliches Machtgefühl durchströmte ihn von den Zehen bis in die Haarspitzen. Aber er war ein Meister der Körperbeherrschung. Mit nichts zeigte er seine Aufregung, blickte nach vorne, konzentrierte sich auf den Verkehr. Dieser Unfall hätte schlimm ausgehen können. So etwas durfte einfach nicht passieren. Keine Fehler mehr!

»Was halten Sie davon?« Er deutete mit dem Zeigefinger auf ein Lokal, das einige Häuser vor ihnen lag.

Sie schaute in die Richtung, in die er wies. »Warum nicht?«

Das Schicksal meinte es wirklich gut mit ihm. Ein Auto fuhr aus einer Parklücke, just in dem Moment, als er das Lokal erreichte. Er legte den Parkschein gut sichtbar aufs Armaturenbrett, stieg aus und ging um das Fahrzeug herum, um seiner Begleiterin galant die Tür zu öffnen.

Sie lächelte ihm zu, als er ihr den Arm bot, um sie zu stützen. »Sie sind wohl ein richtiges Sonntagskind. Ein Parkplatz, und das genau vor der Eingangstür.«

»Das bin ich. Besonders, weil ich ausgerechnet Sie niedergestoßen habe.«

Sie wurde tatsächlich rot.

Sie suchten einen Platz, er bestellte zwei Melange. Nachdem sie sich gesetzt hatte, kniete er sich vor sie hin.

»Darf ich?«

Sie hob den schwingenden, fast knöchellangen Rock bis über ihr Knie.

Sanft tastete er es ab, schob ein bisschen die Kniescheibe hin und her. »Tut es da weh? Nein? Und hier?« Er gab sich Mühe, sachlich zu wirken, ganz wie ein Arzt eine Patientin untersucht.

»Sie haben wunderbare Hände«, sagte sie.

Der Kellner brachte ihren Kaffee, er erhob sich und setzte sich ihr gegenüber auf den Sessel. »Jetzt gehen Sie mal bis zur Theke und zurück«, forderte er. Alles natürlich im Dienste der ärztlichen Untersuchung. Sie erhob sich, drehte ihm den Rücken zu und ging langsam bis zur Bar. Dort wendete sie. Der Weg war nicht weit, aber er hatte ausgereicht, um ihren Kaffee mit dem Mittel aus dem braunen Fläschchen zu versetzen.

Die Zeit verging quälend langsam, weil Judith immer wieder nur an ihrer Melange nippte und richtig redselig wurde. Es schien ihm eine Ewigkeit zu dauern, bis das Scopolamin zu wirken begann. An ihr Knie dachte sie offenbar nicht mehr. Obwohl er keine Ahnung von Orthopädie hatte, meinte er, dass es tatsächlich geprellt war. Er hatte eine leichte Schwellung spüren können.

Judith hatte ihre Tasse endlich ausgetrunken.

»Wollen Sie noch einen?«

»Nein, nein. Ich möchte nun wirklich nach Hause.«

»Ich bring Sie. Mir scheint, das Knie bedarf noch etwas der Schonung. Versprechen Sie mir, dass Sie Eis drauf tun und das Bein hochlegen. Dann sollte es in ein, zwei Tagen wieder in Ordnung sein.«

Judith hatte keine Einwände. Wäre er darauf aus gewesen, hätte sie ihn bestimmt mit in ihre Wohnung genommen. Er kannte die Signale, die sie aussandte, bemerkte ihren bittenden Blick. »Ich bin einsam. Red noch ein wenig mit mir. Und dafür schenk ich dir meinen warmen, liebesbedürftigen Körper für eine Nacht mit der Option auf mehr.«

Die Tropfen begannen zu wirken, ihr Blick verschleierte sich. »Komm«, sagte er und hielt ihr die Hand hin. Auf den Tisch legte er sechs Euro. Dann zog er sie hoch, legte fürsorglich seinen Arm um ihre Schulter. Ihr leichtes Humpeln war kaum wahrnehmbar.

Er lenkte sein Fahrzeug stadtauswärts Richtung 14. Bezirk. Sie fragte nicht einmal, wohin sie fuhren, protestierte nicht, als er die Stadtgrenze passierte. Ab und zu kicherte sie, hielt sich dann die Hand vor den Mund und starrte ihn mit brennendem Blick von der Seite an. Sie wäre bestimmt eine leidenschaftliche Geliebte gewesen.

Er bog auf einen Feldweg ab, das Auto rumpelte, als er es über die unbefestigte Straße lenkte. Auch das löste einen Kicheranfall bei seiner Beifahrerin aus.

Er fuhr so lange, bis er das Gefühl hatte, weit genug im Dickicht zu sein, sodass man ihn weder sehen noch sie schreien hören konnte. Dann stoppte er und stellte den Motor ab.

Sanft lächelte er sie an. Wieder kicherte sie. »Du bist mir vielleicht einer. In meiner Wohnung hätten wir es viel bequemer gehabt.« Judith war voller Vertrauen. Ihre Sprache war verwischt, als hätte sie einen ansehnlichen Alkoholrausch.

»Steig aus.«

Sie sah ihn ungläubig an, musste seinen veränderten Ton bemerkt haben. Vielleicht auch seine entschlossene Körperhaltung. Jedenfalls tat sie, was er befohlen hatte. Sie öffnete die Tür, setzte ihre Füße auf den Waldboden und stolperte aus dem Auto. Sie machte keine Anstalten davonzulaufen. Das hätte ohnehin keinen Sinn gehabt, mit ihren Stöckelschuhen und dem angeschlagenen Knie. Er war schneller als sie. »Ich mach's kurz. Und vor allem schmerzlos.« Er trat auf sie zu, packte sie an den langen braunen Haaren und riss ihren Kopf zurück. Für einen kurzen Augenblick glomm Angst in ihren Augen auf. Ihre Überlebensinstinkte, analysierte er. Doch selbst die stärksten Instinkte, die der Mensch sich bewahrt hat, kamen nicht gegen die Drogen an. Sie wehrte sich nicht, schrie nicht. Er hatte das Gefühl, eine Puppe im Arm zu halten. Wie langweilig.

Das Messer in seiner Hand reagierte ganz eigenständig,

stieß in ihren Hals, schnitt in ihre Kehle, ließ eine klaffende Wunde zurück. Judith, oder die Frau, die einmal Judith gewesen war, röchelte. Es war ein grausiges Geräusch. Ihr Körper wurde noch schlaffer, das Röcheln hörte auf, und er ließ sie zu Boden gleiten. Blut rann an seiner Hand herunter. Ihr Blut, ein kräftiges Rot. Fasziniert starrte er auf das bizarre rote Muster auf dem Boden vor ihm. Es schien lebendig zu sein, breitete sich aus, wandelte sich. Langsam hob er seine blutbespritzte Hand an seine Lippen, fuhr mit der Zungenspitze über das Messer. Es war, als explodiere ein Feuerwerk in seinem Kopf. Süß und salzig zugleich, mit dem leichten Geschmack nach Eisen – und nach mehr. Das hatte er noch nie getan, aber er hatte auch noch nie als Theo Watt gemordet. Was für eine Verschwendung. Wenn er doch schon früher geahnt hätte, was ihm da entgangen war. Berauscht von dem Hochgefühl beugte er sich zu dem toten Körper, bereit, ein neues Kunstwerk zu schaffen. Ein Meisterstück, das er einzig und allein Heinz Martin widmete.

12

Das erste Mal hatte Wagner geschluckt, als sie den Kühlraum betraten. »Ich hasse das. Sie kommen mir so eingesperrt vor«, hatte er zu Heinz gesagt.

»Die stören sich nicht daran, kann ich dir versichern«, war seine Antwort gewesen. Anhand einer Liste hatte er die vorläufige Ruhestätte von Vivian Steiner gesucht, die Luke entriegelt und die Bahre herausgezogen. Da schluckte Wagner erneut und hielt sich vorsorglich die Hand vor den Mund.

»Ich glaube, du bist entwöhnt. Man sieht ja noch gar nichts.« Heinz schlug die weißen Laken zurück, in die der Körper gewickelt war.

»Oh, mein Gott!« Wagner starrte die Leiche an, sein Gesicht hatte fast die bleiche, wächserne Farbe wie Vivians Körper.

»Wer tut denn so was?« Wagners Stimme war ein Flüstern.

»Genau darum bist du hier. Um das herauszufinden.« Heinz ging seitlich an die Trage und hob Vivian an, damit Wagner sich auch ein Bild von ihrer Rückseite machen konnte.

»Die andere, Luisa, sieht ebenso aus, wenn nicht sogar noch schlimmer.« Und wenn sie nicht schnell was unternahmen, würde Emilia vielleicht auch bald so aussehen. Das wagte er zwar nicht auszusprechen, aber das brauchte er auch nicht. Er sah seinem Freund an, dass der das Gleiche dachte.

»Und außer dem Scopolamin gibt es nichts? Keine Spuren? Keine Hinweise?«

Heinz schüttelte den Kopf. »Der Täter ist sehr vorsichtig. Keine Fingerabdrücke, nichts.«

»Und am Fundort?«

»Wir wissen, dass sie nicht an dem Ort getötet worden sind, an dem sie gefunden wurden. Es scheint, als könne er fliegen. Es gibt weder Fuß- noch Fahrzeugspuren. Einfach nichts. Nicht einmal Schleifspuren an den Opfern. Er muss sie getragen haben.«

»Nichts gibt es nicht. Jeder hinterlässt Spuren, man muss sie nur finden.«

»Wenn du dich mit Laura anlegen willst, dann sag das mal laut. Du kennst sie. Sie würde niemals pfuschen. Was sie nicht findet, ist nicht dort.«

Wagner schloss die Augen. Weil ihm übel war oder weil er nachdachte.

Heinz Martin verstaute Vivian und holte nun Luisa Peers Leiche aus der Kammer.

Wagner öffnete die Augen. Der Widerwille war ihm anzusehen. So wie Heinz ihn kannte, hätte er sich diesen Anblick lieber erspart. Er starrte Luisa wortlos an. Er gab auch keinen Laut von sich, als Heinz sie, so wie die andere vorher, anhob.

Immer noch stumm wandte sich Wagner ab und ging zum Ausgang, um von Weitem zuzusehen, wie er Luisa ebenfalls wieder in ihr kühles Lager schob. »Also? Was meinst du?«

»Das ist krank!«, brachte Wagner hervor. Sein Gesicht war immer noch so weiß wie die Laken.

»Und ich spinne nicht, wenn ich davon ausgehe, dass hier ein Serienmörder am Werk ist?«

Wagner überlegte sich seine Antwort gut. »Nein, ich denke, du hast recht. Hat sich eigentlich irgendwer darum gekümmert, ob es ähnliche Morde gegeben hat? Vielleicht auch in anderen Teilen des Landes? Es kann natürlich sein, dass er erst angefangen hat. Aber das glaub ich nicht. Dafür wirkt er mir zu erfahren, zu fehlerfrei. Der hat schon geübt.«

Heinz schloss die Tür zum Kühlraum, schob den schweren Riegel vor die dicke Stahltür und fragte sich, wie jedes Mal, wenn er hier unten war, wozu dieser überhaupt diente. Als ob die Toten herauskönnten.

»Heinz? Hat schon jemand nach ähnlichen Fällen Ausschau gehalten?«

»Weiß ich nicht! Moser erzählt mir ja nichts. Aber dir wird er es sagen.«

»Darauf kannst du dich verlassen. Komm, wir gehen.«

»Wohin?«

»Zu Moser. Der braucht was zu tun«, und als Heinz die Stirn runzelte, setzte Wagner hinzu: »Jetzt sei nicht komisch. Wir brauchen jede Hand, jeden Kopf. Wir zwei im Alleingang schaffen das nicht.«

Heinz verstand sehr wohl die unausgesprochenen Worte: zumindest, wenn wir Emilia rechtzeitig finden wollen.

Er nickte kaum merklich.

Moser hatte mit Luisa Peers Eltern telefoniert. Natürlich ersetzte ein Telefonat kein persönliches Gespräch, bei dem man seinem Gegenüber in die Augen sehen und dessen Körpersprache mit einbeziehen konnte. Trotzdem meinte er, dass sie sehr gefasst, wenn nicht gar kühl auf seine Nachricht vom Tod ihrer Tochter reagiert hatten. Eigentlich war seine Arbeit für den heutigen Tag erledigt, und er konnte nach Hause gehen. Er dachte daran, dass er einkaufen wollte. Nein, musste. So, wie er jetzt lebte, war das kein Dauerzustand, er musste etwas ändern, und zwar möglichst bald. Warum also nicht mit dem Einkaufen anfangen? Ein bisschen Obst und Gemüse, Brot, Wurst, lauter vernünftige Dinge. Er war gerade aufgestanden und wollte sein Sakko von der Rückenlehne seines Sessels nehmen, als es an seiner Tür klopfte und Wagner mit seinem Schoßhündchen Heinz Martin im Schlepptau eintrat.

Fast wäre er strammgestanden, so eine Autorität strahlte sein Rivale aus. Ein Grund mehr, ihn zu hassen.

»Kommen Sie, wir müssen ins Besprechungszimmer. Und rufen Sie Laura dazu.«

»Was zum Teufel …?« Moser ließ sich wieder auf seinen Sessel fallen.

Wagner seufzte. »Es wird Zeit, dass wir unsere Ergebnisse zusammentragen. Ich habe gern alle um mich. Viele Köche verderben nicht den Brei, wie manche meinen. Viele Köpfe bedeuten für mich vielfältige Meinungen und Sichtweisen. Und wir können alle Unterstützung brauchen, die wir kriegen.«

Dann drehte er sich um und verließ das Zimmer. Die Tür blieb offen, als wollte er damit andeuten, er solle sich beeilen.

Moser griff fluchend zum Telefon und wählte Laura Campellis Nummer in der Forensik. Nachdem sie zugesagt hatte, später nachzukommen, erhob er sich schwerfällig. Immer noch hatte er das Gefühl, seine Beine würden einem anderen gehören und sein Kopf wäre ein Fremdkörper, der gar nicht dorthin passte, wo er saß. Diese verdammten Tabletten!

Während er den Gang entlangging, an dessen Ende der Besprechungsraum lag, fragte er sich, ob es schlimm wäre, noch ein paar mehr zu schlucken, zu warten, bis sie wirkten, und dann das Gaspedal durchzutreten. Dann dachte er an seine Frau und seine Tochter.

Nein, ihm war es nicht vergönnt, sich aus dem Leben zu stehlen. Seine Schuld war noch nicht abgegolten, er hatte nicht genug bezahlt. Er hatte sich selbst dazu verdammt, mit ihr zu leben. Das war seine Buße. Und es gab nichts und niemanden, der ihm helfen hätte können.

Heinz schaute auf, als Moser durch die offene Tür zum Besprechungszimmer trat. Was der auch immer gerade getan hatte, er sah aus, als würde er gleich zusammenbrechen. Die eingefallenen Wangen Mosers hatte er bisher noch nie bemerkt. Auch nicht die tiefen Ringe, die unter seinen Augen eingegraben schienen. Vielleicht fühlte er sich mit den Mordfällen überfordert. Dann würde er nicht lange in diesem Job bleiben. Hier stand man ständig unter Strom, musste immer bereit sein, an seine Grenzen und darüber hinauszugehen. Es galt, dem Verbrechen auf den Fersen zu bleiben, das Tempo zu erhöhen, sodass man möglichst bald den Tätern einen Schritt voraus war. Im Moment kam es Heinz allerdings so vor, als lägen sie meilenweit hinter dem Mörder, und anstatt zu rennen, humpelten sie mehr schlecht als recht hinter ihm her.

Moser ging um den Tisch herum und setzte sich Heinz Martin und Wagner gegenüber.

»Campelli kommt nach.«

Wagner nickte. »Gut, wir können schon ohne sie anfangen. Haben Sie etwas herausfinden können?«

»Die Hausmeisterin hat Luisa Peer nicht besonders

gemocht. Sie sei ein Flittchen gewesen. Ihr Nachbar hält hingegen große Stücke auf sie. Wobei man von beiden Aussagen nicht viel halten kann.«

»Was noch?« Wagner konnte seine Ungeduld wieder einmal kaum zähmen.

»Ich warte auf einen Beschluss, um Luisa Peers Handy orten zu dürfen. Vielleicht führt uns das zum Täter.«

»Der wird nicht so blöd sein und es behalten«, meinte Heinz.

»Wer weiß. Auf jeden Fall schadet es nicht«, widersprach ihm Wagner. »Haben Sie eigentlich schon mal nachgeprüft, ob es bundesweit ähnliche Morde gegeben hat?«, wollte er nun von Moser wissen.

Der stutzte. »Ähm. Nein, ich …«

Wagner schnitt ihm das Wort ab. »Ich bin überzeugt davon, dass Sie was finden. Klemmen Sie sich dahinter.«

»Das heißt, auch Sie sind davon überzeugt, dass es sich um einen Serientäter handelt? Man kann doch nicht bei zwei ähnlichen Morden davon ausgehen. Es könnte auch ein Nachahmungstäter sein. Vivian Steiners Verletzungen wurden in allen Zeitungen gezeigt. Da hätte ein Verrückter erst auf die Idee kommen können.«

»Und was ist mit dem Scopolamin? Das wurde von der Presse nicht erwähnt.« Heinz ärgerte sich, weil Moser immer noch daran festhielt, es handle sich um zwei verschiedene Täter.

»Das wurde ja nur bei Luisa Peer nachgewiesen. Bei Steiner nicht«, entgegnete Moser.

»Aber auch sie hatte ein Beruhigungsmittel im Blut, wir konnten nur nicht feststellen, welches.«

Wie konnte jemand nur so verbohrt sein? Die Sache würde anders aussehen, wenn Moser von Emma erführe. Sie war das Glied, das ihm fehlte. Sie hatte beide Opfer gekannt. Und trotzdem konnte er es ihm nicht sagen.

In diesem Moment kam Laura Campelli herein. »Guten Abend, die Herren!« Sie nahm sich einen Sessel und setzte sich. »Bevor ihr mich löchert: Auf dem Terminkalender sind nur Luisas Fingerabdrücke drauf. Im Rest der Wohnung? Nun, bei ihr herrschte reges Kommen und Gehen. Wir haben verschiedene Abdrücke gefunden, die wir nicht eindeutig zuordnen können. Freunde, Liebhaber, keine Ahnung. Konten, Computer und einen digitalen Fotoapparat müssen wir noch überprüfen.«

»Sonst gibt es nichts?« Wagner war wieder einmal ungeduldig und spielte mit dem Feuer.

Laura konnte ganz schön biestig sein, wenn man sie unter Druck setzte, aber diesmal lächelte sie. »Doch, das Beste habe ich mir für den Schluss aufgehoben. Sie wurde von einer Agentur betreut. Wir haben ihre Fotomappe gefunden. Und da sind sehr schöne Fotos drin. Auf einigen ist sie mit anderen Mädchen abgelichtet – und eine davon ist Vivian Steiner.«

Triumphierend blickte sie in die Runde. »Was ist? Hat es euch die Sprache verschlagen?«

»Weiß man, wer die anderen Mädchen sind?«, wollte Moser wissen.

»Darum müsst ihr Jungs euch kümmern. Ich hab' hier den Namen der Agentur.«

Laura holte aus der Brusttasche ihres Arbeitskittels einen zusammengefalteten Zettel und warf ihn auf den Tisch. Heinz beugte sich vor und griff danach, doch Moser war schneller. Er glättete den Zettel und las vor: »Modelagentur Star-Line. Eine Adresse am Graben, ganz schön nobel.«

»Die Agentur übernehmen wir«, sagte Wagner. »Sie können schließlich nicht alles machen, und erst mal ist es wichtiger, Sie kümmern sich darum, ob es vergleichbare Morde gegeben hat.«

Widerwillig übergab Moser Wagner den Zettel. Es war

fast ein symbolischer Akt. Heinz fragte sich, ob das jemandem anderen ebenfalls aufgefallen war.

Er wusste genau, warum sein Freund das tat. Es ging ihm nicht darum, den Chef hervorzukehren. Wenn Moser bei dieser Agentur auf Emilias Namen stieß, würde er eins und eins zusammenzählen. Sie trugen den gleichen Nachnamen. Wie hoch konnte die Wahrscheinlichkeit sein, dass es sich dabei nur um einen Zufall handelte?

»So, und nun an die Arbeit! Bis morgen, gleiche Zeit.« Wagner stand auf. Das Signal dafür, dass die Besprechung beendet war.

Nachdem Moser und Laura gegangen waren, schaute Wagner auf seine Uhr. »Los, es ist kurz nach sechs. Ich möchte mir die Fundorte ansehen, bevor es dunkel wird.«

»Was versprichst du dir davon? Laura hat mit ihrem Team alles abgegrast.«

»Ich muss ein Gefühl für den Mörder bekommen, muss sehen, wo er die Leichen abgeladen hat. Ob er die Plätze zufällig oder bewusst gewählt hat.«

Heinz fischte seine Autoschlüssel aus seiner Hosentasche. »Ich bin bereit.«

13

Christians erster Weg führte in den Keller. Die ganze Heimfahrt hatte er an Emilia gedacht. Er würde beim nächsten Mal besser aufpassen müssen. Jetzt erst wurde ihm bewusst, was alles hätte schiefgehen können. Er hatte zwar seine Spuren beseitigt, aber es war gefährlich gewesen. In dem Zustand der Euphorie, in dem er sich befunden hatte, hätte er etwas übersehen können. Nie hatte er damit gerechnet, solch eine Befriedigung zu empfinden. Das war nicht zu vergleichen mit den anderen Frauen vorher. Es hatte ihm Spaß gemacht, sie zu schneiden, es hatte ihn erheitert, dass sie sich gewunden, sich erniedrigt, um Gnade gewinselt hatten. Aber bisher hatte er immer für Jana getötet, nie für sich selbst. Und das hier war unvergleichlich besser.

Emilia hatte ihr Bewusstsein wiedererlangt und saß zusammengekauert auf dem Bett. Es stank nach Urin und Angst.

»Nun, meine Süße, geht es dir gut?«

»Fick mich!«, spie sie ihm entgegen.

Er musste lächeln. »Nein, Kleines, das werd ich nicht tun. Das hätte ich auch so bekommen, wenn ich gewollt hätte. Nicht wahr?«

Sie antwortete nicht.

»Nicht wahr?«, brüllte er. Er hasste es, wenn er ignoriert wurde. Befriedigt nahm er zur Kenntnis, dass sie zusammenzuckte. Doch sie hatte sich sofort wieder im Griff. Eine zähe Person. Er hatte sich nicht in ihr getäuscht.

»Was willst du?«

»Nicht viel. Nur deine Augen.« Wenn er sie damit überrascht hatte, dann ließ sie es sich nicht anmerken. »Aber du hast noch eine Gnadenfrist. Vorher habe ich etwas anderes zu erledigen.«

Er klang richtig freundlich. Nahezu liebevoll. Schließlich sollte sie sich nicht unnötig aufregen.

»Soll ich dir was sagen?« Emilia klang trotzig. »Ich sehe nichts.«

Sein Herz setzte einen Schlag aus. »Was heißt, du siehst nichts?« Er trat auf sie zu und fuchtelte mit seinen Händen vor ihren Augen herum. Sie fuhr nicht zusammen, als er abrupt die Finger nach ihrem Gesicht stieß. Kein Zucken, nichts. Keine Reaktion. Nein, das konnte nicht sein. Nein, nein, nein! Vielleicht lag es an der zweiten Dosis. Er hätte sie ihr nicht geben dürfen. Er hätte sie lieber knebeln und fesseln sollen, aber das war nicht seine Art. Das kam ihm so…

unmenschlich vor. Seine Hände begannen zu schwitzen, und ein Hitzeschub trieb ihm die Röte ins Gesicht.

»Das heißt, ich bin blind.« Jetzt war es Emilia, die lächelte. Dieses Lächeln gefiel ihm nicht. Es gab ihm das Gefühl, sie hätte die Oberhand.

»Vielleicht waren es die verdammten Drogen, die du mir gegeben hast. Du hast mir doch welche gegeben?« Wie konnte eine Stimme so kalt sein? So unnahbar?

Er nickte. Als ihm einfiel, dass sie das nicht sah, sagte er: »Die waren notwendig.«

»Verdammter Hurensohn! Ich hätte sterben können. Ich war nahe dran. Mir ging es beschissen. Ich hatte Albträume. Ich hab geglaubt, mein Herz springt raus. Und jetzt seh ich nichts mehr!« Sie war laut geworden. Er war froh, außer ihrer Reichweite zu sein. Sie war wirklich aufgebracht. Er hoffte, ihre Blindheit wäre nur eine vorübergehende Sache. Sie musste sich wieder erholen. Sie musste einfach!

»Wenn du dich ruhig verhältst, bekommst du keine Drogen mehr. Allerdings könnte das dann ein wenig schmerzhaft für dich werden, so ganz ohne Betäubung.«

Emilia straffte die Schultern. »Leck mich!«, war ihre einzige Antwort.

Gute Idee. Vielleicht würde er das tun. Warum nicht Pflicht und Vergnügen miteinander verbinden? Er fragte sich, ob ihr Blut anders schmeckte als Judiths. Ja, es würde ihm eine Freude sein.

Der Ort, an dem Vivian Steiner gefunden worden war, lag im 21. Bezirk. Rundum nur Felder.

Die nächsten Wohnbauten waren weit entfernt. Zu weit, als dass jemand etwas gesehen oder gehört hätte. Wohnen im Grünen, so wurden diese Neubauten angeboten. Diese Wohnungen konnten sich nur die Besserverdienenden leisten. Und das Kostspieligste an ihnen war die Illusion, man würde mitten in der Natur leben, während man allenfalls einen winzigen Garten sein Eigen nennen durfte und auf jeden Fall ein Auto brauchte oder viel Zeit damit verbrachte, auf den Bus zu warten, der hier nur alle heiligen Zeiten fuhr. Samstags und sonntags noch seltener.

Heinz stieg aus seinem Auto. Wagner tat es ihm gleich. Er blieb neben der Beifahrerseite stehen und ließ die Umgebung auf sich wirken.

»Guter Platz«, sagte er.

Wagner schritt den Weg Richtung Absperrband ab, das wie ein Fremdkörper aus dem Grün herausstach. Längst hatten spielende Kinder oder randalierende Jugendliche es zerrissen. Die Reste flatterten im Wind. Obwohl über drei Wochen seit Vivians Leichenfund vergangen waren, konnte man niedergetrampeltes Gras und geknickte Äste erkennen. Hier hatten die Reporter und die Schaulustigen Stellung bezogen. Eine makabre Vorstellung, die sie sich ansahen, bei freiem Eintritt – und garantiert lebensecht. Ohne Filmtricks, Stunts oder Theaterschminke. Heinz konnte diese morbide Faszination sogar bis zu einem gewissen Grad verstehen. Ihm erging es nicht anders. An erster Stelle lag die Neugier, wenn er zu einem Tatort gerufen wurde. Vielleicht auch der Ehrgeiz, herauszufinden, wie der Tote gestorben war. Ja, Ehrgeiz kam gleich nach der Wissbegier.

Wagner hatte das Absperrband erreicht und blieb noch einmal stehen, um das abgegrenzte Feld vor ihm eingehend zu betrachten. Heinz beeilte sich, um zu ihm aufzuschließen. Da standen sie nun, Schulter an Schulter. »Die Forensiker haben allerhand Müll gefunden, aber nichts lässt sich mit dem Täter in Verbindung bringen. Ein paar Zigarettenkippen unterschiedlicher Marken. Leere Getränkedosen, gebrauchte Taschentücher, alles Zeug, was Leute eben so wegschmeißen, wenn sie in der Natur spazieren gehen. Sogar eine gebrauchte Windel war dabei.«

Wagner starrte auf die Wiese. »Er weiß, wo er unbemerkt seine Opfer loswerden kann. Er ist ein Planer, überlässt nichts dem Zufall.«

»Wow! Das klingt fast nach mir.«

Wagner drehte sich um und ging den Weg zurück zum Auto. Er wollte so schnell wie möglich zum Fundort der zweiten Leiche, nahm Heinz an. Dorthin, wo Luisa entdeckt worden war.

Die Fahrt führte sie über die Tangente Richtung Oberlaa: Kleingartensiedlungen, grüne Flächen, der Kurpark.

»Eine alte Oma, die ihren Hund Gassi geführt hat, ist über Luisas Leiche gestolpert«, sagte Heinz und deutete auf eine Baumzeile ein paar Meter vor ihnen.

Hier war das Absperrband noch intakt. Wagner wanderte stumm um das abgesteckte Areal. Als er mit seinem Rundgang fertig war, schlüpfte er unter dem Band durch und blieb genau an jener Stelle stehen, an der Luisa gelegen hatte.

»Der Kerl muss kräftig sein, wenn er sie hierher getragen hat.«

»Ich weiß nicht. Ich trau mir auch zu, fünfundfünfzig Kilo zu heben«, sagte Heinz, der sich nicht gerade als Herkules bezeichnet hätte.

»Das wäre einen Versuch wert.« Wagners Ton war skeptisch. »Ich glaub nämlich nicht, dass das so einfach ist. Heben und Tragen ist ein Unterschied. Sonja wiegt fünfzig Kilo. Ich habe sie ein einziges Mal von meiner Küche ins Schlafzimmer geschleppt. Das hat gereicht.«

Heinz musste grinsen. »Vielleicht ist die Motivation unseres Täters größer, als es deine war.«

»Sonja kann unheimlich motivierend sein, glaub mir«, gab Wagner zurück.

»Ist Sonja böse, weil du hergekommen bist?« Das ließ Heinz schon die ganze Zeit keine Ruhe. Er hoffte, mit seinem Anruf keine Beziehungskrise heraufbeschworen zu haben.

»Anfangs schon. Aber sie hat sich wieder beruhigt. Ich werd' halt einiges wiedergutzumachen haben, wenn ich in Innsbruck bin.«

Heinz atmete erleichtert auf. Genau das hatte er hören wollen.

Entgegen allen hartnäckigen Behauptungen verbrachte Laura Campelli die Abende in ihrer kleinen Einzimmerwohnung. Hier fühlte sie sich geborgen, konnte abschalten, und hier schlief sie auch. Meistens allein. Kasimir, ihr rot getigerter Riesenkater, kam ihr entgegen und begrüßte sie, indem er ihr um die Beine strich. Maunzend erinnerte er sie an seinen leeren Futternapf. Laura hob ihn hoch. »Du bist verfressen. Schau mal, wie schwer du bist.« Aber natürlich führte sie der erste Weg zu dem Schrank, in dem sie das Katzenfutter aufbewahrte. Sie holte eine Dose heraus. »Was hältst du von Lachs?« Der Kater schnurrte. »Das werte ich als ein Ja.«

Laura stellte dem Tier sein Futter hin und schälte sich aus ihrer Kleidung. Sie brauchte eine Dusche. Eine lange. Der Tag war anstrengend gewesen.

In der engen Kabine ließ sie das heiße Wasser auf sich niederprasseln. Langsam begann sie sich zu entspannen. Eine richtige Wohltat. Schade, dass das Heißwasser nicht ewig reichte.

Laura stieg aus der Duschwanne, trocknete sich ab und schlang ein zweites Handtuch als Turban um ihr nasses Haar. Nun war sie mit Essen dran. Der Kühlschrank offerierte ihr Leberpastete. In der Gefriertruhe hatte sie noch eine Portion Lasagne von einem ihrer letzten Wochenendbesuche bei ihren Eltern. Sie entschied sich für das Nudelgericht. Sie hatte den ganzen Tag noch nichts Richtiges gegessen. Während sie auf das Klingeln der Mikrowelle wartete – eine der segensreichsten Erfindungen überhaupt, wie sie fand –, folgte ihr Blick Kasimir, der unerlaubterweise auf den Tisch gesprungen war und sich dort breitmachte. Neben ihm stand das Telefon. Ihr Anrufbeantworter blinkte. Vorhin war ihr das noch nicht aufgefallen. Wahrscheinlich hatte sie das Klingeln nicht gehört, weil Kasimir wieder einmal auf den Tasten spazieren gegangen war und dabei den Ton abgestellt hatte. Sie drückte auf den Knopf. »Laura, bitte ruf an, es ist dringend«, schluchzte die Stimme ihrer Mutter aufs Band. Eine Hitzewelle erfasste sie. Nie hatte ihre Mutter ihr eine Nachricht auf dem Anrufbeantworter hinterlassen. Wenn jemand nicht zu Hause war, war der nicht zu Hause. Punkt. Nichts konnte für ihre Mutter so dringend sein, dass es nicht warten konnte. Am liebsten so lange, bis man sich persönlich traf. »Es ist einfach anders, wenn ich meinem Gesprächspartner ins Gesicht sehen kann«, sagte sie immer und überließ das Telefonieren anderen. Wenn sie nun doch zum Telefon gegriffen und auch noch eine Nachricht hinterlassen hatte, konnte es nur eines bedeuten: Ihrem Vater ging es schlecht. Richtig schlecht.

Laura tippte die Nummer ihrer Eltern ein. Es läutete nur einmal, bevor jemand abhob.

»Ja?« Kein Name, kein Hallo. Lauras Mutter musste neben dem Apparat gesessen und gewartet haben, dass sie zurückrief.

»Mama?« Laura hörte sie schluchzen wie zuvor auf dem Anrufbeantworter. Dann ein Schniefen.

»Laura, du musst sofort kommen!«

»Mama, was ist denn los?« Schon bereute sie ihre Frage. Sie wollte es gar nicht wissen. Sie hätte ihre Mutter gerne sagen gehört: »Sprechen wir darüber, wenn du da bist.« Das hätte einen Aufschub bedeutet. Sie hätte noch ein paar Tage lang so tun können, als sei alles wie immer, als sei alles in Ordnung.

Doch den Gefallen tat ihr ihre Mutter nicht. »Laura, Papa ist tot.«

Laura umklammerte den Hörer, ihre Knöchel stachen

weiß hervor. Endlich schaffte sie es, die einzige Frage zu stellen, zu der sie in diesem Moment fähig war: »Wann?«

»Vor drei Stunden. Der Notarzt war da. Aber er konnte nichts mehr tun.«

Wieso rief ihre Mutter sie erst jetzt an? Warum hatte sie sie nicht gleich verständigt?

»Ich bin in einer halben Stunde da«, sagte Laura. Ihre eigene Stimme klang fremd in ihren Ohren.

Mechanisch zog sie sich dieselben Sachen an, die sie vorher getragen hatte. Nicht einmal die Haare föhnte sie sich. Sie fuhr mit der Bürste ein paarmal durch und fasste sie mit einem Gummiband zu einem Knoten zusammen.

Dann verließ sie ihre Wohnung, holte ihr Auto aus der Parkgarage und machte sich auf den Weg.

Emilia Martin hätte schreien können. Vor Wut, vor Hilflosigkeit, vor Angst. Ja, sie hatte Angst, auch wenn sie es ihm nicht zeigte. Dieses fiese Schwein!

Bist selber schuld, hast es nicht anders verdient. Leichtsinnig war sie gewesen und dumm. Aber er hatte gesagt, er habe noch etwas zu erledigen. Das verschaffte ihr etwas Zeit. Ein unerwartetes Geschenk, das sie nutzen musste. Irgendwie.

Schon nachdem sie aus ihrer Bewusstlosigkeit erwacht war, hatte sie nach der ersten Orientierungslosigkeit geahnt, dass das Schlimmste eingetroffen war. Dass sie sich in den Händen des Wahnsinnigen befand, der Vivian und Luisa auf dem Gewissen hatte.

Aber nicht nur sie hatte Angst. Sie hatte die Unsicherheit in seiner Stimme gehört, als sie ihm erzählte, dass sie blind sei. Er wollte ihre Augen. Das wusste sie bereits. Sie hatte gesehen, was er mit Vivians Augen getan hatte. Es war gelogen gewesen, dass sie nichts sah. Immerhin konnte sie schon wieder Schatten und Schemen erkennen.

Als sie vor ein paar Stunden aus ihrem Dämmerzustand

aufgetaucht war, war es tatsächlich um sie herum dunkel gewesen. Immer noch in ihrem Traum gefangen, an den sie sich nur vage erinnern konnte, der aber schlimmer gewesen war als alle ihre bisherigen Träume, dachte sie erst, sie sei nicht richtig wach und hätte noch immer die Augen geschlossen. Nach einer Zeit, als sie weiter zu sich gekommen war, merkte sie, dass mit ihrer Sehkraft etwas nicht stimmte. Sie konnte nicht sagen, was schlimmer für sie gewesen war: die Erkenntnis, dass sie blind war, oder die Tatsache, dass sie nicht wusste, wo sie sich befand. So blieb sie vorerst liegen und wartete. Doch es kam keine Krankenschwester, um nach ihr zu sehen. Es gab keine Geräusche, die ihr Trost gespendet und die ihr gezeigt hätten, dass sie nicht allein war. Und langsam wurde ihr klar, dass sie in keinem Krankenhaus war. Es traf sie wie ein Keulenschlag, nahm ihr den Atem und ließ ihr Herz rasen. Sie zwang sich, ihr Gehirn einzuschalten. Nachzudenken. Die Vernissage. Da war ein Mann. Ein Gemälde. Er hatte mit ihr geredet. Sie hatte sich wohlgefühlt. Der Wein. Und Filmriss.

Wieder und wieder war sie ihre spärlichen Erinnerungen im Geiste durchgegangen. Jakob Prandtauer. So hieß er. Klar, das war nicht sein richtiger Name. Er war bestimmt auch kein Architekt. Er war Vivians und Luisas Mörder.

Aber sie lebte. Sie würde kämpfen. Das lag in ihrer Natur, sie war eine Kämpferin. Immer schon. Sie hatte um alles in ihrem Leben ringen müssen. Darum, dass sie mit siebzehn nach Wien ziehen durfte. Um ihren Berufswunsch, für den niemand in ihrer Familie Verständnis gezeigt hatte. Um jeden Fototermin, um jede Werbeaufnahme.

Von allen Gefechten war dieses hier aber das Wichtigste. Das Schwierigste. Sie würde nicht aufgeben. Sie konnte es sich nicht leisten zu verlieren. Der Preis war zu hoch. Der Preis war ihr Leben.

So hatte sie nach und nach nicht nur ihren Überlebenswillen gestärkt, sondern auch allmählich an Kraft gewonnen. Zu ihrer Erleichterung besserte sich ihr Sehvermögen allmählich wieder. Ein kleiner Fortschritt, wenn man ihre Gesamtsituation betrachtete, aber sie hielt sich an die Methode, mit der sie bisher am besten gefahren war: ein großes Ziel anvisieren und dann in kleinen Schritten dorthin gelangen.

Emilia unterdrückte das Verlangen zu schreien. Es würde sie Kraft kosten, die sie noch benötigen würde. Auch die Wut und die Angst verdrängte sie. Wenn sie eine Chance haben wollte, hier lebend wieder rauszukommen, musste sie ihren Verstand gebrauchen.

Sie erhob sich von der Liege. Sie musste sich bewegen, ihren Kreislauf wieder in Schwung bringen. Sie begann auf und ab zu gehen, zuerst langsam. Schritt für Schritt. Pause. Atmen. Dann etwas schneller.

Sie hatte etwas, das Vivian und Luisa nicht gehabt hatten. Sie hatte Heinz. Sie musste nur darauf achten, dass sie am Leben blieb. Er würde sie finden, früher oder später. Sie konnte sich auf ihn verlassen. Sie musste nur so lange überleben, bis er sie holte. Unter keinen Umständen durfte sie etwas essen oder trinken. Alles, was er ihr brachte, konnte mit Drogen versetzt sein. Eher würde sie verdursten, als sich von ihm zerschnipseln zu lassen. Und sie musste ihn möglichst lange in ein Gespräch verwickeln. Nur so konnte sie etwas über ihren Peiniger erfahren. Über seine Motive, seine Wünsche, seine Schwachstellen. Jeder hatte eine, auch er. Sie musste nur herausfinden, wo.

Dieses verdammte Mittel! Sie hatte jetzt schon Durst. Das würde hart werden. Sie sammelte den Speichel in ihrem Mund. Wenigstens war es nicht zu heiß. Sie schluckte die Spucke hinunter, und für einen kurzen Augenblick brachte sie ihrer ausgedörrten Kehle damit Linderung.

»Heinz, beeil dich!« Sie schickte ihre Gedanken auf Reisen. »Diesmal brauche ich dich wirklich!«

14

Wagner rief nun schon das dritte Mal an. Sonjas Handy läutete und läutete. Dann schaltete sich die Mobilbox ein. Schade. Er hätte gern mit ihr geredet, hätte gern ihre Stimme gehört. Er wollte schon auflegen. Gerade als er wieder die Aufforderung bekam, eine Nachricht zu hinterlassen, hob Sonja ab.

Sie sagte nichts. Verdammte Verbindung. »Sonja? Ich kann dich nicht hören. Ich wollt' nur sagen, dass es mir gut geht und dass ich dich liebe und…«

»Ich bin da.«

Etwas in ihrer Stimme ließ Wagner aufhorchen. »Schatz, was ist los? Du hörst dich nicht gut an. Ist alles in Ordnung?«

»Es ist nichts.«

»Natürlich ist was. Bist du böse, dass ich noch nicht wieder bei dir bin? Ich brauch' noch ein paar Tage.«

»Ein paar Tage? Nein, das ist in Ordnung. Das ist sogar gut.«

»Ich dachte, du vermisst mich.«

»Tu ich auch, aber ich hab noch was zu erledigen, und da trifft es sich, dass du nicht da bist.« Sie versuchte nun fröhlich zu klingen. Gezwungen munter. Das gefiel ihm gar nicht. Belog sie ihn etwa? Nein, bestimmt nicht. Er kannte keinen aufrichtigeren, ehrlicheren Menschen als sie.

»Wenn du willst, komm ich zurück. Gleich morgen.« Dieses Angebot fiel ihm nicht leicht. Er würde dafür Heinz im Stich lassen müssen. Und Emilia. Und das Gefühl, gebraucht zu werden, dieses Gefühl der Lebendigkeit, seit er wieder in Wien war. Sonja schwieg am anderen Ende des Telefons. Er konnte sie vor sich sehen, wie sie über seinen Vorschlag nachdachte und dabei die Stirn in Falten legte, wie immer, wenn sie über etwas intensiv grübelte.

»Nein.« Sie klang wieder normal. »Es ist nur eine Kleinigkeit. Und es ist wirklich besser, wenn ich das allein mache.«

Erleichtert atmete Wagner auf. »Schön, ich melde mich dann morgen Abend bei dir.«

Er legte auf. Was zum Kuckuck wollte sie erledigen? Eine hübsche Überraschung für die Wohnung? Ein Geschenk für seinen Geburtstag? Der war zwar erst in ein paar Wochen, aber sie wollte vielleicht seine Abwesenheit nützen, um ungestört einkaufen zu gehen.

Er wusste, dass er bei Sonja etwas gutzumachen hatte, wenn er wieder bei ihr war. Sie sollte wissen, dass ihr Verständnis und ihre Großzügigkeit nicht selbstverständlich waren. Er würde sich etwas Besonderes einfallen lassen. Wenn er wieder zu Hause war. Zu Hause? Irgendwie passte das Wort nicht nach Innsbruck. Aber er würde sich Mühe geben. Sonja zuliebe.

Heinz hatte Bereitschaftsdienst. Ausgerechnet heute. Er fühlte sich müde und ausgelaugt. Kein Wunder nach der gestrigen Nacht und dem heutigen Tag. Normalerweise machten ihm Nachtschichten nichts aus. Im Gegenteil. Kein Geklapper aus den Autopsiesälen, kein Gemurmel der Mitarbeiter auf den Gängen, keine Telefonanrufe, außer bei Notfällen. Er hatte ein Zimmer, in dem er sich schlafen legen konnte. Diese Möglichkeit nutzte er nur selten, aber heute war er froh, dass er sich ausstrecken und die Augen schließen konnte. Er musste eingeschlafen sein, denn das Läuten des Telefons ließ ihn hochfahren. Der Blick auf die Digitalanzeige des Radioweckers zeigte, dass er tatsächlich über zwei Stunden tief geschlummert hatte. Das Telefon gab keine Ruhe. Fluchend rieb sich Heinz den Schlaf aus den Augen und ging hinaus auf den Gang, wo der Apparat stand.

»Martin.«

»Sie müssen herkommen. Wir haben hier eine weibliche Leiche. Sie ist übel zugerichtet.«

Heinz war schlagartig hellwach. Sein Herz schrie: »Nein!«, sein Mund sagte: »Ich komme.«

Was, wenn es Emilia war? Es konnte nur sie sein. Eine übel zugerichtete Frauenleiche. Eine verschwundene Emilia. Eins und eins. Eine einfache Rechnung.

Martin ließ sich den Weg erklären und musste zweimal nachfragen, weil er sich nicht darauf konzentrieren konnte, was der Beamte ihm erklärte. Schließlich nahm er einen Zettel vom Tisch und schrieb die Wegbeschreibung auf. Seine Handschrift war kaum zu entziffern.

Ich muss Wagner anrufen. Kein Anschluss. Scheiße, verwählt. Noch einmal. Erst beim dritten Anlauf folgten seine zittrigen Fingerspitzen seinen Befehlen.

Es läutete. Klar, auch Wagner schlief. Schließlich war es 23 Uhr 30. Es dauerte eine Zeit lang, bis sein Freund den Hörer abhob.

»Sie haben Emilia gefunden.«

»Was? Wo?«

Heinz konnte nichts sagen. Sein Hals war wie zugeschnürt.

»Ich hab' Bereitschaft«, brachte Heinz hervor.

Bei seinem Gesprächspartner auf der anderen Seite der Telefonleitung herrschte Stille.

»Du kannst nicht fahren. Du wartest, bis ich da bin. Verstanden?«

Heinz hasste es, wenn Wagner diesen Ton anschlug. Aber jetzt war er froh, dass jemand ihm die Entscheidungen abnahm. Dass jemand die Führung übernahm. Er fühlte sich verloren, wie damals als Kind, als er in einem Möbelhaus seinen Eltern davongelaufen war. Er hatte das Gefühl gehabt, allein auf dieser Welt zu sein, trotz der vielen Menschen rund um ihn.

Mechanisch griff er nach seinem Arztkoffer. Er klappte ihn auf und dann wieder zu. Alles war drin, was drinnen sein musste. Er hatte das überprüft, als er seinen Nachtdienst angetreten hatte. Alles war drin – bloß nichts davon diente dazu, Leben zu retten. Emilias Leben zu retten.

Es war zu spät. Er hatte versagt. Er hatte nicht genug getan. Hatte nie genug getan. Und jetzt konnte er nichts davon wiedergutmachen. Aber er würde diesen Hurensohn finden, koste es, was es wolle. Wenigstens das.

Emilia, ich werde ihn finden. Und dann lasse ich ihn leiden, wie du gelitten hast. Das schwöre ich.

Der Türsummer meldete sich. Er griff nach seinem Koffer, drückte auf den Knopf der Gegensprechanlage und sagte: »Ich bin gleich da.«

Heinz' Anruf hatte ihn aus dem Schlaf gerissen. Sie hatten Emilias Leiche gefunden! Mein Gott, wie musste Heinz sich fühlen?

Sein Freund konnte in diesem Zustand unmöglich selber fahren. Das musste er für ihn übernehmen. Das war das Mindeste, das er tun konnte.

Jetzt stand er vor der Hintertür des gerichtsmedizinischen Instituts und wartete. Die Tür schwang auf. Aber es war nicht sein Freund, der heraustrat, das war ein Roboter. Der Koffer schien zehnmal schwerer zu wiegen als sonst. Sein Schritt war schleppend, das Gesicht aus Stein.

»Das Auto steht dahinten.« Die Stimme hätte einen Diamanten schneiden können.

Alles, was Wagner seinem Freund sagen wollte, erschien ihm zu banal. Kein Satz der Welt hätte auszudrücken vermocht, wie er fühlte. So legte er Heinz einfach die Hand auf den Arm, der die Arzttasche schleppte. Heinz sah ihn an. Und diese Augen gefielen ihm nicht. Sie machten ihm Angst. Weil er solche Augen schon einige Male in seinem Leben gesehen hatte. Es waren die Augen eines Mannes, der fähig war, einen Mord zu begehen.

Stumm reichte Heinz ihm ein Stück Papier. Wagner nickte. »Ich weiß, wo das ist.«

Wagner startete den Wagen und fuhr los. Während der ganzen Fahrt schwiegen sie. Es gab keine Worte, die ihnen den Weg leichter gemacht hätten.

Schon von Weitem wurde die Nacht von Blaulicht erhellt, sodass Wagner keine Schwierigkeiten hatte, den Tatort zu finden. Reges Treiben erwartete sie, als sie aus dem Auto stiegen. Wagner hatte bereits den halben Weg zurückgelegt und sprach mit einem Kollegen. Heinz setzte einen Fuß vor den anderen. Jeder Schritt fiel ihm so schwer, als hätte er Eisengewichte an den Füßen. Er wäre am liebsten wieder umgekehrt, wäre gern in die Sicherheit seines Autos geflüchtet. Aber Wagner hatte sich nach ihm umgedreht und wartete auf ihn, beide Hände in den Hosentaschen versenkt. Heinz atmete tief ein. Die feuchte, würzige Waldluft schien im krassen Gegensatz zu dem Grund zu stehen, aus dem er hier war. Er wünschte, er könnte die Augen schließen und sich vorstellen, er würde einen Spaziergang machen. Doch das gelang ihm nicht. Emilias Bild drängte sich mit aller Macht auf. Tu, was du tun musst, sagte er sich. Er rüstete sich für den Anblick von Emilias geschundenem Körper, holte noch einmal Luft und schloss zu seinem Freund auf.

Die Spurensicherung hatte das Gebiet um den Fundort abgesperrt. Ein junger Forensiker trat auf sie zu und deutete nach hinten. »Sie liegt da drüben, und neben Moser steht das Paar, das sie gefunden hat.«

Moser starrte zu ihm herüber. Los, geh hin! Das ist dein verdammter Job, befahl er sich selbst. Ein beschissener Job. Aber zumindest das war er seiner Schwester schuldig. Er konnte sich nicht einfach umdrehen und sagen, ruft einen anderen. Es wäre ihm wie Verrat vorgekommen. Er hatte sie enttäuscht, als sie noch lebte, war nicht für sie da gewesen, als sie ihn am meisten brauchte. Wenigstens diesen letzten Gefallen konnte er ihr tun. Er würde ihre Überreste mit Respekt behandeln. Es war nicht wichtig, was er empfand. Ein letztes Mal atmete er tief durch, dann trat er an die Leiche. Zum ersten Mal, seit er als Gerichtsmediziner arbeitete, bekam er weiche Knie. Er zwang sich, einen ersten Blick auf die Tote zu werfen. Und dann ... Erleichterung durchströmte ihn wie eine heiße Woge. Fast wäre er in schallendes Gelächter ausgebrochen, als die enorme Anspannung so schlagartig von ihm abfiel. Stattdessen rief er nach Wagner. Endlich kam der im Laufschritt auf ihn zugeeilt.

»Es ist nicht Emilia! Sie ist es nicht.« Er konnte die Freude in seiner Stimme nicht unterdrücken und kam sich gleichzeitig vor wie ein Schuft. Auch diese Frau war jemandes Schwester, Mutter oder Geliebte gewesen. Aber er konnte nicht anders. Sie war nicht Emilia. Auch wenn er es nach außen nicht zeigte, in seinem Inneren tobte es.

Wagner murmelte: »Gut. Das ist gut.«

Heinz grinste. »Was hat Moser dazu gesagt, dass du hier bist?«

»Na ja. Gefreut hat er sich nicht gerade.«

Heinz ließ sich auf die Knie nieder und machte sich an die Arbeit. Schon bald war ihm klar, dass diese Tat rein gar nichts mit Emilia oder den anderen Frauenmorden zu tun hatte. Vielleicht war es ein Eifersuchtsdrama. Oder ein Raubmord. Möglichkeiten gab es viele.

»Ihr wurde die Kehle durchgeschnitten«, kommentierte er laut. »Die Kleidung ist auf den ersten Blick intakt. Wenn man sich all das Blut ansieht, dann wurde sie hier umgebracht.«

Sie war noch nicht lange tot. Heinz schätzte etwa sechs bis acht Stunden, aber das war vorsichtig kalkuliert und musste erst mit einer genauen Untersuchung untermauert werden. Wagner stand stumm hinter ihm. Er fühlte dessen Blick in seinem Rücken. Auch die anderen Beamten schauten ihm zu. Es war, als würden sie der Frau auf diese Art ihre Achtung erweisen. Für ihn standen die Toten immer im Mittelpunkt des Verbrechens. Aber für die anderen, für die Forensiker, für die Polizisten, verschob sich die Perspektive. Für sie hatten Fingerabdrücke, Reifenspuren oder die Insekten, die sie an einem Tatort fanden, mehr Gewicht. Bei ihnen drehte sich alles um Motiv und Gelegenheit. Um den Täter, der das Verbrechen begangen hatte.

Nur für einen Moment, für diese kleine Zeitspanne, bis er mit seiner ersten Untersuchung fertig war und die Leiche zum Abtransport freigab, rückte auch bei allen anderen das Opfer ins Zentrum ihrer Wahrnehmung. Und das war gut so. Die Bilder, die sie jetzt aufnahmen, waren die, die sich in ihr Gedächtnis einbrannten. Das waren die, die dafür sorgten, dass sie nicht vergaßen, warum sie eigentlich diesen Beruf ausübten, während sie über ihren Tests und Analysen, über ihren Grafiken und Statistiken grübelten und versuchten, Fingerabdrücke und Blutspuren zuzuordnen.

Die Scheinwerfer, die aufgestellt worden waren, um den Tatort auszuleuchten, trieben ihm den Schweiß aus den Poren. Heinz stand auf. »Ich bin hier fertig«, sagte er und erblickte Moser, der bei den anderen stand und ihm zusah. Aus Neugier oder weil ihm der Tod dieser unbekannten Frau naheging?

Während die Leiche auf eine Plastikplane gelegt und eingeschlagen wurde, damit keine Beweismittel verloren gingen, dachte Heinz daran, wie wenig er geschlafen hatte und dass ihm nun nichts mehr davonlief. Er könnte sich jetzt ins Bett legen, wenigstens für drei, vier Stunden. Dann wäre sein Dienst vorbei. Die Leiche könnte jemand anderer obduzieren, seine Kollegin zum Beispiel. Oder sogar einer der fortgeschrittenen Studenten. Doch er wusste, er würde weder einschlafen können, noch würde er heimfahren.

Er winkte Wagner zu sich, dessen Gesicht einen grünlichen Ton angenommen hatte. »Ich fahre jetzt in die Gerichtsmedizin. Willst du mit?«

»Mich kann einer der Streifenwagen nach Hause bringen.«

»Ich fahre nicht, damit ich mir noch ein paar Stunden Schlaf gönnen kann. Ich möchte sie gleich obduzieren.«

Wagner schluckte. »Warum du? Du hast doch schon zwei unaufgeklärte Fälle.«

Heinz blickte ihn an. »Weil ich, solange ich damit beschäftigt bin, nicht an Emilia denken muss.«

»Ich weiß nicht. Mir ist schlecht.«

Heinz schüttelte den Kopf. »Wie kann jemand wie du bloß bei der Mordkommission landen? Ein Tropfen Blut, und du fällst um.«

Diese Diskussion führten sie jedes Mal. Aber vielleicht war Wagner gerade deshalb ein guter Ermittler, weil er trotz all der Jahre nicht abgebrüht war. Weil er, trotz der vielen Leichen, in jeder die Person sah, die sie vor ihrem Tod gewesen war. Weil er sich weigerte, zu akzeptieren, dass Mord und Totschlag Normalität in seinem Leben wurden.

»Du kannst ja wegschauen, wenn es dir zu viel wird.« Wahrscheinlich war Wagner zu müde, um zu protestieren. Sein Freund schob die Hände in die Hosentaschen und ging mit ihm zum Auto.

Laura saß in der Küche ihres Elternhauses. Immer wieder strich sie ihrer Mutter über den Rücken. Zum wohl zehnten Mal fragte Esther Campelli: »Was soll nur werden?« Und Laura antwortete ihr, wie jedes Mal: »Das braucht Zeit, Mama.«

Bisher war immer sie diejenige gewesen, die Hilfe und

Trost suchend heimgekehrt war, wenn sie nicht mehr weiterwusste. Jetzt schienen die Rollen vertauscht. Diesmal war sie es, die Tipps und Ratschläge erteilte. Ungewohnt und beängstigend zugleich.

Sie war gerade rechtzeitig gekommen, um ihren Vater noch zu sehen und sich zu verabschieden, bevor sein Leichnam abgeholt wurde. Er war zu Hause gestorben, wie er es sich gewünscht hatte. Alle hatten gewusst, dass er nicht mehr lange leben würde. Die Ärzte hatten ihm nicht einmal die Zeit zugestanden, die ihm geblieben war. Und dennoch hatten sie die Augen vor dem Unvermeidlichen verschlossen. Umso schmerzlicher empfand es Laura nun, dass tatsächlich das eingetreten war, was sie so erfolgreich verdrängt hatte.

Ihre Mutter war dazu übergegangen zu reden. Ohne Punkt und Komma sprudelten die Worte aus ihr heraus. Hin und wieder schaute sie Laura mit ihren rotgeweinten Augen an und war zufrieden, wenn Laura mit »Mhm« oder »Mmh« antwortete. Sie erzählte Anekdoten von ihrem Vater, die Laura schon kannte. Zwischendurch fuhr sie mit dem feuchten Taschentuch in ihrer Hand über die Wange und wischte die Tränen ab, die sich immer wieder aus ihren Augenwinkeln stahlen. Laura hatte noch nie bemerkt, wie welk und eingefallen die Wangen ihrer Mutter waren. Für sie war Mutter einfach Mutter. Seit sie denken konnte, sah sie für Laura gleich aus. Erst jetzt fiel ihr auf, wie alt, wie zerbrechlich die Frau geworden war, die ihr das Leben geschenkt hatte. Wieder strich sie ihr über den Rücken. Durch die Berührung fühlte sie sich seltsam getröstet. »Mama, ich schlaf' heute hier«, unterbrach sie den Redefluss ihrer Mutter.

Die blickte auf, nahm beide Hände Lauras in ihre und drückte sie liebevoll. »Das ist gut. Ich richte dir das Gästezimmer.« Dann stand sie auf.

»Es muss nicht jetzt sein, Mama.«

»Doch. Jetzt ist ein guter Zeitpunkt.«

Laura verstand. Ihre Mutter war dankbar dafür, etwas zu tun zu haben, das sie für einen Moment ablenkte.

»Ich helfe dir«, sagte Laura. Auch ihr würde es guttun. Und wenn sie dann endlich allein war, konnte sie es sich erlauben, schwach zu sein, zu weinen und zu trauern.

Im gerichtsmedizinischen Institut begann Heinz damit, die Frau zu entkleiden. Die Leichenstarre hatte noch nicht den ganzen Körper erfasst, was seine Vermutungen zum Todeszeitpunkt bestärkte. Alles, was sie auf ihrem Leib trug, packte er in Papiertüten; er nummerierte sie und legte sie beiseite. Darum würden sich später die Forensiker kümmern. Jeden Handgriff, jede Erkenntnis und auch seine Mutmaßungen sprach er auf ein Tonband. Wagner stand in sicherem Abstand in der Nähe der Tür, an seinem angestammten Platz, von dem er, wenn nötig, den Raum schnell verlassen konnte.

»Weibliche Leiche, etwa 30 Jahre alt, circa 1 Meter 70 groß, 61 Kilo. Gepflegtes Äußeres, guter Ernährungszustand. Äußere Verletzungen keine, bis auf den Halsschnitt.«

Sein Blick wanderte ihren Körper hinunter. Mit seinen behandschuhten Händen zeigte er auf ihr rechtes Knie. »Hier ist ein Hämatom. Muss ziemlich frisch sein. Sie hat auch ein paar kleinere Abschürfungen. Wahrscheinlich ist sie gestürzt.«

Wäre jetzt Kramer, sein Assistent, da gewesen, hätten sie die Leiche zu zweit umgedreht, so musste er es allein schaffen. Er wollte es seinem Freund nicht zumuten, ihm zu helfen. Es war schon schwierig genug für ihn, hier dabei sein zu müssen.

Es war kein leichtes Unterfangen, aber schließlich war es ihm gelungen.

»Heilige Scheiße!«, entfuhr es ihm. Selbst Wagner trat näher, um zu sehen, was ihm diesen Fluch entlockt hatte.

»Grundgütiger Himmel«, platzte Wagner hervor, ehe er

sich umdrehte und aus dem Raum flüchtete, um wahrscheinlich die letzten unverdauten Reste der Leberkäsesemmeln hervorzuwürgen. Geschah ihm recht. Tja, kleine Sünden bestraft der liebe Gott sofort. Er hätte sich mit zweien begnügen sollen.

Kopfschüttelnd betrachtete Heinz den Rücken der Toten. »Und ich dachte, es wäre ein ganz normaler Mord.«

15

Laura Campelli warf sich in ihrem Bett herum. An Schlaf war nicht zu denken. Ihre Gedanken flogen im Kreis, wie eine Schar Krähen über einem frisch gesäten Feld. Ihr Vater war tot, und die Trauer wollte sich nicht einstellen. Wahrscheinlich, weil sie es immer noch nicht fassen konnte, dass sie nie wieder mit ihm reden, nie wieder mit ihm lachen und ihn nie mehr um Rat fragen konnte. Er hatte sie immer unterstützt, egal was sie tat, egal wie unmöglich das schien, was sie sich vorgenommen hatte.

Ja, und ihre Mutter? Es war beängstigend, wie schnell der Fels in der Brandung zu bröckeln begann. Wie würde ihre Mutter das aushalten? Was wäre nun ihr Lebensinhalt, wenn es Papa nicht mehr gab?

Weder sie noch ihr um zwei Jahre jüngerer Bruder lebten bei ihr. Sie beide führten ihr eigenes Leben.

Nachdem sie sich zum wiederholten Mal von einer Seite auf die andere gewälzt hatte, schlug sie die Decke zurück, stand auf und ging ans Fenster. Plötzlich hatte sie das Gefühl, keine Luft mehr zu bekommen. Der Raum, ihr altes Zimmer, wirkte plötzlich um Nummern zu klein, nicht größer als eine Puppenstube. Beklemmung erfasste sie, und sie riss beide Fensterflügel auf, um frische Luft einzuatmen. Es half nichts.

Ihr Hals war wie zugeschnürt und ließ nichts durch. Einen kurzen Augenblick wurde Laura von Panik erfasst. Sie meinte, sie müsse auf der Stelle ersticken, doch dann war ihr klar, dass es die Tränen waren, die ihren Weg nach draußen nicht fanden. Daran würde sie nicht sterben.

Sie blickte ins Dunkel hinaus. Sie wusste genau, was sie brauchte, um die Trauer zulassen, um sich fallen lassen zu können. Ein oder zwei Flaschen Alkohol und jemand, mit dem sie trinken konnte. Und der Einzige, der ihr einfiel, der Einzige, der geeignet dafür war, und vor allem der Einzige, vor dem sie Schwäche zeigen konnte, war Helmut Wagner.

Laura schrieb ihrer Mutter eine Nachricht, sie solle sich keine Sorgen machen, sie habe nicht schlafen können. Sie käme morgen Mittag wieder zurück.

Dann schlich sie sich aus dem Haus, setzte sich in ihr Auto und fuhr durch menschenleere Straßen zurück nach Wien zu Wagners Wohnung.

Der Täter hatte eine Botschaft hinterlassen. Eingeritzt in den Rücken einer toten Frau. Einer Frau, die zur falschen Zeit am falschen Ort gewesen war oder die sich einfach mit dem falschen Typen eingelassen hatte. Heute Nacht in der Pathologie wurde Wagner klar, wie verletzlich einen die Liebe machte. Erpressbar. Durch seinen Job noch viel mehr. Was, wenn jemand sich Sonja schnappte, um ihm zu schaden? Um sich an ihm zu rächen? Er brauchte sich nur Heinz anzusehen. Egal, wie sehr sich sein Freund um Objektivität bemühte und darum rang, die Normalität aufrechtzuerhalten, es gelang ihm nicht.

Das erste Mal dachte er darüber nach, ob jemand wie er überhaupt eine feste Beziehung eingehen durfte. Ob einer, der es sich zu seinem Lebensinhalt gemacht hatte, Verbrecher dingfest zu machen, es überhaupt verantworten konnte, die Menschen, die er liebte, dieser Gefahr auszusetzen. Seine

Stimmung war im Keller, tiefer, viel tiefer noch, falls das möglich war.

Wagner holte sich ein Glas Wasser aus der Küche und nahm sich vor, gleich nach dem Aufstehen Sonja anzurufen. In einem Zug trank er das Wasserglas leer, verzog angewidert das Gesicht, weil es lauwarm gewesen war, und überlegte, ob er sich ein Bier aus dem Kühlschrank holen sollte. Sein Magen hatte sich immer noch nicht beruhigt. Schnaps wäre da die bessere Wahl gewesen, aber Hochprozentiges hatte er nicht im Haus. Als er sich die Schuhe von den Füßen streifte und gleichzeitig sein Hemd aufknöpfte, fühlte er sich wie hundert, nicht wie ein Stück über vierzig. Das lag nur an seiner Erschöpfung. Nach einer Mütze voll Schlaf würde es ihm besser gehen.

Ein Pochen drängte sich zwischen die Traumbilder, groteske Gestalten, die alle eine entfernte Ähnlichkeit mit Sonja hatten. Arme, sofern man diese Gebilde überhaupt so bezeichnen konnte, griffen nach ihm, als suchten sie Hilfe. Das Pochen wurde lauter. Wagner fluchte. Da war jemand an der Tür. Außer Heinz würde niemand hier mitten in der Nacht auftauchen. Verdammt, er brachte kaum die Augen auf. Seinem Gefühl nach war er eben erst eingeschlafen. Wieder klopfte es an der Wohnungstür. »Ich komme«, rief er, bevor Heinz alle Nachbarn mitten in der Nacht im Bett aufgescheucht hatte. Er schlurfte barfuß in seinen Shorts zur Tür. Wehe, wenn es nicht wichtig war. Er hatte sich ein bisschen Schlaf verdient.

Mit einer bissigen Begrüßung auf den Lippen riss er die Tür auf. »Herrschaftszeiten, bist du von allen guten Geistern …«, setzte er an, doch es war nicht Heinz, der vor ihm stand, sondern Laura. Sie starrte ihn nur an. Ein Blick in ihre Augen reichte, um ihn davon zu überzeugen, dass der Grund, aus dem sie hier war, ein triftiger sein musste. Er trat zur Seite und ließ sie herein. Sie machte zwei Schritte in Richtung Wohnzimmer. Dann drehte sie sich zu ihm um.

»Mein Vater ist heute gestorben«, flüsterte sie.

Einen Moment lang wusste er nicht, was er sagen, was er tun sollte.

»Das tut mir furchtbar leid, Laura«, brachte er hervor. Er hob die Hand, um ihren Oberarm zu berühren. Doch sie kam ihm zuvor, warf sich an seine nackte Brust. Sie begann zu schluchzen, zuerst verhalten, dann, als würde ein Damm brechen, rannen die Tränen über ihre Wangen. Sein Brusthaar wurde nass. Die Wärme, die sie auf seinem Oberkörper hinterließ, war nicht unangenehm. Ohne darüber nachzudenken, ob es richtig oder falsch war, schlang er seine Arme um sie, während sie immer noch weinte, und legte tröstend sein Kinn auf ihr Haar, das nach Honig duftete, als sei es frisch gewaschen. »Ist schon gut«, murmelte er immer wieder. Er fühlte sich angesichts ihres Elends hilflos. »Ist schon gut«, wiederholte er, obwohl nichts gut war – nie wieder werden würde. Er wusste, dass Laura zu ihrem Vater eine besondere Beziehung gehabt hatte. Er würde ihr fehlen, und niemand konnte die Lücke, die durch seinen Tod entstanden war, füllen. Es würde mit der Zeit leichter werden, damit umzugehen, aber gut würde es nie.

Als er merkte, dass sie sich etwas beruhigt hatte, nahm er sie an den Armen und drückte sie sacht von sich.

»Komm, wir gehen ins Wohnzimmer.«

Sie nickte und ging voraus. »Ich brauch was zu trinken«, sagte sie.

»Ich hab nur Bier, aber davon genug.« Er holte zwei Flaschen aus dem Kühlschrank, öffnete sie und reichte eine Laura, die einen tiefen Zug nahm und sich den Mund mit ihrer Hand abwischte.

Eine Zeit lang saßen sie nebeneinander, ohne zu reden. Das Schweigen zwischen ihnen hatte etwas Vertrautes.

Laura stellte ihre Flasche auf den Tisch, lehnte sich zurück und schloss die Augen. Plötzlich war sich Wagner seines Aufzugs bewusst.

»Ich zieh mir schnell was über«, sagte er.

Laura öffnete die Augen. »Ich hab dich schon mit weniger gesehen.« Dabei lächelte sie ein wenig, machte aber wieder die Augen zu.

Als er mit einer Jeans und einem T-Shirt bekleidet wieder zurückkam, schien sie seine Anwesenheit zu spüren, denn ohne ihre Position zu verändern, ja nicht einmal mit den Lidern zu zucken, murmelte sie: »Es tut mir leid, dass ich dich geweckt habe. Ich wusste nicht, zu wem ich sonst hätte gehen können.«

»Schon gut. Ich habe ohnehin nicht gut geschlafen. Du solltest bei deiner Mutter sein. Sie braucht dich jetzt.«

Nun öffnete Laura doch die Augen und drehte sich zu ihm. Sie ergriff seine Hand. »Da war ich auch. Aber ich hatte das Gefühl zu ersticken. Ich war da, um sie zu trösten und um sie zu stützen. Ich war stark. Für sie. Aber jetzt will ich nicht stark sein. Ich möchte um ihn weinen, ich möchte um ihn trauern.«

Wagner verstand.

Wortlos erhob er sich von der Couch und holte Biernachschub aus der Küche. Zum zweiten Mal in dieser Nacht wünschte er sich, er hätte etwas Stärkeres zu Hause. Aber Bier würde es auch tun. Laura begann zu reden. Sie erzählte von ihrem Vater, von ihrer Kindheit. Manches wusste er bereits aus der Zeit, als sie noch ein Paar gewesen waren, aber das meiste war neu. Hatte sie jemals mit irgendwem über all diese Dinge gesprochen?

Irgendwann, während der dritten Flasche, lehnte sich Laura an ihn. Ihre Schulter bohrte sich unangenehm in seinen Arm. Kurzerhand hob er ihn über ihren Kopf und legte ihn um Laura, die sich dankbar an ihn kuschelte. Sachte fuhr er mit seinen Fingerspitzen ihren Arm hinauf und hinunter. Eine tröstende Berührung. Sie hatte eine Handfläche an seine Brust gelegt. Für einen kurzen Augenblick stockte sie in ihrer Erzählung. An ihren Wimpern hingen Tränen wie schimmernde kleine Perlen. Sie sah so verletzlich aus. Ein lang vergessenes Gefühl regte sich in ihm. Ein Gefühl, das hierher, das zu Laura passte. Er hatte sie immer vor allem beschützen wollen. Nie hatte sie es zugelassen. Bis heute. Nur kurz die Augen schließen, dachte er, von einer angenehmen Müdigkeit erfüllt. Er legte seinen Kopf an Lauras Haar, das ihn an seiner Wange kitzelte. Ihr Duft umhüllte ihn, der vertraute Duft nach Honig und Mandeln. Er hatte ihn immer an ihr geliebt. Jetzt, genau in diesem Augenblick, war nun doch alles gut.

Laura löste sich von seiner Seite. »Ich hol' uns noch ein Bier.« Sie stemmte sich schwankend hoch, verlor beim ersten Schritt das Gleichgewicht und kam auf seinem Schoß zu sitzen. Verblüfft sahen sie sich an und brachen daraufhin in lautes Gelächter aus. Dann hörte Laura schlagartig mit dem Lachen auf und sah ihn prüfend an. Ihr Blick ging ihm unter die Haut, und ehe er sich's versah, hatte sie ihre Arme um seinen Hals geschlungen, streifte mit ihren Lippen seine. Dann schaute sie ihn noch einmal an. Ihre Augen waren eine einzige Frage, die ein »Nein« als Antwort nicht gelten ließ. Wagner grub seine Hände in ihr langes Haar und ließ sich von ihren Küssen forttreiben. Er bekam es kaum mit, wie sie ihm sein Shirt über den Kopf streifte. Ihre Finger hinterließen Brandspuren auf seinem Körper, so intensiv fühlte er jede Berührung. Ihre Haut schmeckte süß, die Wangen und Augen salzig. Endlich konnte er ihr die Tränen wegküssen. Dieses Bedürfnis hatte er schon seit dem Augenblick unterdrücken müssen, als sie sich an seiner Brust ausgeweint hatte. Ihre Hand wanderte zu seinem Hosenbund, fand den Knopf und den Reißverschluss. Geschickt öffnete sie beides. Als sie sein steifes Glied berührte, stöhnte er auf. Er streifte sich die Hose von den Füßen, hob Laura hoch, die sich mit Armen und Beinen an ihn klammerte, und trug sie in sein Schlafzimmer, ohne damit aufzuhören, sie zu küssen.

Moser betrat Punkt acht Uhr sein Büro. Trotz der kurzen Nacht fühlte er sich ausgeruht. Er hatte das erste Mal seit Wochen tief und fest geschlafen. Sein Kopf hatte Erbarmen mit ihm gehabt und hatte ihn nicht geweckt. Keine Schmerzen, die ihn an den Rand des Wahnsinns trieben, kein tränendes Auge. Nach fünf Stunden Schlaf war er munter geworden und hatte sein Glück kaum fassen können, dass er sich einmal nicht vor Pein auf dem Boden gewunden hatte.

Weil er sein unerwartetes Wohlbefinden nicht aufs Spiel setzen wollte, indem er auf ein Frühstück verzichtete, hatte er sich im Vorübergehen einen Becher Kaffee und zwei Croissants gekauft. Im Büro angekommen, setzte er sich an seinen Tisch und packte sein Frühstück aus, bevor er sich an die Arbeit machte. Schon lange hatte es ihm nicht mehr so geschmeckt.

Kaum hatte er den letzten Schluck seines inzwischen lauwarmen Kaffees getrunken, stürmte Heinz Martin herein. Er sah aus, als hätte er die ganze Nacht nicht geschlafen. Wirr hingen ihm die Haare in die Stirn, die Augen waren rot und lagen in dunklen Höhlen.

»Was erweist mir die Ehre?«, fragte Moser bemüht höflich. Ob Martin es jemals lernen würde anzuklopfen?

»Die Frauenleiche«, antwortete Martin.

»Wie? Sie haben sie schon obduziert?«

Martin nickte.

Moser lehnte sich in seinem Sessel zurück.

Martin warf einen Umschlag auf seinen Tisch. »Das sind die Fotos. Vielleicht haben Sie ja eine glorreiche Idee dazu.

Ich war die ganze Nacht auf den Beinen und geh' ins Bett.« Ohne ein weiteres Wort drehte er sich um und verließ das Zimmer.

Moser schaltete erst jetzt. Warum zum Teufel hatte Martin mit der Autopsie nicht bis heute gewartet? Warum hatte er ihn nicht hinzugebeten? Seine Informationen waren mehr als spärlich. Moser griff zum Umschlag und öffnete ihn. Er verteilte die Fotos auf seinem Tisch, eines neben dem anderen. Dass diese Frau mit Vivian Steiner und Luisa Peer nichts gemeinsam hatte, war ihm schon klar gewesen, als er sie am Tatort gesehen hatte. Weder Alter noch die Statur stimmten. Ihr war die Kehle durchgeschnitten worden, was eine ziemliche Sauerei am Tatort hinterlassen hatte. Er sammelte die Bilder ein, legte sie auf einen Stapel, um für die nächste Serie Platz zu machen. Auch die ordnete er, eine Reihe nach der anderen. Nun kamen die Fotografien, die Martin im Autopsiesaal gemacht hatte. Die Frau auf dem Tisch, bekleidet. Dann unbekleidet von vorn, schließlich nackt von hinten. Elektrisiert setzte er sich in seinem Sessel auf. Gänsehaut kroch seine Wirbelsäule entlang, und auch die Härchen auf seinen Armen stellten sich auf.

Auf den Rücken und das Gesäß der toten Frau hatte der Täter 10.05.94 eingeritzt.

Heinz überlegte, ob er sich ein Taxi rufen sollte, das ihn heimbringen würde. Es schien ihm unmöglich, auch nur eine Minute länger seine Augen offen zu halten.

Wagner war nach seinem Kloausflug während der Obduktion noch einmal zurückgekehrt und hatte ihm stumm und bleich bei der Arbeit zugeschaut.

»Geht es dir nun besser?«, hatte er seinen Freund gefragt, als dieser keine Anstalten machte, mit ihm zu reden.

»Nicht wirklich. Was bedeutet das? Ein Datum?«, hatte Wagner schließlich geantwortet.

»Ich weiß es nicht. Kann sein. Aber was soll uns das sagen? Es liegt ja schon ein paar Jährchen zurück.«

»Keine Ahnung. Ich fahr' jetzt heim. Ich kann nicht mehr denken«, sagte Wagner. Heinz protestierte nicht. Er wünschte, er hätte ebenfalls alles stehen und liegen lassen können, aber da er nun schon mal angefangen hatte, würde er es auch zu Ende bringen.

Er hatte mit der Autopsie länger gebraucht als ursprünglich angenommen. Mechanisch hatte er die Leiche verschlossen und war froh, dass diese Handgriffe automatisch saßen. Zum Denken fehlte ihm die Kraft. Dann hatte er noch die Bilder, die er gemacht hatte, ausgedruckt, war zu Moser gefahren, in der Hoffnung, ihn noch nicht anzutreffen und sie ihm einfach auf seinem Tisch zu hinterlassen. Das hatte ja leider nicht geklappt. Wenigstens hatte Moser davon abgesehen, ihn mit Fragen zu löchern, auf die er ohnehin keine Antworten wusste.

Die Idee mit dem Taxi hatte ihren Reiz, aber was, wenn er sein Auto hier stehen ließ und es später dringend brauchte? Für den Fall, dass Emilia sich doch noch rührte? Alles andere wollte er gar nicht in Betracht ziehen.

Heinz zog sich am Automaten einen doppelten Espresso. Der würde hoffentlich reichen, um wohlbehalten nach Hause zu kommen. Jetzt hätte er eine Tasse von Wagners Kaffee gebraucht. Der war zwar ungenießbar, konnte aber Tote aufwecken. Ein abwegiger Gedanke schoss ihm durch den Kopf. Er sah sich Luisa und Vivian Wagners Kaffee einflößen. Schaurig, aber wenigstens hätte er ein paar Informationen bekommen können, aus erster Hand sozusagen. Was für abstruse Fantasien! Daran sah man, wie übermüdet er war, dachte er kopfschüttelnd.

Fast hätte er sich die Zunge verbrüht, so schnell schlürfte er den Kaffee Schluck um Schluck. Einigermaßen gestärkt, wohl wissend, dass die Wirkung nicht lange anhalten würde, setzte er sich in seinen Wagen und fuhr durch den morgendlichen Berufsverkehr nach Hause.

Als er endlich seine Wohnung erreichte, wankte er sofort in sein Schlafzimmer. Ohne sich auszuziehen, legte er sich bäuchlings auf sein Bett und war in der nächsten Sekunde eingeschlafen.

16

»Du musst etwas trinken. Wenigstens das, wenn du schon nichts essen willst.«

Emilia schüttelte den Kopf. Nie. Niemals würde sie etwas anrühren, das von ihm stammte. Sie hielt trotzig die Arme vor ihrer Brust verschränkt. »Wenn du meinst, dass ich so bescheuert bin, mich von dir wieder unter Drogen setzen zu lassen, hast du dich getäuscht.« Ihre Stimme klang fester, als sie sich fühlte. In Wirklichkeit lechzte alles in ihr nach einem Schluck Wasser. Hunger hatte sie auch, aber der Durst war bei Weitem schlimmer. Sie fragte sich, wie lange sie es noch aushalten würde, bis ihr Wille gebrochen war.

Er schüttelte ungläubig den Kopf. Sie konnte inzwischen schon Details erkennen, bloß wusste er das nicht, und sie würde es ihm bestimmt nicht verraten. Ihre Augen waren ihm wichtig. Sie waren das einzige Kapital, das sie hatte, der einzige Trumpf, den sie in der Hand hielt. Solange er glaubte, sie sei blind, war sie vor ihm sicher. Oder? Wenn er nun aber beschloss, dass sie ihm nichts nützte? Wenn er zu der Ansicht gelangte, ihre Augen seien wertlos, jetzt, da sie ihren Zweck nicht mehr erfüllten? Daran mochte sie gar nicht denken.

Früher oder später würde er sie umbringen. Sie musste etwas tun – die Zeit rann ihr unter den Fingern davon.

Er riss sie aus ihren Überlegungen: »Ich habe dir doch versprochen, dass ich dir nichts mehr gebe.«

Emilia lachte einmal auf. Sie hörte, wie die Laute von den Betonwänden hart zurückgeworfen wurden. »Das soll ich dir glauben?«

Er überlegte kurz. »Ich brauch' dich noch, das hab' ich dir bereits gesagt. Ich hätte nichts davon, wenn du verdurstest. Sieh her, ich trinke aus dem Becher. Ich esse von dem verdammten Rührei.«

»Soll das ein Witz sein? Ich kann nicht sehen!« Fast hätte sie seine Falle nicht bemerkt, so sehr sehnte sie sich nach einem einzigen Schluck. Alles in ihr schrie nach Flüssigkeit.

Der Geruch des Essens verursachte ihr Übelkeit, obwohl sie Hunger hatte.

»Tut mir leid«, sagte er, und man hätte meinen können, er bedauerte tatsächlich seine unbedachte Äußerung. Als Schauspieler war er oscarverdächtig. Einen Scheiß tat es ihm leid. Sie würde sich nicht noch einmal von ihm um den Finger wickeln lassen. Sie hatte schon häufig Fehler in ihrem Leben gemacht. Viele davon mehr als einmal. Der größte war, diesem Mann zu vertrauen. Sie musste an Heinz denken. Sie hatten sich irgendwann einmal gestritten. Sie wusste gar nicht mehr, worum es dabei gegangen war. Jedenfalls hatte sie ihren Halbbruder gefragt, ob er sich für Mr Perfect halte. Ob er denn noch nie einen Fehler begangen habe. Und er hatte geantwortet: »Die Betonung liegt auf *einen*. Ich bin nicht Mr Perfect, und ich mache Fehler. Aber ich mache jeden Fehler nur ein einziges Mal.«

Ab sofort würde sie aus ihren Fehlern lernen. Jeden nur einmal machen.

Egal, was er tat oder sagte, sie würde auf der Hut sein, würde jedes seiner Worte anzweifeln. Würde nicht klein beigeben.

Wortlos drehte sie ihm den Rücken zu. Für sie war ihre Unterhaltung beendet.

Dieses kleine Biest! Er meinte es doch nur gut mit ihr. Wie kam sie dazu, ihn wie Luft zu behandeln? Er hatte sich an sein Versprechen gehalten und weder in ihr Essen noch in ihr Getränk Tropfen hineingetan. Das erste Mal hatte er das Gefühl, sich übernommen zu haben. Irgendwie schien ihm alles zu entgleiten.

»Hab' ich es dir nicht gesagt?«, warf seine Mutter ein. »Du hättest sie gleich erledigen sollen. Aber du hast ja nicht auf mich gehört.«

»Halt's Maul!«, schrie er. »Ich habe schon viel zu oft auf dich gehört. Halt endlich dein verfluchtes Maul!« Es war ihm egal, dass er es laut ausgesprochen und nicht nur gedacht hatte. »Ich brauch dich nicht. Hab dich nie gebraucht. Und ich werde dir nie wieder zuhören. Nie wieder. Siehst du?« Er hielt sich mit beiden Händen seine Ohren zu und summte laut, um jedes Geräusch, jede Erwiderung zu übertönen. Als ihre Stimme protestieren wollte, summte er umso lauter. »Hau ab und lass mich endlich in Frieden. Lass mich in Frieden!«

Plötzlich war es still in seinem Kopf. Er hatte sie vertrieben. Sollte er sich schuldig fühlen? Wie lange würde sie Ruhe geben? Er horchte in sich hinein. Möglich, dass er seine Worte irgendwann bereute, aber im Moment empfand er nur Erleichterung. Das hätte er schon viel eher tun sollen. Hatte er ja im Grunde auch, nur dass sie nach ihrem Tod immer noch nicht schweigen wollte.

Der erste Mord, den er begangen hatte, war der an ihr. Wie gut er sich noch daran erinnerte, als er ängstlich nach ihrem Puls getastet hatte, nachdem sie in der Küche auf dem Boden lag und sich nicht mehr rührte. Er konnte es gar nicht fassen, dass er endlich getan hatte, was er sich Millionen Male ausgemalt, wovon er Nacht für Nacht geträumt hatte, seit er neun war. Seit sie ihn zum ersten Mal in ihr Schlafzimmer und dann lächelnd in ihr Bett geholt hatte, um ihm ein neues Spiel zu zeigen. Ein Spiel, das er gleichermaßen abstoßend wie faszinierend fand.

Er hatte nicht gewusst, dass er aus diesem Spiel immer als Verlierer hervorgehen würde, egal wie oft sie es wiederholten. Dass er nie eine Chance bekam zu sagen: »Ich mag nicht mehr. Ich steige aus.« Aufgeben kam Versagen gleich. Und Mutter mochte keine Versager. Sie hatte ihm immer wieder erklärt, das, was sie beide taten, täten nur Liebende miteinander. Welcher Junge liebte seine Mutter nicht?

Eines Tages lernte er ein Mädchen kennen. Die Gefühle, die er für sie hegte, waren ganz anders als die Liebe, die er seiner Mutter gegenüber empfand, doch sie hatte ihm Vorwürfe gemacht. »Sie besudelt dich!«, kreischte sie. »Sie ist eine Hexe. Stimmt's? Sie hat dich verhext. Sie hat deinen kleinen Schwanz verhext. Sie ist ein Schlampe. Eine Hure!«

Er wusste nicht, wie er sie zum Schweigen bringen sollte. Alles, was er ihr erklärt hatte, all sein Betteln, ihn doch gehen zu lassen, ihn sein Leben leben zu lassen, alle seine Argumente hatten nichts gefruchtet. Er gab ihr das Versprechen, weiterhin für sie da zu sein. Die neue Liebe schloss doch die zu ihr nicht aus. Als das auch nichts half, hatte er sie beschimpft, in der Hoffnung, sie wäre so böse auf ihn, dass sie ihn rausschmiss. Er hatte sie provoziert, nichts davon hatte die erhoffte Wirkung. Da hielt er das Schneidbrett aus Marmor in seinen Händen. Es schien von allein den Weg dorthin gefunden zu haben. Noch ehe er über die Folgen nachdenken konnte, holte er aus und schlug zu. Das Geräusch, das entstand, als Stein auf Knochen traf, war grauenvoll, aber auch befreiend. Nun war sie still. Aber in seinem Kopf hallte ihre Stimme nach. Darum schlug er noch einmal zu, und noch einmal – wie oft, wusste er nicht –, so lange, bis er ihre Stimme nicht mehr hörte. Fasziniert betrachte er die Knochensplitter, den blutigen Brei, der überall in der Küche verspritzt war und der einst ihr Gehirn gewesen sein musste. Er blickte an sich herab und dachte im ersten Moment, er hätte sich verletzt, dabei war es ihr Blut, das an ihm haftete. An seiner Kleidung, seinem Gesicht, den Händen, einfach überall. Sogar seine Haare waren verschmutzt.

Er kroch auf allen vieren zu ihr und nahm ihre Hand, fühlte nach ihrem Puls. Er wollte sicher sein, dass sie ihm nie wieder in die Quere kam, nie wieder sagte, was er tun sollte.

Er saß sehr lange neben ihr. Und wäre dort wohl für alle Ewigkeit sitzen geblieben, wenn nicht plötzlich ihre Stimme in seinem Kopf aufgetaucht wäre. »Du kleiner Scheißer. Hast du gedacht, du wirst mich so einfach los?« Hitze durchwallte ihn, wie ein Stromstoß. Alles umsonst, war sein einziger Gedanke gewesen.

Schon begann er, seine Tat zu bereuen. Was sollte er bloß ohne sie tun? Wie sollte er allein für Jana sorgen? Es war ein riesiger Fehler gewesen, sie zu töten. Und nutzlos war es obendrein, denn sie war immer noch da: in seinem Kopf, in seinem Herzen.

Noch heute konnte er sich an ihr Lachen erinnern. Es hallte in ihm wider und hielt noch an, als er eine Plastikplane aus der Garage holte und seine Mutter darin einwickelte. Er hörte es sogar noch, als er die Küche putzte und sich wünschte, er hätte sich für eine Methode entschieden, die weniger Dreck hinterließ.

Und schließlich, als hätte sie Mitleid mit ihm bekommen, hörte ihr schallendes Gelächter auf, und sie übernahm, wie gewohnt, das Kommando: »Mach dies, mach jenes. Vergiss das nicht, denk an das.« Das war der Augenblick, als er sie wieder in sein Leben ließ, eine Entscheidung, die angesichts seiner Erschöpfung verständlich war. Bereitwillig folgte er ihren Anweisungen, war sogar dankbar dafür.

Bis vor Kurzem hatte er keinen Grund gehabt, diesen Entschluss zu bereuen. Erst in letzter Zeit ging sie ihm auf die Nerven. So sehr, dass er sie gerne noch ein zweites oder drittes Mal umgebracht hätte, wenn es geholfen hätte, diese Stimme in ihm zum Verstummen zu bringen.

Aber jetzt endlich hatte er es geschafft. Er hatte sich von ihr gelöst, von ihr endgültig abgenabelt. Er war erwachsen geworden. Und es war einfacher gewesen, als er gedacht hatte.

Moser tobte. Wie sollte er arbeiten, wenn ihm die Bürokratie Steine in den Weg legte? Laut Paragraf, Absatz sowieso, kann Ihrem Antrag auf die Ortung des Mobiltelefons, bla, bla, bla, nicht stattgegeben werden. Erst vor Kurzem hatten widerrechtliche Handyortungen im Scheinwerferlicht der Öffentlichkeit gestanden. Es war klar, dass man nicht immer und überall willkürlich Telefone abhören und auch nicht orten durfte. Er verstand auch, dass der Richter, der darüber entscheiden musste, besondere Vorsicht walten ließ, schließlich wollte keiner den Kopf später hinhalten müssen. Aber hier wurden doch keine persönlichen Rechte verletzt. Die Handyhalterin war tot!

So schnell seine Wut gekommen war, als er das amtliche Schriftstück überflogen hatte, so schnell war sie wieder verraucht. Pech gehabt. Wahrscheinlich hätten sie es ohnehin nicht gefunden. Wenn es, und davon ging er aus, irgendwo vergraben oder in einem See versenkt war, würde keine Technik der Welt es jemals aufstöbern können.

Schon wieder spürte er den bekannten Druck in seinem Hinterkopf. Es war eindeutig zu früh dafür. Der Arbeitstag hatte noch nicht einmal richtig begonnen. Dafür hatte er neben den zwei Frauenleichen, die eigentlich all seine Zeit beanspruchten, noch einen weiteren Mord am Hals. Andererseits, die beiden anderen Fälle hatte sich Wagner unter den Nagel gerissen. Ändern konnte er daran nichts, solange sein Rivale hier überall herumkrebste und den Chef hervorkehrte. Da wäre es sogar von Vorteil, sich um den neuen Fall zu kümmern. Interessant war er allemal. Schließlich kam es nicht jeden Tag vor, dass Botschaften in die Hintern der Opfer eingeritzt wurden.

Moser griff zum Telefon. Sein Anruf galt der forensischen Abteilung. Dort erfuhr er, dass ein Trupp das Gelände um den Fundort der Leiche soeben weiträumig absuchte. In der Nacht war es zu dunkel gewesen, deshalb hatten sie auf Tageslicht gewartet. »Ich komme«, meinte er.

Das war besser, als den restlichen Tag in diesem Büro zu verbringen, in dem Wagner immer noch gegenwärtig war. Die Luft draußen würde ihm guttun. Vielleicht trug sie dazu bei, dass seine Kopfschmerzen besser wurden. Sicherheitshalber nahm er zwei Tabletten und schluckte sie. Den Rest der Packung steckte er ein. Wer weiß, ob er sie nicht noch brauchte.

Laura erwachte als Erste. Schlaftrunken setzte sie sich auf und berührte den Körper neben ihr. Schlagartig stürmten die Ereignisse auf sie ein, die vor wenigen Stunden in diesem Bett passiert waren. Helmut Wagner gab leise Schnarchgeräusche von sich. Eine Woge der Zuneigung erfasste Laura. Gleich darauf traf sie das schlechte Gewissen mit voller Wucht. Oh Gott! Was hatte sie getan? Sie hatte sich ihm an den Hals geworfen. Wie konnte sie nur? Er war verlobt. Mit einer anderen. Sie musste weg von hier. Bei allem, was ihr heilig war, sie war nicht hergekommen, um mit ihm zu schlafen. Sie wollte einfach einen Freund in ihrer Nähe haben. Der Alkohol war schuld. Und sie. Es war ganz klar ihre Schuld. Sie hatte damit angefangen, sie hatte ihn überrumpelt. Er hatte es nur nicht übers Herz gebracht, sie in ihrem Zustand zurückzuweisen.

Sie schwang die Beine aus dem Bett, versuchte leise zu sein, damit sie ihn nicht weckte. Sie konnte, wollte, ihm nicht in die Augen sehen. Sie brauchte ein wenig Abstand, musste sich erst in Ruhe überlegen, was sie ihm sagen sollte. Doch das Bett gab ein Quietschen von sich. Ein paar Stunden zuvor hatten sie darüber albern gekichert, sich davon aber nicht stören lassen. Prompt regte sich Helmut, tastete mit geschlossenen Augen nach ihr, und als sie nicht neben ihm lag, setzte er sich auf. Sie bekam beim Anblick seiner verwuschelten Haare und seines nackten Körpers weiche Knie. In diesem Moment wurde ihr klar, dass sie ihn liebte, ihn immer geliebt hatte. Sie zwang sich wegzusehen, aus Angst, er könne ihre Gefühle in ihrem Gesicht ablesen. Stattdessen konzentrierte sie sich mit aller Macht darauf, ihren Gürtel zu schließen.

»Laura, ich … es tut mir leid …«, setzte er an.

Tränen schossen ihr in die Augen, dabei hatte sie geglaubt, sie hätte keine mehr übrig. Sie schüttelte den Kopf. »Nein, mir tut es leid.« Dann verließ sie das Schlafzimmer und seine Wohnung. Sie wünschte sich, es wäre genauso einfach, aus seinem Leben zu verschwinden. Sie hatte schon genug angestellt.

Wagner konnte nicht glauben, dass sie einfach so gegangen war. Er sprang auf, verhedderte sich in der Decke und fiel hin. Verflucht! Wie sollte er Laura jemals wieder in die Augen sehen? Schamlos hatte er ihre Schwäche, die Trauer um ihren Vater und ihren Schwips ausgenutzt. Es gab keine Entschuldigung für sein Verhalten. Nicht einmal, dass sie sich nur allzu bereitwillig ins Schlafzimmer hatte tragen lassen. Nicht, dass im Grunde sie den ersten Schritt getan und ihn geküsst hatte. Sie hatte gesagt, es tue ihr leid. Verständlich, dass ihr diese Nacht leidtat. Nur wie sollte er sie wieder ungeschehen machen? Etwa so tun, als sei nichts zwischen ihnen gewesen? Und Sonja, wie sollte er ihr das beibringen? Er hatte sie bei der erstbesten Gelegenheit, die sich ihm geboten hatte, betrogen.

Nachdem er seine Beine aus der Decke gewickelt hatte, hetzte er Laura zur Wohnungstür nach, riss sie auf und rief ihren Namen, doch sie war schon weg. Die Nachbartür ging auf, und Frau Huber, seine Nachbarin, lugte heraus. Wagner fluchte verhalten und trat einen Schritt hinter seine Tür, um mit seiner Nacktheit bei der alten Dame keinen Herzinfarkt auszulösen. »Entschuldigung«, murmelte er verlegen, zog die Tür zu und rannte zum Fenster. Das blöde Ding klemmte, und bis er es aufhatte, war Laura schon am Ende der Straße. »Laura! Warte!«, schrie er. Es war ihm egal, dass die Leute auf dem Gehsteig ihre Köpfe hoben und ihn anstarrten.

Laura hatte ihr Auto erreicht. Sie musste ihn gehört haben, denn sie zögerte kurz. Doch dann holte sie ihren Schlüssel heraus, sperrte ihr Fahrzeug auf, immer noch das alte, rostige Ding, das seiner Meinung nach schon vor fünf Jahren schrottreif gewesen war, und stieg, ohne sich nach ihm umzusehen, ein.

Wagner trampelte über die am Boden verstreuten Kleidungsstücke. Sie erinnerten ihn an die vergangene Nacht. Er stapfte in die Küche, stellte die Kaffeemaschine an und ging duschen. Vielleicht würde das Wasser nicht nur Lauras Geruch, der immer noch an ihm haftete, abwaschen, vielleicht schwemmte es auch sein schlechtes Gewissen fort.

Er seifte sich ein, wusch sich. Lauras Duft war fort, die Vorwürfe waren geblieben.

Er musste mit Sonja reden. Aber wie? Am Telefon war das kaum möglich. Er konnte schließlich nicht anrufen und ihr sagen: »Schatz, ich liebe dich, aber ich war ein Trottel und hab dich betrogen.« Nein, er musste es ihr schon persönlich mitteilen. Sie würde nicht toben, sie würde nicht schreien.

Sie würde ihn mit ihren großen Augen ungläubig ansehen und würde schweigen. Sie würde gekränkt und verletzt sein. Ihr Vertrauen in ihn wäre erschüttert, unwiederbringlich verloren. Wie sollte es mit ihrer Beziehung unter solchen Umständen weitergehen? Und das alles, weil er sich nicht beherrschen konnte. Weil er sich benehmen musste wie ein Pubertierender, der seinen Schwanz nicht in der Hose lassen konnte.

Schaff deinen Hintern auf der Stelle nach Innsbruck und rette das, was noch zu retten ist. Gute Idee. Ob Heinz ihm sein Auto borgte? Nein, mit dem Flieger wäre er schneller. Seinen Laptop hatte er, seit er in Wien war, noch nicht einmal aus der Tasche genommen, doch jetzt war er froh, ihn dabeizuhaben. Immer noch nackt, schaltete er das Notebook ein, ging ins Internet und suchte nach den nächsten Flügen nach Innsbruck. 13 Uhr 40. Das konnte er schaffen, wenn er sich beeilte. Rasch zog er sich an. Mit der Straßenbahn und der U-Bahn war er eine halbe Stunde später am Rennweg, von wo der Zug Richtung Flughafen fuhr. Das Ticket bezahlte er mit seiner Kreditkarte.

Kurz darauf stieg Wagner in den Flieger, suchte seinen Platz und schnallte sich an. Er hatte jetzt über eine Stunde Zeit, um sich zu überlegen, was er Sonja sagen sollte.

17

Heinz Martin erwachte aus seinem komaähnlichen Schlaf um zwei Uhr am Nachmittag. Ausgeruht fühlte sich anders an, aber wenigstens hatte er das Gefühl, wieder klar denken zu können. Sein erster Weg führte ihn zu seinem Handy, aber niemand hatte ihn angerufen oder ihm eine Nachricht hinterlassen. Dabei hatte er gehofft, Wagner hätte schon

Neuigkeiten, was die Agentur betraf. Sein Magen erinnerte ihn knurrend daran, dass er am Vortag das letzte Mal am späten Nachmittag eine Leberkäsesemmel gegessen hatte. Außer dem Automatenkaffee hatte er nicht einmal etwas gefrühstückt. Mittagessen wäre nicht schlecht. Eine Inspektion seines Kühlschranks machte ihm die Entscheidung leicht. Ein paar Spiegeleier mit Speck und getoastetes Brot.

Seine freien Tage verbrachte er gewöhnlich mit Lesen oder mit Musikhören. Und gelegentlich einem Großputz, aber daran war zurzeit nicht zu denken. In seinem Leben war im Moment gar nichts wie sonst. Nichts konnte ihn von seinen Sorgen um Emma ablenken. Er würde also ins Institut fahren. Es hielten ihn ohnehin alle für verrückt, weil er so viel Zeit in der Gerichtsmedizin verbrachte.

Während er sich sein Mittagessen zubereitete, dachte er an die vergangene Nacht. Seine Ängste, die Erleichterung, als sich herausstellte, dass die tote Frau nicht Emilia war. Vielleicht hatte man die Tote inzwischen identifizieren können.

Diese Zahlen, was konnten sie bedeuten? Verzwickte Sache. Wären da nicht die zwei anderen Leichen gewesen – und Emilia –, es hätte ihm Spaß gemacht, sich darüber den Kopf zu zerbrechen. Er hatte immer schon etwas für Rätsel übriggehabt, auch wenn dieses, zugegebenermaßen, etwas morbide war.

Sein Essen war fertig. Heinz griff in die Schublade, um sich Messer und Gabel herauszunehmen, doch da waren keine sauberen mehr. Er hätte sich ohrfeigen können. Alle steckten im Geschirrspüler, und er hatte vergessen, ihn einzuschalten. Sofort holte er das nach. Gurgelnd sprang das Gerät an. Er sollte sich wirklich noch eine Garnitur Besteck zulegen, aber irgendwie erschien ihm das immer unnötig. Als Single brauchte man eben nicht viel. Er trat an den Messerblock und zog ein Küchenmesser heraus. So bewaffnet setzte er sich an den Tisch, bereit, Speck und Spiegeleiern den Garaus zu machen.

Heinz schnitt mit der Messerspitze und betrachtete fasziniert, wie das Eigelb von der Klinge tropfte. Bei den Opfern war es Blut gewesen. Das Messer! Verflucht, bei der Autopsie war er zu müde gewesen, um darauf zu achten. Aber der Schnitt an der Kehle der einen und die Verletzungen an den Körpern der anderen Frauen waren mit sehr ähnlichen Werkzeugen gemacht worden. Wenn nicht sogar mit demselben. Bei dem neuesten Leichenfund hatte er zu wenig auf Übereinstimmungen geachtet, weil er keine Verbindung zu den anderen Frauen gesehen hatte. Erklärbar, aber unverzeihlich. Er war übermüdet gewesen, hatte voreilige Schlüsse gezogen, die emotionalen Tiefs und Hochs … Dennoch, als Ergebnis blieb, dass er schlampig gearbeitet hatte. Etwas, das er sonst nie tat.

Wenn seine Vermutung stimmte, würde das bedeuten, dass alle drei Morde miteinander in Verbindung standen.

Er musste sofort ins gerichtsmedizinische Institut.

Der Flug war angenehm gewesen, aber kurz. Nicht lang genug, um sich auszudenken, wie man seiner Freundin erklärte, dass man sie betrogen hatte. Wagner nahm sich ein Taxi. Er wollte Sonja anrufen, wollte ihr sagen, dass er unterwegs war, dass sie reden müssten, aber der Akku seines Handys war leer. Sein Herz wurde schwer, als er daran dachte, wie sehr sie sich freuen würde, ihn zu sehen, und welche Enttäuschung es für sie wäre zu erfahren, warum er gekommen war.

Wagner sperrte die Wohnungstür auf. »Schatz? Ich bin da.«

Alles blieb ruhig. Sie ist einkaufen oder eine Freundin besuchen. Im Gegensatz zu ihm kannte Sonja eine Menge Leute in Innsbruck.

Er wanderte durch die Zimmer, doch es wollte sich kein vertrautes Gefühl einstellen. Nicht so, wie er empfunden hatte, als er seine Wohnung in Wien betreten hatte. In der Tür zum Badezimmer blieb er stehen. Der Schrank! Er würde ihn zusammenbauen und sich wenigstens einen kleinen Bonuspunkt bei Sonja sichern.

Sein Werkzeug war im Abstellraum. Er holte die Kiste und suchte den passenden Inbusschlüssel. Im Badezimmer kramte er unter den Brettern nach den Schrauben und begann, eine nach der anderen in die vorgebohrten Löcher hineinzudrehen. Diese handwerkliche Arbeit ließ ihm Raum, um seinen Gedanken nachzuhängen. Was, wenn er es Sonja gar nicht erst erzählen würde? Er müsste bloß einen Weg finden, mit dieser Lüge, die zwischen ihnen stünde, zu leben. Wenn er es genau nahm, würde seine Beichte nur dazu dienen, sein Gewissen zu erleichtern. Wäre das nicht ziemlich egoistisch von ihm? Was brachte es, wenn sie von seinem Seitensprung erfuhr? Wem würde es helfen? Andersrum betrachtet, wem würde es schaden, wenn er nichts sagte? Fast hatte er sich selbst überzeugt, dass Schweigen besser wäre als Reden. Da rutschte er mit dem Sechskantschlüssel ab, und die Schraube, die er gerade bearbeitet hatte, schnellte aus dem Bohrloch und riss ihm an der Handfläche die Haut auf. Scheiße. Das hatte er gerade noch gebraucht. War nicht schlimm, aber es tat weh. Sonja hätte jetzt seine Hand genommen, sich die Wunde angeschaut und gesagt: »Stell dich nicht so an, es ist nur ein Kratzer.«

Die Verletzung war tatsächlich nur oberflächlich, aber er brauchte ein Pflaster, damit nicht alles blutig wurde. Er holte es aus dem Spiegelschrank und klebte es sich auf die Wunde. Die leere Papierhülle knüllte er zusammen, hob den Deckel des Mülleimers und wollte sie hineinbefördern. Mitten in der Bewegung hielt er inne. Mit den Fingerspitzen holte er seine Entdeckung heraus. Ein Schwangerschaftstest.

Mit zwei Strichen. Er hatte so etwas schon häufiger zu Gesicht bekommen. Was hatte Sonja mit einem Schwangerschaftstest am Hut? Jetzt bis du vollkommen verblödet. Was wohl? Ihm fiel ihre Übelkeit ein. Sie war in letzter Zeit auch immer müde gewesen. Warum hatte er nicht schon eher die richtigen Schlüsse gezogen? Ein schöner Ermittler war er. Bei der eigenen Freundin war er ziemlich kurzsichtig gewesen.

Nach dem ersten Schock nahm sein Gehirn die Arbeit wieder auf. Sie hatte ihm am Telefon nichts erzählt, obwohl er genau gemerkt hatte, dass sie irgendetwas beschäftigte, fast sogar bedrückte. Gut, vielleicht hatte sie ihm deshalb nichts verraten wollen, weil sie es ihm lieber von Angesicht zu Angesicht erzählt hätte. Möglicherweise hatte er sich auch getäuscht, und sie war gar nicht angespannt oder bekümmert gewesen. Das konnte er sich genauso gut eingebildet haben. Sie meinte, es sei besser, dass er nicht bei ihr war, sie habe noch etwas zu erledigen. Wonach klang das? Bestimmt nicht nach einem lauschigen Einkaufsnachmittag für Babysachen.

Das Wichtigste war aber, dass sie den Teststreifen weggeschmissen hatte. Das tat niemand, der sich über eine Schwangerschaft freute. Andere Frauen hätten ihn sich aufgehoben, hätten ihn in ein Babyalbum geklebt. Zumindest aber hätten sie ihn ihrem Partner gezeigt.

Wagner schwante Übles. Sein Blick fiel auf den leeren Zahnputzbecher. Er ging ins Schlafzimmer und kramte in Sonjas Sachen. Der einzige Pyjama, den sie hatte, war nicht da. Ebenso ihre Hausschuhe. Es gab haufenweise schlüssige Erklärungen: eine kurze Reise, ein Besuch bei einer Freundin. Aus seiner Hosentasche holte er sein Handy hervor. Das Display war schwarz. Klar, der Akku war schon vorhin leer gewesen. Und er hatte nicht daran gedacht, sein Ladekabel einzupacken. Ärgerlich. Er konnte nicht einmal Heinz benachrichtigen. Oder Laura. Obwohl die mit ihm ohnehin nicht reden würde.

Das war der Fluch der Technik. Früher, bevor er ein Handy hatte, kannte er die Telefonnummern seiner Freunde auswendig. Jetzt, wo man bequemerweise alles einprogrammieren konnte, wusste er gerade mal Sonjas Nummer. Wenigstens die.

Er ging in die Diele zum Telefon. Sein nutzloses Mobiltelefon legte er neben den Festnetzapparat. Sonja hatte in einem Adressbuch die Nummern ihrer Bekannten und Freunde notiert. Das war vielleicht altmodisch, aber sie hatte gemeint, es schade nichts. Auch Handys und SIM-Karten konnten kaputtgehen – oder Akkus wurden leer.

Er blätterte in dem Büchlein. Zuerst würde er es bei ihrer Mutter versuchen. Bevor er jedoch die erste Ziffer eintippte, hielt er inne. Einer spontanen Eingebung folgend, drückte er auf die Wahlwiederholungstaste. Es läutete, dann wurde abgehoben. Wagner legte den Hörer auf, ohne sich zu melden. Sonja hatte in der Gynäkologie angerufen. Es bedurfte nicht viel Phantasie, sich auszumalen, was sie dort wollte. Wagner hoffte, dass er noch rechtzeitig das Krankenhaus erreichen würde. Bitte, lass es noch nicht zu spät sein, wiederholte er die ganze Fahrt über. Bitte, lass es noch nicht zu spät sein.

»Was machst du hier?« und »Hast du nicht deinen freien Tag?«, waren die Worte, mit denen Heinz Martin empfangen wurde.

Er nickte und hob grüßend seine Hand, ließ sich aber auf keine Gespräche ein, die eine ellenlange Erklärung von ihm erfordert hätten. Schließlich war er niemandem Rechenschaft schuldig. Außerdem kam es öfter vor, dass er außerhalb seiner Dienstzeit hier auftauchte. Die Leute waren es also gewöhnt, auch wenn sie lästerten. Seine Kollegin obduzierte gerade ein Unfallopfer: Zusammenstoß bei 160 Stundenkilometern, wie sie erklärte. Ob er gekommen sei, um ihr zu helfen?

»Ehrlich gesagt, nein. Ich möchte mir die Mordopfer noch einmal ansehen.«

Sie hob die Brauen.

»Ich habe eine neue Spur«, sagte er. Er wollte sie nicht vor den Kopf stoßen, aber im Moment brannte er darauf, seine Theorie zu überprüfen, also musste diese knappe Erklärung reichen.

Er arbeitete im zweiten Autopsiesaal. Eine Leiche nach der anderen ließ er sich hereinbringen und verglich die Wunden miteinander.

Seine Vermutung bestätigte sich. Alle drei Frauen waren mit einem ähnlichen, wenn nicht sogar mit demselben Messer bearbeitet worden. Einen Moment genoss er das Gefühl, etwas Entscheidendes herausgefunden zu haben, das die Ermittlungen voranbringen würde. Es ließ sich bestimmt ausfindig machen, welche Marke dieses Messer hatte, denn der Täter hatte kein gewöhnliches Küchenmesser verwendet. Es war ein spezielles Modell, ein Kampfmesser. Mit etwas Glück ließ es sich nachverfolgen. Langsam sickerte die Tragweite seiner Entdeckung in sein Bewusstsein. Er hatte es höchstwahrscheinlich mit demselben Täter zu tun, der auch die beiden anderen Frauen getötet hatte. Welche Gegenargumente gab es? Er hat einen Partner; er borgt sein Werkzeug aus, oder es sind zwei verschiedene Täter, und beide haben zufällig das gleiche Messer. Oder das Messer wurde dem Täter entwendet, und der Dieb dachte sich, mit dem ließe sich bestimmt ganz gut eine Kehle durchschneiden.

Ein bisschen bescheuert war er schon, gestand Heinz sich ein. Nein, du gehst nur alle Möglichkeiten durch, so unwahrscheinlich sie auch sind. Er musste sie schließlich im Gespräch mit Moser entkräften können.

Nun würde er im Labor anrufen und nachfragen, ob sie mit der Blutanalyse schon fertig waren. Wenn ihn sein Gefühl nicht trog, mussten die Ergebnisse mehr als aufschlussreich sein.

Moser war zufrieden. Es hatte sich ausgezahlt, das Gelände zu durchkämmen. Sie hatten die Handtasche der Toten zwischen Büschen versteckt gefunden. Laut ihrem Personalausweis hieß sie Judith Schlöglmüller. Sie wäre nächsten Monat zweiunddreißig Jahre alt geworden.

Ein Raubmord schied aus. Ihr Schmuck war zwar nicht außergewöhnlich wertvoll, aber auch kein billiger Tand. In ihrer Geldbörse befanden sich keine Reichtümer, aber immerhin zweihundert Euro. Blieben also nur noch etwa tausend andere Motive: ein Eifersuchtsmord, ein Racheakt, sexuelle Gründe …

Er verfluchte Heinz Martin, der ihm nichts an die Hand gegeben hatte. Das Mindeste wäre ein detaillierter Obduktionsbericht gewesen.

Wenigstens wusste er ihren Namen. Sie hatte Verwandte, Freunde, vielleicht einen Ehemann, einen Arbeitgeber. Damit ließ sich schon was anfangen.

Er machte sich auf den Weg in die Dienststelle. Das, was er tun konnte, hatte er getan. Er musste ein paar Telefonate führen, die Wohnadresse der Toten herausfinden, und, und, und. Jede Menge Arbeit, die ihn bis lange nach Dienstschluss beschäftigen würde. Es war ein gutes Gefühl, etwas zu tun zu haben. Etwas Wichtiges. Etwas Sinnvolles. Aus diesem Grund hatte er sich für die Mordkommission entschieden.

Seine Euphorie hielt während der Fahrt ins Kommissariat an. Auch noch, als er den Weg hinauf in sein Büro ging, zog er die Blicke der Kollegen auf sich, als er leise pfeifend die Gänge entlangschritt. Ja, ja, schaut nur. Heute habe ich allen Grund, gut aufgelegt zu sein.

Er öffnete mit Schwung die Tür zu seinem Arbeitszimmer. Sein Pfeifen erstarb ihm auf den Lippen, seine gute Laune war mit einem Schlag verflogen.

Heinz Martin saß auf dem Sessel vor seinem Schreibtisch – wenigstens nicht auf seinem Platz – und blätterte in irgendwelchen Unterlagen.

»Was tun Sie hier?«, war alles, was Moser herausbrachte. Das war doch ein unverfrorener Kerl. Wie kam er dazu, sich hier einfach breitzumachen?

»Wir haben ein Problem«, sagte Martin, nachdem er sich zu ihm umgedreht hatte. Wie wahr! Sie hatten nicht nur eines, sie hatten gleich mehrere Probleme. Und zwar miteinander.

Moser ging um den Tisch herum und setzte sich auf seinen Drehsessel. Sein Gegenüber nahm dies als Aufforderung weiterzusprechen: »Die Frau von letzter Nacht –«.

Moser konnte nicht anders, als Martin zu unterbrechen: »Judith Schlöglmüller.« Und als er dessen fragenden Blick sah, fügte er hinzu: »Wir haben ihre Personalien in ihrer Handtasche gefunden. Ich wollte gerade nachforschen, wo sie gemeldet ist.«

»– also, sie steht mit den anderen zwei Morden in Verbindung«, beendete Martin seinen Satz.

»Sie sehen nur das, was Sie sehen wollen, nicht wahr?« Moser war am Ende seiner Geduld. Was ritt Martin, unbedingt auf einem Serienmörder zu bestehen? Nicht nur das. Jetzt versuchte er auch noch, den neuen Fall in sein Denkschema zu zwängen.

Heinz Martin sah ihn müde an. »Ich habe mir alle drei Frauen noch einmal angeschaut. Das Tatwerkzeug scheint mir bei allen dreien identisch. Die Wundränder, wissen Sie? Es ist ein Kampfmesser mit gezacktem Rücken. Bei Judith Schlöglmüller hätte ich es fast übersehen.«

Moser tippte sich mit dem Zeigefinger an seine Lippen.

»So, so. Und solch ein Messer gibt es in ganz Wien nur ein einziges Mal.«

Martin schüttelte den Kopf. »Nein, bestimmt nicht. Aber auch im Blut dieser Frau hat man Scopolamin festgestellt. Zwar in geringer Konzentration, aber es dürfte gereicht haben, um sie kampfunfähig zu machen. Sie hat sich ja nicht einmal gewehrt.«

»Sie wissen aber, dass fehlende Abwehrspuren auch einen Selbstmord nahelegen? Und dass sie vielleicht das Scopolamin selbst geschluckt hat, um sich vor der Tat zu betäuben?«

»Sie hat sich definitiv nicht selbst gerichtet. Die Tatwaffe ist nicht da. Auch kein Fahrzeug. Wie soll sie denn ohne Auto dorthin gekommen sein? Meinen Sie, sie hat jemanden gebeten, sie in den Wald zu fahren, nach dem Motto ›Würdest du mich bitte hinfahren, ich möcht mich mal eben umbringen‹? Sie wollen es nicht wahrhaben, nicht wahr? Sie wollen daran festhalten, dass mehrere Täter verantwortlich sind. Warum eigentlich? Warum verschließen Sie Ihre Augen vor den Tatsachen?«

Ja, das war eine gute Frage. Aber Moser konnte niemandem, schon gar nicht Heinz Martin, darauf antworten, dass er den Gedanken an einen Serienmörder nicht zulassen konnte, weil er das schon einmal, an einem anderen Ort, zu einer anderen Zeit, getan hatte.

Er war überzeugt davon gewesen, dass die drei Kindermorde einem Täter zuzuschreiben waren. Er hatte alles darangesetzt, den Mörder zu fassen, hatte seine Tage und Nächte damit verbracht, ihn auszuforschen und ihn dingfest zu machen. Die ganze Abteilung hatte gejubelt, als er ihn verhaftet hatte. Der Täter war ein Pädophiler, der sich zuerst an seinen Opfern verging und sie danach erstickte, damit sie ihn nicht verraten konnten. Er hatte ein Geständnis abgelegt – aber nur für zwei Morde. Den dritten leugnete er hartnäckig. Keiner glaubte ihm, die Indizien wiesen klar darauf hin, dass der Mann für alle drei toten Kinder verantwortlich war. Der Fall wurde abgeschlossen. Ein halbes Jahr lang war Moser überzeugt, den Richtigen gefunden zu haben – bis ein vierter Mord passierte. Der Mord an Kerstin, seiner eigenen Tochter.

Das war der Grund, warum sich alles in ihm sträubte, von einem Serienmörder auszugehen. Er hatte einen Fehler gemacht, den schwersten seines Lebens. Dieser hatte seine Tochter und in der Folge seine Frau das Leben gekostet – und sogar ihn: Er lebte nicht, er existierte bloß. Er funktionierte, mehr nicht. Doch darüber konnte er nicht sprechen. Wie sollte er etwas in Worte fassen, über das er sich nicht einmal gestattete nachzudenken? Wenn er es sich selbst untersagte, den Gedanken zuzulassen, dass Kerstins und Manuelas Tod seine Schuld waren, weil er nach einem, nicht nach zwei Tätern Ausschau gehalten hatte?

Moser stierte Heinz Martin an. Er fühlte sich von einem Augenblick auf den anderen genauso kraftlos, wie der andere aussah.

Heinz Martin wartete immer noch auf eine Begründung.

Einer Frage, auf die man keine Antwort wusste, begegnete man am besten mit einer Gegenfrage.

»Und warum sind Sie so felsenfest davon überzeugt, dass es ein Serienmörder sein muss? Indizien allein reichen nicht aus. Hinweise sind zu wenig, es bedarf schon handfester Beweise, um jemanden verurteilen zu können.«

»Genau darum geht es doch. Wir – Sie und ich – sind nicht dafür zuständig, jemanden zu verurteilen. Das machen Richter, Geschworene. Dafür gibt es eine Verhandlung. Meine Aufgabe ist es, genau nach solchen Hinweisen zu suchen. Ihre Aufgabe ist es, diesen nachzugehen.«

Groll stieg in Moser auf, er spürte das Blut in seinen Schläfen pulsieren, in seinen Ohren rauschte es. »Sagen Sie mir nicht, was meine Aufgaben sind!«, schrie er sein Gegenüber an. Dann atmete er durch und setzte ruhiger hinzu: »Verlassen Sie bitte mein Büro. Und wenn wir schon dabei sind: Ich kann es nicht leiden, dass Sie nie anklopfen, wenn Sie hier hereinmarschieren – und dass Sie es sich hier gemütlich machen, während ich nicht da bin, grenzt schon an Unverfrorenheit.«

Martin schaute ihn ungläubig an. Es lag so viel Verachtung in seinem Blick, dass Moser sich fragte, ob er nicht zu weit gegangen war. Aber irgendwann musste er doch seinen Standpunkt klarstellen, und alles, was er Martin auf den Kopf zugesagt hatte, war die Wahrheit.

Wortlos verließ der Gerichtsmediziner das Zimmer. Doch anstelle der Erleichterung, die Moser erwartet hätte, fühlte er nur seine grenzenlose Einsamkeit.

18

Es war nicht schwierig gewesen, Sonjas Zimmernummer in Erfahrung zu bringen. Nun ging Wagner vor der geschlossenen Tür auf und ab, unfähig, sie zu öffnen. Ein paarmal hatte er die Hand schon auf der Türklinke gehabt, hatte aber nicht den Mut aufgebracht, sie hinunterzudrücken.

Eine Krankenschwester kam den Flur entlang und nahm ihm die Entscheidung ab. »Wollen Sie zu Frau Kellermann? Dann kommen Sie. Sie hat den Eingriff gut überstanden«, plauderte sie drauflos. »Sie ist noch ein wenig benommen, aber das ist nach der Narkose normal.« Wagner schluckte. Narkose? Eingriff? Es war vorbei. Er war zu spät gekommen. Am liebsten wäre er wieder umgekehrt, doch die Schwester riss die Tür schwungvoll auf, als habe sie sich vorgenommen, hier und heute besonders gute Laune und Frohsinn zu verbreiten, und nickte ihm aufmunternd zu.

»Frau Kellermann, sehen Sie, wen ich mitgebracht habe!«, trällerte sie, weiterhin fest entschlossen, Trübsal und Traurigkeit, die Krankenzimmer so an sich haben, zu vertreiben.

Sonja sah in dem Bett verloren aus. Ihre Haut war bleich, ein Infusionsschlauch führte von ihrem Handrücken zu einem Ständer mit einem Beutel. Sie lächelte nicht, als sie Wagner sah.

Die Schwester überprüfte die Tropfgeschwindigkeit der Infusion, fragte, ob Sonja Schmerzen habe oder ob sie ihr etwas bringen könne. Sonja schüttelte den Kopf. »Dann lass ich Sie mal allein«, meinte die Schwester und rauschte ebenso schwungvoll, wie sie hereingekommen war, aus dem Zimmer.

Eine Zeit lang starrten sie sich wortlos an, als wolle jeder von ihnen abwarten, was der andere vorzubringen habe.

Es war Sonja, die das Schweigen brach. »Was machst du hier?« Wagner erschrak, als er ihre Stimme hörte. In seinen Ohren klang sie hohl und leer.

»Das sollte ich fragen. Was tust du hier?«, gab er zurück. Sie drehte den Kopf zur Wand. Eine Träne rollte ihre Wange hinunter. Sie verschränkte ihre Arme vor der Brust, als brauche sie jemanden, der sie festhielt, nur dass dieser Jemand nicht er sein durfte.

»Woher weißt du es? Wieso bist du überhaupt zurückgekommen?«

»Ich wollte mit dir reden. Dringend. Also hab ich den nächsten Flieger genommen und finde einen Schwangerschaftstest. Im Mülleimer! Dann noch dein Schweigen mir gegenüber, deine fehlenden Zahnputzsachen, dein Pyjama, die Hausschuhe…«

»Ach ja, der Ermittler in dir. Ich vergaß.«

Er hatte das Gefühl, sie wolle ihm absichtlich wehtun, aber das würde ihr nicht gelingen.

»Warum hast du mir nichts davon erzählt? Ich hätte es

wissen müssen. Ich hätte mitentscheiden müssen. Herrgott, Sonja! Hast du etwa geglaubt, ich wolle es nicht?«

Sonja sah ihn an. Sie biss sich auf die aufgesprungenen Lippen, sodass sie zu bluten begannen, und schüttelte den Kopf. Nun traute er sich, zu ihr zu gehen. Er setzte sich an den Bettrand. Ihre Worte waren kaum zu verstehen. »Genau das ist es ja gerade.« Sie schüttelte seine Hand ab, die ihr über den Arm strich.

Wagner seufzte. »Sonja«, begann er, »dieses Kind war auch ein Teil von mir. Wir haben bisher immer alles miteinander diskutiert, alle Entscheidungen gemeinsam getroffen.«

»Du hättest es nie erfahren müssen. Du bist zu früh gekommen«, war Sonjas einzige Antwort. Wagner wartete, ob sie noch etwas sagen würde, aber sie hatte sich im Bett zurückgelehnt und die Augen geschlossen. Zögernd beugte er sich ein Stück zu ihr hin, überlegte es sich dann anders, stand auf und drehte sich zur Tür.

»Ich geh dann besser.« Und als sie weiter schwieg, fügte er hinzu: »Nach Wien.«

Immer noch mit geschlossenen Augen fragte sie: »Wirst du wieder zurückkommen?«

Hätte er nur einen Hauch von Sehnsucht wahrgenommen oder hätten ihre Worte irgendetwas von ihren Gefühlen verraten, wäre seine Antwort »Ja« gewesen. Aber er spürte nur ihre Gleichgültigkeit. Darum sagte er: »Ich weiß nicht.« Spätestens darauf hätte sie reagieren müssen. Aber sie schwieg.

Bevor er die Tür erreichte, murmelte sie: »Was wolltest du mit mir besprechen? Du hast gesagt, es sei wichtig.«

»Jetzt nicht mehr.«

Dann ging er.

Verflucht, geh doch endlich an dein Telefon, dachte Heinz Martin, als er zum wiederholten Mal Wagners Nummer gewählt hatte. Bis zur Besprechung dauerte es nur noch eine Stunde. Er hoffte, Wagner würde Neuigkeiten von der Agentur mitbringen. Er hingegen wollte die Zeit nützen, um der forensischen Abteilung einen Besuch abzustatten.

Gerade als er die Glastür aufstieß, hörte er hinter sich ein Quietschen. Er drehte sich um und sah Laura, deren Turnschuhe auf dem Linoleumboden dieses Geräusch verursacht hatten. Sie sah abgehetzt aus, ihr sonst gepflegtes Haar umrahmte wirr ihr Gesicht. Es schien, als habe sie nicht genug Schlaf bekommen. Ihre Augen waren rot und geschwollen.

»Zu dir wollte ich gerade«, sagte er.

»Dann ist es ja gut, dass ich gerade gekommen bin.«

»Ich habe Neuigkeiten. Du siehst übrigens nicht gerade rosig aus, wenn ich das bemerken darf.«

»Siehst du? Deine zweifelhaften Komplimente sind genau der Grund, warum du keine Freundin hast. Ich komme vom Bestattungsunternehmen. Mein Vater ist gestern gestorben.« Sie winkte ab, als er ihr sein Beileid ausdrücken wollte. Das war typisch. Er war wieder einmal ins Fettnäpfchen getreten.

»Er war schon lange krank. Ich möchte nicht darüber reden. Was sind das für Neuigkeiten?«

Heinz begleitete Laura zu ihrem Arbeitstisch. Während sie ihre Jacke auszog und aus dem Bleistifthalter, in dem sie alles andere, bloß keinen einzigen Stift aufbewahrte, einen Haargummi hervorzauberte, erzählte er ihr von dem Leichenfund mit der eigenartigen Botschaft auf dem Rücken. Laura hielt das Gummiband zwischen den Zähnen und griff mit beiden Händen nach hinten, um ihr Haar zu einem Knoten zusammenzufassen. Heinz berichtete ihr von seinen neuesten Erkenntnissen und beschwerte sich, dass Moser ihn aus dem Büro geworfen hatte. Laura hatte in der Zwischenzeit ihr Haar hochgebunden. Mit ihrem freien Nacken sah sie verletzlich und wesentlich jünger als dreißig aus.

»Ich hab' Helmut wohl hundertmal angerufen, aber er hebt nicht ab. Du weißt nicht zufällig, wo er steckt?«

Laura funkelte ihn mit ihren dunklen Augen an. »Woher soll ich das wissen?« Warum reagierte sie gleich so schnippisch auf eine einfache Frage? Bevor er weiter darüber nachdenken konnte, nahm Laura ihren weißen Laborkittel vom Haken und sagte: »Was ist? Bist du angewachsen, oder willst du wissen, ob meine Kollegen schon etwas herausgefunden haben?«

Ein Mitarbeiter saß vor dem Mikroskop. Er blickte auf, als sie neben ihm standen. »Holla, Heinz, Laura. Schau dir das mal an! Diese Fasern stammen von der Kleidung der Toten.«

Er stand auf, um ihr Platz zu machen. Laura beugte sich über das Gerät. »Tja, das sind Fremdfasern. Vielleicht war sie in etwas eingewickelt, vielleicht stammen sie von einem Autositz, vielleicht auch von der Kleidung des Täters. Aber keine Sorge, wir werden das rausfinden.«

Heinz schaute auf die Uhr, schon halb sechs. Wo steckte Wagner? »Es wird langsam Zeit. Kommst du mit?«, sagte er zu Laura.

»Nein, geh du nur schon vor. Ich brauch' noch ein paar Minuten.«

Der Besprechungsraum war leer. Heinz öffnete die Fenster, um die abgestandene Luft hinauszulassen.

»Machen Sie es zu. Bitte.« Heinz wirbelte herum. Am liebsten hätte er ihm gehörig die Meinung gesagt, so wie Moser ihn vorhin behandelt hatte. Aber er wollte weder Zeit noch Kraft auf ihn verschwenden. Er atmete einmal tief durch und tat dem Unsympathen den Gefallen, obwohl er ihn nicht verdient hatte.

»Wo sind die anderen?«

»Laura kommt nach. Und Wagner? Keine Ahnung. Vielleicht ist er beschäftigt.« Mit Ermittlungen, hoffte er.

Moser setzte sich. »Also, was war mit der Agentur?«, wollte er wissen.

Heinz blieb nichts anderes übrig, als den Kopf zu schütteln. Verdammt! Darum hätte sich Wagner kümmern sollen. Wo war er?

Eine unangenehme Stille entstand. Worüber sprach man mit jemandem, der einen eben erst hinausgeschmissen hatte? Wenn doch bloß Laura endlich käme – oder Wagner.

Sie schien sein Stoßgebet gehört zu haben, denn in diesem Moment trat sie, beide Hände in die Taschen ihres Arbeitsmantels vergraben, ein.

»Ich hab' nicht viel Zeit«, sagte sie anstelle einer Begrüßung, »wir arbeiten gerade an dem neuen Fall.«

»Dann erzählen Sie uns davon«, forderte Moser sie auf.

»Die Fasern auf der Kleidung stammen vermutlich von einem Autositz. Bei den anderen Opfern haben wir im Grunde gar keine verwertbaren Spuren gefunden. Aber hier sieht die Sache anders aus. Wieso, meinst du, hat er seine Methode so plötzlich geändert?«

Moser wollte protestieren, weil nun auch Laura ganz selbstverständlich Martins Theorie aufgriff, doch sie stoppte ihn mit einer Handbewegung.

»Wenn ich das wüsste. Ich habe das Gefühl, dass er uns mit der Botschaft etwas sagen will«, sagte Martin.

Laura fixierte ihn. »Uns?« Ihre Stimme war eine Spur höher als sonst. »Der Mörder ist nicht dumm. An wen wollte er seine Botschaft schicken? An die ganze Welt? Das hätte er anders angestellt.«

Lauras Argument klang irgendwie logisch, aber Heinz verstand trotzdem nicht, worauf sie hinauswollte. »Wie meinst du das?«

»Denk doch mal nach. Mit dieser Toten verfolgt er ein

anderes Ziel als mit den anderen. Sie soll lediglich eine Überbringerin sein. Es gibt nicht allzu viele Leute, die seine Mitteilung zu Gesicht bekommen. Es muss ihm klar gewesen sein, dass sie erst in der Pathologie entdeckt wird. Dass du sie entdecken wirst. Die Zahlen müssen etwas mit dir zu tun haben.«

In Heinz' Gehirn begannen sich kleine Zahnräder zu drehen, während Moser nun die Gelegenheit wahrnahm, lautstark zu wettern: »Frau Campelli, jetzt glauben Sie auch schon diesen Humbug? Ich bin noch nicht mal überzeugt, dass die ersten beiden Leichen auf das Konto eines einzigen Täters gehen, aber diese Tote auch noch in einen Topf mit den anderen zu werfen, finde ich wirklich reichlich gewagt.«

Wenn Heinz' Blicke Pfeile abschießen hätten können, wäre Mosers Leben in diesem Moment keinen mickrigen Cent mehr wert gewesen. Jetzt reichte es ihm. Er deutete mit dem Zeigefinger auf Moser. »Waren es nicht Sie, der erst vor ein paar Tagen erklärte, Sie hielten sich nur an Fakten? Ich solle nicht meiner Intuition folgen, sondern mit Tatsachen aufwarten? Hier sind sie doch, all die konkreten Beweise – und nun wollen Sie sie nicht sehen? Verbohrter geht es ja wohl nicht. Wie viele Frauen müssen noch sterben, bevor Sie die Wahrheit akzeptieren können?«

Heinz atmete schwer. Solch ein Ausbruch sah ihm nicht ähnlich, aber er hatte nicht anders gekonnt. Außerdem ärgerte er sich, weil er eben noch das Gefühl gehabt hatte, der Entschlüsselung dieses Datums – und er war sich sicher, dass es eines war – ganz nahe zu sein. Doch Moser hatte ihn mit seiner Weigerung, das Offensichtliche wahrhaben zu wollen, in seinen Überlegungen unterbrochen.

Moser starrte ihn mit offenem Mund an und sah dabei äußerst begriffsstutzig aus. Laura war an Heinz herangetreten und hatte ihre Hand beruhigend auf seinen Arm gelegt.

»Genug, meine Herren. Wir sind doch nicht im Kindergarten! Wir sollten uns auf unsere Ermittlungen konzentrieren. Herr Moser, wie sieht es mit der Ortung von Luisas Handy aus?«

Moser schüttelte seine Starre ab. »Äh, also, ich habe keine Genehmigung bekommen.«

»Wir sind zu der Ansicht gelangt, dass der Täter kräftig sein muss«, sagte Heinz.

Moser schnaubte und erntete dafür von Laura und Heinz einen bitterbösen Blick. »Wie kommst du darauf?«, wollte Laura wissen.

»Die Leichen wurden nicht am Fundort umgebracht. Sie hatten aber auch keine Schleifspuren am Körper. Folglich muss er sie getragen haben. Helmut meint, das sei nicht so einfach, wie es aussieht. Sogar bei einem lebenden Menschen sei es schon ein ziemlicher Kraftaufwand, wie er aus Erfahrung sagen könne.«

Heinz hätte schwören können, dass Laura bei seinen letzten Worten rot wurde. Irgendetwas ging zwischen Laura und seinem Freund vor. Schon vorhin hatte sie so eigenartig auf seine harmlose Frage reagiert.

Er taxierte sie. Ihr Blick hielt dem seinen nicht stand.

Oh Gott, nein! Jetzt war ihm klar, was da lief. Er spürte, wie Bitterkeit in ihm aufstieg, wie die Quecksilbersäule eines Fieberthermometers. Heinz wusste nicht, auf wen er wütender sein sollte. Auf Laura, die gerade griffbereit war, oder auf Wagner, der nicht einmal den Mut hatte, zu erscheinen. Das durfte doch gar nicht wahr sein. Er riss sich hier den Arsch auf. Seine Schwester schwebte in Lebensgefahr, und die zwei hatten nichts anderes im Sinn, als miteinander zu vögeln? Schöne Freunde waren das. Hatte man solche, brauchte man keine Feinde mehr.

Wortlos stürmte er aus dem Zimmer. Gut, jetzt wusste er Bescheid. Er war auf sich allein gestellt.

»Ich sag' ja, normal ist der nicht!«, ätzte Moser. Laura löste ihren Blick vom Türrahmen, durch den Heinz gerade verschwunden war. »Davon will ich nichts hören. Sie wissen überhaupt nicht, was der Arme durchmachen muss!«

»Na, vielleicht klärt mich dann mal einer auf?«

Laura schüttelte den Kopf. »Das muss Heinz Martin schon selber tun. Im Übrigen glaube ich, dass Sie ihn vollkommen falsch einschätzen.«

Warum verteidigte sie Heinz auch noch? Bei allem Verständnis für seine Situation, aber die Reaktion eben war doch mehr als seltsam. Welchen Grund hatte er, so plötzlich und ohne ein weiteres Wort abzurauschen? Hatte Helmut ihm vielleicht von ihnen erzählt? Nein, sie glaubte nicht, dass er diese Nacht an die große Glocke hängen würde. Schließlich war er verlobt. Da würde er eher sofort beichten gehen. Natürlich! So wie sie Helmut kannte, würde er genau das machen. Sie wusste, wo er war. In Innsbruck, bei Sonja!

»Was machen wir nun mit dieser Agentur?«, fragte Moser.

»Sind Sie der Ermittler oder ich? Bringen Sie mir was zum Untersuchen, und ich mach's!«

Laura nickte Moser zum Abschied zu. Sie würde heute Nacht wohl wirklich im Labor bleiben und durcharbeiten. Erstens hatte sie jede Menge aufzuholen, und zweitens wusste sie nicht, wie sie diese Nacht sonst rumbringen sollte. Schlafen würde unweigerlich dazu führen, dass sie träumte. Und das wollte sie vermeiden. Sie würde ja doch nur enttäuscht wieder aufwachen.

19

Emilia hatte sich auf das Bett gelegt, um sich auszuruhen. Der Durst brachte sie um – wahrscheinlich eher, als es ihr Kidnapper tun würde. Zudem litt sie unter ihrer Orientierungslosigkeit. Sie wusste nicht, wie viel Zeit vergangen war, seit er sie eingesperrt hatte. Sie hatte keine Ahnung, ob es Tag oder Nacht war, weil diese verdammte Glühbirne immer brannte. Langsam sah sie ihre Umgebung wieder scharf. Auch die Benommenheit war von ihr gewichen. Was er ihr auch gegeben hatte, ihr Körper war dabei, das Gift abzubauen. Beruhigend. Und was nützt dir das? Du wirst bei vollem Bewusstsein sterben, höhnte eine Stimme in ihr. Nein, werd' ich nicht, antwortete sie trotzig. Ich werde kämpfen. Ich werde mir einen klaren Kopf zum Denken bewahren, ich werde leben.

Dann fang schon mal mit dem Denken an, spottete die Stimme. Sie hatte recht. Sie sollte sich eine Strategie überlegen. Erst einmal würde sie den Raum Zentimeter für Zentimeter von der Decke bis zum Boden absuchen.

Emilia gab sich einen Ruck. Es kostete sie Überwindung, ihre Füße auf den Boden zu setzen. Es wäre viel einfacher, liegen zu bleiben und abzuwarten, zu resignieren und nichts zu tun. Und wenn er das nächste Mal kam, das verdammte Wasser zu trinken und zu hoffen, dass er reichlich von den Drogen hineingetan hatte, damit sie nichts spürte. Weder die Angst noch ihr Alleinsein und schon gar nicht die Schmerzen, die er ihr zufügen würde. Nein, so leicht würde sie es sich – und ihm – nicht machen. Also los!

Schwindel erfasste sie, als sie sich hinstellte. Emilia biss die Zähne zusammen, unterdrückte den Brechreiz und atmete durch. Dann begann sie ihr Gefängnis abzuschreiten, die Wände abzutasten, an der Stahltür zu horchen. Die war massiv und konnte nur mit einem Schlüssel geöffnet werden. Kein Laut würde hindurchdringen. Ihr fiel der Geruch auf. Es roch wie im Schwimmbad. Chlor. Das benutzte man, um das Wasser zu desinfizieren. Oder man verwendete es als Putzmittel. Ihre Übelkeit kehrte gleich wieder zurück, als sie daran dachte, was er hier weggeputzt haben mochte. Verzweiflung wallte in ihr auf. Nein, nein, nein. Du musst stark sein. Du musst dich beruhigen. Atme. Sie lehnte sich mit beiden Händen an die Tür und gehorchte ihrem eigenen Befehl. Sie atmete ein und aus. Zweimal, dreimal. Die Starre, die sie umklammert gehalten hatte, wich.

Denk nach. Er besaß eindeutig die besseren Karten. Im Grunde musste er bloß abwarten, bis sie es nicht mehr aushielt. Sie hatte von Menschen gehört, die ihren eigenen Urin oder Meerwasser tranken, obwohl ihnen bekannt war, dass Salz ihren Körper noch schneller dehydrieren würde. Er brauchte ihr nur ein volles Wasserglas hinzustellen. Sie würde es trinken, bevor sie verdurstete. Scheiße! Was für Möglichkeiten hatte sie denn noch?

Sie hatte mittlerweile alle Wände untersucht. Nicht der kleinste Riss war zu sehen, höchstens ein paar raue Stellen, an denen man sich die Haut abschürfen konnte. Blieb das Bett. Ein altes Metallgestell. Vielleicht konnte sie eine Schraube herausdrehen. Mit den Fingernägeln, wenn es sein musste. Sie hob die Matratze an. Verflucht, war die schwer! Sie rutschte ihr aus den Händen und fiel mit einem dumpfen Plumps auf das Bett zurück. Noch einmal, diesmal mit mehr Schwung!

Ächzend hob Emilia ein weiteres Mal die Matratze an. Weil das Ungetüm so breit war, war es entsetzlich unhandlich. Ihr Blick blieb an einem losen Faden hängen. Die Naht war aufgegangen. Vielleicht hatte sie einen besseren Halt, wenn sie mit den Fingern in das Loch hineingriff. Sie zerrte an den Rändern und bohrte ihren Zeigefinger hinein, um den Riss zu vergrößern. Da berührte ihre Fingerkuppe etwas Metallisches. Ihr Herz pochte so laut, dass sie fürchtete, man könne es durch die isolierte Tür hören und er würde jeden Moment hereinkommen, um nach dem Rechten zu sehen.

Sie zog das Ding heraus. Ihre Beine verwandelten sich in Gummi, als sie erkannte, was es war. Sie ließ sich auf den Boden gleiten, und zum ersten Mal seit ihrer Gefangenschaft flossen ihr Tränen die Wangen herunter. Es war Vivians Goldkette, und sie weinte aus Dankbarkeit, weil sie plötzlich das Gefühl hatte, nicht mutterseelenallein zu sein. Sie drückte das unerwartete Geschenk an ihre Lippen und küsste es. So saß sie da, bis ihre Tränen versiegt waren. Emilia hakte den Verschluss auf und hängte sich das goldene Kettchen um. Genau in ihrer Kehlgrube lag der Anhänger mit dem Schutzengel. Sie hatte schon lange aufgehört, an Gott zu glauben, doch jetzt hatte sie das Gefühl, dass dieser Engel auf sie achtgeben würde.

Heinz nahm um sich herum nichts wahr. Alles, was er fühlte, war Zorn. Auf Wagner, der ihn im Stich gelassen hatte, auf Laura, die ihm nicht verraten wollte, wo Helmut sich befand und warum er nicht erreichbar war. Auf Emilia, die überhaupt erst alles ins Rollen gebracht hatte, und auf sich selbst, weil er so naiv gewesen war, zu glauben, alles würde gut werden, wenn nur erst Wagner hier wäre.

Es war Zeit, sich selbst um die Sache zu kümmern. Die Agentur würde die Daten ihrer Kunden wahrscheinlich ohne richterlichen Beschluss nicht weitergeben. Aber er konnte sich die Mitarbeiter der Vernissage vornehmen. Er hoffte, die Herrschaften würden auskunftsfreudig sein. Erfahrungsgemäß reagierten die meisten Menschen nicht gerade zuvorkommend, wenn er sich als Gerichtsmediziner vorstellte. Aber versuchen musste er es.

Er hatte das Museum für neue Kunst bisher noch nie bewusst wahrgenommen, obwohl er die Gegend kannte. Emma hätte gewusst, aus welcher Epoche das Gebäude stammte, in ihrer Wohnung hatte er einige Bildbände über Baukunst entdeckt. Zu seiner Schande musste er sich eingestehen, dass er von diesen Dingen keine Ahnung hatte. Aber jetzt war ein denkbar schlechter Zeitpunkt, um seine Bildungslücken zu schließen.

Er stieg die weißen Stufen hinauf, stieß die schwere Türe auf und betrat das Museum. An der Kasse saß ein junger Mann in legerer Freizeitkleidung, die nicht in die vornehme Umgebung passte, vielleicht ein Student, der sich hier eine bescheidene Summe dazuverdiente.

»Entschuldigen Sie, waren Sie vorgestern auch da? Bei der Eröffnung?«

Der Student sah ihn misstrauisch an. »Ja, warum?«

Heinz zückte das Foto, das er aus der Zeitung herausgerissen hatte, und hielt es an die Glasscheibe. Wo waren bloß die Zeiten geblieben, als noch nicht jeder Schalter von Glas umgeben war und man persönlichen Kontakt zu den Menschen dahinter aufnehmen konnte?

Der junge Mann schüttelte den Kopf. »Ich bin durch die Ausstellung gegangen. Die Kasse war zu, waren ja alles geladene Gäste. Aber die ist mir nicht aufgefallen. Fragen Sie doch bei der Garderobe.«

Heinz nickte zum Dank. Hinter dem Tresen stand eine Frau, die gelangweilt an ihrem Daumennagel herumkaute.

»Macht zwei Euro«, sagte sie.

»Ich brauche nur eine Auskunft.« Sie starrte ihn an, als wäre »Auskunft« ein Fremdwort für sie. Er griff in sein Sakko und holte erneut das Zeitungsfoto heraus. »Kennen Sie diese Frau?«

»Tut mir leid. Hab ich nicht gesehen.«

»Hatten Sie bei der Eröffnung auch Dienst?«

Sie nickte. »Wir waren alle da – war mordsmäßig was los. Viel Prominenz! Sie hätten die Pelzmäntel sehen sollen.«

Hatte Emilia einen Pelzmantel besessen? Wieder etwas, das er nicht mit Sicherheit sagen konnte.

Immerhin kannte die Frau hinter dem Tresen so ein Wort wie Prominenz überhaupt.

»Dann brauch ich die Namen Ihrer Kollegen.« Wieder schaute sie ihn an, als ob er chinesisch mit ihr reden würde.

»Ich weiß nicht, ob ich Ihnen das einfach so sagen darf«, meinte sie nach einigem Überlegen.

»Sie dürfen. Ich ermittle in einem Mordfall.« Das entsprach nicht ganz der Wahrheit, war aber auch nicht gelogen.

Sie bekam große Augen, aber Heinz' Worte wirkten. Die Frau zählte fünf Namen auf, die sich Heinz notierte.

»Wo finde ich die?«

Sie zuckte mit den Schultern. »Wollen Sie jetzt Ihre Garderobe abgeben?«

»Nein, danke!« Heinz wandte sich zum Gehen, überlegte es sich dann aber anders. Wenn er schon hier war, konnte er sich wenigstens die Bilder ansehen. Besonders das eine, »Russischer Winter«, vor dem Emilia fotografiert worden war.

20

Christian Salzbrunner wartete auf die Nachrichten. Irgendwann mussten sie doch etwas bringen. Über Heinz Martin und den Mord. Vielleicht war Martin zu dumm, um seine Botschaft zu verstehen. Vielleicht hatte er ihn überschätzt. Bei der Nächsten würde er etwas Eindeutigeres hinterlassen. Aber nur ein wenig. Dieses Katz-und-Maus-Spiel behagte ihm. Wobei er die Katze war und Martin nicht wusste, dass die Rolle der Maus auf ihn fiel. Emilia hingegen machte ihm Sorgen. Er musste sich etwas einfallen lassen, ihr Vertrauen gewinnen. Bloß, wie sollte er das anstellen? Er hatte ihr tatsächlich kein Scopolamin in das Essen und ihr Wasser gegeben und gemeint, sie würde ihm glauben. Vielleicht könnte er sie mit heraufnehmen, gefesselt natürlich, damit sie gar nicht erst auf dumme Gedanken kam. Seine Mutter pflegte zu sagen: »Vertrauen schafft Vertrauen.« Damit hatte sie jedoch ausschließlich die Beziehung zwischen ihnen beiden gemeint. Sie hatte niemand anderem vertraut. Er horchte angestrengt in sich hinein, ob er Mutters Zustimmung fand, für das, was er vorhatte. Doch da war nur das Schlagen seines Herzens, ruhig und regelmäßig in seiner Brust. Er musste seine eigene Entscheidung treffen. Sollte er es wagen? Was konnte schon schiefgehen? Es wäre eine nette Abwechslung.

Der Gedanke gewann immer mehr an Reiz. Er würde den Tisch hübsch decken, etwas Leckeres kochen, etwas, dem Emilia nicht widerstehen konnte. Ob Kerzenlicht übertrieben wäre? Wahrscheinlich. Aber es schafft Atmosphäre, rief er sich die Worte seiner Mutter in Erinnerung. Sie hatte oft Kerzen angezündet. Er hatte sie ausblasen dürfen. Das heiße Wachs war ihm auf die Hand getropft, als er sie aus dem Kerzenhalter nehmen und sie zu ihr bringen musste – zu ihrem Bett, wo sie auf ihn und auf die Kerzen gewartet hatte.

Er würde vorher noch einmal überprüfen, ob die Haustür abgesperrt war. Ob er sie auch an den Füßen fesseln sollte? Dann könnte sie allerdings die Stufen nicht hinaufgehen, er würde sie tragen müssen. Warum sollte er sich unnötige Mühe machen?

Zur Sicherheit würde er die Tür zur Küche zusperren. Dann wäre der einzige Weg, den sie nehmen konnte, zurück in den Keller. Ja, so würde es gehen. Wo hatte er bloß den Schlüssel zur Küchentür hingetan? Er hatte ihn noch nie gebraucht, seit er hier lebte. Pfeifend begann er mit der Suche, und während er eine Schublade nach der anderen durchsah, überlegte er, was er kochen sollte.

Heinz Martin wanderte durch die Ausstellung, versuchte die Gemälde mit Emilias Augen zu sehen. Vor dem Bild »Russischer Winter« blieb er stehen. Die Farben waren düster. Braun, Grau und Schwarz überwogen, dennoch übte es eine Faszination auf ihn aus, die er nicht einordnen konnte. War es, weil Emilia vor diesem Bild gestanden hatte, oder war es die Ausdruckskraft, die der Maler, wie hieß er gleich?, Sergej Kolinsky, in dieses Gemälde hineingelegt hatte? Er hatte das Gefühl, die Temperatur um ihn wäre schlagartig um dreißig Grad gefallen, ihn fröstelte, und er war froh, dass er sein Sakko nicht abgegeben hatte.

»Das ist sein bestes, finde ich«, sagte eine Stimme. Heinz drehte sich nach ihr um. Ein Mann in einem karierten Hemd und einer braunen Hose war an ihn herangetreten.

»Ich kenne mich mit Kunst nicht so gut aus. Aber dieses Gemälde lässt einen die Kälte fühlen, und auch die Verzweiflung, die diese Frau empfunden haben muss, weil sie das Mädchen nicht ausreichend schützen konnte.«

Der Mann nickte. »Sie sind vielleicht kein Kunstkenner, aber Sie haben die richtige Betrachtungsweise.«

Heinz überlegte kurz. »Darf ich fragen, wer Sie sind? Sie kennen sich offensichtlich aus.«

Der Mann lachte. »Wie man es nimmt. Ich bin nur für die Garderobe zuständig, aber ich mag meinen Job. Man bekommt einiges mit, von all den Kunstkritikern und Künstlern. Von den Gästen, wenn sie sich über die Gemälde unterhalten. Wenn dann nicht viel los ist, streune ich durch die Ausstellung und versuche, das Gehörte mit dem zu kombinieren, was ich sehe, und mache mir meine eigenen Gedanken dazu.«

»Dann waren Sie wohl bei der Eröffnung auch hier?«

Heinz fühlte Hoffnung in sich aufkeimen, versuchte aber, sich seine Aufregung nicht anmerken zu lassen.

»Ja, in der Tat. Es war viel los. Kolinsky wird als der moderne Rembrandt gehandelt. Nicht ganz zu Unrecht.«

Heinz Martin griff in seine Sakkotasche und holte den Zeitungsausschnitt hervor. In diesem Moment wünschte er, er hätte ein besseres Foto von Emilia. Dieses wurde ihr nicht gerecht.

»Haben Sie diese Frau hier gesehen?«

Der Mann schaute ihn durchdringend an, als wäge er ab, was Heinz mit etwaigen Informationen anfangen würde und wozu er sie brauchte.

»Warum wollen Sie das wissen?«, kam auch prompt die Frage. Heinz hätte natürlich lügen können. Er hätte sich irgendetwas aus den Fingern saugen können, aber das tat er nicht. »Sie ist meine Schwester. Vermutlich ist sie hier mit einem Mann abgebildet, der schon drei Frauen umgebracht hat. Ich muss sie finden – und ihn.«

Falls Heinz' Antwort den Garderobier erschreckt hatte, so ließ er es sich nicht anmerken. Stattdessen sagte er: »Ihre Schwester bedeutet Ihnen sehr viel, nicht wahr? Ja, ich habe sie gesehen – und ihn auch. Wir sind uns hinter dem Tresen fast auf die Zehen gestiegen, aber das viele Personal war notwendig. Es war ein ständiges Kommen und Gehen. Ich habe ihre Jacke übernommen, war's nicht eine Lederjacke?«

»Das kann sein. Sie haben ein gutes Gedächtnis.«

»Ihre Schwester ist eine Frau, an die man sich erinnert, auch wenn man schon so alt ist wie ich.«

»Aber sie ist allein gekommen?«, hakte Heinz nach.

»Ich kann mich an keine Begleitung erinnern. Als sie ging, war jedenfalls ein Mann bei ihr. Ich hatte gerade Kundschaft, und sie waren bei meinem Kollegen. Sie schien betrunken zu sein, hat sich kaum auf den Beinen halten können. Der Typ ist mit ihr rausgegangen.«

Heinz Martin war enttäuscht. Er hatte mehr erwartet. »Sagen Sie, gibt es eine Gästeliste? Ich meine, die Eröffnung war doch nur für geladene Besucher.«

»Da müssen Sie sich an die Verwaltung wenden. Ich weiß nur, dass jede Menge bekannter Persönlichkeiten da waren – und natürlich die Medien. Sogar Kolinsky selber, aber den hab' ich nicht zu Gesicht bekommen.« Er seufzte, und Heinz hatte das Gefühl, dem Mann tat es tatsächlich leid, den Künstler nicht persönlich kennengelernt zu haben. Warum lag den meisten Menschen daran, sich mit berühmten Personen zu schmücken? Emilia war auch so. Für sie gab es nichts Schöneres, als Arm in Arm mit einer Berühmtheit abgelichtet zu werden, als würde der Ruhm des anderen auf sie abfärben.

»Ich danke Ihnen, Sie haben mir wirklich weitergeholfen«, sagte er, auch wenn das nicht stimmte. Dennoch hatte ihm das Gespräch mit diesem Fremden gutgetan. Er hatte das Gefühl, dass dieser Mann die besondere Gabe besaß, Menschen in ihre Seele zu sehen. Wie hatte er bemerkt? »Ihre Schwester bedeutet Ihnen sehr viel.« Das stimmte. Es war ihm früher nur nicht so bewusst gewesen.

Wagner wäre gerne noch am Abend nach Wien zurückgekehrt, doch alle Flüge waren ausgebucht. Aber vielleicht war es ohnehin besser, die Rückkehr nicht zu überstürzen. Wenigstens konnte er sich selbst nachher nicht vorwerfen, übereilt reagiert zu haben.

Seit er aus dem Krankenhaus geflüchtet war, konnte er nicht mehr klar denken. Er sah Sonjas bleiches Gesicht vor sich. Wie verschlossen sie ihm gegenüber gewesen war! Wann hatte er ihr Vertrauen verloren? Was war zwischen ihnen geschehen? Ihre Entscheidung wäre verständlich gewesen, wenn Sonja sie nach seinem Seitensprung getroffen hätte. Aber als sie sich dazu entschlossen hatte, ihr Kind zu töten, war doch noch alles in Ordnung gewesen. Oder etwa nicht? War ihre Reaktion etwa Trotz, weil er nach Wien gegangen war? Weil er seine Freundschaft zu Heinz über die Fertigstellung der gemeinsamen Wohnung gestellt hatte? Hatte sie sich im Stich gelassen gefühlt? Hatte sie gemeint, wenn er jetzt so mir nichts, dir nichts verschwand, würde er sie genauso leicht verlassen, wenn sie ein Kind bekäme? Bis vor Kurzem wäre er bereit gewesen, auf alles, was ihm lieb und teuer war, zu schwören, dass so etwas nie passieren würde. Doch nun lagen die Dinge anders.

Er wanderte von Zimmer zu Zimmer, um nach etwas zu suchen, das ihm das Gefühl gab, hier daheim zu sein, aber er fand nichts. Bisher hatte er immer geglaubt, dort, wo Sonja wäre, gehörte auch er hin. Sie wäre sein Zuhause. Es war erschreckend, zu erfahren, wie wenig er sie kannte, wie verzerrt, wie idealisiert sein Bild von ihr gewesen war. Wie fremd.

Wagner breitete eine Decke auf der Couch aus und legte sich ein Kissen zurecht. Die Nacht würde er im Wohnzimmer verbringen, auch wenn er jetzt schon wusste, dass er Rücken- und Nackenschmerzen bekommen würde. Aber wie sollte er in einem Bett Ruhe finden, in dem er neben Sonja gelegen, in dem sie sich geliebt hatten?

Weil er nicht einschlafen konnte, zappte er mit der Fernbedienung von Sendung zu Sendung. Es lief nichts, das ihn interessierte oder ihn zumindest abgelenkt hätte. Morgen würde er wieder dort sein, wo er hingehörte – in Wien. In seiner Wohnung, in seiner Dienststelle. Ach ja. Da war noch diese Kleinigkeit: Moser. Er konnte doch jetzt sein Versetzungsgesuch nicht plötzlich rückgängig machen. Seinen Job würde er nicht einfach wiederaufnehmen können, als wäre er nie weg gewesen.

Dann findest du einen anderen Posten. Hauptsache, du bist wieder zu Hause. Wagner schloss die Augen. Ein Fehltritt, eine falsche Entscheidung, und alles war aus den Fugen geraten. Warum musste das Leben dermaßen kompliziert sein?

Die Geräuschkulisse des Fernsehapparates lullte ihn ein. Die Vorspiegelung einer Welt, in der alles in Ordnung war, drang an sein Ohr. Irgendein Krimi, in dem der Bösewicht natürlich gefangen wurde und der Held zum Schluss die Frau seiner Träume bekam. Wenn es doch nur so einfach wäre. Seine Gedanken drifteten in einen seichten Schlaf ab, vermischten sich mit dem Film. Nur dass diesmal er die Hauptrolle spielte. Da war Sonja, die ihm winkte und sich immer weiter von ihm entfernte. Er streckte die Hand nach ihr aus. Sie wich zurück. Er lief hinter ihr her, doch sie wurde immer kleiner, bis sie sich in Luft auflöste. Als er den Ort erreicht hatte, an dem sie verschwunden war, erblickte er einen Haufen alter Lumpen. Wagner bückte sich, weil er hoffte, Sonja unter den Fetzen zu finden. Sie war nicht darunter, dafür ein blutiger Klumpen, der herzzerreißend zu brüllen begann, wie ein Säugling. Er wollte das Baby trösten, es in seinen Armen hin und her wiegen. Aber als er es aufhob, zerfiel es wie vertrocknete Blüten, und er stand da und blickte auf das Blut, das seine Hände benetzt hatte.

Sein eigenes Stöhnen riss ihn aus dem Schlaf. Im Fernseher liefen Nachrichten. Irgendwo hatte eine Bombe ein Schulhaus zerstört. Die schrecklichen Bilder, das Schreien der Menschen, blutüberströmte Kinder, all das konnte ihn nicht so aufwühlen, wie es sein Traum gerade getan hatte. Er griff zur Fernbedienung und schaltete den Apparat aus. Lange Zeit lag er wach, starrte ins Dunkle und versuchte eine Antwort auf die Frage zu finden, was in seinem Leben alles falsch gelaufen war.

Weil er ohnehin zu aufgekratzt war, um weiterschlafen zu können, stand er auf und begann, seine Sachen zu packen. Alles würde er nicht mitnehmen können. Er wusste auch nicht, ob seine Entscheidung, Innsbruck den Rücken zu kehren, von Dauer sein würde. Aber im Moment konnte er sich nichts anderes vorstellen.

Emilia hatte den gesamten Keller abgesucht, doch außer der Kette hatte sie nichts gefunden. Sie saß auf dem Bett und hielt mit einer Hand den Schutzengelanhänger umklammert. Er beruhigte sie und gab ihr Zuversicht. Mehr, als es ihrer Lage angemessen war. Ihr letzter Kirchenbesuch, wann war der gewesen? Vor einer Ewigkeit, vor einem halben Leben. Ihre Eltern waren katholisch, aber keine regelmäßigen Kirchgänger. Sie hatte am Religionsunterricht teilgenommen, weil man das so tat. Meist hatte sie heimlich ihre Hausaufgaben gemacht, anstatt dem zu folgen, was die Lehrerin erzählt hatte. Sie kramte in ihrem Gedächtnis nach einem Gebet. Außer dem Vaterunser fiel ihr keines ein, und auch das konnte sie nicht mehr vollständig. Was kam nach »Unser tägliches Brot gib uns heute«? Sosehr sie auch überlegte, sie kam nicht drauf. Sie hoffte, Gott nahm es ihr nicht übel. Auch, dass sie so lange nicht an Ihn gedacht hatte. Bitte, bitte, lass den Schutzengel trotzdem wirken, betete sie. Sie wollte keine Versprechungen machen, die sie, falls sie jemals hier rauskäme, nicht halten konnte: etwa, ich gehe dann auch jeden Sonntag in die Kirche, oder ich fluche nie wieder in meinem Leben. Das waren ja doch nur Schwüre, die aus Verzweiflung gegeben wurden und nachher wieder vergessen waren. Sie wollte nicht heuchlerisch sein. Auch wenn ihr die Worte des Vaterunsers nicht einfielen, trotz ihrer Angst, Gott würde ihr nicht zuhören und der Engel ihr nicht helfen, spürte sie so etwas wie Gelassenheit. Sie würde ihr Möglichstes tun, um hier rauszukommen – alles andere lag nicht in ihrer Hand. Sie konnte ihre Gaben und ihre Talente einsetzen. Der Rest war Glück – oder der Wille Gottes, wie man es eben bezeichnen wollte.

Die Tür zu ihrem Verlies öffnete sich mit einem metallischen Klicken. Sie schob die Kette unter ihre Bluse und hoffte, er würde sie nicht bemerken. Aber nun war es zu spät, um das Schmuckstück abzulegen und zu verstecken. Abgesehen davon hätte sie das auch nicht gewollt. Vielleicht war es leichtsinnig, vielleicht würde er sie ihr wegnehmen, aber diese Kette war ihre Kraftquelle. Sie hätte sie nie mehr freiwillig abgenommen.

»Engelchen!«, rief er leise, und seine Stimme klang trügerisch sanft, fast wie die einer Mutter, die ihr Kind lockt.

Denk daran, du kannst nichts sehen, rief sie sich in Erinnerung. Sie drehte sich in seine Richtung. »Was willst du?«

»An meinen Wünschen hat sich nichts geändert, aber bis es so weit ist, möchte ich es dir so angenehm wie möglich machen. Du kannst mit hinauf in die Küche, mir beim Kochen zusehen – oh, Pardon! Mit dem Zusehen klappt es ja nicht. Aber du kannst direkt aus der Wasserleitung trinken. Nur um dir meinen guten Willen zu zeigen.«

Emilia überlegte, ob er die Armatur manipuliert haben könnte. Aber sie fand, es hätte irgendwie nicht zu ihm gepasst. Also nickte sie, um ihm ihr Einverständnis zu signalisieren. Er trat auf sie zu und fasste sie am Arm. Sie zuckte zurück, als er sie berührte. Aus Ekel und weil sie sich vor seinem Griff fürchtete. Er nahm ihre Hände und band sie vor ihrem Körper mit einem Strick zusammen.

»Ist das wirklich notwendig?«

»Ich bestimme, was notwendig ist. Du könntest abhauen.«

»Und was machen? Blind durch die Gegend stolpern? Ich wüsste nicht einmal, in welche Richtung ich mich wenden sollte.«

»Keine Sorge. Ich führe dich. Du könntest dir den Hals brechen. Wer will das schon?« Er lachte.

»Das wäre vielleicht nicht die schlechteste Alternative«, fauchte sie, folgte ihm aber doch, genauso vorsichtig und zögernd, wie es eine Blinde in einer ihr unbekannten Umgebung tun würde. Gott sei Dank! Er hat die Kette nicht bemerkt. Danke, lieber Gott, danke! Der Schutzengel half ihr bereits. Sie durfte ihr Gefängnis verlassen. Sie würde etwas trinken und essen, vor allem trinken – und sie hatte eine Möglichkeit bekommen zu fliehen! In diesem Haus gab es bestimmt ein Telefon. Vielleicht schaffte sie es auf den Gehsteig hinaus. Er würde nicht damit rechnen, da er ja annahm, sie sähe nichts. Blinde waren für die meisten Menschen hilflose Wesen. Man traute ihnen nichts zu.

Rainer Moser gedachte, sich an Lauras Vorschlag zu halten und sich um diese Agentur zu kümmern. Es war ihm nicht entgangen, wie Martin und Wagner ihm die Adresse aus der Hand gerissen hatten. Nachdem sie ihre Chance nicht genutzt hatten, würde er es tun.

Eigentlich erwartete er nicht, außerhalb der Bürozeiten jemanden von der Star-Line-Agentur zu erreichen. Umso überraschter war er, als nach dem dritten Läuten abgehoben wurde. Er stellte sich vor. Die Dame am Telefon wurde abweisend. »Moment, ich leite Ihren Anruf weiter«, und schon drang eine nichtssagende Hintergrundmusik an Mosers Ohr. Nach einer Minute Endlosgedudel meldete sich eine männliche Stimme, die ihn mit den Worten begrüßte: »Guten Abend. Wie können wir der Polizei behilflich sein?«

»Wir haben in Erfahrung gebracht, dass Luisa Peer von Ihnen betreut wurde. Sie ist ermordet worden. Und ein weiteres Mordopfer ist auf Fotos zu sehen, auf denen der Name Ihrer Agentur steht. Haben Sie Vivian Steiner ebenfalls vermittelt?«

»Hören Sie«, sagte der Mann nach einer kurzen Pause, »mir liegt mindestens genauso viel an der Aufklärung dieser Verbrechen wie Ihnen. Der Ruf meiner Agentur steht auf dem Spiel. Wenn Sie also so freundlich wären, vorbeizukommen? Ich sichere Ihnen meine vollste Unterstützung zu.«

Das war ja einfacher als gedacht. Moser hatte schon Unmengen Papierkram und bürokratischen Schnickschnack auf sich zukommen gesehen.

»Passt es Ihnen in einer halben Stunde?«

Wieder kamen keine Einwände. Entweder war der Mann aalglatt, oder er war wirklich verzweifelt. Aber aus welchen Gründen er auch bereit war, sich um diese Zeit mit Moser zu treffen, es sollte ihm recht sein. Und wieder wäre ein Tag geschafft, an dem er spät nach Hause kommen würde, an dem er sich nicht fragen musste, wie er sich die Zeit bis zum Schlafengehen vertreiben sollte. Diese Stunden, die er nach Dienstschluss in seiner Wohnung saß, allein mit seinen Gedanken und Selbstvorwürfen, mit der Stille, die ihm fast körperlich wehtat, waren die schlimmsten des Tages.

Laura Campelli hatte gesagt, er solle ihr etwas bringen – genau das hatte er vor. Mal sehen, ob der Agenturtyp tatsächlich so zuvorkommend war, wie er am Telefon getan hatte.

Die Star-Line-Agentur hatte nicht nur eine noble Adresse. Alles war darauf ausgerichtet, den Kunden zu zeigen, wo Geld zu Hause war. Die Miete fraß bestimmt mehrere Monatslöhne Mosers, und die Inneneinrichtung des Empfangsraumes hatte wahrscheinlich mehr gekostet als ein durchschnittliches Einfamilienhaus. Selbst schuld, du hast den falschen Beruf gewählt, dachte er, als ihm der Geschäftsführer ganz in Weiß entgegenkam und ihm die Hand schüttelte. »Die Geschäfte gehen anscheinend ganz gut«, stellte Moser fest.

»Ich kann nicht klagen. Das heißt, bis jetzt. Aber die zwei Morde an meinen Models sind alles andere als vertrauenerweckend. Die Mädels sind verschreckt. Meine besten Zugpferde wollen ihre Verträge kündigen.«

Es kam Moser etwas eigenartig vor, von Menschen als Zugpferden zu reden, aber dabei handelte es sich wohl um so etwas wie Fachjargon.

»Sie sagten, Sie wollen mir helfen.«

»Wenn ich kann.«

Er hielt dem Mann die Fotomappe aus Luisa Peers Wohnung hin. »Dann fangen wir einmal mit denen an. Erkennen Sie eine der Frauen?«

Sorgfältig studierte der andere die abgebildeten Gesichter, dann reichte er Moser die Abzüge zurück. »Das sind alles Models von mir.«

»Ich brauche Namen, Adressen, Telefonnummern.«

»Die hier«, der Agenturchef tippte mit seinem manikürten Zeigefinger auf eine der Frauen, »ist gerade in Mailand. Carla«, und er zeigte auf eine andere, »ist eine, die ihren Vertrag gekündigt hat. Jammerschade, wenn Sie mich fragen. Immerhin haben wir sie aufgebaut, und nun erntet die Konkurrenz die Früchte unserer Arbeit.«

»Und wer ist das?« Moser wies auf eine lächelnde Schönheit. Er hatte die Fotos schon oft durchgesehen, und jedes Mal war er von den Augen der Unbekannten fasziniert. Natürlich, sie waren übertrieben geschminkt, aber dieser Ausdruck, als sprühten sie Funken, das konnte man nicht aufmalen. Das war echt.

»Oh, das ist Emilia Martin. Sie steht erst seit Kurzem bei uns unter Vertrag, eine sehr talentierte junge Dame. Allerdings hat sie wohl auch kalte Füße bekommen. Sie ist zu dem letzten Auftrag nicht gekommen.«

Moser stutzte. »Wie heißt sie?«, fragte er noch einmal, um sicherzugehen.

»Emilia Martin.«

Moser war, als würde der Boden unter ihm zu schwanken beginnen. Rasend schnell zogen Gesprächsfetzen mit Heinz Martin an ihm vorbei. Wie Puzzleteile fügte sich die Bedeutung des eben Gehörten zum Rest. Er hatte auf einmal vergessen, was er alles fragen wollte.

Vage nahm er die Besorgnis seines Gegenübers wahr. »Ist alles in Ordnung?« Die Stimme brachte ihn wieder zurück in die Gegenwart.

Moser schüttelte langsam den Kopf. »Nein, nichts ist in Ordnung. Trotzdem danke. Ich halte Sie auf dem Laufenden.«

Er stürmte aus dem Luxusbüro, als wäre er auf der Flucht. Martin, dieser Hundesohn! Er hatte ihm verschwiegen, dass er irgendwie in der Sache drinsteckte – auf welche Weise auch immer. Während er auf den Aufzug wartete, überlegte Moser, ob er nicht zu voreilig war. Ob es sich nicht um einen dummen Zufall handeln konnte, eine Namensgleichheit. Mein Gott, Mosers gab es wie Sand am Meer, das Telefonbuch war voll von ihnen. Mit Martins verhielt es sich bestimmt ähnlich. Aber diesen Gedanken verwarf er rasch wieder. Solche Zufälle gab es nicht. Nicht in seiner Vorstellung.

Heinz wünschte Wagner die Pest an den Hals. Um wie viel einfacher wäre es gewesen, wenn er als Kriminalbeamter um diese Gästeliste gebeten hätte. Die Verantwortliche sei außer Haus, hieß es. Sie käme erst morgen wieder. Wenn er so freundlich wäre, am nächsten Tag erneut vorbeizuschauen.

Er war nun mal nicht der charmante Typ, der Vorzimmerdamen mit Schmeicheleien dazu brachte, ihm zuliebe eine Ausnahme zu machen. Wagner schon.

Er donnerte mit der Faust auf den Tisch. »Hören Sie, ich kann nicht bis morgen warten. Es geht um Leben und Tod. Verstehen Sie?«

Der verängstigte Blick, den ihm die junge Frau zuwarf, zeigte, dass sie nichts verstand. Sie schaute immer wieder zum Telefon, als wolle sie nur einen günstigen Moment abwarten, um einen Notruf abzusetzen. Heinz sah sich schon in Polizeigewahrsam oder in der Psychiatrie am Rosenhügel, wo er erklären musste, warum er sich wie ein Verrückter aufführte. Abgesehen davon, dass ihn das wertvolle Zeit kosten würde, wäre es auch eine mehr als peinliche Situation. Und wen könnte er anrufen, um ihn da rauszuboxen? Wagner, den er nicht erreichen konnte? Oder Laura, die Sexbombe? Vielleicht bezirzte sie ja den Haftrichter, um ihn freizubekommen? Oder Moser etwa, der ihn sowieso lieber auf dem Mond gesehen hätte? Keine rosigen Aussichten also. Darum riss er sich zusammen und ließ seine Zähne blitzen, in der Hoffnung, sie würde es als Lächeln verstehen und nicht als Zähnefletschen. »Mein Ausbruch tut mir furchtbar leid. Aber wir haben es wirklich mit bestialischen Morden zu tun.«

Die Frau riss ihre Augen weit auf. »Doch nicht etwa diese zwei Frauen, von denen die Zeitungen voll waren?«, flüsterte sie.

Heinz senkte ebenfalls seine Stimme. »Doch, genau die meine ich. Und ich gehe davon aus, dass der Mörder sein nächstes Opfer bereits ausgewählt hat. Genau hier auf dieser Vernissage. Bei der Eröffnung.«

Sie schlug sich die Hand vor den Mund. »Nein. Ehrlich?«

»Sie waren doch nicht etwa auch dabei, oder?« Das war nun wirklich gemein von ihm, ihr solche Angst einzujagen, aber er wollte diese Gästeliste.

Die junge Frau räusperte sich und sah aus, als würde sie gleich in Tränen ausbrechen. »Doch. Ja, ich war da. Wenn er nun mich …« Sie konnte nicht weiterreden.

»Sehen Sie, genau darum brauche ich diese Liste. Ich verspreche Ihnen, dass ich nicht sagen werde, von wem ich sie erhalten habe. Ich möchte bloß diesen Kerl finden. Damit Frauen, damit Sie wieder ruhig schlafen können.«

Sie tippte etwas in den Computer, klickte mit der Maus,

und schon begann der Drucker zu rattern. Nur Sekunden später drückte sie Heinz mit zittrigen Fingern die Ausdrucke in die Hand. »Hier. Versprechen Sie mir, dass Sie ihn fassen?«

Er sah den gequälten Blick in ihren Augen. Ein ähnliches Versprechen hatte er erst vor ein paar Tagen geben müssen. Er tat es noch einmal. »Sie müssen sich wirklich keine Sorgen machen. Halten Sie sich einfach von fremden Personen fern, nehmen Sie keine Drinks an, die Ihnen irgendein Kerl spendiert, und sperren Sie zu Hause die Türe ab. Dann kann Ihnen nichts passieren.«

Sie nickte.

Du bist ein Arsch, sagte er sich, als er sie verließ. Aber immerhin hatte er die Gästeliste bekommen. Das war die Aktion wert gewesen.

Es war ein einziger Schritt, den Emilia tat, aber es war der Schritt, der sie aus ihrem Kerker herausbrachte. Die Tür, bestimmt acht Zentimeter dick, ließ er offen. Er hatte sie am Ellbogen gefasst. Obwohl sein Griff sanft war, mehr dazu gedacht, sie zu führen, als sie festzuhalten, empfand sie ihn als körperlichen Schmerz. Der Gang, den er sie entlangdirigierte, war kahl und nackt. Grauer Beton, nicht einmal verputzt. Zögerlich setzte sie einen Fuß vor den anderen. Sie kam sich vor wie ein Lamm, das zur Schlachtbank geführt wird. Sie stolperte. Sofort schloss sich seine Hand fester um sie. Wütend versuchte sie, sich loszureißen, ihn abzuschütteln. Die Strafe folgte prompt. Er bohrte seine Finger so fest in ihren Arm, dass ihr Tränen in die Augen schossen und ihr vor Schmerz die Luft wegblieb. »Lass das schön bleiben. Ich will mit dir einen netten Abend verbringen. Da musst du schon mitspielen.«

Sie wollte sich lieber nicht ausmalen, welche Spiele ihm vorschwebten. Aber sie hatte auch etwas vorbereitet. Es würde ihm noch Hören und Sehen vergehen.

Er drückte noch einmal zu. »Hast du gehört?«

»Ja! Ja, verdammt!«, schrie sie.

»Gut. Das ist gut.« Er lockerte seinen Griff wieder und lenkte sie zum Ende des Ganges, an dem Stufen hinaufführten. In die Freiheit?

»Pass auf, jetzt kommt eine Treppe. Acht Stufen.« Sie setzte einen Fuß auf den ersten Absatz und zog den anderen nach. Dann der nächste und wieder der nächste, acht insgesamt, bis sie vor einer weiteren Tür stand.

»Jetzt würde ich sagen, mach die Augen zu. Aber das erübrigt sich ja«, sagte er, und am liebsten hätte sie ihn dafür geohrfeigt. Er benahm sich, als wäre das tatsächlich nur ein Spiel zwischen Liebenden. Mach die Augen zu, ich habe eine Überraschung, sagt der Liebste zu seiner Geliebten – oder er verbindet ihr die Augen mit einem Seidenschal und zaubert dann den Verlobungsring hervor. Welche Überraschung hatte er für sie parat?

Er stieß die Tür auf, ließ nun endlich ihren Ellbogen los, drückte ihr dafür beide Hände in den Rücken und schob sie in den Raum. Es war die Küche.

»Wo sind wir?«, fragte sie, weil er das von ihr erwartete.

»Ich werde dir etwas kochen. Aber vorher …«, er ging zu einem Schrank und holte ein Glas heraus, » … hier.«

Er drückte es ihr in die Hand und schob sie zur Spüle. »Da findest du den Wasserhahn. Bedien dich.«

»Aber wie? Mit den Fesseln geht das nicht.«

»Stell dich nicht so an. Das geht schon.«

Emilia stellte das Glas in das Becken unter den Wasserhahn. Dann tastete sie, immer noch darauf bedacht, die Blinde zu spielen, nach der Armatur und zog am Hebel. Sie konnte sich nicht entsinnen, jemals etwas Schöneres gehört zu haben als das Geräusch des fließenden Wassers, das nun aus der Leitung strömte. Sie spülte das Glas aus, mehrmals, nur um sicherzugehen, dass keine Rückstände von irgendwelchen Drogen darin waren, hielt sich dann das volle Glas an die Lippen und trank. Vor Dankbarkeit hätte sie weinen können, sie hatte nicht gewusst, wie gut simples Wasser aus der Leitung schmecken konnte. Erneut füllte sie ihr Trinkgefäß und schüttete das kühle Wasser in sich hinein. Als sie zum dritten Mal nachfüllen wollte, hielt er sie zurück. »Nein. Dir wird übel. Fürs Erste reicht es. Später kannst du noch etwas haben.«

Sie wusste, dass er recht hatte. Schon jetzt rumorte es in ihrem Magen, und sie hoffte, sie würde sich nicht übergeben müssen.

»Setz dich hierhin. Ich koche gut. Du wirst schon sehen.«

Folgsam ließ sie sich auf den Stuhl nieder, den er ihr hingeschoben hatte. »Ich esse nichts. Ich weiß nicht, was du da hineinmischst.« Doch ihre Stimme klang weniger trotzig, als sie beabsichtigt hatte.

Er grinste. »Warten wir ab.« Er schien sehr von sich überzeugt zu sein. Während er zum Kühlschrank ging, um Speck und Gemüse herauszunehmen, nützte sie den Augenblick, um sich umzuschauen.

Er hatte den Tisch für zwei gedeckt. Recht geschmackvoll, wie sie ihm zugestehen musste. Sogar Kerzen hatte er bereitgestellt. Auf den Tellern hatte er Servietten kunstvoll arrangiert. Emilia erschauderte. Wie passte das hier alles mit dem anderen, mit ihrem Peiniger, zusammen?

»Ich habe die Türen ins Freie abgesperrt. Nur zur Sicherheit. Du wirst doch unseren Abend nicht verderben, indem du versuchst abzuhauen?«

Emilia schüttelte den Kopf. »Ich würde ja ohnehin nicht weit kommen, nicht wahr?«

»Braves Mädchen.« Er hantierte mit dem Küchenmesser, schälte eine Zwiebel und schnitt diese und den Speck klein.

Ja, sollte er das nur glauben. Ein bisschen würde sie noch

abwarten. Bis sie gegessen hatte. Es duftete verdammt gut, was immer er im Begriff war zu kochen.

»Was wird das? Es riecht köstlich.«

Er klang richtig gelöst, als er ihr antwortete: »Ein Rezept meiner Mutter. Sie war eine tolle Köchin. Ich habe viel von ihr gelernt.«

Emilia wunderte sich über nichts mehr. Sie saß in der Küche eines Mörders und freute sich auf ein Abendessen mit ihm. War das das berühmte Stockholm-Syndrom, von dem sie schon öfter gehört hatte? Niemals hatte sie es sich vorstellen können, wie es möglich war, dass sich Geiseln auf die Seite ihrer Entführer stellten. Wie konnte man Menschen, die einem die Freiheit rauben, Vertrauen entgegenbringen? Wie ihnen mit Dankbarkeit oder gar mit romantischen Gefühlen begegnen, wenn man zuvor gedemütigt und gefoltert wurde? Und doch begann sie es zu verstehen. Er war gefährlich, er hatte zwei ihrer Freundinnen getötet, er hatte sie selbst unter Drogen gesetzt, sie eingesperrt und ihr wehgetan. Und dennoch war sie so dankbar für ein einfaches Glas Wasser, dass all ihre Pein schon vergessen schien.

Blödes Huhn! Er will dir an den Kragen, und du sinnierst darüber nach, was er kocht. Reiß dich am Riemen und tu was. Die Stimme in ihrem Inneren hatte leicht reden.

Schon vergessen, wie Vivians Leiche zugerichtet gewesen war? Dafür war dieser Mistkerl verantwortlich, in dessen Küche du jetzt sitzt. Emilia spürte den Schutzengel an ihrem Hals überdeutlich, er schien sich in ihre Haut einbrennen zu wollen. Sie unterdrückte den Impuls, mit der Hand danach zu greifen. Er hatte die Kette bisher nicht bemerkt, und sie wollte nicht, dass er es jetzt tat.

Es war nur ein kurzer Moment der Schwäche gewesen, der sie so denken ließ. Er war schon wieder vorbei. Emilia straffte die Schultern und drückte den Rücken durch, bevor sie sagte: »Ich weiß es zu schätzen, dass du dir solche Mühe gibst, uns einen schönen Abend zu ermöglichen.«

Er hob den Kopf. Sie konnte die Überraschung in seinem Gesicht sehen. Er freute sich über ihre Worte wie ein Kind, dessen Zeichnung gelobt wird.

»Im Ernst?«

Emilia nickte. »Weißt du, ich würde mich wirklich gern etwas frisch machen. Duschen.« Doch als sie merkte, wie sich sein Gesicht bei ihren Worten verschloss, fügte sie hastig hinzu: »Oder wenigstens waschen. Frische Kleidung wäre auch angenehm. Ich habe geschwitzt wie ein Schwein.« Als ob Schweine jemals schwitzen würden. Woher kam diese blöde Redensart?

Sie hatte ihn wieder verloren. »Das wird nicht gehen«, war seine knappe Antwort, dann widmete er sich wieder dem Topf, aus dem ein herrliches Aroma durch den ganzen Raum strömte und ihren Magen knurren ließ.

Emilia fürchtete schon, sie hätte ihn mit ihrer Bitte gänzlich verärgert. Aber er schien nur nachgedacht zu haben. »Gut«, sagte er nach einer Weile. »Du musst es hier machen. Beim Waschbecken.«

Das war nun wirklich nicht das, was sie sich vorgestellt hatte. »Nein. Ich brauche eine Dusche. Eine Frau möchte bei einem Rendezvous gut aussehen. Sie möchte nach Lavendel oder Rosenöl duften und nicht nach Schweiß und Urin.«

Er rührte im Topf um und fügte ein Gewürz aus einem Glas hinzu. Getrockneter Majoran?

Emilia hatte das Gefühl, erneut die Oberhand zu gewinnen. Wenigstens dachte er über ihre Worte nach.

»Was glaubst du denn von mir? Dass ich nackt durchs Badezimmerfenster steige?« Sie lachte, als ob es das Absurdeste wäre, was man sich vorstellen konnte. Doch genau in diese Richtung ging die Idee, die sie sich zurechtgelegt hatte.

»Tut mir leid, das geht nicht. Ich bringe dir später einen

Eimer Wasser und ein Stück Seife hinunter. Vielleicht treibe ich auch noch was zum Anziehen für dich auf.«

Emilia war den Tränen nahe. »Ich will nicht später einen Eimer Wasser. Ich will es jetzt, und am besten eine ganze Badewanne voll.«

»Du hast wohl immer noch nicht kapiert, dass nicht deine Wünsche im Vordergrund stehen, Prinzessin. Hier zählt nur das, was ich will. Kein Bad. Einen Eimer Wasser und Seife, nicht jetzt, sondern später. Das ist mein Angebot. Du kannst es annehmen oder es ausschlagen.«

Während er sprach, überlegte Emilia, welche Chancen sie hatte, wenn sie das Messer neben dem Teller ergriff und es ihm in den Körper rammte. Sah nicht gut aus. Es war ein einfaches Speisemesser mit abgerundeter Schneide. Mit so einem Messer ärgerte man sich gewöhnlich jedes Mal, weil es nichts schnitt. Damit konnte sie ihn nicht ernsthaft verletzen. Sie brauchte etwas Scharfes, Spitzes, eines wie das, mit dem er vorhin die Zwiebel geschnitten hatte. Er hatte es in die Spüle gelegt. Mit dem Schneidebrett zusammen.

»Gut, ich nehme dein Angebot an. Kann ich jetzt noch ein Glas Wasser haben?«

»Sicher.« Er ging um den Tisch, um sie zu führen. Einmal mehr wunderte sie sich über seine Fürsorglichkeit. Vielleicht wollte er aber bloß nicht, dass sie sich verletzte, weil sie dann die ihr zugedachte Aufgabe nicht perfekt würde erfüllen können.

»Wofür brauchst du meine Augen?«, fragte sie. Für eine Sekunde hielt er inne. Mit dieser Frage hatte er wohl nicht gerechnet. Dann führte er sie weiter, als hätte er nichts gehört. Schade. Sie hätte wirklich gerne die Antwort gewusst.

Vor dem Waschbecken blieb er stehen. Er wollte sich schon umdrehen, um sich weiter dem Kochen zu widmen, da entdeckte er das Messer, das er in der Spüle gelassen hatte.

»Warte, da liegt ein Messer drin. Ich möchte nicht, dass du

dich schneidest.« Ihr schöner Plan. Sie hätte vor Enttäuschung schreien können, als er das Küchenmesser nahm und neben den Herd legte – außerhalb ihrer Griffweite. Blieb noch das Schneidebrett. Es war aus Kunststoff. Egal, nimm, was du kriegen kannst. Es ist vielleicht deine einzige Gelegenheit. Sie griff nach dem Brett, wirbelte herum und ließ es mit aller Kraft auf ihn niedersausen. Es klatschte in sein Gesicht, sein Kopf wurde zur Seite geschleudert. Lauf! Sie ließ das Schneidebrett fallen, drehte sich um und hetzte zur Tür. Sie drückte die Klinke hinunter, doch es bewegte sich nichts. Sie rüttelte. Hastig blickte sie nach hinten, um zu sehen, was er tat. Etwas stimmte nicht. Er kam ihr nicht nachgelaufen, um sie zurückzuhalten. Er grinste, wie einer, der sich sicher war, dass sein Opfer nicht entkommen konnte.

Jakob tupfte sich mit einem sauberen Geschirrtuch das Blut von der Schläfe. Er hatte eine lächerlich kleine Platzwunde. Nicht der Rede wert.

»Du hast unser Abendessen kaputt gemacht. Aber das macht nichts. Sosehr ich mich darauf gefreut habe, du hast mir eben eine noch größere Freude bereitet.«

Emilia dachte kurz nach, was er meinte. Dann fiel es ihr ein. Du bist wirklich etwas langsam von Begriff, meine Liebe. Er weiß jetzt, dass du sehen kannst. War ja eine tolle Idee von dir.

Ein wölfisches Lächeln umspielte seinen Mund, als er sagte: »Herzchen, ich habe dir tatsächlich abgenommen, dass du blind bist. Ich muss sagen, du hast eine überzeugende Vorstellung geboten. Fast wäre ich darauf reingefallen.«

Er trat auf Emilia zu, die immer noch bei der verschlossenen Tür stand und sich vor lauter Schreck nicht rühren konnte, griff in ihr Haar und schleifte sie Richtung Keller.

Bitte, nicht wieder da hinunter, schrie es in ihr, aber über ihre Lippen kam kein Ton. Der Hass in ihr war übermächtig. Sie fühlte keine Schmerzen, obwohl sie spürte, wie sich einzelne Haarbüschel unter seinem festen Griff aus ihrer Kopfhaut lösten.

Diesmal nahm er keine Rücksicht auf sie, zog sie die Stufen hinunter, und als sie fiel, riss er sie an ihren Haaren wieder hoch. Vor der Stahltür blieb er stehen und ließ sie so plötzlich los, dass sie taumelte. Dann stieß er sie in den Raum hinein und knallte die Tür zu. Gleich darauf hörte sie, wie der Riegel einrastete. Komisch, er war nicht einmal außer Atem gewesen, während ihr Brustkorb sich hastig hob und senkte. Ihre Hände griffen an ihren Hals. Gott sei Dank, die Kette war noch da. Es gab immer noch Hoffnung für sie, auch wenn ihre Hände zusammengebunden waren. Der Strick scheuerte an ihren Gelenken. Sie hob beide Hände zum Mund und begann mit ihren Zähnen an den Fesseln zu zerren und zu reißen. Er hatte einen Fehler gemacht. Er hätte sie hinter ihrem Rücken fesseln sollen. Der Knoten saß fest. Aber wenn es nötig war, würde sie das Seil durchbeißen. Und wenn es Stunden dauerte. Während sie nagte und der Strick sich schon ein wenig lockerte, dachte sie darüber nach, was eben passiert war.

Hätte sie eine reelle Chance gehabt zu entkommen? Hatte sie wirklich jede Möglichkeit in Betracht gezogen? Warum war es dann schiefgegangen? Du hast alles getan, was du tun konntest. Mach dir keine Vorwürfe, die nützen dir nichts. Wenigstens hast du trinken können. Ja, aber um welchen Preis?

Jetzt hatte sie ihren Joker ausgespielt. Sie hatte sich in die Karten schauen lassen, und er war draufgekommen, dass sie nur geblufft hatte.

Sehr schlechte Aussichten in diesem Spiel.

Aber noch ist es nicht verloren. Noch bist du am Leben. Mach was draus, dröhnte es in ihrem Kopf, wo sich nun langsam, dort, wo er ihr die Haarbüschel ausgerissen hatte, ein pochender Schmerz auszubreiten begann.

»Mach was draus!« Genau so hatte Vivian sie immer motiviert. Wie soll ich aus nichts etwas machen, Vivi? Hilf mir! Ihre Hände wanderten zu ihrem Hals. Es stimmte nicht, dass sie nichts hatte. Sie hatte die Kette. Sie hatte einen Schutzengel. Mach was draus. Eine Idee blitzte in ihrem Kopf auf. Mach was draus. Ja, verflucht. Genau das würde sie tun.

21

Diese Hure! Das würde sie ihm büßen. Christian tigerte in der Küche auf und ab. Sie hatte ihn angegriffen, ihn verletzt. Er war unvorsichtig gewesen. Er hatte sich in Sicherheit gewiegt, hatte sich einlullen lassen und sich Sorgen um ihr Augenlicht gemacht. Aber seine Mutter hatte recht, wenn sie sagte, er könne niemandem vertrauen. Er wünschte, er hätte sie nicht vertrieben. Sie hätte ihm in dieser misslichen Situation Trost spenden können, allein durch ihre Stimme. Jetzt musste er allein damit fertigwerden. Nicht nur mit seiner Enttäuschung. Er tastete nach seiner Wange. Sie tat verdammt weh, dort, wo dieses Biest ihn getroffen hatte. Sein Jochbein würde grün und blau werden, es war jetzt schon angeschwollen, und die Haut brannte. Er horchte in sich hinein, in der Hoffnung, seine Mutter würde Mitleid mit ihm haben und nun doch zurückkehren. Doch sie blieb stumm. Gut, was würde sie ihm raten? Sie würde ihm sagen, er solle Eis darauflegen. Eis ist gut bei Prellungen und Schwellungen.

Christian stapfte über die Treppe hinunter in den Keller und holte aus der Tiefkühltruhe einen Beutel mit Eis. Die Stückchen hatten eine Herzform. Das hatte er einen guten

Gag gefunden. Mal was anderes als die herkömmlichen Würfel. Ohne sie erst aus dem Plastik herauszudrücken, schlug er den Beutel in ein sauberes Geschirrtuch ein und hielt ihn sich an die verletzte Wange. Er spürte, wie die Kälte durch das Tuch in seine Haut drang. Bald ließ der Schmerz nach. Emilia, dieses verfluchte Miststück. Aber Biss hatte sie, das musste er ihr lassen. Er konnte es ihr nicht verübeln, dass sie nicht die Hände in den Schoß legte und darauf wartete, von ihm getötet zu werden. Er hatte gewusst, dass sie etwas Besonderes war, eine Persönlichkeit, die sich nicht so leicht unterkriegen ließ. Genau das hatte ihm an ihr gefallen. Gut, er hatte sie unterschätzt, aber das konnte er ihr nicht zum Vorwurf machen, das war allein seine Schuld. Im Grunde machte es sogar Spaß, sich mit ihr zu messen. Natürlich würde er die Oberhand behalten, er war derjenige, der die Regeln aufstellte. Aber ehrlich: Zu zweit machte das Spiel viel mehr Spaß. Sollte sie ihren Triumph doch ein wenig genießen. Er würde ohnehin nur von kurzer Dauer sein. Und außer einem geprellten Wangenknochen hatte er keine weiteren Verletzungen davongetragen. Harmlos.

Seit damals die Sache mit seiner Mutter passiert war, verwendete er keine marmornen Schneidebretter mehr – obwohl sie am hygienischsten waren. Auf Holz hatte er ebenfalls verzichtet. Man hörte so viel von Keimen, die Krankheiten hervorrufen konnten. Sie waren wahre Bazillenbrutstätten. Welch Glück für ihn, dass er auf Kunststoff umgestiegen war. Er hätte Emilia nie so eine Schlagkraft zugetraut. Er lächelte. Seine Wut war schon verraucht. Er war beinahe stolz auf sie. Trotzdem durfte er sein Ziel nicht vergessen. Augen für Jana, Rache für sich. Er würde noch mehr aufpassen müssen. Wer konnte schon sagen, was Emilia noch alles einfiel? Wie spannend, ja nahezu prickelnd!

Es blieb ihm etwas Zeit, um diesen Schlagabtausch mit ihr zu genießen, aber nicht mehr lange. Auf seine erste Botschaft hatte Heinz Martin nicht reagiert. Also musste er schwerere Geschütze auffahren. Bald. Heute noch. Jetzt gleich.

Wagner nahm das erste Flugzeug nach Wien. Während des Fluges versuchte er, ein wenig zu schlafen. Die Nacht war kurz gewesen. Doch jedes Mal, wenn er die Augen schloss, sah er Sonja vor sich. Bei ihrer ersten Verabredung im Lainzer Tiergarten. Er wusste heute noch, was sie damals getragen hatte. Als er mit ihr im Kino gewesen war und sie ihre Hand in seine geschoben hatte. An den Titel des Films konnte er sich erinnern, an den Inhalt nicht. Er war aufgeregt gewesen, wie ein Schuljunge bei einer Verabredung zum Schulball. Er hatte kaum die Leinwand, sondern immer nur sie angesehen. Wie sie sich Popcorn in den Mund schob. Einen Schluck aus dem großen Becher trank. Der erste Kuss. Die erste Nacht. Er hatte sie nach Hause gebracht, und Sonja hatte zu ihm gesagt, wenn er keinen Sex wolle, müsse er jetzt gehen. Keine zehn Pferde hätten ihn dazu gebracht!

Bevor er noch richtig in ihrer Wohnung war, drückte sie sich an ihn. Ihre Augen wurden um eine Nuance dunkler. Sie hob ihre Arme und legte sie ihm um den Hals. Dort spielten ihre Finger mit seinen Nackenhaaren. Er beugte sich zu ihr hinunter und legte seine Lippen auf ihre. Dieser erste Kuss schmeckte nach Orangen und Zitronen.

Es gab viele solcher Momente. Was hatten sie zusammen rumalbern können, wie zwei Kinder!

Dann schob sich Sonjas Gesicht vor seine Erinnerungen, so, wie er sie im Krankenhaus gesehen hatte. Es war nicht die ungesunde Blässe gewesen, die ihn erschreckt hatte, es war der Ausdruck in ihren Augen. Als wäre er ein Fremder, als hätte es all die glücklichen Augenblicke zwischen ihnen nie gegeben. Und das wog schwerer als die Abtreibung, als ihr Schweigen.

Er war froh, als die Anschnallzeichen mit einem leisen

Pling aufleuchteten. Denn das bedeutete, dass er in seinem Grübeln unterbrochen wurde. Unter sich beobachtete er das Rot der aufgehenden Sonne. Sie schien ihm zu sagen, sieh her, egal wie schwarz die Nacht war, ich gehe jeden Tag aufs Neue auf. Das Leben geht weiter.

Diesmal hatte er zwei Koffer mitgebracht, die schwer an seinen Armen zogen. Es war kein Heinz da, der ihn abholte. Er würde sich entweder ein Taxi nehmen oder sich mit seinem Gepäck in den öffentlichen Verkehrsmitteln quälen müssen. Also doch lieber das Taxi. Er überlegte, ob er sich gleich ins gerichtsmedizinische Institut bringen lassen sollte oder in seine Dienststelle. Dann fiel ihm ein, dass er nicht einmal rasiert war. Das wäre kein guter Einstieg in sein neues altes Leben.

Wagner stieg vor seinem Wohnhaus aus, bezahlte den Fahrer und schleppte sein Gepäck hoch. Obwohl es noch früh am Morgen war, ging die Tür zur Nachbarwohnung auf. Frau Huber – warum war sie überhaupt um diese Zeit schon munter? – konnte wirklich eine Nervensäge sein. Auf eine Moralpredigt von ihr konnte er gut verzichten, also beeilte er sich, in seiner Jackentasche nach den Wohnungsschlüsseln zu suchen. Zu seiner Überraschung meinte sie aber: »Ich kann mir vorstellen, dass Sie jetzt einen Kaffee brauchen. Stellen Sie Ihre Sachen ab und kommen Sie rüber. Er ist schon fast fertig.«

Wagner stand der Sinn nicht nach Unterhaltung. Er hätte sich am liebsten im Bett verkrochen und sich in seinem Elend und in seinem Selbstmitleid gesuhlt. Aber er wollte die gute Frau Huber nicht vor den Kopf stoßen. Sie kümmerte sich um seine wenigen Pflanzen und sah nach dem Rechten, wenn er länger nicht da war. So eine Person sollte man sich warmhalten. Außerdem war der Kaffeeduft, der aus ihrer Wohnung drang, verlockend.

Wenig später saß er in Frau Hubers Küche und schlürfte einen Becher heißen Kaffee. Er war zwar nicht so gut wie Sonjas, aber bei Weitem besser als seiner oder der aus dem Flugzeug.

Entweder stellte seine Nachbarin die richtigen Fragen, oder er war erpicht darauf, jemandem alles zu beichten. Vielleicht lag es auch daran, dass sie eine Frau war und ihm erklären konnte, wie ihre Geschlechtsgenossinnen tickten, denn er verstand die Frauen nicht mehr.

»Das ist in der Tat eine vertrackte Situation, in die Sie da hineingeraten sind«, sagte sie schließlich.

»Hineingeraten? Ich habe mich da selbst hineingeritten! Sie verurteilen mich nicht?«

Frau Huber schüttelte den Kopf. »Das steht mir nicht zu. Außerdem tragen Sie nicht allein die Schuld an der Misere.«

Wagner hätte sie umarmen können, so wohl taten ihm ihre Worte. »Sie haben nicht zufällig einen Rat für einen Idioten wie mich?«

Sie lächelte. »Der Idiot soll sich Zeit nehmen. Nichts wird so heiß gegessen, wie es gekocht wird.«

Als er gegen zehn die Nachbarwohnung verließ, ging es ihm immerhin ein Stückchen besser.

Auspacken konnte er später, jetzt würde er sich erst einmal salonfähig machen. Und dann würde er Heinz die gute Nachricht überbringen, dass er bleiben wollte. Frau Huber hatte ganz recht: Hektik brachte niemandem etwas.

Heinz Martins Telefon klingelte. Lauras Nummer erschien auf dem Display. Er war versucht, einfach nicht ranzugehen. Aber ignorieren konnte er ihren Anruf auch nicht. Schließlich ging es sicher um etwas Dienstliches. »Ja?«, sagte er knapp.

Ihre Stimme klang distanziert und sachlich. Und ein wenig eingeschnappt. Wenn, dann sollte es eher umgekehrt sein!

»Ich hab die Nacht durchgearbeitet. Ich weiß, um welche Fasern es sich handelt. Moser ist schon informiert.«

Das wurmte ihn. Warum hatte sie Moser zuerst benachrichtigt? Weil er der leitende Ermittler ist, du Ochse!, schalt er sich. Er räusperte sich. »Ja, gut.« Er wartete darauf, dass sie endlich mit der Sprache herausrückte. Aber sie hatte auf stur geschaltet. Er sah sie förmlich vor sich, mit vor der Brust verschränkten Armen und diesem Blick, für den sie berüchtigt war und der jedes Gelächter verstummen und alle Mitarbeiter springen ließ.

»Sagst du mir, was du rausgefunden hast? Deswegen hast du doch angerufen, oder?«

»Genau genommen hab ich angerufen, damit du weißt, dass du dir die Ergebnisse bei Moser abholen kannst. Der war gestern übrigens auch nicht untätig.« Ihre Stimme wurde nun einen Funken weicher, und selbst er hörte das Mitleid darin, als sie hinzufügte: »Heinz, er weiß es.«

»Was weiß er?« Er verstand überhaupt nichts. Erst langsam dämmerte es ihm, was Laura gemeint hatte. »Wie ... ich meine, woher?«

»Er war in der Agentur. Und er möchte dich sprechen. Jetzt gleich.«

Als Heinz den Hörer auflegte, wusste er nicht mehr, ob er sich bei Laura bedankt oder sich wenigstens von ihr verabschiedet hatte. Das schien ihm im Moment alles unwichtig zu sein. Welche Möglichkeiten hatte er? Er konnte zu Moser fahren und versuchen, ihn davon zu überzeugen, dass er an den Fällen weiterarbeiten durfte. Damit würde er wenig Erfolg haben. Dafür war Moser zu sehr auf die akribische Befolgung sämtlicher Regeln bedacht. Er könnte einfach Lauras Anruf ignorieren und so tun, als wüsste er nichts von Mosers Wunsch, ihn sprechen zu wollen. Das wäre zwar Laura gegenüber nicht fair, aber es würde ihm etwas Zeit verschaffen. Wenn es gut ging, sogar ein paar Tage.

Andererseits hatte Moser nun Beweise, zu denen Heinz keinen Zugang hatte. Laura hatte ihm nichts gesagt. Warum nicht? Auf Befehl von oben? Oder weil sie ihn damit für seine Reaktion am Vortag strafen wollte?

Gut. Er würde zu Moser gehen. Er würde sich anhören, was der ihm zu sagen hatte. Was sollte schon passieren, außer dass er von diesen Fällen abgezogen wurde? Auch wenn er nicht mehr an ihnen arbeiten dürfte, er hätte immer noch Zugang zu allen Akten. Moser konnte ihn ja schlecht unter Arrest stellen.

Im schlimmsten Fall würde er suspendiert. Das würde bedeuten, dass er nicht einmal mehr einen Fuß in die Gerichtsmedizin setzen durfte. Aber er war zuversichtlich, dass seine Kollegen ihm helfen würden, an Informationen heranzukommen.

Soeben wollte Heinz sich auf den Weg machen, als sein Handy schon wieder läutete. Siehe da, Moser kam ihm zuvor. Innerlich wappnete Heinz sich schon für eine Auseinandersetzung, doch Moser rief aus einem anderen Grund an.

Erneut war die Leiche einer Frau gefunden worden. Diesmal im 14. Bezirk – und nein, es war nicht Emilia, wie Moser sich beeilte, ihm zu versichern. Für diese Information hätte Heinz seinem Widersacher fast alles verziehen.

Dem Opfer sei die Kehle durchgeschnitten worden.

»Ich bin unterwegs.«

Wagner hatte beschlossen, als Erstes ins gerichtsmedizinische Institut zu fahren. Er meinte schlicht und einfach, es Heinz schuldig zu sein. Schließlich war er abgehauen, ohne seinem Freund Bescheid zu geben. Der würde sich weiß Gott was denken. Außerdem sollte er als Erster erfahren, dass er vorhatte, doch in Wien zu bleiben.

Er kramte nach seinem Handy, um Heinz über sein Kommen zu informieren, aber er fand es nicht. Wo hatte er das verdammte Ding wieder gelassen? Wann hatte er es das letzte Mal gehabt? Er schloss die Augen, um besser nachdenken zu können. Er hatte Sonja anrufen wollen, aber sein Akku war leer gewesen. Er war zum Telefonapparat im Vorzimmer gegangen und – ja, da hatte er es hingelegt und es dann dort vergessen. Schöne Bescherung. Seine ganzen Kontakte, all die Nummern, die er eingespeichert hatte – alles unerreichbar. Ob Sonja es ihm schicken würde?

Heinz' Sekretärin begrüßte ihn und meinte bedauernd, Doktor Martin sei nicht da. Es sei eine weitere Leiche gefunden worden.

»Wo?«, brachte Wagner heraus. Er hatte noch genau vor Augen, wie es Heinz das letzte Mal ergangen war. Die furchtbare Angst, es könne Emilia sein. Damals war Wagner dabei gewesen und hatte seinem Freund beistehen können.

Heute musste Heinz das allein durchstehen. Weil sein bester Freund ihn im Stich gelassen hatte. Ein schöner Freund!

Der Fundort lag diesmal zwar in einem anderen Bezirk, war aber dennoch den anderen nicht unähnlich. Ein abgelegenes, heruntergekommenes Areal mit zum Abriss freigegebenen Häusern.

Wagner hatte einen Streifenwagen beordert. Es wurde Zeit, dass er sich wieder ein Auto zulegte. Seines hatte er verkauft, weil es ohnehin uralt und unzuverlässig gewesen war und Sonja einen zwei Jahre alten, tadellosen Saab besaß. Nur stand der in Innsbruck, und er brauchte dringend einen fahrbaren Untersatz in Wien.

Schon von Weitem sah er den Kleinbus des Spurensicherungsteams. Daneben parkte Lauras Vehikel. Wie sollte er ihr in die Augen schauen? Was sollte er sagen? Einfach zur Tagesordnung übergehen?

Heinz' Wagen stand eingekeilt zwischen zwei Streifenfahrzeugen.

Wagner bedankte sich bei seinem Fahrer und schickte ihn wieder fort. Es liefen schon genug Personen am Tatort herum, auch wenn der junge Polizist so wirkte, als wollte er unbedingt die erste Leiche seines Lebens sehen.

Wagner lief auf die Menschentraube zu, die sich an einer Stelle gebildet hatte. Als die Leute ihn erkannten, machten sie ihm den Weg frei, und er hatte ungehinderten Blick auf die Frau, die im Gras lag. Gott sei Dank, es ist nicht Emilia, schoss es ihm durch den Kopf. Und wie furchtbar gleichwohl. Auch dieser Frau war die Kehle durchgeschnitten worden. Heinz hockte neben ihr und tat, was er immer tat. Temperatur messen, die Hände in Plastiktüten einwickeln, damit keine Spuren unter ihren Nägeln verloren gingen oder verfälscht wurden.

In sicherer Entfernung blieb Wagner stehen, denn plötzlich brannte Frau Hubers gut gemeinter Kaffee in seinem Magen.

Heinz war offensichtlich mit seiner Arbeit fertig. Er richtete sich auf und gab ein Zeichen, damit die Tote ins Institut transportiert wurde, wo er sich dann eingehender mit ihr beschäftigen würde.

Erst jetzt drehte sich sein Freund um. »Oh! Wieder da?«, war sein einziger Kommentar.

Ja, verdammt! Er war wieder da. Warum freute sich Heinz nicht darüber?

»Das nenn ich eine überschwängliche Begrüßung.«

»Hast du erwartet, dass ich dir um den Hals falle? Schließlich bist du einfach verschwunden. Ohne ein Wort. Ich hätte dich gebraucht.«

Heinz ging an ihm vorbei, sodass Wagner nichts anderes übrig blieb, als ihm zu folgen. »Ich wollte dich anrufen, aber mein Akku war leer. Was soll das jetzt? Ich hatte etwas Wichtiges zu erledigen!«

»Ja, was könnte auch wichtiger sein, als mit Laura ins Bett

zu gehen? Du solltest bei Gelegenheit deine Prioritäten überdenken.«

Heinz' Worte waren wie ein Schlag in Wagners Gesicht. Er blieb stehen, während Heinz wütend davonstürmte. Woher wusste er überhaupt Bescheid? Wie kam er dazu, ihn zu behandeln, als wäre er ein Schwerverbrecher? Unschlüssig stand Wagner herum. Eigentlich hatte er gehofft, mit Heinz zurückfahren zu können. Doch unter diesen Umständen war das keine gute Idee. Er drehte sich nach einer anderen Mitfahrgelegenheit um. Da bemerkte er Laura und Moser, die auf ihn zugelaufen kamen. »Schau an. Wir haben Sie gestern Abend bei der Besprechung vermisst«, bemerkte Moser.

Vermisst hatte der ihn bestimmt nicht. Im Gegenteil. Wahrscheinlich hatte er heimlich einen Freudentanz veranstaltet, weil er nicht gekommen war. »Eine wichtige Angelegenheit, die keinen Aufschub geduldet hat«, sagte Wagner, der nicht Moser, sondern Laura dabei ansah. Das musste als Erklärung reichen. Sie schien verstanden zu haben, denn sie nickte knapp.

»Und? Haben Sie diese ›wichtige Angelegenheit‹ klären können?«, fragte Moser spitz.

»Ja, ein für alle Mal!« Wagners Blick war immer noch auf Laura geheftet. Anstatt erleichtert zu sein, zuckte sie zusammen. Wenn das so weiterging, wäre es besser, nach Australien auszuwandern. Oder nach Neuseeland. Auf jeden Fall weit weg von ihr.

Laura und Moser gingen an ihm vorbei zu ihren Fahrzeugen.

Beide Hände in den Hosentaschen vergraben, stand Wagner einige Augenblicke unentschlossen herum, bevor er sich ebenfalls auf den Weg zum Parkplatz machte. Irgendjemand würde ihn schon mit zurück in die Stadt nehmen.

Laura stand neben ihrem Wagen. Sie schien zu warten.

»Na, ist dein neuer Freund schon weg?« Er konnte nicht

anders. Moser mit Laura zu sehen hatte ihm einen Stich versetzt.

»Er ist nicht mein Freund. Weder ein alter noch ein neuer. Er ist zurück ins Büro gefahren.« Sie blickte zu Boden und schob mit der Schuhspitze den Splitt hin und her.

»Ich habe langsam das Gefühl, niemand will etwas mit mir zu tun haben. Heinz behandelt mich wie einen Aussätzigen.« Laura starrte immer noch zu Boden. »Und du? Du kannst mir ja nicht einmal in die Augen sehen.« Endlich schaute sie auf. In ihrem Blick lag so viel Verzweiflung, dass er sie am liebsten in den Arm genommen hätte. Aber sie war noch nie gut darin gewesen, sich trösten zu lassen. Bis auf vorgestern Nacht. Und das nahm sie ihm übel.

»Ich wollte das alles nicht«, sagte sie schließlich.

Das war mehr als deutlich. Schön. Er war der Schuft. Damit musste er leben. Bevor er sich von ihr abwandte, meinte er: »Wir müssen einen Weg finden, damit umzugehen. Ich werde bleiben.« Dann stapfte er mit gesenktem Haupt die Straße hinunter. Irgendwo würde er hoffentlich auf eine Bushaltestelle stoßen.

Heinz war kein Raser. Aber jetzt hatte er nicht übel Lust, das Gaspedal bis zum Anschlag durchzutreten. Es hätte ihm vielleicht geholfen, ein Ventil für die Gefühle, die in ihm tobten, zu schaffen. Wagner war also zurückgekommen? Warum? Wegen Laura oder wegen Emilia? War es eine Trotzreaktion auf einen Streit mit Sonja, oder waren ihm die Mordfälle doch wichtig genug, um die Ermittlungen zu Ende führen zu wollen? Aber Wagner war nicht allein schuld an seinem inneren Aufruhr.

Heinz drosselte sein Tempo, als er merkte, dass er weit über der erlaubten Geschwindigkeit fuhr. Er hatte schon zu viele Unfallopfer gesehen.

Diese Frauenleiche. Mordopfer Nummer vier. Wieder

hatte der Mörder ihr die Kehle durchgeschnitten, wieder mit demselben Messer, soweit er das beurteilen konnte. Ob sich sein erster Eindruck bestätigen würde, musste erst eine genaue Untersuchung zeigen. Aber er glaubte nicht, dass er sich irrte.

Diese Frau passte nicht einmal annähernd zu den anderen. Während die ersten Frauen einen besonders gepflegten Eindruck gemacht hatten, war diese Frau verwahrlost. Ihr langes dunkles Haar war verfilzt, ihre Kleidung ungewaschen. Wahrscheinlich war sie im Drogenmilieu zu Hause gewesen. Auch das würde er anhand der Bluttests überprüfen, um ganz sicherzugehen. Doch die unzähligen Einstiche in ihren Armbeugen sprachen Bände. Da waren alte, aber auch frische Einstiche, die teilweise entzündet waren. Heinz hatte schon zahlreiche Drogenopfer obduziert, er kannte die äußeren Anzeichen. Jedes Mal, wenn er so einen jungen Menschen auf dem Seziertisch hatte, schnürte es ihm den Hals zu. Wie traurig, wenn jemand sein Leben einfach so wegschmiss, in kleinen Stückchen, in kleinen Dosen. Mit jedem Schuss warfen sie das wenige, das von ihrem Dasein noch übrig war, in den Müll, so wie die gebrauchten Injektionsnadeln. Da halfen auch die zahlreichen Drogenberatungszentren und ausgeklügelte Methadonprogramme nur wenig. In 95 Prozent der Fälle betraf es junge Menschen, meist unter fünfundzwanzig. Drogen ließen einen Menschen nicht alt werden. Diese Frau sah aus wie dreißig, war aber bestimmt noch keine zwanzig. Auch das würden die Untersuchungen bestätigen. Sie hatte sich verkauft, um an Heroin zu kommen. Ihren Körper und ihre Seele. Was für ein Leben. Ob sie darum gekämpft hatte? Vielleicht fand Heinz bei der Obduktion eine Antwort auf diese Fragen. Tatsache war, dass der Täter verzweifelter wurde. Die Morde geschahen in kürzeren Abständen, er wählte seine Opfer nicht mehr aus, sondern griff sich eines, das leicht zu überwältigen war. Das hieß aber auch unweigerlich, dass er nun begann, Fehler zu machen. Sie würden verwertbare Spuren finden, die zu ihm führten. So wie die Fasern auf Judith Schlöglmüllers Kleidung. Sie stammten von den Innensitzen eines Renaults Baujahr 2001 oder 2002. Das hatte Laura herausgefunden, und Moser hatte es ihm nach langem Zögern erzählt.

Auf eines konnte man sich bei Moser verlassen. Er war konsequent. Von dem, was er für wahr und richtig hielt, rückte er nicht ab, mochten die Gegenargumente noch so stark sein. Das, was Heinz bisher so geärgert hatte, stellte sich nun als Glücksfall für ihn heraus. Moser hatte zwar getobt und geschimpft, weil er ihn nicht über Emilia und seine Beziehung zu ihr informiert hatte. Aber da er es immer noch ablehnte, alle Morde einem Täter zuzuschreiben, zog er Heinz nur von den ersten beiden Fällen ab.

Moser hatte versprochen, alles Menschenmögliche zu tun, um Emilia zu finden. Auf dieses Versprechen wollte sich Heinz freilich nicht verlassen. Selbst wenn Moser tatsächlich alles ihm Mögliche tat, war das in seinen Augen zu wenig. Außerdem hatte er Heinz zugesichert, er würde ihn laufend über den Stand der Dinge informieren. Dabei hatte er ihn verständnisvoll angesehen, fast schon freundlich. Dann hatte er gesagt: »Glauben Sie mir, ich weiß, wie Sie sich fühlen müssen.« Und er hatte so aufrichtig geklungen, dass Heinz ihm tatsächlich glaubte.

22

Christian war am Vorabend, nach dem Desaster mit Emilia, noch als Theodor Watt unterwegs gewesen. Er hatte sich nicht lange damit aufgehalten, nach einer passenden Frau zu suchen. Sie stand am Straßenrand, zugedröhnt bis obenhin. Die dünnen Beine steckten in Stiefeln, die viel zu schwer für sie zu sein schienen. Der kurze Rock und das enge Top entblößten nackte Haut, wo es angebrachter gewesen wäre, sie zu bedecken. Die Kleine musste wirklich verzweifelt sein. Es bedurfte nicht einmal großartiger Überredungskünste, sie in sein Auto zu locken. Er war kaum neben ihr zum Stehen gekommen, als sie bereits die Tür aufriss und sich bereitwillig auf den Beifahrersitz fallen ließ.

»Fünfzig Mäuse, und ich gehöre dir.«

»Klingt verlockend. Was bekomm ich dafür?«

Sie kaute hektisch auf ihrem Kaugummi. Wahrscheinlich war sie überrascht, dass sie an jemanden geraten war, der nicht feilschen wollte.

»Na, was du willst.« Sie taxierte ihn. »Für achtzig kriegst du die ganze Nacht. Ich bin mit Haut und Haaren dein.«

Wie goldig. Mit Haut und Haaren. Das gefiel ihm. Er würde ihr einen Hunderter geben. Ein lächerlicher Betrag für ein Menschenleben. Aber ein großzügiger, wenn man sich ansah, wie verpfuscht dieses Leben ohnehin schon war. Egal, sie hätte damit wenigstens für einen kurzen Augenblick das Gefühl, etwas wert zu sein.

Sie hatte die Augen aufgerissen, als er ihr den Schein in die Hand drückte. Sie hatte ihn hastig zusammengefaltet und in ihren BH gesteckt.

»Fahr los.«

Er tat ihr nur zu gern den Gefallen. Ob man in ihrem Blut die Drogen schmecken konnte? Er hatte vor, es herauszufinden.

Das Gelände im 14. Bezirk kannte er von früher. Dort hatte er eine Riesenfete mit Studienkollegen gefeiert. Das Bier war in Strömen geflossen, sie hatten ein Lagerfeuer gemacht und Würstchen gegrillt, bis in die frühen Morgenstunden. An die Fahrt nach Hause konnte er sich nicht mehr erinnern. Aber an den Morgen danach. Jana hatte verschlafen und den Bus verpasst. Sie hatte ihn geweckt, obwohl er gerade erst eingeschlafen war.

»Bitte, bitte! Ich komm zu spät.« Er hatte ihr noch nie etwas abschlagen können. Er hätte es tun sollen. Dieses eine Mal hätte er es wirklich tun sollen. Sein Kopf hatte gedröhnt, er hatte die Augen kaum aufbekommen, und Jana hatte auf dem Beifahrersitz gequengelt, er solle schneller fahren. Ob es denn keine Abkürzung gebe. Sie habe es wirklich eilig.

Er musste entweder eingenickt sein, oder ihr Gejammere war ihm derart auf die Nerven gegangen, dass er sich auf nichts anderes hatte konzentrieren können. Bis heute erinnerte er sich nicht an die rote Ampel, die er übersehen hatte. Dass sie dort stand, wusste er bloß aus dem Unfallbericht der Polizei. Ein Fahrzeug war ihm gerade noch ausgewichen, er hatte das Lenkrad verrissen und anstatt mit den vorgeschriebenen fünfzig Stundenkilometern mit über achtzig eine Mauer gestreift. Sein erster Gedanke war gewesen, dass Jana tot sein musste, so schlaff und leblos hatte sie ausgesehen. Er hatte nicht mehr als ein paar Kratzer davongetragen, ihr Gesicht hingegen war blutüberströmt gewesen. Dort, wo das Auto gegen die Wand gedonnert war, war die Windschutzscheibe zerborsten. Überall Splitter. Auf Janas Haar, auf ihrer Kleidung. Und überall ihr Blut.

Er hatte selbst aussteigen können, aber Jana musste von der Feuerwehr geborgen werden. Mit einem Rettungswagen wurde sie ins Spital gebracht.

Seit jenem Tag hatte sie nie wieder sehen können.

Es erschien ihm irgendwie passend, genau diesen Ort zu wählen, an dem alles begonnen hatte.

Er fragte das junge Mädchen nicht nach seinem Namen. Der war unerheblich, und wahrscheinlich hätte sie ihm ohnehin nicht ihren richtigen verraten. Vielleicht konnte sie sich gar nicht mehr an ihn erinnern – er gehörte zu einem anderen Leben.

Er stellte den Wagen ab und befahl ihr auszusteigen. Sie tat es ohne Widerspruch. Entweder waren ihr die hundert Mäuse Ansporn genug, ihm gefällig zu sein, oder sie war es gewohnt, Befehle nicht infrage zu stellen.

»Da hinten. Siehst du den Baum?«, fragte er.

Sie spuckte den Kaugummi aus und nickte. »Klar. Ich bin ja nicht blind. Du treibst es gern im Freien. Soll mir recht sein. Hast ja bezahlt, der Kunde ist König.«

Er ging vor, sie schlurfte hinterher. Ihr Schritt war schwankend, und einen Augenblick bekam er tatsächlich ein schlechtes Gewissen bei dem, was er vorhatte. Ein krankes Huhn wurde schließlich auch nicht geschlachtet. Du kannst dir kein Mitleid leisten. Du hast eine Aufgabe, sagte er sich.

Sie lehnte sich an den Baumstamm und gab sich alle Mühe, aufreizend zu wirken. In Wirklichkeit sah sie erschöpft aus. Und verbraucht. Jetzt hatte er kein schlechtes Gewissen mehr. Für sie würde es eine Erlösung sein.

Sie zuckte nicht einmal zurück, als er ihr das Messer an die Kehle hielt. »Ich wusste, dass ich mir den Hunderter schwer verdienen muss. Du bist also ein Perverser.«

Ihre Stimme klang alt und resigniert.

Er schüttelte den Kopf. »Nein«, flüsterte er ihr ins Ohr. »Ich bin dein Retter. Es wird nicht wehtun.« Dann zog er ihr das Messer über die Kehle. Ihre Augen weiteten sich. Blut schoss aus der klaffenden Wunde hervor. Es rann an ihr hinunter, malte Streifen auf ihre Kleidung und auf ihre Haut, spritzte und tropfte auf den Boden. Sie wog kaum in seinen Armen. Sie war wirklich ein zerrupftes Huhn, die Kleine. Er hielt sie, bis jegliches Pulsieren in ihrem Leib aufgehört hatte und das Blut schwach aus ihrem Hals sickerte, als wäre soeben eine Quelle versiegt.

Sanft, wie man ein eingeschlafenes Kind zu Bett bringt, legte er sie auf das Gras.

Er mühte sich mit ihrem Top ab. Wie schon bei Judith zog er den leblosen Körper aus, schnitt in ihren Rücken seine Mitteilung an Martin und kleidete die junge Frau wieder an.

Martin sollte wissen, dass Emilia sterben würde. Er sollte wissen, wann es passieren würde und dass er keine Chance hatte, ihn daran zu hindern. Heinz Martin sollte leiden, wie er selbst gelitten hatte.

Er lächelte, als er daran dachte, wie er nach seiner Tat das Messer andächtig an seine Lippen gehoben und die Zungenspitze in das Blut getaucht hatte.

Es war anders gewesen als das erste Mal. Weniger euphorisch, aber nicht minder befriedigend. Als sich der salzige, klebrige Geschmack in seinem Mund ausgebreitet hatte, hatte er die Augen geschlossen, um sich ganz diesem Gefühl hinzugeben.

Wenn ihm das Blut dieser unbekannten Kleinen solch ein Behagen bescheren konnte, wie würde es erst bei Emilia werden? Der bloße Gedanke daran ließ ihn vor Wonne erschauern. Am liebsten wäre er sofort zu ihr hinuntergegangen und hätte sie getötet. Aber das galt nicht. Er würde sich an die Regeln halten. Bald, tröstete er sich. Bald schon.

Seine Mutter hatte immer gesagt, Vorfreude sei die schönste Freude. Oh, wie recht sie hatte!

Wagner musste fast eine halbe Stunde auf den Bus warten. Wenn er sein verdammtes Handy nicht in Innsbruck vergessen hätte, hätte er sich ein Taxi rufen können.

Während der Wartezeit hatte er Gelegenheit, Heinz' Reaktion zu überdenken. Er musste geglaubt haben, er würde ihn im Stich lassen. Außerdem war Heinz ein Moralapostel. Dass er mit Laura geschlafen hatte, hätte seinen Freund auch unter anderen Umständen auf die Palme gebracht, zumal er von Sonja viel – und von Seitensprüngen gar nichts hielt.

Auch wenn Heinz die beleidigte Leberwurst spielte, so leicht würde er sich nicht geschlagen geben. Emilia befand sich schließlich immer noch in den Fängen eines wahnsinnigen Killers. Heinz brauchte immer noch Hilfe. Und egal, wie enttäuscht dieser von ihm war, wie sehr er Wagners Verhalten kritisierte, er würde die Mitarbeit seines Freundes nicht ablehnen. Da war er sich sicher. Also würde er auf schnellstem Weg ins gerichtsmedizinische Institut fahren. Dort konnte Heinz nicht vor ihm davonlaufen – und abgesehen davon: Dass Wagner freiwillig zu einer Obduktion kam, musste sein Freund doch zu schätzen wissen.

Das erste Mal in seinem Leben wünschte sich Wagner, dass Heinz mit der Autopsie noch nicht fertig war, bis er das Institut erreicht haben würde.

Es war Emilia gelungen, ihre Fesseln abzustreifen. Die Nacht war einigermaßen erträglich gewesen, wenn man in Betracht zog, wo sie sich befand. Sie hatte sich zum Einschlafen zwingen müssen, sie hatte versucht zu meditieren, um Ruhe zu finden. Sie wusste, dass sie ihre Kraft und vor allem Wachsamkeit brauchte, um überleben zu können. Lange würde sie es nicht mehr durchstehen. Seit Tagen hatte sie nichts mehr gegessen, und nur das Wasser am Abend zuvor getrunken. Hunger verspürte sie nicht. Aber sie fürchtete, wenn sie nichts zu sich nahm, würde sie so schwach, dass sie im entscheidenden Moment versagte. Und dieser Moment würde bald kommen. Sie stellte ein Risiko für ihn dar, ein unberechenbares. Nein, er konnte es sich nicht leisten, sie länger am Leben zu lassen.

Sie rechnete jeden Moment damit, dass er sie aufsuchen und sie entweder auf der Stelle töten oder ihr etwas zu essen bringen würde. Frühstück? Oder wäre es bereits das Mittagessen? Er hatte gesagt, er müsse noch etwas erledigen. Hoffentlich brauchte er lange dafür. Das Seil hatte sie sich, so gut es ging, wieder um ihre Handgelenke gewickelt, damit er nicht merkte, dass sie sich befreit hatte. Nun saß sie auf der Matratze und wartete. Sie nahm alles überdeutlich wahr. Ihren unangenehmen Geruch, das pelzige Gefühl auf ihrer Zunge und den Belag auf ihren Zähnen. Die Kette um ihren Hals, das Seil, das auf ihrer Haut scheuerte.

Wie sie erwartet hatte, ging kurz darauf die Stahltür auf.

Emilia blieb, wo sie war, und wunderte sich über ihre Gelassenheit. Ihr Herz schlug nicht schneller, ihr Atem ging ruhig. Sie sah nicht einmal auf, als er eintrat und unangemessen fröhlich »Guten Morgen« sagte.

»Du redest nicht mit mir. Schade. Dabei hätte eigentlich ich Grund dazu, beleidigt zu sein. Du hast mich schließlich gestern geschlagen.«

Emilia rührte sich immer noch nicht.

»Damit du siehst, wie großzügig ich bin, verzeihe ich dir. Ich habe dir Wasser gebracht, damit du dich waschen kannst. Außerdem hab ich noch ein paar alte Sachen von Jana gefunden.«

Emilia blickte auf. »Jana?«

Er lächelte. »So, du hast deine Sprache wiedergefunden. Sie ist meine Schwester. Du könntest dich ruhig bedanken.«

»Wofür? Für deine Gastfreundschaft?«

»Dafür, dass du noch am Leben bist. Und dafür, dass ich mich an meine Versprechen halte.«

»Weiß Jana eigentlich, was du hier treibst? Weiß sie, dass du Frauen festhältst und umbringst?«

Sein Gesicht verfinsterte sich. »Nein. Wenn die Zeit dafür gekommen ist, wird sie es erfahren.«

Emilias Herz setzte einen Schlag aus. Was sollte das heißen? Wollte er seine eigene Schwester töten? Wäre er imstande, das zu tun? Ja, gab sie sich selbst die Antwort. Ja, verdammt, ihm war alles zuzutrauen, auch der Mord an seiner eigenen Schwester.

»Sag Jana, ich danke ihr für die Kleider«, sagte sie. Ob er ihr die Nachricht übermitteln würde? Dann wüsste Jana doch, dass Emilia da war. Dass es im Haus noch eine Frau gab. Würde sie sich dann nicht auf die Suche machen? Wer wusste schon, was er ihr erzählt hatte. Was, wenn er sie ebenfalls gefangen hielt?

»Wo ist sie jetzt? Was hast du mit ihr gemacht?«

»Noch nichts«, entgegnete er auf ihre zweite Frage. Die erste blieb unbeantwortet.

Er sah sie nachdenklich an. »Du und Jana. Ihr hättet euch gut verstanden. Schade, dass ihr euch nicht kennenlernen werdet.«

Emilias Eingeweide zogen sich bei seinen Worten zusammen. Das klang nicht gut. Gar nicht gut. So endgültig. Sie wollte es wissen. Wie viel Zeit blieb ihr noch?

»Wann? Wann wird es vorbei sein?«

Als er ihr antwortete, klang in seiner Stimme Bedauern mit. »Bald. Du hattest ohnehin schon mehr Zeit als die anderen. Ich habe dich ausgewählt, weil du Jana so ähnlich bist. Aber am Leben bist du nur noch, weil du die Schwester von Heinz Martin bist.«

Heinz? Was hatte der denn mit dieser Sache zu tun?

Er zeigte auf den Eimer. »Du solltest dich beeilen, es wird kalt.« Dann drehte er sich um und verließ den Keller.

Emilia konnte sich einen Augenblick lang nicht rühren. Sie versuchte, all das, was sie gehört hatte, zu verarbeiten. Er hatte also eine Schwester, Jana. Sie selbst war noch am Leben, weil Heinz ihr Bruder war? Gab es da einen Zusammenhang?

Er hatte vergessen, ihr etwas zu essen zu bringen. Vielleicht wollte er sie auch absichtlich hungern lassen, als Strafe für ihr gestriges Benehmen. Egal, sie hatte Wasser. Trinken war ohnehin wichtiger als essen. Und wenn sie hier raus war, dann würde sie auf alle Diätvorschriften und Kalorientabellen pfeifen. Sie würde Hamburger und Pommes essen, Cola trinken und Schokolade futtern, bis es ihr zu den Ohren rausquoll. Na, wenn das kein Ansporn war! Emilia lächelte schwach. Zuerst trinken, dann waschen. Einen Schritt nach dem anderen. Sie beugte sich über das Wasser, um es mit den Händen zu schöpfen. Ihr Spiegelbild darin ließ sie innehalten. Ihr Haar sah schrecklich aus, ihre Augen lagen in dunklen Höhlen. Ihre Wangenknochen stachen hervor, und ihr Gesicht wirkte hager und schmal. Eine Misswahl würdest du so wohl nicht gewinnen, sagte sie zu sich selbst. Muss ich auch nicht, dachte sie. Sie sah diesen Zug um ihren Mund, der Entschlossenheit zeigte, und in ihren Augen standen Mut und Zuversicht. Damit gewinne ich keinen Schönheitswettbewerb, sprach sie erneut mit sich selbst, aber vielleicht mein Leben.

Emilia tauchte ihre Hände in die lauwarme Flüssigkeit und schlürfte das Wasser, bis sie ihren Durst gestillt hatte. Dann zog sie sich aus, nahm ihre teure Bluse und reinigte sich mit ihr, so gut es ging. Sie wünschte, sie hätte ein Handtuch, aber ihr Rock musste zum Abtrocknen reichen.

Janas Hose war zu kurz und rutschte ihr über die Hüften. Immerhin roch sie sauber, wenn auch so, als hätte sie lange unbenutzt in einem Schrank gelegen. Emilia zog den Strick durch die Schlaufen und machte einen Knoten.

Das Shirt ließ ihren Bauch frei und schlackerte um ihren Oberkörper.

Emilia stellte den Wassereimer neben den Eingang. Dann ging sie zum Bett und zog und zerrte an dem Metallgestell. Die Matratze allein war schon schwer genug gewesen. Nun musste sie sich noch mehr anstrengen. Verdammt, sie brauchte das Bett mitten im Raum, genau unter der Glühbirne, sonst würde ihr schöner Plan nicht funktionieren.

Also streng dich an. Ja, das tat sie. Das Ding wog bestimmt eine Tonne. Wenigstens war es nicht so unhandlich wie die Matratze.

Zentimeter um Zentimeter kämpfte sie, machte Pause, atmete durch, und schob weiter. Endlich hatte sie das Bett dort, wo sie es haben wollte.

Emilia setzte sich. Sie brauchte eine Verschnaufpause. Außerdem war es wichtig, dass sie ihren Plan noch einmal ganz genau durchging. Sie würde nur eine einzige Gelegenheit haben, ihn umzusetzen. Manche Fehler ließen keine Wiederholung zu. Das hier musste auf Anhieb klappen.

Wagners Wunsch ging in Erfüllung. Heinz war noch voll und ganz mit der Obduktion beschäftigt, als er in den Raum trat und bei der Tür stehen blieb. Sein Freund hatte ihn gehört und zog die Brauen hoch, als er ihn erkannte. Wenn Heinz Martin jetzt seinen Assistenten gebeten hätte, ihn hinauszuschmeißen, Wagner hätte sich nicht darüber gewundert. Heinz drehte sich wieder zu der Toten und tat sein Bestes, um ihn zu ignorieren.

Kramer, Heinz' rechte Hand, blickte verwundert von seinem Chef zu Wagner und wieder zurück. Er musste sich fragen, was zwischen ihnen beiden los war. Schließlich kannte er sie schon seit ewigen Zeiten. Noch nie hatte sich Heinz so abweisend verhalten.

Wagner räusperte sich. »Wie lange wirst du mich noch mit Verachtung strafen?«

Heinz tat, als hätte er nichts gehört.

»Immerhin bin ich zurückgekommen. Ich bin hier. In deinem gottverdammten Sezierraum. Zählt das gar nicht?«

Heinz drehte die Frau mit Kramers Hilfe um. Und pfiff durch die Zähne. Wagners Neugier siegte über seinen Widerwillen. Er trat neben Heinz und bereute seinen Entschluss sofort, weil es in seinen Eingeweiden wild zu rumoren begann und sein Magen gegen den Anblick der Leiche rebellierte.

Aber ein Gutes hatte sein Näherkommen. Heinz schaute ihn endlich an. »Heilige Scheiße. Laura hatte recht!«

»Womit?«, keuchte Wagner.

»Wenn du kotzen musst, dann geh. Wehe, du versaust mir hier alles.«

Wagner hatte genug gesehen und trat ein Stück zurück. Er war wirklich nahe daran, sich zu übergeben, aber jetzt, wo Heinz wieder mit ihm redete, war es keine gute Idee, es sich gleich wieder mit ihm zu verscherzen. Er versuchte, so flach wie möglich durch den Mund zu atmen. Ein wenig half es, und er konnte seine Frage erneut stellen.

»Womit hatte Laura recht?«

»Dass dieser Psycho nicht irgendjemandem eine Botschaft hinterlassen will, sondern mir.«

Wagner vergaß einen kurzen Augenblick seine Übelkeit. »Wie kommst du drauf?«

»Weil nur ich sie verstehe.« Heinz drehte sich zu ihm um. In seinen Augen war keine Spur von Feindseligkeit. Alles, was er Heinz vermeintlich angetan hatte, spielte scheinbar keine Rolle mehr.

»Was bedeutet das? Erinnert mich an die Inschrift auf einem Grabstein.«

Heinz' Gesichtsausdruck schien wie versteinert. »Ja, das soll es wohl auch sein. Das Sterbedatum hinter dem Kreuz ist der morgige Tag.«

»Dann müssen wir also herausfinden, auf wen das Geburtsdatum zutrifft. Wahrscheinlich nur auf ein paar Hundert Menschen in Wien. Immerhin können wir schon mal alle Männer außer Acht lassen.«

Heinz schüttelte den Kopf, und seine Stimme war kaum zu verstehen, als er sagte: »Die Arbeit können wir uns sparen. Ich weiß, wer an diesem Tag geboren wurde. Es ist Emilia.«

»Oh, mein Gott!«, flüsterte Wagner. Er legte seinem Freund seine Hand auf die Schulter. »Das sollte jetzt jemand anders beenden. Wir müssen gehen.«

Heinz nickte und wandte sich an Kramer: »Holen Sie einen der Studenten oder Michaela. Die sollen hier weitermachen. Ich muss fort.«

Kramer nickte. Im Gehen schlüpfte Heinz aus seinen OP-Sachen und brachte Wagner auf den neuesten Stand der Dinge. »Laura hat herausgefunden, dass die Fasern auf Judith Schlöglmüllers Kleidung von einem Renault stammen. Ich habe die Gästeliste von der Vernissage besorgen können, frag lieber nicht, wie. Und vorhin habe ich im BH der Toten einen Hunderter gefunden. Der muss noch untersucht werden.«

»Kompliment, ich bin beeindruckt. Ich lasse die Zulassungsdaten von dem Auto überprüfen und Laura soll sich um den Geldschein kümmern. Scheiße, wir brauchen mehr Zeit!«

»Die haben wir nicht. Im günstigsten Fall bleiben uns vierunddreißig Stunden.«

Wagner sah auf seine Uhr. Der Stundenzeiger hatte gerade die Zwei erreicht. »Und im ungünstigsten nur mehr zehn.«

Mosers Kopf drohte zu platzen. Die drei Tabletten, die er heute schon geschluckt hatte, wirkten nicht. Eine vierte traute er sich nicht zu nehmen. So ging es nicht weiter. Er hatte geglaubt, er könne mit einem Arztbesuch warten, bis die Mordfälle abgeschlossen waren. Seine Hoffnung war, die Schmerzen würden bis dahin einfach wieder vergehen, genauso unvermittelt, wie sie aufgetaucht waren. Stattdessen wurden sie von Mal zu Mal schlimmer. Er musste zu einem Arzt. So, wie es ihm im Moment ging, konnte er nicht einmal die Akten durchgehen oder sich Tatortfotos anschauen. Vor seinen Augen flimmerte es, als hätte er zu lange in die Sonne gesehen, und bei jedem Anfall tränte sein linkes Auge. Der Schmerz bohrte sich hinter seiner Schläfe bis zur Augenhöhle.

Er griff zum Telefon und rief Dr. Laimgruber an, um einen Termin zu vereinbaren. Dann barg er seinen Kopf in beide Hände und schloss die Lider. In seinem Kopf hämmerte eine ganze Maschinenschlosserei, aber die Dunkelheit war wohltuend. Wenn es nur immer dunkel um ihn wäre. Vielleicht würden dann seine Kopfschmerzen vergehen – und nie wiederkommen. Bestimmt sogar. Als er eben im Begriff war, in der Finsternis zu versinken, katapultierte ihn das Schrillen des Telefons aus seinen Träumen. Seufzend hob er ab.

Wagners Stimme drang an sein Ohr.

»Moser, wären Sie so gut, in die Wege zu leiten, dass jemand sich wegen des Renaults mit der Zulassungsstelle in Verbindung setzt? Um sechs machen wir eine Kurzbesprechung, wenn Sie vorher was Wichtiges herausfinden, rufen Sie mich an. Und es ist dringend. Die Zeit läuft uns davon.«

Moser bejahte mechanisch. Erst als er den Hörer wieder aufgelegt hatte, fiel ihm ein, dass Wagner sich doch um die anderen Morde kümmern wollte, nicht um die zwei neuen. Wie kam der dazu, sich auch noch hier einzumischen?

Er schaltete seinen Computer ein. Der Bildschirm sandte Lichtgeschosse in seinen Kopf. Am liebsten hätte er seinen Schädel gegen die Tischplatte gedonnert, in der Hoffnung, der selbst zugefügte Schmerz würde den anderen überdecken. In diesem Moment klopfte es zu allem Überfluss an seiner Tür, und Laura trat ein.

»Grundgütiger! Sie sehen furchtbar aus, sind Sie krank?« Ihre Stimme schien von weit her zu kommen.

»Nein, nur Kopfschmerzen«, presste er hervor.

Sie trat zu ihm und maß ihn mit prüfendem Blick. »Moser, Sie gehören zu einem Arzt. Ihr Auge tränt, ist rot und geschwollen.«

»Ist gleich wieder vorbei.« Er atmete schwer und wischte sich den Schweiß von der Stirn.

»Seien Sie doch vernünftig. Das letzte Mal, als Sie bei mir im Labor waren, hatten Sie auch Schmerzen, nicht wahr? Normale Kopfschmerzen sind das nicht. Sie können ja nicht mal aufrecht sitzen.«

»Ich hab' ohnehin einen Arzttermin. In zwei Stunden. Also lassen Sie mich einfach in Ruhe damit.«

Laura blickte ihn skeptisch an. »Wie Sie meinen. Ich bin eigentlich gekommen, weil ich ein paar Ergebnisse für Sie habe. Das neueste Opfer hatte kein Scopolamin im Blut, dafür eine Menge Heroin und noch ein paar andere nette Sachen. Die genaue Analyse steht auf der Liste. Die Wunde am Hals ist ihr tatsächlich mit dem gleichen Messer zugefügt worden, mit dem die anderen drei Frauen getötet wurden.«

Laura stockte, als wolle sie abwarten, ob er protestieren würde, weil sie erneut einen Zusammenhang zwischen den Morden herstellte. Tat er aber nicht. Ihm fehlte schlicht die Energie zu einer neuerlichen Diskussion.

»Außerdem haben wir den Messertyp bestimmen können. Es handelt sich um ein Blackhawk-Nightedge-Kampfmesser. War ein schönes Stück Arbeit, das herauszufinden.«

Moser bezweifelte, dass diese Information für die Ermittlungsarbeit etwas brachte. Wie viele Waffengeschäfte gab es in Wien? Falls der Täter das Messer überhaupt in der Stadt gekauft hatte. Viel wahrscheinlicher hatte der Mörder es vom Schwarzmarkt oder übers Internet bestellt. Dann hätten sie ohnehin keine Chance, den Weg des Mordinstrumentes zu verfolgen.

Das Stechen hinter seiner linken Schläfe schien seinen Höhepunkt überwunden zu haben, und erleichtert stellte Moser fest, dass der Schmerz nachzulassen begann. Diese Attacke war heftiger gewesen als die letzten – dafür hatte sie kürzer gedauert.

Bis zu seinem Arztbesuch hatte er noch jede Menge zu tun. Er wollte Wagner nicht mit leeren Händen gegenübertreten.

23

Heinz saß am Steuer, während Wagner die Liste mit den Vernissagegästen durchging. »Schau an, da sind ja einige bekannte Namen dabei«, sagte er.

»Ja, und vor allem unser Mörder. Streich doch zunächst mal alle weiblichen Personen.«

Wagner kramte im Handschuhfach nach einem Kugelschreiber. »Männer, von denen wir das Aussehen kennen, sei es aus den Zeitungen oder aus dem Fernsehen, können wir ebenfalls ausschließen. Da kann ja nicht mehr allzu viel übrig bleiben.«

Heinz versuchte, sich auf den Verkehr zu konzentrieren und gleichzeitig den Namen zu folgen, die ihm Wagner nannte.

Aus den Augenwinkeln beobachtete er seinen Freund, wie er Namen um Namen durchstrich.

Diese Botschaften. Sie ließen ihn nicht los – die zweite war so klar wie nur irgendwas. Emilias Geburtsdatum und der morgige Tag als Sterbedatum. Aber was bedeutete dann die erste Botschaft? 10.05.94. Zu jener Zeit hatte er im Krankenhaus gearbeitet.

»Jakob Prandtauer?«, fragte Wagner.

»Kenn ich nicht.«

»Bei mir klingelt was. Ich weiß bloß gerade nicht, wo ich ihn hintun soll.«

»Egal, dann müssen wir ihn überprüfen. Vielleicht weiß Laura, wer er ist. Oder Moser«, setzte Heinz unwillig hinzu.

Er wusste, dass er seine Abneigung gegen den Mann beiseiteschieben musste. Sie hatten nur mehr wenige Stunden Zeit, um Emilia zu finden. Lebend.

Er bog auf den Parkplatz des Hauptkommissariats ein und stellte das Auto auf einem der freien Plätze ab. Der Aufkleber, der ihn als Gerichtsmediziner auswies, würde verhindern, dass sein Wagen abgeschleppt wurde.

»Als Erstes bringen wir Laura den Geldschein. Sie hat vielleicht in der Zwischenzeit schon etwas, das uns weiterbringen könnte. Außerdem kann sie uns mit der Liste helfen.«

Wagner hatte nicht unrecht, trotzdem bekam Heinz ein mulmiges Gefühl in der Magengegend, wenn er daran dachte, wie er Laura am Tag zuvor behandelt hatte.

»Wenn ich zu indiskret bin, brauchst du mir nicht zu antworten, aber mich interessiert schon, welcher Teufel dich geritten hat, mit Laura ins Bett zu steigen.«

Wagner, der neben ihm herging, warf ihm einen kurzen Blick zu und sah gleich wieder nach vorne. Heinz dachte schon, sein Freund würde ihm nicht antworten, aber nach einer kurzen Pause sagte der: »Ich weiß es nicht. Und ich wünschte, ich könnte es rückgängig machen. Sie verachtet mich dafür.«

»Und Sonja? Hat sie dich rausgeschmissen? Bist du deshalb wieder zurückgekommen?«

Wagner schüttelte den Kopf. »Ich hatte gar keine Gelegenheit, es ihr zu sagen. Aber sie hat sich schon vorher gegen mich entschieden.«

Heinz senkte den Blick. »Das tut mir leid. Das wollte ich nicht.«

Wagner legte den Arm auf Heinz' Schulter. »Nein, mach dir keine Vorwürfe. Es war nicht deine Schuld. Es war meine. Sie hat mir nicht genug vertraut.«

»Glaubst du nicht, dass sich das wieder einrenken lässt?«

Es wäre wirklich bedauerlich für Wagner, wenn er Sonja verlieren würde. Es gab keine Frau, die besser zu seinem Freund gepasst hätte.

»Ich fürchte, nein. Ist wahrscheinlich besser so. Leute wie du und ich, Leute mit solchen Jobs, sollten allein bleiben. Alles andere kann gefährlich werden. Für einen selbst und für die Personen, die man liebt.«

Heinz wusste genau, wovon Wagner sprach.

»Ich bin froh, dass du wieder da bist«, sagte er.

»Ich auch.«

Schweren Herzens nahm Emilia Vivians Kette von ihrem Hals. Es ging nicht anders. Alles war besser als das, was ihr drohte, wenn sie es nicht tat.

Im Grunde war ihr Plan simpel. Das Problem lag darin, dass in der Theorie vieles gut aussah, was sich in der Praxis als nicht durchführbar erwies.

Emilia betrachtete noch einmal den Schmuck. Vivian, ich hoffe, das ist in deinem Sinne. Sie hörte Vivi, die immer einen ausgeprägten Sinn für Humor gehabt hatte, lachen, als wolle sie sagen: »Ja, tu nur. Genau dafür hab ich die Kette dagelassen.«

Emilia stieg auf das Bett und griff nach der Glühbirne. Sofort riss sie ihre Hand zurück. Verdammt, war die heiß. Sie blies auf die Stelle, an der sie sich verbrannt hatte. Du bist ein Esel. Du hättest damit rechnen müssen. Klar, hätte sie. Aber in ihrem Eifer hatte sie es vergessen. Sie hob ihre Bluse vom Boden auf und wickelte sie um ihre Hand, um sich vor der Hitze zu schützen. Selbst durch den Stoff fühlte sie die Wärme der Lampe, doch nun schaffte sie es, die Birne herauszudrehen. Finsternis umgab sie, sodass sie nunmehr ganz auf ihren Tastsinn angewiesen war.

Sie legte Vivians Halskette zusammen und platzierte sie auf dem Metallteil der Birne. Bevor sie die Glühlampe wieder in die Fassung schrauben konnte, rutschte der Schmuck hinunter. Verdammt! Er musste auf die Matratze gefallen sein.

Sie stieg von dem Bett und tastete es nach dem Schmuckstück ab. Wenn sie es nicht fand, wäre ihr schöner Plan im Eimer. Endlich streiften ihre Fingerspitzen kühles Metall. Also gut, das Ganze von vorn. Wieder glitt die Kette zu Boden. Diesmal spürte sie, dass sie ihr auf den Fuß gefallen war. Dritter Versuch.

Nach dem zehnten Fehlversuch spürte sie ihre Arme kaum noch. So wurde das nichts. Sie musste sich etwas anderes einfallen lassen.

Erschöpft setzte sie sich auf das Bett, um sich zu erholen und ihre Arme zu entlasten.

Gut, sie hatte gehofft, es vermeiden zu können, aber wenn es nicht anders ging, musste sie die Kette samt Anhänger mit den Fingern in die Fassung stopfen. Sie würde einen Stromschlag riskieren. Das würde alles andere als angenehm werden. Sie rief sich in Erinnerung, was sie jemals über Strom gelernt und gehört hatte. Ihr Herz könnte aufgrund des Stromschlages zu flimmern beginnen, zumal ihr Körper nach den Drogen, die er ihr eingeflößt hatte, und durch das unfreiwillige Hungern nicht gerade in Topform war. Aber sie hatte auch die Worte ihres Physiklehrers im Kopf. Ein gut aussehender Typ. Nicht einmal sein trockenes Unterrichtsfach hatte die Schwärmerei für ihn schmälern können. Alle Mädchen hatten ihn angehimmelt. Jetzt war Emilia froh, dass nicht nur sein Aussehen, sondern auch einiges vom Lernstoff in ihrem Gedächtnis haften geblieben war. Ihr Lehrer hatte gemeint, die Wahrscheinlichkeit, an einem einfachen Stromschlag zu sterben, läge unter zehn Prozent.

Und selbst wenn: Diese Todesart wäre als Alternative zu der, die ihr bevorstand, wesentlich schneller und schmerzloser.

Emilia atmete durch und schloss die Augen, um sich zu sammeln. Am besten gar nicht lange nachdenken. Zähne zusammenbeißen und drauflos! Sie hob die Finger, um die sie die Kette gewickelt hatte, und steckte sie in die Lampenfassung.

Der Schlag riss sie von den Füßen. Sie stürzte rücklings aufs Bett. Ihr Arm war einen Moment lang taub, dann kroch der Schmerz von ihren Fingerspitzen bis zu ihrer Schulter hinauf. Aber sie lebte. Verdammt, das hatte richtig wehgetan.

Sie hatte keine Zeit zu verlieren. Sobald er den Kurzschluss bemerkte, würde ihn sein erster Weg zum Sicherungskasten führen. Einmal den Schalter umgelegt, und der Strom wäre wieder da. Alles wäre umsonst gewesen, und sie würde die ganze Prozedur ein zweites Mal hinter sich bringen müssen.

Also rappelte sie sich auf, stopfte Vivians Goldkette in die Lampenfassung und hielt sie mit ihren Fingern in Position. Mit der anderen Hand drehte sie die mittlerweile abgekühlte Glühbirne, so gut es ging, hinein, damit die Kette nicht wieder herausfiel.

Emilia war zu erschöpft, um laut zu jubeln, doch innerlich freute sie sich. Es war nur eine Frage der Zeit, bis er dahinterkommen würde, dass die Ursache für den Stromausfall bei ihr im Keller zu suchen war.

Emilia tastete sich durch die Dunkelheit bis zur Stahltür, dorthin, wo sie den Eimer gestellt hatte. Sie hob ihn hoch und wartete auf ihren Widersacher. In Wahrheit war es lächerlich. Als einzige Waffe besaß sie einen Plastikkübel, gefüllt mit Wasser. Doch wenigstens war er voll. Durch das Gewicht würde sie ihn härter treffen können, als wenn er leer gewesen wäre. Außerdem war das Überraschungsmoment auf ihrer Seite. Und die Dunkelheit. Sie brauchte keine Angst vor ihr zu haben. Sie war ihre Freundin, ihre Verbündete.

Laura blickte von ihrem Mikroskop auf, als die Glastür aufging. Ihr Herz setzte einen kurzen Moment aus, als sie Wagner erkannte. Heinz Martin folgte ihm.

»Wir sind gekommen, weil wir etwas Wichtiges herausgefunden haben«, begann Heinz. »Du hattest recht.«

Laura verstand nicht. Was meinte er?

Während sie ihn ratlos ansah, sprach Heinz weiter: »Als du gesagt hast, der Täter will mir eine Botschaft hinterlassen. Ich bin mir sicher, dass das Datum auf Judith Schlöglmüller mit meiner Dienstzeit in der Notaufnahme zu tun hat. Kann nur so sein. Was anderes fällt mir dazu nicht ein.«

Laura verschränkte ihre Arme vor der Brust. »Was ist passiert?« Als ihr niemand antwortete, fragte sie noch einmal: »Es ist doch etwas passiert, nicht?«

Wagner nickte und blickte auffordernd zu Heinz, der sich räusperte, bevor er zu reden anfing: »Auch auf der neuesten Leiche hat der Mörder etwas eingeritzt.« Er rang sichtlich nach Worten, die ihm einfach nicht über die Lippen kommen wollten. Wagner beendete Heinz' Ausführungen. »Er hat Emilias Geburtsdatum in das Opfer geschnitten.«

Laura blickte verwirrt von einem zum anderen. Wagner holte Luft. »Aber das ist noch nicht alles. Er hat auch ihr Sterbedatum mit einem Kreuz vermerkt. Es ist der morgige Tag.«

Die Stille, die auf Wagners Worte folgte, legte sich wie eine Luftblase um sie. Alle Geräusche rundum schienen für einen Moment ausgeblendet.

Mit einer Drehung löste sich Laura aus der Starre, die sie befallen hatte. »Das heißt, wir müssen uns beeilen. Kommt mit!«

Wagner und Heinz folgten ihr, und sie führte die beiden Männer in das Zimmer nebenan, wo sie mehr Ruhe hatten.

»Moser wird sich also um das Messer kümmern?«, fragte Wagner.

Laura meinte: »Ich weiß nicht. So wie er ausgesehen hat, sollte er sich ins Bett legen und sich darum kümmern, wieder gesund zu werden.«

»Ich schau gleich zu ihm rüber, aber vorher musst du uns helfen.« Wagner drückte ihr einen eingetüteten Hunderteuroschein in die Hand. »Das hat Heinz bei der Autopsie gefunden. Kannst du Fingerabdrücke davon nehmen?«

Laura nickte. »Kein Problem.«

»Und dann die Gästeliste von der Vernissage. Wir haben etliche Namen streichen können, entweder weil es Frauen sind oder weil es sich um Prominente handelt, die keine Ähnlichkeit mit dem Mann auf dem Zeitungsbild haben.«

»Zeitungsbild?«

Heinz holte aus seiner Brusttasche ein Foto heraus, das schon etwas mitgenommen aussah.

Sie nahm es ihm aus der Hand und betrachtete es. Die Qualität ließ zu wünschen übrig. Trotzdem konnte sie die Züge der beiden Personen erkennen. Die Frau kannte sie aus einigen Modemagazinen. Das war also Emilia, Heinz Martins Schwester? Laura hätte sie sich anders vorgestellt.

Der Mann auf dem Foto hingegen verblasste neben der strahlenden Emilia. Er sah so – unbedeutend aus. Wie jemand, der einem vorgestellt wurde, und sobald er sich umdrehte, hatte man seinen Namen schon wieder vergessen. Einer, der nicht auffiel, an den sich niemand erinnern konnte. Er sah aus, wie Mörder oft aussehen: normal.

Sie reichte Heinz das Foto wieder zurück. »Fangen wir an«, sagte Laura.

Wagner überreichte ihr eine Liste mit Namen. Der Großteil war schon durchgestrichen. Sie las sich die anderen durch. Plötzlich stutzte sie. »Jakob Prandtauer?«

»Sagt dir der was? Mir kommt er bekannt vor, aber ich weiß einfach nicht, woher«, sagte Wagner.

»Jakob Prandtauer ist der Name eines ziemlich bedeutenden österreichischen Baumeisters. Aber der ist seit über zweihundertfünfzig Jahren tot.«

Heinz starrte sie an. »Wie meinst du das? Das kann dann aber nicht dieselbe Person sein. Hier steht die Adresse von einem renommierten Einrichtungsstudio.«

»Lass uns doch nur mal versuchen, ob die ihn dort überhaupt kennen.«

»Woher ist dir denn der Name ein Begriff?«, wollte Heinz wissen, und Laura hörte Bewunderung in seiner Stimme.

Laura winkte ab. »Ich wollte irgendwann einmal Kunst und Architektur studieren, aber lassen wir das. Wichtig ist, dass sich der Mörder – wenn es sich wirklich um einen falschen Namen handelt – den Namen einer realen Person ausgesucht hat, ja sich womöglich als diese ausgegeben hat.«

»Und da ist ihm bisher niemand draufgekommen?« Wagner schüttelte den Kopf.

»Tja, die Leute glauben das, was man ihnen plausibel erklärt. Außerdem interessieren sich die wenigsten wirklich für andere. Für die meisten zählt nur die eigene Person«, sagte Laura.

Heinz stimmte ihr zu. »Ja, und das gilt leider besonders für die Kreise, in denen Emilia sich bewegt. Oberflächlich, unfähig, auf Mitmenschen einzugehen. Nur der Augenblick zählt.«

Und dennoch setzte Heinz Himmel und Hölle in Bewegung, um sie zu retten. Weil sie seine Schwester war? Nein, war Laura überzeugt. Sondern weil er Heinz Martin war. Sie wusste, dass er sich für jede Frau so eingesetzt hätte, deren Leben auf dem Spiel stand. Er und auch Wagner.

»Ich ruf' bei dem Einrichtungsstudio an«, riss Helmut Wagner sie aus ihren Gedanken.

»Und was soll ich tun?«, fragte Heinz.

»Wie lautete die erste Botschaft noch einmal genau?«, fragte Laura.

»10.05.94«, antwortete Heinz.

Laura konnte sich vorstellen, dass sich ihm diese Zahlenfolge unauslöschlich ins Gedächtnis gebrannt hatte.

»An diesem Tag muss etwas Gravierendes passiert sein. Wenn nicht für dich, dann aber bestimmt für den Mörder.«

Heinz Martin meinte: »Es war eine stressige Zeit. Viele Dienste, wenig Freizeit. Ich kann mich unmöglich an die Leute erinnern, die ich an einem bestimmten Tag vor fünfzehn Jahren behandelt habe.«

»Gibt es denn nicht alte Behandlungsblätter oder so etwas?«

Heinz nickte. »Ich weiß zwar nicht, wie lange sie aufbewahrt werden, aber ich fahre ins Krankenhaus. Vielleicht finde ich was.«

»Gute Idee. Ich komme mit.«

Christian Salzbrunner sah auf die Uhr. Er wollte Emilia eine halbe Stunde Zeit geben, um sich zu waschen. Die Frist war beinahe abgelaufen. Ein paar Minuten noch.

Er hatte ihr weder zu essen noch zu trinken gebracht, deshalb nahm er ein Wurstbrot und einen Becher Wasser und öffnete die Tür zum Keller. Er betätigte den Lichtschalter, doch alles blieb finster. Was sollte das? Er drückte noch ein paarmal auf den Schalter, aber es tat sich nichts. Vielleicht war eine Glühbirne durchgebrannt. Aber dann müsste wenigstens die zweite funktionieren. Stromausfall, natürlich. Christian lächelte. Wie dumm von ihm, nicht an das Naheliegende zu denken. Er stellte Emilias Brot und den Becher in der Küche ab. Der Sicherungskasten war im Flur. Er öffnete die Tür und sah sogleich die Ursache. Der Leitungsschutzschalter war nach unten geklappt. Ein Handgriff, und der Strom würde wieder fließen. Christian drückte den Schalter nach oben, doch der wollte nicht dort bleiben.

Etwas ratlos versuchte er es noch ein paarmal, ohne Erfolg.

Der Schalter sicherte den Keller ab. Dort musste es einen Kurzschluss gegeben haben. Wie unerfreulich. Die Tiefkühltruhe befand sich dort unten. Nicht auszudenken, wenn alles auftaute. Wieder ging er durch die Küche und öffnete die Tür zur Kellertreppe. Um nicht zu fallen, ließ er die Tür offen, damit wenigstens das Licht von der Küche hinunterscheinen konnte.

Es half nichts. Der Schein reichte nicht aus, um unten genug zu sehen. Missmutig stapfte er wieder hinauf und holte eine Taschenlampe. Probehalber schaltete er sie ein. Der Lichtschein war kaum zu sehen. Jetzt musste er sich auch noch auf die Suche nach neuen Batterien machen. Die waren doch hier irgendwo. Christian kramte in einer Schublade zwischen Gummiringen, Feuerzeugen und Streichhölzern. Schließlich wurde er fündig, schraubte den Verschluss der Taschenlampe auf und legte die neuen Batterien ein. Zufrieden betrachtete er den hellen Lichtkegel.

Im ersten Kellerabteil schien ihm das grüne Licht der Tiefkühltruhe entgegen, ein Zeichen, dass sie mit Strom versorgt wurde. Beruhigt lauschte er dem Surren. Hier war alles in Ordnung. Trotzdem hob er kurz den Deckel und sah hinein. Gut, es war nichts passiert. Gott sei Dank! Aber dann nahm ein Gedanke in seinem Kopf Gestalt an. Der Gedanke an Emilia. Hatte sie das angestellt? Und wenn ja, wie? Siedend heiß fiel ihm ein, dass sie Strom und Wasser hatte. Eine tödliche Kombination. Was, wenn sie sich umgebracht hatte? Wenn sie ihrem Schicksal auf diese Weise entkommen wollte?

Er machte auf dem Absatz kehrt, rannte aus dem Raum und hetzte den Gang hinunter. Mit fliegenden Fingern nestelte er mit dem Schlüssel an dem Schloss der Sicherheitstür. Endlich klackte es, und Christian riss die Tür auf, in der Erwartung, Emilias Körper am Boden liegen zu sehen.

Innerhalb einer Sekunde nahm sein Gehirn die Bilder auf,

die ihm seine Augen schickten: Kein Licht, das Bett mitten im Raum, nirgendwo Emilia.

Doch bevor er auch nur ansatzweise begriff, was das alles zu bedeuten hatte, traf ihn etwas mit voller Wucht ins Gesicht. Er taumelte überrascht einen Schritt zurück, stolperte und stürzte zu Boden. Die Taschenlampe fiel ihm aus der Hand. Ein Schatten bückte sich nach ihr. Christian richtete sich auf, wollte nach dem Schatten greifen, doch der knallte ihm die Lampe gegen die Schläfe, und es wurde dunkel um ihn.

Emilia legte all ihre Kraft in den Schlag. Sie blickte sich nicht um, hoffte, dass er zumindest für eine kleine Weile außer Gefecht gesetzt war. Sie rannte den Gang entlang, die Stufen hinauf, durch die Küche. Diesmal war die Tür zur Diele nicht abgeschlossen. Gleich hatte sie es geschafft. Die Eingangstür! Sie drückte die Klinke hinunter, doch sie war versperrt. Der Schlüssel, wo war er? Wo hatte er den verdammten Schlüssel hingetan? Er steckte nicht im Schloss, einen Schlüsselkasten gab es nicht. Vielleicht trug er ihn die ganze Zeit mit sich herum. Gehetzt sah sie sich um. Was nun? Sie konnte doch nicht wieder in den Keller, um seine Taschen zu durchsuchen.

Ihr fiel das Fenster ein. Vor Erleichterung schluchzte sie auf, unterdrückte es aber gleich wieder. Keine Zeit. Noch bist du nicht außer Gefahr.

Emilia schob die Vorhänge zur Seite, entriegelte das Küchenfenster und kletterte auf die Arbeitsplatte. Sie hatte bereits einen Fuß hinausgeschwungen, da zog sie ihn wieder zurück und stieg zurück auf den Küchenfußboden.

Was tust du?, schrie eine Stimme in ihr. Bring dich in Sicherheit, verdammt! Verlier keine Zeit!

Doch Emilia brachte es nicht fertig, auf die fordernde Stimme in ihr zu hören. Er hatte gesagt, er habe eine Schwester. Die konnte sie doch nicht zurücklassen. Er war unberechenbar, das hatte sie am eigenen Leib zu spüren bekommen. Einen Augenblick fürsorglich und zuvorkommend, im nächsten brutal und unmenschlich. Wenn er ihre Flucht entdeckte, würde er wütend sein. Was, wenn er seine Wut an Jana ausließ? Was, wenn er sie tötete?

Emilia hatte keine Wahl.

24

Wagner rief bei Deco-Art-Studios an und brachte sein Anliegen vor. Nein, einen Jakob Prandtauer gebe es nicht unter den Mitarbeitern. Auf seine Frage, wie sie es sich erklärten, dass unter ihrem Firmennamen ebendieser zu der Vernissage eingeladen worden war, wussten sie keine Antwort.

Wagner hinterließ Heinz' Nummer und bat darum, angerufen zu werden, falls jemandem etwas einfiele. Jetzt musste er sich nicht nur ein neues Auto kaufen, er brauchte auch ein neues Handy. Und das möglichst bald.

Emilia hatte auch ein Handy besessen. Moser hatte für Luisa Peer keine Genehmigung bekommen. Aber bei Emilia sah die Sache anders aus. Bei ihr ging es um Leben oder Tod. Wagner rief den Staatsanwalt an. Nachdem der versprochen hatte, alle Hebel in Bewegung zu setzen, hatte er das Gefühl, für den Moment nicht mehr tun zu können. Er hoffte bloß, dass sich die Behörden nicht allzu lange mit der Genehmigung Zeit ließen. Denn genau das war es, was sie nicht hatten. Zeit.

Wagner machte sich in sein altes Büro auf. Moser war gerade dabei, die Unterlagen auf dem Schreibtisch zu ordnen.

Laura hatte nicht übertrieben. Der Mann sah aus, als würde er jeden Moment zusammenbrechen. »Guten Tag,

Herr Kollege. Ich wollte wissen, ob es schon was Neues gibt«, begrüßte Wagner ihn.

»Die Mail ist gerade raus. Jetzt müssen wir warten. Ich habe gleich einen Arzttermin, aber ich hoffe, ich bin bis zur Besprechung wieder hier.«

»So, wie Sie aussehen, sollten Sie nach dem Arztbesuch geradewegs nach Hause fahren. Mann, Sie sind krank. Ob Sie es sich nun eingestehen wollen oder nicht.«

Moser starrte ihn an. Er brauchte gar nichts zu sagen, sein Gesicht sprach Bände. Schlagartig wurde Wagner bewusst, was in seinem Gegenüber vorging. Er kämpfte um Anerkennung oder wenigstens darum, eine Chance zu bekommen. Beides war ihm bisher verwehrt geblieben. Sicherlich auch durch seine eigene Schuld. Aber seit Wagner aus Innsbruck angereist war, schwanden mit jeder Stunde Mosers Hoffnungen, jemals das zu erreichen, was er sich so sehnlich wünschte.

»Hören Sie. Ich weiß, dass Ihr Start hier nicht besonders erfreulich war. Aber ich versichere Ihnen, dass ich einzig deshalb gekommen bin, weil Heinz Martin mich als Freund darum gebeten hat. Wären Sie in seiner Situation, hätten Sie nicht anders gehandelt.«

Moser hantierte geschäftig mit seinem Aktenkoffer herum. Nachdem er scheinbar ewig gebraucht hatte, alle Dokumente hineinzuschlichten, akribisch zu ordnen und ihn dann zu verschließen, blickte er auf. »Da mögen Sie recht haben. Vielleicht hätte ich einst so einen Freund wie Sie brauchen können.«

Wagner trat einen Schritt beiseite, um Moser durch die Tür zu lassen.

»Das letzte Opfer, diese junge Drogenabhängige…« Wagner war sich nicht sicher, ob er das erwähnen sollte, aber er war ein Teamspieler, und Moser gehörte nun einmal zum Team dazu.

»Ja?«

»Der Mörder hat auf ihrem Rücken das Geburtsdatum und das Sterbedatum Emilia Martins hinterlassen.«

Moser blickte ihn betroffen an und lehnte sich gegen den Türrahmen. »Heilige Scheiße«, entfuhr es ihm.

»Glauben Sie jetzt, dass alles zusammenhängt?«, fragte Wagner.

Moser nickte. Zögernd, aber doch. »Wir müssen Martins Schwester bis morgen finden, sonst gibt es eine Leiche mehr«, sagte Wagner.

Moser sah ihn an. »Ich werde um sechs da sein.«

Wagner nickte ihm zum Abschied zu. Er hatte in Mosers Blick etwas gesehen, das ihn an sich selbst erinnerte. Für einen Moment war der wahre Moser zum Vorschein getreten. Und auf einmal dachte Wagner: Man konnte über diesen Kerl, der so seltsam verschlossen und mürrisch daherkam, sagen, was man wollte. Ihm gefiel er irgendwie.

Heinz hatte Wagner eine Nachricht hinterlassen, wo sie hingefahren waren. Im Krankenhaus, seiner früheren Wirkungsstätte, hatte die Verwaltungschefin, die ihn noch von damals kannte, gesagt: »Nun, ich weiß zwar nicht, ob es gegen irgendwelche Vorschriften verstößt, aber ich war ja noch nie eine, die sich buchstabengetreu an alle Regeln gehalten hat.« Sie hatte ihren Schlüsselbund genommen und war mit ihm und Laura mit dem Aufzug in den Keller gefahren, wo die alten Krankenblätter aufbewahrt wurden.

»Hier. Hoffentlich finden Sie das, was Sie suchen. Ich bin oben in meinem Büro, wenn Sie mich brauchen.« Dann hatte sie ihn und Laura allein gelassen.

Laura blickte auf die aufeinandergestapelten Kartons und pfiff ganz undamenhaft durch die Zähne. »Da steht uns ja jede Menge Arbeit bevor, wenn wir das alles durchsehen müssen.«

»Keine Sorge. Sie sind bereits nach Datum sortiert. Wir

müssen nur den richtigen Karton suchen.« Gemeinsam schritten sie die Reihen ab, bis sie das richtige Jahr gefunden hatten.

Heinz holte zwei Kisten von dem Regal. Hier hoffte er die Lösung zu finden.

Er stellte sie ab und setzte sich, weil es keine andere Möglichkeit gab, einfach auf den Boden. Laura tat es ihm gleich. Sie fingen an, die Papiere zu sichten. »Da war ganz schön viel los«, stellte Laura fest.

Heinz antwortete ihr nicht. Er hielt eine Akte in der Hand und las sie sich durch. Jana Salzbrunner. Autounfall. Eingeliefert am 10. Mai 1994 um 8 Uhr 30. Sie war erst dreizehn gewesen. Er erkannte seine eigene Handschrift auf dem Krankenblatt. Er versuchte, sich den Fall in Erinnerung zu rufen, doch nicht einmal als er die Akte durchlas, konnte er sich ein Bild zu dem Namen machen. Es waren einfach zu viele, die Hilfe gebraucht hatten. Zu viele Gesichter, zu viele Namen. Fast wie am Fließband. Tag für Tag, Nacht für Nacht. Immer, wenn er Dienst gehabt hatte. Nicht nur, aber auch deshalb, hatte er sich dazu entschlossen, in die Gerichtsmedizin zu gehen. In diesem Job trug er dazu bei, Patienten einen Namen und manchmal auch ein Gesicht zu geben. Das fand er ungleich befriedigender.

»Hast du was gefunden?«, riss Laura ihn aus seinen Überlegungen.

»Vielleicht.«

Er überflog das Unwesentliche und blätterte weiter, bis er auf etwas traf, das ihn wie elektrisiert hochfahren ließ. »Ich kann mich wieder an sie erinnern. Nach ihrem Unfall war sie blind. Ihr Bruder erhob schwere Vorwürfe gegen das Krankenhaus und gegen mich. Er meinte, ich hätte einen Behandlungsfehler gemacht. Eine interne Untersuchung ergab allerdings, dass ich keine Schuld hatte.«

Laura sprang auf. »Na, ihr Bruder sieht das wohl anders.

Die herausgetrennten Augen der ersten beiden Opfer, die Botschaften auf den beiden anderen.«

Heinz stand ebenfalls auf. »Der Typ ist irre. Er versucht, ihr neue Augen zu beschaffen!«

»Auf der Akte steht ihre Versicherungsnummer. Und durch die kommen wir an ihre Adresse.«

Wenig später saßen die beiden wieder in Heinz' Auto und fuhren zum Hauptkommissariat zurück.

»Danke, dass du mitgekommen bist«, sagte Heinz.

Sie drückte seinen Arm. »Gern geschehen. Du kannst also doch charmant sein, wenn du willst.«

»Bei meinen Patienten komm' ich mit Charme nicht weit. Ich hab's wahrscheinlich verlernt.«

Sie stieß ihm spielerisch den Ellbogen in die Rippen. »Du bist schon in Ordnung.« Sie zögerte, bevor sie die Frage stellte: »Hat dir Helmut eigentlich gesagt, warum er jetzt doch in Wien bleiben will?«

Heinz konzentrierte sich auf das Einparken. Er stellte den Motor ab. Erst dann drehte er sich zu ihr um und sagte: »Er war nicht sehr gesprächig. Nur so viel: Sonja und er haben sich getrennt. Er hat gesagt, er sei schuld daran.«

Er war sich nicht sicher, meinte aber eine Mischung aus Erleichterung und schlechtem Gewissen in Lauras Gesicht zu sehen.

Ach, wie waren diese Liebesdinge kompliziert. Wie gut, dass er sich damit nicht befassen musste.

Emilia horchte auf jedes Geräusch. Wenn er sie erwischte, war sie geliefert. Sie dachte daran, wie er sie am Vorabend brutal an den Haaren die Stufen hinuntergeschleift hatte. Diesmal würde die Strafe bestimmt noch viel schlimmer ausfallen. Doch alles war ruhig.

Emilia huschte zu der Treppe, die vermutlich zu den Schlafzimmern führte. Auf Zehenspitzen ging sie hinauf. Die

Tür zum ersten Zimmer stand offen: ein Mädchenzimmer, in fröhlichem Gelb gestrichen. Pferdebilder und einige alte Poster von Popbands waren an die Wände geheftet. Im Zimmer stand ein Krankenhausbett mit verstellbarem Kopfteil. »Jana?«, flüsterte sie. Sie wollte niemanden erschrecken. Noch einmal: »Jana!«

In dem Bett lag jemand, das konnte Emilia unschwer an der Form der Decke erkennen. »Jana, wach auf. Ich bring dich hier weg.« Sie stieß den Körper an. Verdammt, irgendwie musste sie Jana wach bekommen. Als sie sich nach weiteren Stupsern immer noch nicht regte, zog Emilia die Decke von dem Körper. Ein spitzer Schrei entfuhr ihrer Kehle. Nein!

In diesem Bett lag eine Tote. Der ganze Körper verschrumpelt und schwarz, das Gesicht zu einer Fratze verzerrt. Dort, wo ihre Augen sein sollten, klafften tiefe dunkle Löcher. Ein mumifizierter Leichnam. Großer Gott! Was hatte er mit ihr angestellt? Dieses Etwas war Jana? Sie musste es sein. Wie lange lag sie schon hier? Heinz würde so etwas wissen. Sie konnte nur raten. Aber bestimmt war Jana schon Monate, wenn nicht gar Jahre tot. Emilia stopfte sich die Faust in den Mund, um das hysterische Lachen zu unterdrücken, das sich ihre Kehle hinaufschlich. Wegen ihr, wegen diesem *Ding* bist du wieder zurückgekommen. Das hast du nun davon, dass du einmal in deinem Leben nicht zuallererst an dich gedacht hast.

In diesem Moment hörte sie von unten ein Geräusch. Er hatte das Bewusstsein wiedererlangt. Er würde wütend sein. Sie drehte sich um und hastete aus dem Zimmer auf den Flur. Der Raum gegenüber war das Bad. Hier konnte sie sich nicht verstecken. Das Schloss sah nicht so aus, als würde es seiner Wut standhalten. Daneben war die Toilette. Auch kein sicherer Ort.

Sie hörte, wie er ihren Namen rief: »Emilia!« In seinem

Ton war blanker Hass zu spüren: »Emilia, du Flittchen! Ich weiß, dass du da bist.« Seine Stimme klang gefährlich nahe. Sie wagte nicht, sich nach ihr umzudrehen, sondern hetzte zur nächsten Tür. Die war keine normale Zimmertür, sondern eine stabile Sicherheitstür. Und sie schwang auf, als Emilia die Klinke hinunterdrückte.

Sie warf sie zu und schob hastig den Riegel vor. Außer diesem einen gab es noch zwei weitere. Auch die legte sie vor. Dann lehnte sie sich mit dem Rücken gegen das Türblatt und atmete durch. Mit geschlossenen Augen versuchte sie, wieder zur Ruhe zu kommen. Erst als ihr Atem wieder regelmäßiger ging, öffnete sie ihre Lider und sah sich um. Sie wünschte, sie hätte es nicht getan.

Der Raum, in dem sie gelandet war, hatte Ähnlichkeit mit einem Gruselkabinett. Mitten im Zimmer stand ein Schminktisch, der ihrem nicht unähnlich war. Darauf lagen Dosen mit Theaterschminke, falsche Bärte und Perücken. Zwischen dem Glas und dem Rahmen steckten Fotos von Männern. Erst als sie sie näher betrachtete, erkannte sie Jakob Prandtauer. Auf jedem Foto sah er anders aus. Mal mit blondem Haar, mal mit fast weißem. Auf manchen Bildern hatte er einen Oberlippenbart, auf einem sogar einen Vollbart. Doch auf allen waren seine unverkennbaren Granitaugen zu sehen, die Emilia frösteln ließen. Sie hätte es von Anfang an wissen müssen, dass dieser Mann gefährlich war.

Ein Geräusch durchdrang seine Bewusstlosigkeit. Ein Schrei. Stöhnend richtete sich Christian auf und tastete nach seiner Schläfe. Seine Finger fühlten eine klebrige, feuchte Stelle. Es war dunkel, also hielt er sie sich an die Nase, roch an ihnen. War das Blut? Er kostete. Der vertraute Geschmack nach Salz und Eisen bestätigte seine Vermutung. Das war Emilia gewesen. Sie hatte ihn geschlagen.

Schmerzerfüllt stemmte er sich hoch, und einen Augenblick lang drehte sich alles um ihn. Dann erhob er sich mühsam. Mit den Händen stützte er sich an der Mauer ab, bis die Welt wieder stillstand. Dann wankte er die Kellertreppe hinauf. Acht Stufen.

Idiot! Hirnverbrannter Idiot. Wieder hast du sie unterschätzt. Jetzt war Schluss. Sobald er sie zu packen bekäme, würde er sie knebeln und fesseln. Er würde sie verschnüren wie ein Weihnachtspäckchen. Er würde sich Zeit lassen, sie leiden lassen, bis sie ihn anflehen würde, sie endlich zu töten. Doch er würde nicht auf ihr Bitten und Betteln hören. Nicht nur Heinz Martin hatte Strafe verdient, sondern auch Emilia. Besonders Emilia, nachdem sie ihm das angetan hatte. Er hatte ihr nicht wehtun wollen. Er wäre sanft mit ihr umgegangen. Er hätte sie betäubt, damit sie nichts spürte. Doch nun war es mit seiner Gutmütigkeit vorbei. Er stapfte über die Stufen in die obere Etage. Dort hatte er eine Bewegung wahrgenommen.

»Emilia!«, schrie er. »Emilia, du Flittchen. Ich weiß, dass du da bist.«

Er hielt sich am Treppengeländer fest und zog sich mit den Händen Stufe um Stufe hinauf.

»Warte nur, ich komme. Und dann: Gnade dir Gott!«

»Wir treffen uns im großen Besprechungszimmer«, sagte Laura zu Heinz, als sie das Gebäude betraten, »ich kümmere mich um die Sozialversicherungsnummer, und du informierst Wagner.«

Heinz nickte. Das große Konferenzzimmer bot bequem zwanzig Leuten Platz. Wagner saß bereits am Tisch und hatte mehrere Papiere auf den Tisch gelegt. In die war er so versunken, dass er Heinz gar nicht bemerkte. Erst als er sich laut räusperte, blickte Wagner auf. »Was gefunden?«

Heinz nahm sich einen Stuhl und setzte sich neben seinen

Freund. »Jana Salzbrunner, eine Dreizehnjährige. Sie hat 1994 bei einem Unfall ihr Augenlicht verloren, und ihr Bruder hat damals schwere Vorwürfe gegen mich erhoben.«

»Das klingt nach einem Treffer. Hast du die Krankenakte mit?«

»Laura hat sie. Sie will die Sozialversicherungsnummer überprüfen. Und du?«

»Ich habe noch einmal mit der Vernissageorganisatorin gesprochen. Das heißt, mit der Sekretärin. Ein nettes Ding, aber total verschreckt. Was hast du ihr bloß erzählt?«

Heinz ging auf Wagners Frage nicht ein. »Wo ist eigentlich Moser? Wollte der nicht wegen des Renaults recherchieren?«

»Der musste zum Arzt. Aber er hat versprochen, dass er zur Besprechung kommt.« Wagner sah auf die Uhr. »Zehn Minuten hat er noch. In der Zwischenzeit sind ein paar Antworten bezüglich ähnlicher Fälle eingetrudelt.«

Heinz stand auf und beugte sich über Wagner, um ihm über die Schulter zu schauen. Der hielt einen Ausdruck hoch. »Hier. Wels, 22. Februar 2001. Eine weibliche Leiche, keine nennenswerten Verletzungen, außer dass ihr die Augen rausgeschnitten worden sind. Täter wurde nie gefasst.«

Heinz nahm das Papier an sich und überflog es. »Ich kann mich nicht erinnern, davon in den Zeitungen gelesen zu haben.«

»Ist Jahre her – und die Presse war damals erstaunlich zuvorkommend. Nachdem man den Reportern gesagt hatte, sie sollen Infos zurückhalten, weil es für die Ermittlungen relevant werden könnte, haben sie sich daran gehalten.« Wagner drückte ihm einen zweiten Zettel in die Hand. »29. August 2002. Eineinhalb Jahre später. Diesmal in Kärnten.«

Wagner kramte zwischen den Papieren und reichte Heinz das dritte Dokument. »Bei der hier fängt er mit dem Spielen an. Sie wurde verstümmelt. 5. Oktober 2005.«

Laura kam herein. »Na, wart ihr schön fleißig? Ich nämlich schon.« Sie legte einen Notizblock auf den Tisch. »Jana Salzbrunner, laut Versicherung ist ihr letzter Wohnsitz in Klagenfurt.« Sie blätterte in ihren Unterlagen. »Davor hat sie immer wieder die Adresse gewechselt. Und ich habe den Unfallbericht vom 10. Mai 1994 organisiert.«

»Das passt. Er ist mit ihr durch die Gegend gezogen. Aber warum hat er erst 2001 mit dem Morden angefangen?«

Laura kannte auch darauf eine Antwort: »Christian Salzbrunner hatte an dem Unfallmorgen 1,8 Promille. Er wurde wegen fahrlässiger Körperverletzung verurteilt und saß von 1995 bis 1998 im Gefängnis.«

»Aber da klaffen immer noch drei Jahre zwischen seiner Entlassung und dem ersten Mord«, warf Heinz ein.

»Vielleicht war es ja nicht der erste Mord. Vielleicht war es bloß der erste, den man entdeckt hat«, gab Wagner zu bedenken.

Laura trommelte mit den Fingern auf den Tisch. »Tatsache ist, dass seine Schwester blind ist und dass er anderen Frauen die Augen rausschneidet. Was sagt uns das?« Sie erwartete keine Antwort von ihnen, sondern sprach gleich weiter: »Er möchte diese Augen seiner Schwester einsetzen. Nicht nur Emilia, sondern auch Jana schwebt in Lebensgefahr. Unser Mann ist schwerst gestört.«

»Gestört und gefährlich«, stimmte Heinz ihr zu.

»Dann setzt eure Hintern in Bewegung und klemmt euch hinter einen Computer. Seht, was ihr über Augentransplantationen herausfinden könnt. Vor allem Namen.«

Heinz hätte einwenden können, dass man keine Augen, sondern höchstens die Netzhaut, transplantieren konnte. Aber er wagte nicht, Laura zu widersprechen. Wagner auch nicht. »Komm! Tun wir lieber, was sie sagt«, meinte sein Freund.

Rainer Moser saß nun schon seit einer Stunde im Wartezimmer und hoffte, dass er endlich drankäme. Schließlich wollte er um sechs Uhr bei Wagners Fallbesprechung sein.

Endlich ertönte aus dem Lautsprecher Dr. Laimgrubers Stimme. »Herr Moser in Behandlungsraum zwei, bitte.«

Er stand auf und ging hinein. Im Grunde wollte er bloß ein stärkeres Schmerzmittel. Etwas, das zuverlässig wirkte, damit er arbeiten konnte.

Er nahm auf dem Besuchersessel Platz und wartete noch einmal gute zehn Minuten, bis der Arzt kam, ihm die Hand schüttelte und fragte, was ihm fehle.

»Ich habe in letzter Zeit häufig Kopfschmerzen. Ziemlich heftige. Ich kann nicht arbeiten, nicht lesen, ja nicht einmal schlafen.«

Der Doktor fragte ihn nach Einzelheiten. Ob es einen Auslöser gäbe, etwa ein Nahrungsmittel, auf das er vielleicht reagiere.

»Sie meinen, eine Art Allergie? Nein. Ich war noch nie gegen irgendwas allergisch.« Abgesehen von Heinz Martin, Helmut Wagner, von Inkompetenz und vom Alleinsein. Aber das zählte wohl nicht.

Die Fragen gingen weiter. Moser musste sich zurückhalten, um nicht ständig auf die Uhr zu sehen. Es war schon Viertel vor sechs, als er doch verstohlen auf seine Armbanduhr blickte. Den Besprechungstermin würde er nie einhalten können.

Um das Ganze abzukürzen, meinte er: »Ich brauche nur ein paar Schmerztabletten, um über die Runden zu kommen. Ich fürchte, Aspirin reicht einfach nicht.«

Dr. Laimgruber schüttelte den Kopf. »Herr Moser, es tut mir leid, aber das klingt ernster, als Sie vielleicht wahrhaben wollen. Ich schreibe Ihnen eine Überweisung ins Krankenhaus. Es sind doch einige Untersuchungen notwendig.«

»Aber ich habe eine wichtige Besprechung«, protestierte Moser.

»Sie haben im Moment gar nichts außer einem Termin im Spital. Und das jetzt gleich.« Der Ernst in Dr. Laimgrubers Stimme erstickte jedes Widerwort.

Moser nickte ergeben. »Sie meinen, es ist gefährlich?«

Das Gesicht des Arztes war reglos. »Das, Herr Moser, kann ich nicht sagen. Aber es gibt viele Krankheiten, die, je eher sie erkannt werden, desto besser behandelt werden können.«

Moser ließ nicht locker. »Es könnte ein Tumor sein, nicht?« Jetzt hatte er ausgesprochen, wovor er sich am meisten fürchtete. Ein Tumor.

»Das kann ich leider nicht ausschließen. Sie müssen diese Untersuchungen machen lassen.« Laimgrubers Ton war nun eindringlich geworden.

Moser nickte, nahm die Überweisung und stopfte sie in seine Brusttasche.

Als er das Behandlungszimmer verlassen wollte, rief ihn der Doktor noch einmal zurück. »Herr Moser? Jetzt. Und tun Sie mir den Gefallen und lassen Sie das Auto stehen.«

Betäubter, als er es durch seine Tabletten je gewesen war, setzte Moser einen Fuß vor den anderen, ohne zu wissen, wohin er eigentlich ging. Ein Tumor. Vielleicht. Möglicherweise. Was sollte es sonst anderes sein?

Sein Unterbewusstsein kannte den Weg. Schließlich fand er sich vor seiner Wohnungstür wieder, obwohl er keine Erinnerung daran hatte, mit der Straßenbahn oder mit dem Bus gefahren zu sein. Immer noch unfähig zu denken, stopfte er wahllos ein paar Kleidungsstücke in eine Reisetasche, ebenso einen sauberen Pyjama, seinen Rasierapparat und die Zahnbürste. Im Spital würde er Hausschuhe brauchen. Er hatte keine. Er nahm sein Gepäck und ging hinunter auf die Straße. Das Auto. Das stand in einer Parkgarage in der Nähe von Laimgrubers Praxis. Es war wohl tatsächlich besser, im Moment aufs Fahren zu verzichten.

Vor seinem Haus war ein Taxistand. Er öffnete die Tür eines wartenden Fahrzeuges und stieg ein. Der Fahrer drehte sich zu ihm um und fragte: »Wohin darf es gehen?«

»Ins Allgemeine Krankenhaus.«

Der Taxifahrer quälte sich durch den abendlichen Berufsverkehr. Sie hatten schon fast ihr Ziel erreicht, als Moser es sich anders überlegte. »Warten Sie. Ich habe mich doch anders entschieden. Bringen Sie mich zum Hauptkommissariat, Sonnensteingasse 27.«

Der Fahrer zuckte mit den Schultern. Ihm war es egal, wohin er fuhr, solange er sein Geld bekam. Er wendete bei der nächsten Gelegenheit. Moser lehnte sich zurück und schloss die Augen. Morgen würde er sich gleich nach dem Aufstehen Hausschuhe besorgen, sich anschließend ins Spital legen und diese Tests und Untersuchungen über sich ergehen lassen. Doch heute wollte er zu dieser Besprechung. Auch, wenn sie schon ohne ihn angefangen hatte.

Heinz saß vor dem Computer und hatte den Suchbegriff »Augentransplantation« eingegeben. Er klickte sich durch die Seiten. Die meisten waren schnell durchgelesen. Nichts, mit dem er etwas hätte anfangen können. Doch plötzlich stutzte er.

Da ging es um einen österreichischen Biologen, der bei Ratten mit einer besonderen Transplantationstechnik experimentiert hatte und dadurch ins Kreuzfeuer der Kritik geraten war. Danach war er nach Amerika ausgewandert und hatte dort seine Versuche weitergeführt.

»Ich hab' den Scheißkerl!«

Wagner blickte verwirrt vom zweiten Computer auf. »Wen?«

»Den Namen. Theodor Watt. Er hat die Augen von Ratten transplantiert.«

»Grundgütiger. Ich dachte nicht, dass so etwas überhaupt möglich ist.«

»Ist es auch nicht. Nicht bei Menschen.«

Sie waren dem Feind näher gekommen, das konnte er spüren, nur würde es reichen? Er sah auf die Uhr. 19 Uhr. Nur noch fünf Stunden bis Mitternacht. Oder neunundzwanzig, bis der morgige Tag und damit Emilias Leben abgelaufen war.

Christian schaute nach Jana. Sie lag in ihrem Bett und rührte sich nicht. Sie war nicht zugedeckt, die Arme. Er ging zu ihr und zog die Decke über ihren Körper. »Ich bring das in Ordnung, Kleines. Du musst dich nur noch bis morgen gedulden. Dann wird alles gut. Du wirst wieder sehen.«

Er hätte sich gerne neben Jana gesetzt und ihr etwas erzählt, wie immer um diese Zeit, aber darauf würde sie heute verzichten müssen. »Ich komme später noch einmal.«

Er hatte eigentlich erwartet, Emilia im Badezimmer zu finden. Dort hätte sich ihr die erstbeste Gelegenheit geboten, sich vor ihm zu verstecken. Aber nein, dafür war sie zu schlau. Sie würde nie das tun, was er von ihr erwartete. Wo war sie dann?

Sein Zimmer. Er hatte es noch nie abgesperrt. Wozu auch? Jana ging nicht spazieren, seine Mutter war tot, und Besuch bekam er ohnehin nie.

Die Spezialtür hatte er eingebaut, damit er einen Ort hatte, an dem er sich sicher fühlen konnte und ungestört war. Wo er Ruhe fand. Diese Tür hinter sich zu verriegeln, bedeutete, in eine andere Welt einzutauchen, eine andere Identität anzunehmen. Deswegen hatte er auch Spezialfenster einbauen lassen und die Griffe abmontiert. Nichts, das ihn hätte stören können, sollte je hineingelangen. So wie es aussah, war Emilia in diese, in seine Welt eingedrungen.

Christian rüttelte an der Tür. Sie war abgesperrt. Er schlug mit der Faust dagegen. Kein Laut drang von innen an seine Ohren. »Emilia! Mach diese verdammte Tür auf.« Keine Reaktion. Er nahm beide Fäuste und hieb gegen das stabile Türblatt. Sein Hämmern war im ganzen Haus zu hören.

»Nein!«, hörte er ihre Stimme gedämpft durch die Tür. »Siehst du nicht, dass es zwecklos ist? Du kannst sie nicht wieder zurückholen. Sie ist tot.«

Was faselte sie da? Wie konnte sie behaupten, es sei zwecklos, Jana helfen zu wollen? Wie sollte er denn sonst jemals frei von ihr sein? Sie ließ wohl nichts unversucht, um ihn zu verunsichern. Das machte ihn noch wütender, und er hieb erneut mit den Fäusten gegen die Tür. »Emilia! Ich finde einen Weg, hier reinzukommen. Und dann wirst du dir wünschen, dass ich dich töte, das schwöre ich.«

Bei jedem Schlag fuhr Emilia zusammen. Er kann dir nichts tun. Du hast nichts zu befürchten, solange du hier drinnen bleibst, beruhigte sie sich selbst. Nur weg von der Tür. In einer Ecke stand ein Regal, auf dem verschiedene Behälter aufbewahrt wurden. Einmachgläser, wie sie in dem mittlerweile dämmrig gewordenen Licht gerade noch erkennen konnte. Dahinter wollte sie sich verstecken und notfalls das Regal auf ihren Widersacher kippen, falls er es irgendwie schaffte, die verriegelte Tür zu überwinden.

Sie ging hinüber und kauerte sich hinter das Regal. Erst jetzt, aus der Nähe – und weil sich ihre Augen an die Lichtverhältnisse gewöhnt hatten –, sah sie sich die Glasbehälter genauer an. Es dauerte zwei Sekunden, bis sich die Bildinformationen einen Weg zu ihrem Gehirn gebahnt hatten. Dann erfasste ein unkontrolliertes Zittern ihren Leib. Kleine Schluchzer drangen aus ihrem Mund, die sie nicht unterdrücken konnte.

Sieh nicht hin, befahl sie sich. Doch ihre Augen ließen sich ihren Willen nicht aufzwingen. So starrte sie auf das Einmachglas mit Luisas Namen, in dem in einer rosa Flüssigkeit die Augen ihrer Freundin schwammen. Emilia war unfähig, sich von ihrem Platz wegzubewegen, sie schaffte ja nicht einmal die einfache Regung, ihre Augen zu schließen, um das unfassbare Grauen vor ihr abzuwehren.

Vor Christians Augen waberten rote Zornesnebel. Noch nie im Leben war er so unbeschreiblich wütend gewesen, nicht einmal, als er seine Mutter getötet hatte. Seine Fäuste pochten gegen die Tür, seine Knöchel bluteten, und das machte ihn noch rasender, auch wenn er keinen Schmerz empfand. So war es nicht geplant. Es lief gewaltig schief, und Emilia war an allem schuld.

Er konnte nicht denken, wenn er wütend war. Wie ein Tier in einem zu engen Käfig lief er den Flur auf und ab. Was sollte er tun? Was konnte er tun?

Du brauchst gar nichts zu machen. Sie wird da drinnen verdursten und verhungern. Das geht nicht, schrie es in ihm. Das ist gegen die Regel. Er würde ewig an Jana gekettet sein. Sie würde ihn nicht freigeben. Nicht, solange sie in ihrem Zimmer lag und darauf wartete, dass er sein Versprechen hielt.

Er rief nach seiner Mutter, doch nicht einmal jetzt, wo er sie dringender denn je gebraucht hätte, kam sie zu ihm zurück.

Er musste in den Keller, sein Werkzeug holen. Und wenn er diese verdammte Tür aus den Angeln schrauben oder mit der Axt zerschlagen musste.

Heinz druckte die Seiten, die er über die Augentransplantation gefunden hatte, aus. Wagner wartete auf ihn. Gemeinsam hasteten sie den Gang entlang, zum Besprechungsraum. Laura sah auf, als sie hineinstürmten. »Hier!«, wedelte Heinz mit den Ausdrucken. »Ich habe etwas gefunden.«

Laura nahm ihm stumm die Papiere aus der Hand und las sie durch. Sie kaute auf ihren Lippen. »Der Name sagt mir nichts. Aber ich glaube, du hast recht. Mittlerweile habe ich die Fingerabdrücke von dem Geldschein, der bei der Drogensüchtigen gefunden wurde, ausgewertet. Ihr werdet es nicht glauben, aber es gibt eine Übereinstimmung mit einem Teilabdruck von dem Mord in Wels vor acht Jahren.«

Heinz war schon vorher sicher gewesen, dass all die Frauen auf das Konto dieses einen Täters gingen, aber jetzt hatte er den unbestrittenen Beweis, mit dem sie auch vor Gericht punkten konnten.

»Wir wissen immer noch nicht, wo wir ihn finden«, warf Wagner ein.

»Das nicht, aber ich werd' sehen, was ich über Theodor Watt herausfinden kann. Ich wette, er tritt nicht als Normalsterblicher auf, sondern als Chirurg oder als Augenarzt oder von mir aus als Optiker«, meinte Laura und rauschte ab, um ihre Mitarbeiter auf den Namen anzusetzen.

»Was meint sie mit Normalsterblicher? Gehör' ich denn laut ihrer Theorie nicht dazu?«

»Na ja, deine Arbeit als normal zu bezeichnen, wäre etwas untertrieben. Aber was ist denn schon normal?«

Das, was sie taten, mit Sicherheit nicht. Aber irgendjemand musste sich doch auf die Jagd nach Mördern und Verbrechern machen. Jemand musste tief im Dreck wühlen, um herauszufinden, woran und wie Opfer gestorben waren. Nur so kamen sie Verbrechern auf die Spur und machten sie dingfest. Ein Dienst an der Menschheit. So sah Heinz seinen Job. Auch Christian Salzbrunner sah seine Morde als Dienst an seiner Schwester an. Alles eine Frage der Sichtweise. Wo verlief die Grenze? Vielleicht waren er und der Mörder gar nicht so unterschiedlich. Ein erschreckender Gedanke. Und noch mehr bestürzte Heinz der Hass, den er Salzbrunner gegenüber empfand, und die Bereitschaft, diesem nachzugeben. Würde er ihn töten können, wenn er ihm gegenüberstand? Mit Sicherheit. Es war unerheblich, dass er auf der richtigen Seite des Gesetzes stand. Mörder war Mörder, oder?

Emilia konnte immer weniger sehen. Es wurde schon finster, wie sie erleichtert feststellte. So blieb ihr der Anblick der grauenvollen Sammlung erspart. Du kannst hier aber nicht ewig bleiben. Er wird dich holen. Such dir eine Waffe, befahl sie sich. Sie seufzte. Das Einzige, was sie wollte, war, hier zu sitzen. Sie hatte keine Kraft mehr, sie hatte keinen Willen mehr. Wen interessiert's, meine Liebe? Bring deinen Hintern hoch und durchsuche dieses Zimmer. Du wirst doch nicht alles umsonst überstanden haben? Das Schlimmste steht dir noch bevor. Wappne dich und kämpfe!

Emilia kroch auf allen vieren hinter dem Regal hervor und krabbelte zur Tür, wo sie den Lichtschalter vermutete. Sie würde Licht brauchen, um eine Waffe zu finden.

Sie knipste die Lampe an und versuchte all die Augen zu ignorieren, die sie aus den Gläsern vorwurfsvoll anzustarren schienen. Neben den Einmachgläsern fand sie medizinische Sachbücher, Lehrbücher, chirurgische Anleitungen und Abhandlungen. Sie nahm sich nicht die Zeit, mehr als nur die Titel zu lesen, aber sie bekam eine Ahnung davon, was sie erwartete, wenn sie dieses Spiel verlor.

Sie hatte bisher viel Glück gehabt. Aber nun brauchte sie etwas Besseres als ein Plastikschneidbrett oder einen Eimer voll Wasser und eine Taschenlampe. Hier, in diesem Raum, wo all die Augen seiner Opfer Zeugnis davon gaben, wozu er fähig war, wusste sie, dass das, was ihr bevorstand, ein Kampf auf Leben und Tod sein würde, und sie wollte nicht unbewaffnet in dieses Gefecht ziehen. Sie unterdrückte all ihre Furcht und ihren Ekel und trat zu dem Regal. Ein Glas nach dem anderen stellte sie auf den Boden. Wo würde er sein Spielzeug aufbewahren? Doch wohl an einem Ort, der ihm wichtig war. Diese Augen waren ihm wichtig. Und tatsächlich. Hinter einem Glas lag ein Messer. Sie nahm es in die Hand. Ihre Finger schmiegten sich um den Griff. Einen kurzen Augenblick genoss sie das Gefühl der Macht, das ihr dieses Kampfmesser bescherte. Keinen Moment würde sie zögern, nahm sich Emilia vor. Es war Zeit, dem Ganzen ein Ende zu setzen. Zeit, zu leben oder zu sterben.

Laura kam um die Ecke gerannt. »Haltet euch fest. Ich hab seine Adresse«, rief sie, atemlos von ihrem Sprint von der forensischen Abteilung bis zum Besprechungszimmer.

»Der Mistkerl hat sich tatsächlich als Augenchirurg ausgegeben. Er hat in regelmäßigen Abständen Bestellungen bei MediCom getätigt, einer Firma, die medizinisches Zubehör verkauft. Die Lieferadresse hat sich im Laufe der Jahre mehrere Male geändert. Aber die letzte Bestellung ging nach Wien.«

Wagner schnalzte anerkennend mit der Zunge: »Bingo!«

Laura drückte ihm einen kleinen Papierfetzen in die Hand. »Hier.« Ihr Handy klingelte. Sie griff in die Tasche ihres Arbeitskittels und holte das Telefon hervor. »Ich bin gleich da!«, sagte sie zu dem Anrufer.

Wagner griff ebenfalls zum Telefonapparat.

»Was tust du?«, wollte Heinz wissen.

»Ich hol' Verstärkung.«

Heinz nahm ihm den Hörer aus der Hand. »Du spinnst. Wir machen das allein!«

»Der Mann ist gefährlich. Wir wären Trottel, wenn wir da ohne Verstärkung reingehen.«

»Dann bin ich eben einer. Denk an die letzte Geiselnahme. Die Cobra hat das Haus gestürmt und dabei eines der Kinder erschossen, während dem Geiselnehmer nicht einmal ein Haar gekrümmt worden ist.«

»Das war ein Querschläger, ein Riesenpech. Ein blöder Zufall. Niemand konnte damit rechnen, dass ein Kind getroffen werden würde. Außerdem hatte der Junge seine Deckung verlassen, als gefeuert wurde. Wenn er hinter dem Bett geblieben wäre, würde er noch leben.«

»Wenn, wenn, wenn. Emilia ist da drinnen. Ich verlasse mich nicht darauf, dass diesmal kein Pech und kein blöder Zufall eine Rolle spielt. Außerdem ist das inzwischen eine Angelegenheit zwischen Salzbrunner und mir. Von Bruder zu Bruder.«

Laura hatte ihr Gespräch stumm verfolgt. Jetzt jedoch ergriff sie für Wagner Partei: »Ihr müsst das Sondereinsatzkommando verständigen. Alles andere wäre Wahnsinn. Ich muss jetzt ins Labor, bin aber gleich wieder da. Und bis dorthin: Tut nichts Unüberlegtes.«

Wagner blieb stumm, bis Laura gegangen war. Er sah Heinz nachdenklich an. Schließlich sagte er: »Also gut. Aber ich habe das Sagen. Du hältst dich an meine Anweisungen, sonst fessel und knebel ich dich. Wenn es sein muss, schieß ich dir ins Bein – und das aus reiner Freundschaft.«

Heinz nickte. »Einverstanden.«

25

Laura Campelli beeilte sich, ins Besprechungszimmer zurückzukommen. Sie hatte kein gutes Gefühl, was Wagner und Heinz betraf. Und richtig: Das Zimmer war leer. Verflucht, warum musste sie auch immer recht behalten? In diesem Fall hätte sie sich nur zu gern geirrt. Sie verstand Heinz' Beweggründe. Aber sie verstand Wagner nicht. Wie konnte er auf dieses absurde Ansinnen eingehen? Laura horchte in sich hinein, denn da war außer ihrem Unverständnis noch etwas anderes. Da war einmal die Sorge um Heinz, der kein Polizist war und nicht wusste, wie er sich in solch einer gefährlichen Situation verhalten sollte. Und dann war da noch eine große Portion Angst. Angst um Wagner. Genau davor hatte sie sich immer gefürchtet. Deshalb hatte sie die Beziehung zu ihm beendet. Sie war immer der Ansicht gewesen, Privates und Dienstliches passen nicht zusammen. Und nun hatte sie ihre eigene Regel gebrochen und brach damit gleichzeitig auch ihr Herz.

Was sollte sie nun tun? Abwarten? Handeln? Egal, wie sie sich entschied, es wäre falsch. Gab es einen Mittelweg? Dann fasste Laura einen Entschluss. Sie zog ihren Arbeitskittel aus, hängte ihn über einen der Sessel im Besprechungszimmer und verließ das Präsidium. Wenn Heinz und Wagner schon keine Verstärkung von der Cobra wollten, dann würden sie eben ihre Hilfe annehmen müssen.

Heinz biss sich auf die Lippen, um Wagner nicht zu bitten, noch schneller zu fahren. Das Tempo war jetzt schon halsbrecherisch. Doch dann verringerte er die Geschwindigkeit. Heinz kam es vor, als würde sich alles außerhalb des Wagens in Zeitlupe bewegen. Schließlich ließ Wagner das Fahrzeug ausrollen, zog die Handbremse an und stellte den Motor ab. »Ich geh zuerst rein. Du wirst im Hintergrund bleiben.«

»Ist ja gut. Du nimmst den Mörder, ich such Emma.«

»Wir wissen nicht, wie es drinnen aussieht, also sei auf alles gefasst.«

Heinz verstand sehr gut, was Wagner ihm sagen wollte. Er solle auf alles vorbereitet sein, auch auf das Schlimmste. Aber wie? Wie bereitet man sich darauf vor, die Leiche der eigenen Schwester zu finden?

Heinz hatte schon seine Hand am Türgriff, als sein Freund ihn am Arm fasste und zurückhielt.

»Wenn wir da hineingehen, bist du als Bruder drin. Ich

aber als Polizist. Keine Extratouren, keine Eigenmächtigkeiten.«

Heinz nickte.

»Es war eine beschissene Idee von dir, zu zweit hierherzukommen.« Wagner öffnete die Autotür und stieg aus.

Er hatte recht. Es war gefährlich und leichtsinnig, außerdem dumm und irrational. Aber der Revolver, den Wagner ihm mit den Worten: »Ich hoffe, du kannst mit dem Ding überhaupt noch umgehen« in die Hand gedrückt hatte, gab Heinz ein wenig Sicherheit. Es war zwar schon lange her, dass er am Schießstand geübt hatte, aber er nahm an, das sei wie mit Schwimmen und Radfahren. Man kam vielleicht aus der Übung, verlernte es aber nie.

Er kletterte aus dem Auto und folgte Wagner. Eine Straßenlaterne erhellte den Weg zum Haus.

Er wartete, während sein Freund zur Haustür schlich und die Klinke hinunterdrückte. Es war abgesperrt.

Wagner hantierte am Schloss herum. Heinz hörte ein Klicken, und dann drückte sein Partner mit einer Hand die Tür auf, während er mit der anderen nach seiner Waffe griff.

Heinz tat es ihm gleich. Mit gestreckten Armen, die Revolver im Anschlag, betraten sie die Diele. Zwei Türen führten ins Innere des Hauses. Wagner öffnete die eine und winkte ab. »Eine Abstellkammer.«

Durch die andere kamen sie in die Küche. Wagner ließ den dünnen Strahl seiner Stablampe durch den Raum gleiten. Alles war penibel sauber. Nichts stand herum, bis auf einen Teller mit einem Wurstbrot und einem Becher. Kein einziger Krümel war auf den Arbeitsflächen, das Edelstahlbecken glänzte wie neu.

Neben dem Kühlschrank stand eine Tür offen. Heinz sah betonierte Stufen und rannte hinunter, noch ehe Wagner ihn aufhalten konnte. Sein Freund folgte ihm fluchend.

Heinz stieß auf eine Stahltür, die ebenfalls weit geöffnet

war. Dar Raum dahinter war leer. Kahle Betonwände, eine nackte Glühbirne, eine Metallpritsche mit einer Matratze.

Wagner hatte Heinz eingeholt und starrte über seine Schulter. »Da hat er sie gefangen gehalten.« Wagners Worte waren nur ein Flüstern, dennoch knallten sie wie Peitschenschläge an Heinz' Ohr.

Er blickte zu Boden, Wagner folgte seinem Blick. Da war Blut.

»Es ist frisch, das heißt, sie lebt noch. Sie lebt doch noch, oder?«, schrie Heinz seinen Freund an.

Dann stieß er ihn zur Seite und lief die Treppe hinauf, immer zwei Stufen auf einmal nehmend.

Er durchquerte die Küche und blieb stehen, um sich zu orientieren. Sein Atem ging schnell, jede Faser seines Körpers zeugte von Anspannung und Konzentration.

Rechts ging es ins Wohnzimmer, links führte eine Treppe in das obere Stockwerk. Ohne lange zu überlegen, wandte er sich nach links. Ein weiterer Blutstropfen auf der dritten Stufe bestätigte ihm, dass er die richtige Entscheidung getroffen hatte.

Oben erstreckte sich ein langer Flur. Alle Zimmertüren waren geschlossen, bis auf die erste. Heinz hob seinen Revolver.

Wagner fluchte laut, als Heinz davonstürmte. Er hätte es wissen sollen! Heinz war für solche Situationen nicht ausgebildet. Er hatte einen großen Fehler gemacht, als er sich dazu bereit erklärt hatte, mit Heinz hierherzukommen. Er sehnte sich nach seinem Handy. Dann hätte er wenigstens jetzt seine Kollegen verständigen können. Immer noch Verwünschungen auf den Lippen, drehte er sich um und folgte seinem Freund. Wohin war er gegangen? Durch die Küche, ins Wohnzimmer oder die Treppen hinauf? Im Wohnzimmer war niemand. Gut, dann die andere Möglichkeit. Da waren

Blutstropfen auf den Stufen. Wagner bemühte sich, leise, aber trotzdem schnell die Treppe hinaufzugehen. Seine Waffe hielt er schussbereit, seine Sinne waren angespannt. Situationen wie diese kamen gottlob nicht oft vor. Im Gegensatz zu dem, was die meisten Fernsehkrimis suggerierten, hatte er bisher noch kaum von seiner Waffe Gebrauch machen müssen. Verdammt, dafür gab es die Cobra. Die war für solche Einsätze ausgebildet. Die hatten die nötige Ausrüstung. Plötzlich kam ihm seine Pistole nutzlos vor.

In dem Moment nahm er eine Bewegung hinter sich wahr. Wagner wirbelte herum, etwas traf ihn am Kopf, und er verlor den Halt. Mit der freien Hand wollte er sich am Geländer festklammern, doch der Stoß schleuderte ihn heftig nach hinten. Das Letzte, an das er dachte, als er die Treppe rücklings hinunterfiel, war Heinz, der nun allein zurechtkommen musste – und daran, dass er gerade den größten Fehler begangen hatte, den ein Polizist machen konnte: Lass nie deinen Rücken ungedeckt! Dann fühlte er nur noch Schmerz.

Heinz trat ein. Der Raum hatte eindeutig als Krankenzimmer gedient. Ein höhenverstellbares Bett, wie man es auch in Krankenhäusern findet, stand in der Nähe des Fensters, ein leerer Infusionsständer daneben.

Neben dem Bett befand sich ein Nachttisch auf Rollen und ein Sessel. Eine Gestalt lag unter der Decke verborgen. Emilia?

»Sie ist tot, nicht wahr?«

Heinz wirbelte herum und stutzte. Dieser Mann war Christian Salzbrunner? Ein mehrfacher Mörder? In den Augen seines Gegenübers schwammen Tränen, die hängenden Schultern ließen ihn verloren aussehen.

»Wo ist Emilia?«

Christian starrte ihn an, als würde er kein Wort von dem verstehen, was Heinz sagte.

»Sie ist schon lange tot.«

Er machte einen Schritt auf Heinz zu.

»Nein!« Heinz schüttelte seinen Kopf. Was sprach Salzbrunner da? Emilia konnte nicht tot sein! Das Datum war doch erst morgen. Und das Blut im Keller – es war noch ganz frisch, vielleicht eine halbe Stunde alt. Und es waren bloß ein paar Tropfen. Zu wenig für einen Mord.

»Wo ist Emilia?«, wiederholte er.

Salzbrunner blickte ihn verwirrt an: »Emilia? Ich spreche von Jana. Sie ist tot.« Seine Stimme hatte alle Kraft eingebüßt. Sie war zu einem Krächzen geworden.

Heinz fühlte ganz plötzlich alle Rachegefühle und den Hass auf seinen Widersacher weichen. Das war nur ein armer Verrückter, der einem Gespenst nachtrauerte. Mitleiderregend. Der tiefe Kummer um die Erkenntnis von Janas Tod hatte ihn komplett aus der Bahn geworfen.

Wo steckte Wagner überhaupt? Er hätte schon längst hier sein müssen. Sein Blick wanderte suchend zur Tür.

»Der kommt nicht.«

Heinz trat von einem Fuß auf den anderen. Er wagte es nicht nachzufragen. Das war auch nicht nötig.

»Er hatte leider einen Unfall, fiel die Treppe hinunter.« Christian betrachtete lächelnd den großen Schraubenschlüssel in seiner Hand. Heinz war sich nicht sicher, aber es konnte Blut sein, das darauf schimmerte. Wagners?

Er ist gefährlich, lass dich nicht täuschen. Heinz hob seinen Revolver. Aus Salzbrunners Augen war jede Verwirrung verschwunden. Dieser Mann wusste genau, was er tat.

Heinz wich noch ein Stück zurück, die Waffe immer auf Christian Salzbrunner gerichtet. Der trat einen Schritt auf ihn zu, als wäre er ein Raubtier, das seine Beute stellen will.

Christian wollte ihn mit dem Rücken an die Wand dirigieren. Aber den Gefallen würde er ihm nicht tun. Heinz bewegte sich seitlich nach hinten, stolperte aber über den Stuhl neben dem Bett.

Bevor er sich wieder aufrichten konnte, lag Christian über ihm, umklammerte seine Hand und knallte sie auf den Boden. Der Schmerz ließ ihm Tränen in die Augen schießen. Er bäumte sich auf, wollte diesen Scheißkerl abwerfen. Gleichzeitig bemühte er sich, seine Hand aus dessen Griff zu befreien und dabei die Waffe festzuhalten.

Diesmal krachte Heinz' Hand gegen die Kante des Stuhles, und der Revolver entglitt seinen Fingern.

Christian saß auf seiner Brust, und obwohl er kleiner war als er, schien er Kräfte zu entwickeln, die seinem Irrsinn entstammten und die man sich in keinem Fitnessstudio antrainieren konnte.

Dann legte Christian Salzbrunner die Hände um Heinz' Kehle und drückte zu.

Heinz wand sich. Du musst es schaffen, heb deine Beine und leg sie ihm vor den Kopf, vor die Brust. Dräng ihn weg. Verdammt, du hast doch in deiner Jugend Judo gelernt. Schon lange her. Viel zu lange.

Trotzdem versuchte er es.

Christian schien zu ahnen, was er vorhatte. Er traktierte sein Gesicht mit Faustschlägen, nahm dann seinen Kopf in beide Hände, hob ihn an und schlug ihn auf den Boden. Einmal, zweimal. Das dritte Mal spürte Heinz es schon fast nicht mehr. Trotz der Schmerzen war das besser, als keine Luft zu bekommen. Aber dieses Spiel, das hatte er verloren. Das spürte er genau. Er hatte keine Kraft mehr für die Gegenwehr. Gleich würden ihm die Sinne schwinden …

Da sackte Christian über ihm zusammen. Heinz spürte das Gewicht seines Körpers. Er japste nach Luft. Sein Schädel dröhnte entsetzlich.

Mühsam rollte er den leblosen Christian von sich herunter und setzte sich auf.

Heinz erwartete, seinen Freund Wagner zu sehen, aber es war Emma. Sie schaute ihn mit riesigen Augen an, ihr Gesicht war bleich. In der Hand hielt sie ein Messer: das Kampfmesser, mit dem Christian – und nun sie – getötet hatte.

Heinz stützte sich mit den Händen ab und stand mühsam auf. Ein schmerzhafter Stich durchfuhr seinen Kopf, und er tastete ihn ab. Gut, nichts Schlimmes. Eine Platzwunde und ein paar Beulen. »Alles in Ordnung mit dir?«

Emilia nickte, verzog dann das Gesicht und begann heftig zu weinen. Ein Krampf nach dem anderen schüttelte ihren mageren Körper. Ungelenk legte Heinz seinen Arm um ihre Schultern.

»Ich hab' ihn umgebracht, nicht wahr? Ich hab' einen Menschen getötet«, stieß sie hervor.

Heinz ließ Emma los und kniete neben Christian Salzbrunner nieder. Er hätte ihm am liebsten einen Tritt verpasst, oder mehrere. Der Hass war wieder da, stärker als je zuvor.

Stattdessen legte er seine Finger an die Halsschlagader des Bewusstlosen und fühlte seinen Puls.

»Er lebt noch.«

Heinz drehte ihn zur Seite. Aus einer Stichwunde sickerte Blut. Nicht lange, und der Mistkerl würde verbluten.

»Dann tu doch was!«

Heinz schaute seine Schwester an. War sie verrückt geworden? »Für den rühr' ich keinen Finger. Wir müssen Wagner suchen.«

Er nahm Emilias Hand und wollte sie mit sich ziehen. Doch sie schüttelte ihn ab. »Ich bleibe hier.«

Was war denn in sie gefahren? Heinz drehte sich um und lief zum Treppenabsatz. Am Fuß der Treppe sah er seinen Freund zusammengekrümmt liegen. So schnell er konnte, rannte Heinz die Stufen hinunter zu ihm. Gerade wollte er nach seinem Puls tasten, als Wagner stöhnte.

Erleichtert ließ Heinz sich neben seinen Freund fallen. »Wach auf, du Hornochse. Du hast dich die Treppe runterstoßen lassen. Und so was nennt sich nun Polizist.«

Wagners Augen blieben geschlossen, aber seine Lippen verzogen sich zu einem leichten Lächeln.

»Hast du Emilia gefunden?«, fragte er.

»Genau genommen hat sie mich gefunden. Zum Glück. Ich war gerade buchstäblich ziemlich am Boden. Warum machst du die Augen nicht auf?«

Wagner blinzelte. »Ich hatte gerade einen Traum. Der ist zu schön, um ihn zu vertreiben.«

»Aber sonst geht's dir gut?«

Wagner bewegte Arme und Beine und setzte sich auf. »Außer dem Gefühl, keinen heilen Knochen mehr im Leib zu haben, und meinem dröhnenden Kopf? Ja, sonst geht's mir gut.«

Heinz lehnte sich zurück und atmete erleichtert auf.

»Wo ist sie?«, fragte Wagner.

»Oben. Sie hält ihrem Kerkermeister Händchen.«

Wagner schaute ihn verständnislos an.

»Zuerst hat sie ihm ein Messer in den Rücken gerammt, als er mir an die Gurgel wollte, und jetzt will sie, dass ich ihm helfe.«

»Er lebt?«

Heinz nickte. »Aber nicht mehr lange, hoffe ich.« Er kniff die Lippen zusammen. Der Kerl würde keiner Frau mehr wehtun.

Wagner sagte nichts.

»Er ist ein Mörder. Hast du vergessen, wie er diese Frauen hat leiden lassen? Ich nicht. Ihre Bilder sind in meinem Kopf eingebrannt. Und wenn ich mir vorstelle, Emma wäre die Nächste gewesen...«

Wagner sprach immer noch kein Wort, sondern starrte ihn nur an. Er stemmte sich schwerfällig vom Boden hoch und keuchte vor Schmerzen. Dann stützte er sich an der Wand ab und wankte die Stufen hinauf.

Heinz sah ihm nach. Den Teufel würde er tun, dem Kerl zu helfen. Es war die verdiente Strafe. Der Bruder in ihm schrie nach Vergeltung. Der Arzt erinnerte ihn an den Eid, den er geleistet hatte. Es wäre so einfach zu warten. Emilia würde den Schock überwinden. Sie hatte in Notwehr gehandelt. Kein Mensch würde sie zur Verantwortung ziehen.

Heinz seufzte. Kein anderer Mensch, aber sie sich selbst. Langsam zog er sich am Geländer hoch und ging hinauf, um das Leben eines Mörders zu retten.

Moser bezahlte das Taxi und lief umgehend zu dem Besprechungszimmer. Es hätte ihn gewundert, wenn die anderen noch da gewesen wären, trotzdem hatte er gehofft, dass es so sein könnte. Enttäuschend. Den Weg hätte er sich sparen können. Auf dem Tisch lagen verschiedene Dokumente. Er schaute sie sich an. Eine Krankenakte von Jana Salzbrunner? Wer war sie? Ein weiteres Opfer? Egal, er würde alle Unterlagen mit in sein Büro nehmen und in Ruhe durchsehen. Er wandte sich zum Gehen, als sein Blick an Lauras Arbeitskittel hängen blieb. Kein Zweifel, das war ihrer. Etwas stimmte nicht. Laura legte ihren Kittel nie ab. Nicht solange sie im Haus war.

Gut, dann war sie eben gegangen. Und? Aber sie musste es sehr, sehr eilig gehabt haben, sonst hätte sie ihre Sachen in ihren Spind oder ins Labor gebracht. Was also konnte Laura so wichtig sein, dass sie alles stehen und liegen ließ? Die Antwort darauf war nicht schwer: Helmut Wagner und Heinz Martin. Genau in dieser Reihenfolge. Er fragte sich, an welcher Stelle er wohl auf Lauras Liste stand. Moser wandte sich seufzend ab. Er war wieder einmal zu spät gekommen. Aber falls er die nächsten Tage oder Wochen im Krankenhaus verbringen musste, dann könnte er zumindest seinen Schreibtisch in Ordnung bringen. Dann hätte sich der horrende Taxipreis wenigstens ein bisschen ausgezahlt.

Das Erste, was ihm auffiel, als er sein Büro betrat, war das Blinken des Faxgerätes, das verzweifelt nach Papier schrie. Er holte aus einer Schublade einen Stoß Zettel und legte ihn in das Fach. Sofort begann das Gerät zu schnattern. Insgesamt vier Seiten spuckte es aus. Dann gab es Ruhe. Moser griff nach den Sendungen. Die stammten von der Kfz-Zulassungsstelle. Es waren alle Renaults, Baujahr 2001/2002, angeführt. Unglaublich, wie viele von diesen Autos es in Wien gab. Plötzlich stutzte er. Den Namen hatte er doch gerade erst gelesen. Salzbrunner. Aber nicht Jana, sondern Elisabeth. Das konnte doch kein Zufall sein. Er notierte sich die Adresse, die neben dem Namen stand.

Ganz automatisch tastete er nach seinen Autoschlüsseln, bis ihm einfiel, dass sein Wagen noch in der Nähe der Arztpraxis stand. Entschlossen griff er zum Telefon. Er würde jetzt ein Risiko eingehen, das ihm gar nicht ähnlich sah, und das Sondereinsatzkommando zu der Adresse von Elisabeth Salzbrunner schicken. Schlimmstenfalls bekam eine unbescholtene ältere Dame einen Schrecken, wenn plötzlich ein Trupp Polizisten in Kampfanzügen vor ihr stand. Bestenfalls würde diese Entscheidung Wagner oder Martin oder auch Emilia oder Laura behilflich sein.

Vielleicht sogar ein Menschenleben retten. Oder vier.

Er hatte Wagner sein Handy in die Hand gedrückt, damit der einen Krankenwagen rufen konnte, während er um das Leben eines Mörders kämpfte, indem er ihm einen Druckverband angelegt hatte und ihn dann von Mund zu Mund beatmete, während Emilia in eine Art Starre verfallen war und keinen Laut herausbrachte. Als die Sanitäter Heinz auf die Schulter tippten, fuhr er zusammen. Er hatte gar nicht bemerkt, dass sie angekommen waren. Erleichtert überließ er ihnen Christian und wischte sich den Schweiß von der Stirn. Die wenigsten konnten sich vorstellen, wie anstrengend es war, jemanden zu beatmen.

Draußen auf dem Gang hörte Heinz Stimmen. Es war Laura, die sich mit Wagner unterhielt. Heinz kam sich wie ein Hundertjähriger vor, als er sich mit knackenden Knien aufrichtete. Er blickte hinaus und winkte Laura zu. »Kannst du mal kommen und nach Emilia schauen? Sie macht mir Sorgen.«

»Natürlich.« Sie nickte Wagner zu, und Heinz wünschte sich, jemand würde ihn einmal mit einem solchen Blick ansehen wie Laura seinen Freund.

»Lass mich mit ihr allein«, bat Laura, und Heinz verließ den Raum. In diesem Moment hörte er, wie die Eingangstür aufgestoßen wurde, und bevor er sich darüber klar werden konnte, was das zu bedeuten hatte, blickte er schon in zwei Sturmgewehre. Dahinter erklang Mosers Stimme: »Wie es aussieht, haben die beiden Kollegen die Lage im Griff. Steckt die Gewehre weg.«

Der Einsatzleiter nickte und befahl seinen Männern den Rückzug. »Moser, ich dachte, Sie seien beim Arzt. Wie haben Sie uns gefunden?«, fragte Wagner.

»Das ist eine eigene Geschichte. Ich wünschte bloß, ich hätte es früher geschafft. Ich scheine ja die ganze Chose verpasst zu haben.«

Wagner erzählte Moser in groben Zügen, was passiert war. »Und Emilia? Ist mit ihr alles in Ordnung?« Diese Frage war an Heinz gerichtet. Er nickte. »Sie hat sich großartig verhalten. Laura ist jetzt bei ihr. Ich glaube, sie wird allerdings noch etwas Zeit brauchen, um sich wieder zu fangen.«

Moser griff zu seinem Handy. »Wir brauchen hier jede Menge Spurensicherungsexperten und dann auch gleich einen Krankenwagen für Emilia und euch beide.« Heinz wollte protestieren, doch Moser schnitt ihm mit einer Handbewegung das Wort ab. »Keine Widerrede. Ihr habt die Hauptarbeit geleistet, jetzt darf ich auch einmal.« Er tippte ein paar Nummern ein und machte das, was er am besten konnte: Befehle erteilen. Eigenartigerweise störte es Heinz diesmal gar nicht.

Während im Krankenhaus seine Platzwunde versorgt wurde, erkundigte sich Heinz nach Christian Salzbrunner. »Tut uns leid, aber der ist noch während des Transportes verstorben«, bekam er zur Antwort.

Wagners Verletzung wurde ebenfalls genäht, und er bekam eine Armschiene. Emilia wurde zur Beobachtung aufgenommen. Sie hatte Herzrhythmusstörungen, war in schlechter körperlicher Gesamtverfassung, und ihre Psyche war alles andere als stabil.

Laura trat auf sie zu und legte sowohl Wagner als auch Heinz einen Arm um die Hüften. Sie war Emilia zuliebe mitgefahren, obwohl sie bestimmt lieber bei ihrem Team in Salzbrunners Haus gewesen wäre, wo sie jede Menge Spuren zu sichern hatten. Emilia hatte auf dem Weg ins Krankenhaus stockend von einem Gruselzimmer mit in Alkohol eingelegten Augen berichtet. Dort hatte sie sich versteckt gehalten, bis sie Heinz' Stimme gehört hatte – und seinen Kampf mit Christian.

»Eines ist mir noch immer schleierhaft. Warum haben wir Salzbrunner nicht eher entdeckt? Und warum hat er uns nicht vorher schon angegriffen?«, überlegte Heinz.

»Das werden wir wohl nie erfahren. Es gibt ein paar Geheimnisse, die er für immer mit ins Grab nehmen wird.«

Lauras Handy klingelte. Sie ließ die beiden Männer los, um sich zu melden. Ihre Schritte verlangsamten sich, während sie zuhörte. Dann blieb sie ganz stehen.

Nachdem sie aufgelegt hatte, rief sie nach Heinz und Wagner. »Vielleicht hat Salzbrunner ein paar seiner Geheimnisse mitgenommen, aber eines haben wir gelüftet. Neben dem Verlies gibt es einen zweiten Kellerraum.« Als sie Wagners entsetztes Gesicht sah, beeilte sie sich zu versichern: »Nein, ein ganz normaler Wirtschaftsraum. Mit einer Tiefkühltruhe. Darin befinden sich die Überreste einer Frauenleiche. Eingefroren, da kann man noch gar nicht sagen, wie lange die schon dort liegt. Aber noch interessanter ist, dass er jedes Teil beschriftet hat. Mit ›Mutter‹.«

Verständlicherweise hatte Laura es eilig, in Christians Haus zurückzukehren.

»Und? Was machen wir?«, fragte Wagner.

»Ich dachte, wir schauen, ob das ›Traviata‹ uns so lädiert, wie wir aussehen, reinlässt«, meinte Heinz.

»Eines muss man dir lassen. Ab und zu sind deine Ideen nicht zu toppen. Da gibt es noch etwas, das ich dir erzählen muss.«

Die Kellnerin machte große Augen, als sie Wagner mit seiner Armschiene und Heinz mit dem Kopfverband hereinkommen sah. Sie bestellten zwei große Bier.

»Also«, begann Heinz, »wie war das mit Sonja?«

Wagner erzählte ihm alles, ließ nichts aus, beschönigte nichts.

»Ich hätte mir gut vorstellen können, mit meinem Sohn oder meiner Tochter im Kinderwagen durch Innsbruck zu spazieren«, schloss Wagner seinen Bericht. »Und du? Was war mit dieser Jana? Was ist an diesem Tag im Krankenhaus tatsächlich passiert?«

Heinz schüttelte den Kopf. »Nicht heute. Heute will ich an nichts mehr denken, was mit Salzbrunner zu tun hat.«

Er winkte der Kellnerin und bestellte noch zwei Bier. Jeder Arzt hätte ihn dafür durch den Fleischwolf gedreht. Aber sei's drum. Man gönnte sich ja sonst nichts.

Epilog

Drei Wochen später im »Traviata«

10. Mai 1994
Die Zeit als Assistenzarzt ist wohl für jeden Absolventen eines Medizinstudiums die schwierigste und anstrengendste. Die Dienstzeiten verlangen den jungen Ärzten alles ab, sie sind belastend und erschöpfend.

Dr. Heinz Martin hatte bereits einen Vierundzwanzig-Stunden-Dienst hinter sich. An Schlaf war nicht zu denken, es war die ganze Nacht einfach zu viel los gewesen. Nach einem Fußballmatch war es zu Ausschreitungen gekommen, ein Serienunfall auf der Südosttangente und ein schlimmer Fall von häuslicher Gewalt – die Frau hatte Brand- und Schnittwunden, einen gebrochenen Arm und ein ausgerenktes Kiefergelenk – hielten das Pflegepersonal und die Ärzte in Atem. Heinz hatte gerade einmal zwei Schlucke von seinem Kaffee genommen, als ein dreizehnjähriges Mädchen eingeliefert wurde. Jana Salzbrunner. Sie hatte auf dem Beifahrersitz, ihr Bruder am Steuer des Unfallfahrzeugs gesessen, und wie man später erfuhr, war er alkoholisiert und mit überhöhter Geschwindigkeit unterwegs gewesen. Sie waren gegen eine Betonwand gekracht, Jana hatte schwere Kopfverletzungen davongetragen.

Heinz Martin hatte das bewusstlose Mädchen übernommen und tat alles, um die junge Patientin zu stabilisieren – die Voraussetzung, damit sie operiert werden konnte. Er hatte schon gedacht, es geschafft zu haben, doch da kollabierte ihr Kreislauf. Der Gehirndruck nahm rapide zu. Wertvolle Minuten verbrachte er damit, den Stationsarzt zu erreichen, aber der assistierte gerade bei einem komplizierten Eingriff. Die Säle waren allesamt besetzt, die Chirurgen beschäftigt.

»Was soll ich tun?«, hatte Heinz schließlich verzweifelt ins Telefon geschrien.

Prof. Weninger, sein Mentor und einer der besten chirurgischen Fachärzte, die Wien zu bieten hatte, sagte: »Sie müssen eine externe Ventrikeldrainage legen, damit die Gehirnflüssigkeit ablaufen kann.«

Heinz schluckte. »Ich kann das nicht«, sagte er.

»Doch, Sie müssen. Ohne diese Behandlung stirbt sie.«

Er wies Heinz telefonisch an. Es ging leichter, als er erwartet hatte. Nachdem er die Nadel das erste Mal angesetzt hatte, war alle Aufregung und jede Unsicherheit von ihm gewichen. Seine Finger, die eben noch so gezittert hatten, dass er kaum die richtige Telefonnummer eintippen konnte, waren ganz ruhig. Aber für den Bruchteil einer Sekunde verschwamm sein Blick, weil er derart erschöpft war. Er hatte sich jedoch sofort wieder gefasst. Und er rettete Jana Salzbrunners Leben.

Alle Kollegen klopften ihm auf die Schulter, er hatte seine Sache gut gemacht. Nur sehen konnte Jana danach nicht mehr. Heinz Martin sprach nie von diesem einen Augenblick, in dem er möglicherweise mit der Nadel abgerutscht war und dauerhaften Schaden angerichtet hatte. Die nachfolgenden Untersuchungen ergaben, dass Janas Gehirn die Informationen, die ihm durch die Augen geschickt wurden, nicht mehr in Bilder umsetzen konnte. Die Fachärzte waren einhellig der Meinung, dass dieser Umstand durch den Unfall verursacht worden war. Auch durch den erhöhten Gehirndruck konnte Janas Gehirn Schaden erlitten haben.

Heinz nahm einen großen Schluck aus seinem Bierglas. Das Reden hatte ihn angestrengt. Dennoch war es ein gutes Gefühl, über diesen Tag zu sprechen, über seine Schuldgefühle, über die Unsicherheit.

»Hättest du nichts getan, wäre sie gestorben. Ob sie nun durch deine Schuld erblindet ist oder ob durch den Unfall, du hast ihr Leben gerettet«, sagte Wagner.

»Ich frage mich, ob es all den Aufwand wert war. Überleg doch, wenn sie damals gestorben wäre – möglicherweise würden diese Frauen alle noch leben«, grübelte Heinz.

Wagner schüttelte den Kopf. »Das glaub' ich nicht. Ein verquerer Typ wie Salzbrunner hätte einen anderen Grund zum Morden gefunden.«

Wahrscheinlich hatte Wagner recht. Die Realität war oft schlimmer als jede Vorstellungskraft.

»Ich habe heute Janas Leichnam obduziert«, erzählte Heinz.

Wagner beugte sich vor. »Und? Jetzt mach es doch nicht so spannend! Hat er oder hat er nicht?«

Die Frage beschäftigte alle, die mit diesem Fall zu tun gehabt hatten: Hatte Salzbrunner Jana getötet?

»Nein, sie ist an einer Gehirnembolie gestorben. Allerdings hätte sie wahrscheinlich gerettet werden können, wenn sie rechtzeitig behandelt worden wäre. Wenn man es von der Warte aus betrachtet, ist er also doch schuld an ihrem Tod.«

Wagner nahm einen Schluck aus seinem Glas und wischte sich mit dem Handrücken den Schaum von den Lippen. »Wo wir gerade bei Gehirnerkrankungen sind: Moser hat mich letzte Woche angerufen.«

Heinz hatte augenblicklich ein schlechtes Gewissen. Er hatte Moser nie leiden können. »Ich hoffe, es ist nichts Ernstes«, sagte er und meinte es ganz aufrichtig.

Wagner schüttelte den Kopf. »Es ist kein Tumor, das steht

immerhin fest. Clusterkopfschmerz oder so ähnlich. Dagegen gibt's kein Heilmittel.«

Heinz nickte. »Das stimmt. Reiner Sauerstoff hilft, und dann gibt es noch ein paar Medikamente, die man vorbeugend nehmen kann. Wenn er Glück hat, hören die Attacken auf, und er ist monatelang, vielleicht sogar jahrelang beschwerdefrei.«

Einen Moment schwiegen sie beide, bis Wagner die Stille unterbrach: »Wusstest du, dass er seine Tochter und kurz darauf seine Frau verloren hat? Das hat er nie verwunden.«

»Das klingt übel, aber bei allem Verständnis für seine Situation: Er hat sich manchmal wie ein pedantischer, miesepetriger Vollidiot benommen.«

»He, wer von uns hat nicht seine üblen Tage? Er war ein guter Ermittler. Er macht jetzt eine Therapie. Wenn er damit seine Depressionen in den Griff bekommt, wird er sogar ein sehr guter Ermittler werden. Ich wünsch' es ihm.«

Heinz brauchte ein paar Sekunden, bis er begriff. Es würde Monate, wenn nicht gar Jahre brauchen, bis Moser wieder in den aktiven Dienst zurückkehren konnte. »Das heißt, du kannst bleiben?«, fragte er sicherheitshalber.

Sein Freund grinste über das ganze Gesicht. »Ja, ich hab wohl meinen Job wieder.«

Heinz winkte der Bedienung und bestellte noch zwei Bier. »Du hast gesagt, wenn alles vorbei ist, dann besäufst du dich mit mir. Ich glaube, mir ist gerade danach.«

Wagner prostete Heinz zu. »Auf Wien!«, sagte er.

»Auf Wien!«

Nachwort

Dies ist ein Roman. Alle Personen, Namen und Charaktere sowie die Handlung sind meiner Fantasie entsprungen. Sollten dennoch einige meinen, sich wiederzuerkennen, ist das lediglich ein Zeichen dafür, dass ich meine Sache gut gemacht habe, indem ich fiktiven Figuren so viel Leben eingehaucht habe, dass sie real wirken.

Nur meinen (und Laura Campellis) Kater Kasimir gibt es tatsächlich. Ich habe ihn nicht verfälscht, sondern ihn genauso beschrieben, wie er leibt und lebt.

Als Romanautorin hat man einen Vorteil: Man darf Figuren, Orte, ja sogar ganze Welten erfinden. Auch ich habe mir einige dichterische Freiheiten herausgenommen. Viele Straßenzüge und Orte, die ich in meinem Roman erwähne, gibt es wirklich. Wer sich allerdings nach einem bestimmten Gebäude aus meinem Roman auf die Suche macht, wird wohl nicht fündig werden. Es gibt weder das Hauptkommissariat in dieser Form, wie ich es beschrieben habe. Auch Lauras Labor ist meiner Phantasie entsprungen.

Das Wiener Gerichtsmedizinische Institut in der Sensengasse wurde vor einigen Jahren geschlossen. Ich habe es in meinem Roman einfach wieder aus der Versenkung geholt, es an einen anderen Ort versetzt und modernisiert, damit Heinz Martin seinem Job ungehindert nachgehen kann.

Es gibt viele, denen ich Dank schulde. Viele, die mich ermutigt und mich bei diesem Roman begleitet haben.

Es würde zu weit führen, hier alle namentlich zu nennen, doch einige müssen sein: Meine Schwester Katalin, die sich die Nächte mit mir um die Ohren geschlagen hat, um mit mir die Handlung zu entwickeln. Mein Mann, der mich immer unterstützt, wo es nur geht, und der sich mit mir über jede meiner Veröffentlichungen freut. Mein Agent Bastian Schlück, der mir oft mehr zutraut als ich mir selbst, und meine Lektorin bei Piper, Michaela Kenklies, die an dieses Projekt geglaubt hat.

Weiters möchte ich meine AutorenkollegInnen nicht unerwähnt lassen. Sie haben mir oft weitergeholfen, wenn ich Zuspruch brauchte, und sich kritisch mit den Textstellen auseinandergesetzt, bei denen ich mir unsicher war.

Ich danke euch. Ohne eure Mithilfe wäre dieses Buch nicht zu dem geworden, was es ist.